한국민족운동사

나남출판

한국민족운동사

趙芝薰 전집 6

NANAM
나남출판

일러두기

1. 장(章)의 제목 및 분류는 기간서(旣刊書)의 것을 그대로 따랐다.

2. 표기 및 구두점은 되도록 기간서대로 따랐으나, 현행 맞춤법과 외래어 표기법에 어긋나는 경우는 이를 현행 법에 따라 고쳐 적었다. 단, 중국 인명 및 지명은 한자음대로 표기하였다.

3. 표기는 한글 전용을 원칙으로 하되, 주요 개념이나 한자 어휘 그리고 인명 및 지명의 경우에는 한자를 괄호 안에 넣었다. 단, 본문에서 보충설명 부분은 한자를 그대로 노출시켰다.

4. 기간서에 한일합방, 동학란, 假정부 등으로 나와 있는 것을 각각 (경술)국치, 동학혁명, 임시정부로 고쳐 적었다.

5. 이 책에서 사용한 문양은 '백제 금동 용봉 봉래산 향로'(百濟 金銅 龍鳳 蓬萊山 香爐)에 있는 봉황의 형상이다.

조지훈 전집 서문

　지훈(芝薰) 조동탁(趙東卓, 1920~1968)은 소월(素月)과 영랑(永郎)에서 비롯하여 서정주(徐廷柱)와 유치환(柳致環)을 거쳐 청록파(靑鹿派)에 이르는 한국 현대시의 주류를 완성함으로써 20세기의 전반기와 후반기를 연결해 준 큰 시인이다. 한국 현대문학사에서 지훈이 차지하는 위치는 어느 누구도 훼손하지 못할 만큼 확고부동하다.

　문학사에서 지훈의 평가가 나날이 높아가는 것을 지켜보며 기뻐해 마지 않으면서도, 아직도 한국 근대정신사에 마땅히 마련되어야 할 지훈의 위치는 그 자리를 바로 찾지 못하고 있는 것이나 아닌가 하는 걱정이 없지 않다. 매천(梅泉) 황현(黃玹)과 만해(萬海) 한용운(韓龍雲)을 이어 지훈은 지조를 목숨처럼 중히 여기는 지사의 전형을 보여 주었다. 서대문 감옥에서 옥사한 일송(一松) 김동삼(金東三)의 시신을 만해가 거두어 장례를 치를 때 심우장(尋牛莊)에 참례(參禮)한 것이 열일곱(1937년)이었으니 지훈이 뜻을 세운 시기가 얼마나 일렀던가를 알 수 있다.

　지훈은 민속학과 역사학을 두 기둥으로 하는 한국문화사를 스스로 자신의 전공이라고 여기었다. 우리는 한국학의 토대를 마련한 지훈의 학문을 정확하게 인식해야 한다. 조부 조인석(趙寅錫)과 부친 조헌영(趙憲泳)으로부터 한학과 절의(節義)를 배워 체득하였고, 혜화전문과 월정사에서 익힌 불경과 참선 또한 평생토록 연찬하였다. 여기에 조선어학회의 큰사전 원고를 정리하면서 자연스럽게 익힌 국어학 지식이 더해져서 형성된 지훈의 학문적 바탕은 현대교육만 받은 사람들로서는 감히 짐작하기조차 어려울 만큼 넓고 깊었다.

지훈은 6·25 동란중에 조부가 스스로 목숨을 끊고 부친과 매부가 납북되고 아우가 세상을 뜨는 비극을 겪었다. 《지조론》에 나타나는 추상 같은 질책은 민족 전체의 생존을 위해 도저히 참을 수 없어 터뜨린 장렬한 양심의 절규였다. 일찍이 오대산 월정사 외전강사(外典講師) 시절 지훈은 일제가 싱가포르 함락을 축하하는 행렬을 주지에게 강요한다는 말을 듣고 종일 통음하다 피를 토한 적도 있었다. 자유당의 독재와 공화당의 찬탈에 아부하는 지식인의 세태는 지훈을 한 시대의 가장 격렬한 비판자로 만들고 말았다. 이 나라 지식인 사회를 모독한 박정희 대통령의 진해 발언에 대해 이는 학자와 학생과 기자를 버리고 정치를 하려 드는 어리석은 짓이라고 비판한 지훈은 그로 인해 정치교수로 몰렸고 늘 사직서를 지니고 다녔다. 지훈은 언제고 진리와 허위, 정의와 불의를 준엄하게 판별하였고 나아갈 때와 물러날 때를 엄격하게 구별하여 과감하게 행동하였다.

지훈은 근면하면서 여유 있고 정직하면서 관대하고 근엄하면서 소탈한 현대의 선비였다. 매천이 절명(絶命)의 순간에도 '창공을 비추는 촛불'(輝輝風燭照蒼天)로 자신의 죽음을 표현하였듯이 지훈은 나라 잃은 시대에도 "태초에 멋이 있었다"는 신념을 지니고 초연한 기품을 잃지 않았다. 지훈에게 멋은 저항과 죽음의 자리에서도 지녀야 할 삶의 척도이었다. 호탕한 멋과 준엄한 원칙 위에 재능과 교양과 인품이 조화를 이룬 대인을 우리는 아마 다시 보지 못할지도 모른다. 이른바 근대교육에는 사람을 왜소하게 만드는 면이 있기 때문이다. 지훈의 기백은 산악을 무너뜨릴 만했고 지훈의 변론은 강물을 터놓을 만했다. 역사를 논하는 지훈의 시각은 통찰력과 비판력을 두루 갖추고 있었다. 다정하고 자상한 스승이었기에 지훈은 불의에 맞서 학생들이 일어서면 누구보다도 앞에 나아가 학생들을 격려하였다. 지훈은 제자들과 함께 술을 마시고 서로 속마음을 털어놓기도 했고 손을 맞잡고 한숨을 쉬기도 했다. 위기와 동요의 시대인 20세기 후반기에 소용돌이치는 역사의 상처를 지훈은 자신의 상처로 겪어냈다.

　지훈은 항상 현실을 토대로 하여 사물을 구체적으로 파악하려 하였고 멋을 척도로 하여 인간을 전체적으로 포착하려 하였다. 지훈은 전체가 부분의 집합보다 큰 인물이었다. 지훈의 면모를 알기 위해서는 그의 전체상을 살펴볼 필요가 있다. 한국의 현대사를 연구하려는 사람은 반드시 먼저 한국현대정신사의 지형을 이해해야 한다. 우리는 지훈의 전집이 한국현대정신사의 지도를 완성하는 데 기여하리라고 확신하고, 지훈이 걸은 자취를 따르려는 사람들뿐 아니라 지훈을 비판하고 극복하려는 사람들에게도 지훈의 전모를 객관적으로 인식할 수 있게 해야 한다고 생각하여 오래 전에 절판된 지훈의 전집을 새롭게 편찬하기로 하였다. 이 전집은 세대를 넘어 오래 읽히도록 편집에 공을 들이었고, 연구자의 자료가 되도록 판본들을 일일이 대조하여 결정본을 확정하였고 1973년판 전집에 누락된 논설들과 한시들을 찾아 수록하였다.

전집 출판의 어려운 일을 맡아 주신 나남출판 조상호 사장의 특별한 뜻에 충심으로 경의를 표하며 1973년판 전집의 판권을 선선히 넘겨주신 일지사 김성재 사장의 후의에 감사드린다. 교정에 수고하신 나남출판 편집부 여러분의 노고에 깊은 사의를 표하는 바이다.

1996년 2월
편 집 위 원

趙芝薰 전집 6

한국민족운동사

차 례

서 설

제 1 편   민족자위항쟁사

제 2 편 민 족 해 방 투 쟁 사

제 3 편　민족사회운동사

머 리 말

이 글은 갑신정변(1884)에서 을유광복(1945)까지 만 60년 간의 한국
근대민족운동사를 정리한 것이다. 이 글은 종래의 다른 책들이 나열한
산만한 자료를 체계화하여 편년사적 전개와 사상사적 흐름을 절충 종합
하였다.

이 글은 3부에 나누어, 제 1 편에서는 일반사에 이미 정리된 경술국
치까지의 기록을 재정리 교감하고, 제 2 편에서는 아직 다 정리되지 않
는 3·1운동 전후의 시위·외교·선전·무력항쟁사의 제사건의 진상을
발굴 정리하였으며, 제 3 편에서는 아직 처녀지인 을유광복까지의 문화
·사회운동사를 정리 체계화하였다.

이 글은 종래 다른 사료(史料)의 국외항쟁중심, 개인활동중심, 자가
노선중심의 폐를 재검토함으로써 국내항쟁중심, 집단운동중심의 관점
을 견지하였다.

이 글은 개인의 견문 기억과 기록에만 의거한 자료가 범한 시대의 착
오, 사실과의 상위, 또는 특정인 중심의 왜곡을 엄정히 비교 비판함으
로써, 그 진상을 찾기에 주력하였다.

이 글은 등장인물의 그 당시 그 사건에 있어서의 공적을 논술하는 데
주안을 두었고, 후일의 공적으로 하여 과거의 죄과를 엄폐하거나, 후일
의 죄과로 하여 과거의 공적을 깎지도 않는 태도를 견지하였다.

　다만 〈일제하의 이중첩자 연구〉가 완성되어 있지 않은 까닭에, 만주
에서의 무장투쟁을 다룬 부분은 후일에 인명의 첨삭이 가해질 수 있으
리라는 것과 와전·오자로 여러 자료가 제가끔 다른데다가 독립운동자
자신들이 여러 가지 변명(變名)과 여러 가지 기사(記寫)를 스스로 사용
했기 때문에 인명을 고증하면서 어느 것을 취신(取信)해야 할지 모를
것이 많았다는 것을 부언해 둔다.

1964년

趙 芝 薰

序 說

1. 민족의 형성과 민족의식

민족운동사(民族運動史)는 우리 역사를 대이민족(對異民族) 투쟁사 및 민족의식 발달사의 각도에서 고찰하려는 것이다. 그러므로 그것은 마침내 민족항쟁사 곧 독립운동사(獨立運動史)에 귀결된다.

우리가 이 문제를 고구(考究)함에 앞서 부딪치는, 선결하지 않으면 안 될 문제는 이러한 민족운동사는 어느 시대에서부터 기필(起筆)해야 하는가라는 문제이다. 우리 선민(先民)의 대이민족 투쟁은 아득한 상고 (上古)에서부터 있었기 때문이다. 그러나 그러한 대이민족 투쟁을 한 주체인 우리 선민의 집단투쟁이 민족의식의 자각에 의한 결집이 아닌 한, 그것은 민족항쟁이란 이름에 값할 수는 없는 것이다. 다시 말하면 민족항쟁사는 민족의 형성을 전제조건으로 할 뿐 아니라 민족의식의 자 각을 핵심으로 한다.

우리 민족도 모든 민족 형성의 일반 과정인 원시 씨족(氏族) 사회에 서 부족(部族)으로, 다시 부족동맹을 거쳐 그것들이 발달 통합된 민족 이다. 그러므로 우리의 민족운동사는 이러한 전과정을 정리하는 것이 아니요, 우리 민족이 형성된 이후로부터 시작되어야 하는 것이다.

　예맥(濊貊)과 고구려의 한(漢)과 낙랑(樂浪)에 대한 항쟁은 부족국가시대의 일이요, 위(魏)·진(晉)에 대한 고구려족, 또는 백제족의 항쟁은 부족동맹시대의 일이어서 오늘 우리가 말하는 한국민족은 아직 형성되지 않았을 때의 일이다. 고구려의 수(隋)·당(唐)에 대한 항쟁이나 삼국시대의 정립(鼎立) 각축도 마찬가지였다. 엄밀히 말해서 삼국시대까지도 단일민족은 이루어지지 않았고, 따라서 하나의 민족이라는 공동의식이란 것이 없었다. 있었다면 그것은 고구려와 백제와 신라가 별개의 국가의식으로 뭉쳐 있었다는 말이다. 바꿔 말하면 삼국은 제가끔 고구려민족·백제민족·신라민족을 이루려는 별개의 움직임이 있었을 뿐이라는 말이다. 이들 부족국가, 또는 봉건적 귀족국가에로의 발달과정에 오른 국가들이 인종적으로나 문화적으로 혹사(酷似)한 동일계통의 것이고, 또 그것들의 역사적 경과가 오늘 우리 민족의 단일적 형성의 원류가 되었기 때문에 문화적으로나, 지역적으로나, 혈통적으로 그 계승자인 우리는 그러한 민족형성 이전의 민족구성분자로서의 부족들의 대이민족 투쟁을 우리 민족의 항쟁사(抗爭史)로 보려고 한다.

　다시 말하면 민족이 형성되기 전의, 민족의식이 발생하기 전의 역사를 민족이 형성된 후의 민족의식의 눈으로 본다는 말이다. 한국문화와 민족의 형성에 참여함으로써 한국역사에 거두어진 사실(史實)인 이상, 한국민족의 조상의 역사임에는 틀림이 없겠지만, 그러나 그것은 한국민족운동사의 논제(論題) 안에 들어올 성질의 것은 아닌 것이다.

　오늘의 한국민족을 이룬 근간족(根幹族)인 원조선인(原朝鮮人; Proto-Korean)은 인류학적으로는 알타이족의 한 갈래이다. 그 알타이족의 분파가 한반도에 이주한 것이 여러 차례 거듭되었고, 그러한 이주 연대의 선후 차이와 다분히 해양계(海洋系)적 요소를 지닌 남부의 선주민(先住民), 또는 주변 인종과의 혼합의 차이로 말미암아 이 원조선족은 허다한 분화를 재래(齎來)하였다. 그러나 이러한 종족적 분화가 큰 덩어리로 다시 뭉쳐져 오늘의 한국민족 형성의 바탕이 마련된 것은 삼국시대였고, 인종적으로나, 문화적으로나 하나가 된 최초의 핏줄은 통일신라에서 비롯되었다. 이 때문에 통일신라는 우리 민족과 문화의 고전시대

로 등장하는 것이다. 그러므로 통일신라가 삼국유민(三國遺民)의 단합
으로써 당(唐) 세력을 구축했다는 사실(史實)이 비로소 우리의 민족의
식의 싹을 틔웠다고 할 수 있다.

우리 민족형성의 제2의 시기는 발해(渤海)의 멸망으로 말미암아 그
유민이 고려에 내투(來投)함으로써 남북국시대가 남국 중심으로 부분적
통일을 이룬 시기이다. 고구려의 계승을 자임하여 국호를 고려(高麗)로
삼은 고려의 요(遼)·원(元) 등에 대한 투쟁으로 민족의식은 일단의 발
전을 보았다고 할 수 있다. 그러나 이것도 근대적 의미의 민족의식의
자각은 아니었다. 한국민족이 완성된 것은 여말(麗末)의 쌍성(雙城) 수
복과 조선초, 곧 세종이 6진(六鎭)과 4군(四郡)을 개척한 시기 뒤의 일
이었다. 판도에서나, 종족적 혼합에서 최종적인 선을 그어 지연(地緣)
으로, 혈연(血緣)으로, 또는 문화적으로, 역사적으로 오늘의 한국민족
의 전형을 이룬 것은 이 시기 뒤의 일이었다.

오늘의 한국 판도는 고려말의 쌍성 수복과 세종조의 6진과 4군 개척
으로 확정된 것이다. 雙城은 고려의 和州 ─ 지금 永興의 옛 이름이
니, 元의 雙城摠管府가 있던 곳으로 공민왕 5년(1356)에 수복됐다. 6
진은 鐘城·穩城·會寧·慶源·慶興·富寧이니 세종 16년(1434) 이
래 10년 간에 걸쳐 개척 설치한 것이다. 4군은 閭延(江界)·慈城(慈
作里)·茂昌(上茂路堡 ─ 厚昌)·虞芮(閭延·慈城 中間)이니, 태종 3
년(1403)에 시작하여 세종 25년(1443)에 완결하였다. 이 6진과 4군의
개척으로써 우리나라 북쪽 경계는 비로소 두만강과 압록강 상류에까
지 미치게 되었다(李仁榮, 《韓國滿洲關係史研究》 참조).

우리 민족의 형성은 문헌상으로는 동북아계 원조선족에 해양계 남
방족의 혼혈이 약간 엿보일 정도이고, 북방계 요소가 우세하다. 6진
과 4군 설치를 계기로 한 인종혼합이랬자 주로 북방계인 여진족이어
서 인류학적으로는 그다지 문제가 되지 않는다. 삼한시대·삼국시대
의 남반부 제국의 인류학적 재검토는 종래의 지나친 북방계 치중을 수
정할 점이 많지만, 그러나 역사상의 인종적 혼혈은 이 북방경계 정리
와 이 때의 여진족의 동화로써 최후의 단락을 지었다고 보겠다.

우리 역사가 민족의식과 민중의식의 어느 정도 자각을 보아 근대의 방향으로 여명을 보게 된 것은 임진왜란과 병자호란이라는 양대 외적의 침략이 그 계기가 되었다. 이 시기에 이르러 비로소 타민족에 대한 공동의식의 자각이 자극된 것이 사실이다.

선조·광해군 이전에는, 세계는 중국을 중심한 몇 나라에 불과하다 믿었고, 중국만이 유일한 문명국이요 그밖에는 모두 오랑캐 나라인 줄 알았으며, 우리가 中華에 대한 小華로 자처하여 자족했다. 倭人이나 胡人은 우리의 안중에도 없었던 것이 임진·병자의 두 난은 바로 이 문제시하지도 않던 무리들에 짓밟힘으로써 인식을 새로이 하지 않으면 안 되게 되었던 것이다. 더구나 조선 개국 이래 200년 간은 외구의 침입이 없었으므로 전쟁을 모르던 백성들에게 이 두 난리는 국토가 짓밟힘으로써 전쟁의 비참을 골수에 새겼던 것이다. 임진란으로 인해 일반 국민이 받은 피해는 재래의 경제기구의 문란과 방납의 폐로 인하여 받던 국내적 착취와 압박보다 크다는 것을 자각한 점에서 민족의식은 일단의 응결을 본 셈이다.

그러나 우리는 엄밀한 의미로 말해서 경술(庚戌)의 국치(國恥) ─ 곧 1910년의 한일합병에 이르기까지 한국의 인민은 화가위국(化家爲國)한 한 왕조의 권위에 복속(服屬)되어 일방적인 충성의 의무만 강요당한 백성에 불과하였고, 의무와 함께 권리를 동반한, 또는 계급적인 이해관계를 초월한 운명공동체를 자각한 민족은 아니었다.

그러므로 임진란 때 도성의 관청에 불을 지르는데 당시의 피지배계급이 附同하였고, 臨海君·順和君 두 왕자를 會寧의 叛民들이 적진에 넘겨 준 일이 있었다. 병자호란의 침공에 앞잡이가 된 것도 韓奸이었으니, 李适의 당이던 韓明璉의 아들 韓潤이 後金으로 도망하여(인조 3년) 조선을 칠 것을 태종에게 권했던 것이다.

이 세 가지 경우는 어느 것이나 다 민족의 운명공동체 의식보다는 개인의 이해감정이 앞섰다는 증거이며, 따라서 이에 대한 반항투쟁도 민족의식이라기보다는 왕조에 대한 충성과 존화양이(尊華攘夷) 사상이 그 중핵을 이루었던 것이다. 그러므로 근세 이래의 대이민족 투쟁사의 선구는 항상 유림(儒林)이었던 것이다. 임진·병자의 왜(倭)·호(胡) 양란이나, 을미 또는 병오·정미의 의병(義兵)은 물론 해외 망명 독립항쟁에서도 초기의 지도층은 거개가 유림에 의해서 이루어졌다는 사실을 우리는 승인하지 않을 수 없는 것이다. 그러므로 이러한 시기들에서의 인민의 항쟁은 인민 자체의 민족의식의 자각에서 비롯된 것이 아니라, 대개의 경우 민족에 대한 의식이나 왕조에 대한 충성보다도 의로운 상사나 상전에 대한 충의(忠義)에의 감화와 복종이 주가 되었음을 볼 수 있는 것이다.

2. 근대 민족운동의 발단

우리는 앞에서 우리의 대이민족 투쟁의 전근대적 성격을 규명해 보았다. 그러면 근대적 의미의 민족(民族)이라는 의식 개념은 어느 때부터 태동했는가.

우리 역사의 시대구분에서 어느 시기로부터 근대(近代)라는 선을 긋느냐 하는 문제는 여러 가지 이론이 있어 왔다. 서구사적 개념으로서의 근대의 개념에 완전 부합하는 조건과 시기는 우리 역사에는 없었던 게 사실이지만, 그와 유사한 의미의 '한국적 근대'로의 발달과정의 몇 가지 단계를 찾을 수는 있을 것이다.

우리 근대사의 계보는 대개 사상적·정치적 및 사회적인 세 갈래 동향에서 살필 수가 있고, 그것들은 각기 세 가지 단계로 발전했음을 볼 수 있다. 3대 분야의 3단계, 아홉 갈래의 사실(史實)이 계통적으로 병행하며 서로 얽히어 짜내는 시기를 중심으로 해서, 우리는 역사상의 시대에 구획선을 그을 수 있을 것이다.

근대의 사상적 계보는 실학운동 - 천주교 전래 - 개화사상이라는 3단계요, 정치적 배경은 왜·호 양란 - 병인(丙寅)·신미(辛未) 양요(洋擾) - 청일전쟁이요, 그 사회적 요구는 홍경래란(洪景來亂) - 삼정소요(三政騷擾) - 동학혁명으로 표현되었다.

우리나라에 서양인이 처음 오고, 서구 무기가 처음 전래하고, 우리가 서양을 처음 인식한 것은 16세기 말에서 17세기 초에 걸친 시기로 임진란 전후의 선조년간의 일로서 실학(實學)이 싹을 트고, 천주교의 존재를 알고, 민족의식과 평민의식이 싹을 튼 것이 모두 이 무렵의 일이었다. 그러므로 선조·광해군·인조조를 걸친 시대를 근대적 여명의 제1기로 볼 수 있다. 실학파가 전성하고 천주교가 전래하고 민주·민권사상이 싹텄을 뿐 아니라 홍경래란·삼정소요 같은 관리 토호(土豪)의 가렴주구(苛斂誅求)에 대한 민중의 반항운동이 대두한 영조·정조·

순조년간을 근대의식 생성의 제 2 기라 할 수 있으며, 병인·신미의 양요와 병자(丙子)의 한일수호조규(韓日修好條規), 갑신(甲申)의 개화당 정변, 갑오경장을 거쳐 경술(庚戌)의 국치에 이르기까지 외국세력의 침투기인 고종·순종년간을 근대의식에의 제 3 기라 할 수 있다. 1)

이와 같이 우리의 근대는 '안으로부터의 민족의 근대적 각성'과 '밖으로부터의 외국세력의 요구'가 합일되고, '밑으로부터의 민중의 요구항쟁'이 '위로부터의 지도층의 근대화 개혁운동'으로 나타났던 갑오경장을 분수령으로 삼는 것이 보통이다. 그러나 근대의식이 정치제도에 처음 반영된 것은 갑오경장으로 비롯되었다 할지라도, 이러한 선편(先鞭)은 3일천하(三日天下)였으나마 갑신정변에 이미 나타났고, 또 그보다도 먼저 쇄국정책의 오랜 고집을 깨뜨린 병자(丙子)수호조약이 근대의 문을 열었던 것이다. 2)

서상(敍上)한 바와 같은 관점에서 우리는 한국의 근대 민족운동의 발단을 갑신 개화당 정변과 갑오 동학혁명으로 보고, 기미 독립운동, 곧 3·1운동을 비로소 근대적 의미의 민족운동, 또는 독립항쟁의 비롯으로 보고자 한다.

갑신정변은 사대·보수주의의 친청(親淸)정권에 대한 쿠데타이며 독립·개화주의 친일(親日)정권 수립 운동으로서, 그것의 동기나 기도는 근대정치 실현의 이상이었다. 그러나 청국세력을 배경으로 한 사대당(事大黨) 정권을 전복함에 있어 당시로 봐서는 불가피한 형세이긴 하였으나 일본의 힘에 의존하였고, 그 일본의 소극적 태도로 희생되었으며 결과적으로는 일제 침략 지반의 앞잡이 역할에 빠지고 말았다. 그보다도 갑신정변이 근대적 의미의 민족운동이 될 수 없었던 것은, 그 주도 인물들이 귀족계급의 소장 기예분자(氣銳分子) 몇 사람으로 대중의 호응을 받을 사회적 기반이 전혀 없었다는 점을 그 이유로 들 수 있다. 그러나 갑신정변은 사대·보수·쇄국주의의 타도 의욕으로 근대화운동

---

1) 조지훈, "개화사상의 모티브와 그 본질,"《趙芝薰 전집 7 : 한국문화사 서설》 (서울: 나남, 1996), 249~290쪽.

2) 위의 책.

의 단서를 행동적으로 열었다는 점에서만은 그 공을 사 줄 수 있다.

갑오 동학혁명은 갑신정변과 좋은 대조가 된다. 관리의 가렴주구를 토죄(討罪)하고, 부패한 정치를 숙청하려는 그 혁명이념은 '제폭구민(除暴救民) 보국안민(輔國安民)'이라는 기치를 앞세운 광범한 민중항쟁이었고, 그 주도층과 참가 대중이 평민계급이었다는 점이 우선 갑신정변과는 반대되는 점이다. 동학혁명은 외국 세력을 배경으로 하지 않은 순연히 안으로부터와 밑으로부터의 민족적 민중운동이었다는 것도 갑신정변과는 반대되는 점이다. 그러나 결과적으로 청일전쟁의 도화선이 되고, 일제 출병(出兵) 침략의 구실을 만들어 준 점에서는 갑신정변과 가릴 바 없게 된다.

동학혁명이 표방한 개혁적 요구는, 그 내용에서는 근대적 혁신의 민권사상이 바탕이 되어 있으면서도, 배외(排外)·양이사상(攘夷思想)에서는 오히려 보수·쇄국주의에 통하고 있었던 것은 동학의 창도자 최제우(崔濟愚)의 근본사상이 유교사상에 있었기 때문이다. 그러나 동학혁명은 민중운동이었다는 점과 사상적으로 강렬한 민족 주체의식에 근거했다는 점에서 우리의 근대 민족운동에 바른 방향을 제시한 공을 승인하지 않을 수 없는 것이다.

3·1운동은 갑신정변과 갑오 동학혁명의 정당한 계승점을 종합한 그 집대성이요 결론일 뿐 아니라, 근대 민족운동의 비롯이요 바탕이 되었다. 첫째, 그것은 갑신정변 같은 위로부터만의 운동이라든지, 갑오 동학혁명같이 아래로부터만의 운동이 아니요, 실로 위와 아래가 함께 어울린 초계급적·전민적 연합운동이었으며, 갑신정변같이 특정한 외국 세력을 배경으로 한 독립운동이 아니요, 갑오 동학혁명같이 순전한 내부적인 항쟁운동만도 아닌, 민족자결주의라는 국제 민주주의에 근거한 내외호응, 상하일체의 비폭력 시위항쟁이었다는 점이다. 항쟁의 대상과 목표가 동족이나 그 정권이 아니요 일제(日帝)라는 타민족과 그 정권이었다는 것도 3·1운동이 갑신정변이나 갑오 동학혁명으로 더불어 다른 점인 것이다.

3·1운동은 민족항쟁의 주도층이 귀족·관료·유림에서 평민으로 바

뀐 전환점이었다. 3 · 1 운동 지도층의 중핵은 천도교와 기독교와 불교로 이루어졌다는 사실부터가 이것을 증명한다. 이 세 종교는 동학혁명을 주도한 천도교와 근대화의 첨병인 기독교와 호국불교의 전통을 지닌 불교란 것에 주의해야 한다. 이 세 종교는 어느 것이나 다 조선사회에서나 한말의 유학자 보수주의자에 의하여 천시(賤視) · 적시(敵視)되던 계급의 종교였고, 3 · 1 운동의 주동에는 유림층의 참여와 포섭이 소극적이었던 것이 사실이다.

3 · 1 독립선언서 서명자 33인의 각파별 성분은 기독교가 16명, 천도교가 15명, 불교가 2명이다. 천도교가 주동이요, 기독교가 그보다 한 사람 더 많은 대등한 수임에 비하여, 불교가 단지 2명이고, 유교는 한 사람도 끼이지 않았다는 것에 묘미가 있다. 曾經 고관 · 귀족 또는 儒林이 서명을 수락하지 않은 것은 근신과 나약이란 이유 외에도 사상적 신분적으로 동조하기 싫은 內情이 피차간에 있었을 것이다. 유림은 그 뒤 곧 자기네들만으로써 독립운동을 벌였던 것이다.

3 · 1 운동을 엄밀한 의미의 민족운동의 효시로 보는 것은, 이 때에 이르러 비로소 진정한 의미의 근대적 민족의식이 자각되었기 때문이요, 그것은 바로 경술국치 후 침략통치 10년 동안에 맛본 피압박 민족으로서의 비분과 정치 · 경제 · 산업 · 교육 · 문화의 모든 면에서 노정된 가혹한 탄압과 수탈과 동화의 식민지정책이, 비로소 같은 민족으로서의 감정공동 · 이해공동 · 문화공동 · 운명공동이라는 뜨거운 유대의식을 자각시킴으로써 폭발된 항쟁이었기 때문이다. 이에 이르면 그것은 이미 명실공히 민족운동이란 이름에 모자람이 없는 것이다.

3. 근대 민족운동의 유형

우리의 근대 민족운동은 민족독립운동이요, 민족해방운동이었다. 그
것은 전기와 후기로 크게 둘로 나눌 수 있는바, 1876년의 병자수호조약
에서 1894년의 갑오경장에 이르는 기간과, 1895년의 을미사변에서
1910년의 경술국치에 이르는 기간을 전기로 하고, 1919년의 3·1운동
에서 1926년의 6·10만세를 거쳐 1929년의 학생만세에 이르는 기간과,
1931년의 신간회(新幹會) 해소에서 1942년의 조선어학회 사건을 거쳐
1945년 민족해방에 이르는 기간을 후기로 한다.

1876년에서 1894년에 이르는 시기는 종주국 청국에서 벗어나려는 자
주독립운동이 개화당의 소장정객에 의하여 신흥 일본세력을 배경으로
일어나던 시기로서, 이 운동의 실패로 그 희생이 되어 죽거나 歐美에
망명한 인사를 제하고 생존한 인물들은 거개가 다음 시기의 일인범궐
(日人犯闕)과 경술국치의 앞잡이, 또는 그 뒤의 친일관료로 전락하였
다. 1895년에서 1910년에 이르는 시기는 침략의 독조(毒爪)를 드러낸
일제에 대한 최후의 방위항쟁의 시기로서, 항쟁의 주축은 유신(儒臣)들
과, 주로 기독교계의 독립협회를 비롯한 선각자들과, 지사·문인·학
자 및 동학의 정통파인 천도교도들이었고, 당로(當路)한 척족훈귀(戚族
勳貴)와 황국협회(皇國協會)를 비롯한 어용단체와, 동학계 이단들의 집
단인 일진회(一進會)·시천교(侍天敎)는 이 시기의 반동집단들이었다.

1919년에서 1929년에 이르는 시기는 지배자 일제의 총독정치에 항쟁
하는 민족해방을 위한 민족주의와 사회주의의 공동전선의 시기요, 1931
년에서 1945년에 이르는 기간은 코민테른의 정책변동으로 인한 식민지
에서의 토착 민족주의와의 공동투쟁의 포기로 말미암아 민족단일당(民
族單一黨) 운동은 분열되고, 신간회가 마침내 좌익의 공격으로 해소된
시기일 뿐 아니라, 일본의 만주침략과 중일전쟁 및 미일전쟁이 계속하
여 터짐으로써, 극도의 탄압과 동화정책에 눌리어 민족운동이 더할 수

없이 침체했던 암흑의 시기였다.

수양동우회(修養同友會) 같은 수양단체, 조선어학회 같은 학술단체 등, 온건한 민족주의 단체마저 마지막으로 철퇴를 맞은 시기이다. 이 시기의 말기에 중경(重慶) 임시정부가 대일선전(對日宣戰)을 포고하고, 광복군과 독립동맹군이 대일참전을 하여 싸운 것 외에는 국내에서는 일부 인사의 창씨 거부와 일부 기독교도의 신사 불참배 운동이 있을 정도요, 민족주의와 공산주의를 막론하고 일제의 단말마적 발악 밑에 질식한 시기였다.

이상으로써 보면, 1876년에서 1945년에 이르는 약 70년 간의 민족운동사에서, 그 첫머리 15년을 제외한 나머지 55년은 대일전쟁의 역사임을 알 수 있다. 그러므로 우리의 근대 민족운동사는 대일항쟁사(對日抗爭史)라 하여도 과언이 아닌 것이다.

이와 같은 70년 간의 민족해방운동사를 통관할 때, 우리는 우리 민족운동의 형식, 곧 방법적 유형과 내용, 곧 사상적 노선의 분류를 시도할 수 있고, 그러한 방법과 사상이 소장성쇠(消長盛衰)한 시기를 대강 구분할 수 있다.

민족운동의 방법적인 유형을 분류하면, 대체로 다음의 세 가지를 들 수 있을 것이다.

첫째, 내 목숨을 걸고 원수의 목숨을 강요하는 피의 항쟁이다. 갑신정변의 쿠데타, 갑오 동학혁명의 민중봉기나 을미의 의병, 을사의 侍衛聯隊 항쟁이나 병오·정미의 의병, 1920년대의 만주 방면에서의 독립군 전투, 1940년대의 광복군의 대일참전 같은 무력항쟁이 그 한 갈래요, 광복회·의열단·파괴단 같은 폭격 암살단과 무수한 殺身成仁의 의사·열사에게서 보는 폭력항쟁이 다른 한 갈래며, 을사보호조약, 또는 경술국치 직후의 수많은 순국에서 보는 자결이 또 한 갈래가 된다.

둘째, 민족의 요구를 절규하고, 국제여론에 호소 청원하는 조직적 시위의 항쟁이다. 3·1만세, 6·10만세, 학생만세 같은 비폭력 시위운동이 그 한 갈래요, 헤이그 평화회의·파리 강화회의·국제연맹 등

에 대표를 보내고 스톡홀름의 만국사회당대회·뉴욕의 25 약소국회의
·모스크바의 극동피압박민족대회 등에 대표를 보내어, 한국 독립문
제의 후원을 호소하는 등의 외교항쟁이 다른 한 갈래며, 독립협회·
독립청년단·대한외교청년단·애국부인회나 黑友會·공산당·新幹會
·槿友會 등 무수한 비밀결사, 또는 합법적 조직운동의 항쟁이 그 또
다른 한 갈래이다.

　셋째, 민중을 계발하고, 민의를 대변하며, 민족의 요구와 이념을
구현하는 문화항쟁이다. 독립신문·황성신문·대한매일신보·동아일
보·조선일보·시대일보와 開闢·朝鮮之光 등 신문·잡지의 언론항쟁
이 그 한 갈래요, 문학·음악·미술·연극·영화 등의 예술운동과 사
학·어학·민속학 등 국학연구운동과 각종 체육경기운동·종교운동·
여성운동·소년운동·衡平운동·물산장려운동·협동조합운동 등 사회
운동으로 표현된 문화항쟁이 그 다른 한 갈래이며, 미선계의 배재학
당·이화학당의 뒤를 이어 西友學會·畿湖興學會·호남학회·嶠南教
育會·關東學會 등이 일어나, 사립학교 설립운동과 민립대학운동 등
으로 나타난 교육항쟁이 그 또 하나의 갈래였다.

　이와 같이 대일항쟁의 민족운동은 민족·사회생활의 모든 부문에 뿌
리 깊게 박히게 되었고, 그러므로 1910년 경술국치에서 1945년 민족해
방에 이르는 36년 간의 역사는 소수의 친일주구(親日走狗)의 반동을 예
외로 하고는 전민족적인 대일항쟁사라고 할 수 있다. 적극적 항쟁과 소
극적 항쟁의 차이와, 그러한 소장(消長)이 시기적으로 있었다고는 하
나, 민족의식의 저류로서의 장구한 항일의식에는 아무런 변동도 있을
수 없었다.

제1편 민족자위항쟁사

　한국의 민족운동은 두 가지 정반대되는 의식의 바탕에서 시작되었다. 그 하나는 근대화운동, 곧 선진문명을 받아들여 근대적 민족국가를 건설하려는 개화(開化) 사상이요, 다른 하나는 보수 근왕(勤王) 운동으로서 신흥 자본주의의 침략에서 조국을 방위하려는 충의(忠義) 사상이 그것이다. 전자는 갑신정변・갑오경장으로 나타났고, 후자는 을미・병오・정미의 의병란으로 나타났다.

　그리고 이 양자의 중간에 3정 소요와 동학혁명이 위치하는 것이다. 다시 말하면 동학혁명에 집약된 민중봉기는 봉건적 특권계급에 대한 반항인 점에서는 개화사상에 통하면서도 외국세력의 침투에 대해서는 보수사상에 뿌리박고 있었다는 말이다.

　한국적 역사는 이 세 가지 노선에 다 충분한 근거가 있었고, 또 그것들은 어느 것이나 다 제 나름의 역사적 임무를 수행했던 것이다.

1. 갑신정변과 근대화운동의 풍운

1) 개화당

한국의 근대화의 기운이 직접 현실적 운동으로 표현되어 폭발한 것은 갑신정변이란 이름으로 불리는 1884년의 쿠데타로부터였다.

구미세력이 아직 동아(東亞)에 침투되지 않았을 때는 청국은 조선에 대해서 그다지 이해관계를 느끼지 않았기 때문에 조선은 형식적인 종속관계만 가졌지, 자주국가나 다름이 없었다. 그러나 구미세력이 물밀듯이 들어오고, 겸하여 신흥 일본이 조선을 넘보게 되자, 청국은 자신의 안전보장 때문에 조선 사정의 추이에 크게 관심하지 않을 수 없었다. 특히 임오군란(壬午軍亂) 후 청국은 조선을 청의 한 성(省)으로 하자거니, 명실공히 속국으로 만들어 외교·군사의 실권을 차지하자는 등의 강경정책이 논의되기도 하였다.

제물포조약 체결후 조선정부는 내정의 재편을 계획하고, 청에 의뢰하여 관세와 외교사무에 능통한 고문을 초빙하기로 하였다. 李鴻章은 馬建常과 독일인 穆麟德(P. Georg von Möllendorf)을 보내어, 이들은 고종 19년 11월에 來朝하여 內外衙門의 고문관이 되었던 것이다. 정부는 이에 앞서 대원군이 복구시켰던 신설 관청을 폐지하고, 임오군란 이전의 제도로 고치고자 機務處란 것을 두어 趙寧夏, 金允植, 洪英植, 魚允中 등으로 하여금 품의하게 하던바, 馬·穆 양인이 내도하자 統理衙門·統理內務衙門을 두게 하고, 뒤에 다시 統理交涉通商事務衙門(약칭 外衙門)과 統理軍國事務衙門(약칭 內衙門)이라 개칭하였다. 전자는 청국의 總理各國交涉通商事務衙門을 본받은 것이요, 후자는 종전의 三軍府·備邊司의 후신 같은 것으로서 軍國機務와 내정 일체를 관장하는 것이었다. 그 직원은 趙寧夏, 閔泳翊, 金弘集, 金晩植, 金玉均, 閔台鎬, 金允植, 洪英植 등과 穆麟德이었다.

이 때 종실과 민(閔) 씨·조(趙) 씨 일파는 청의 힘을 빌려 그 세력을 유지하려 했기 때문에 이를 사대당이라 하고 홍영식(洪英植), 박영효(朴泳孝), 김옥균(金玉均), 서재필(徐載弼) 등은 일본의 힘을 빌려 청국의 세력을 구축하고 독립하려 했기 때문에 이를 독립당, 또는 개화당이라 하여 두 갈래의 반대 진영으로 나누어지게 되었다. 그러나 당시 정계의 중요 인물이던 김홍집(金弘集), 김윤식(金允植), 어윤중(魚允中) 등과 척족의 대표적 인물 민영익(閔泳翊)은 학식과 역량이 있을 뿐 아니라 혁신적 사상을 가진 사람이었으면서도, 전기 개화당 인사들과 뜻이 서로 맞지 않아 대원군을 배척하고 민승호(閔升鎬), 조영하(趙寧夏) 등과 손을 잡아 청의 힘을 빌려서 점진적 혁신을 꾀하게 되었다.

이 척족 사대당과 독립당 사이의 대립 항쟁이 노골화한 것은 당시 정부가 계획하던 當五錢 발행과 외채 모집의 시비가 계기가 되었다. 민씨일파와 고문 穆麟德의 권고로 閔台鎬를 鑄錢所 당상에 임하고, 當五錢을 발행하게 하고, 동시에 金玉均에게도 국채모집 위임장을 주어 일본에 파견했다. 그러나 金玉均은 외채모집에 성공하지 못했고, 當五錢의 濫鑄는 경제계의 파탄을 일으키어 독립당과 수구당 사이의 대립은 더욱 악화되었던 것이다.

2) 우정국 사변

고종 21년(1884년)에는 사대당이 왕비의 동의를 얻어 독립당의 타도를 꾀하였다. 이를 알아차린 독립당은 먼저 손을 써서 수구당을 몰살하기로 하고, 일본공사 다케조에 신이치로(竹添進一郎)와 밀의(密議)하여 운동자금을 일본에서 얻고 무기를 일본에서 밀수입하고, 직접 행동할 사람은 김옥균이 일본에 파견시켰던 유학생 출신자로 하여, 동년 10월 17일에 열리는 우정국(郵政局) 개설 축하만찬회를 기하여 쿠데타를 단행하기에 이르렀던 것이다. 이것이 갑신정변(甲申政變)이다.

우정국(현 견지동) 개설 만찬회는 예정대로 10월 17일(陽 12월 4일)에

34

새로 낙성된 신청사에서, 초대받은 외교단과 조선측 빈객들의 참석 아래 열리었다. 그러나 安國洞 別宮은 건물이 견고할 뿐만 아니라 경계가 삼엄하여 예정 계획인 放火가 뜻대로 안 되었으므로 부득이 우정국 북측 민가에 방화하여 연회중에 화재소동을 일으켰다. 閔泳翊이 먼저 귀가하려고 나가다가 자객에게 피습, 중상을 입고 도로 들어오자, 그 날 밤 계획은 실패로 돌아가고 말았다. 그러나 金玉均, 朴泳孝, 徐光範은 창덕궁으로 급히 입궐하여 중대사변의 발생을 고종에게 고하고, 국왕과 왕비, 왕세자, 왕세자빈을 景祐宮으로 옮기게 하였다. 이리하여 우정국에서 실행하지 못한 수구파의 주살을 경우궁에서 단행하게 되었다. 국왕을 배종한 尹泰駿과 뒤따라 입궐한 韓圭稷, 李祖淵이 먼저 피살되고, 閔台鎬, 趙寧夏 등의 入衛를 기다려 이를 대문 안에서 차례로 살해하였다. 한편 일본병에 연락하여 경우궁을 호위케 하고, 외부와의 연락을 끊었던 것이다.

3) 3일 천하

18일에는 각국 공사·영사에게 신정권의 성립을 통고하고, 국왕은 다시 이재원(李載元)의 사제인 계동궁(桂洞宮)으로 옮긴 다음, 좌의정에 이재원, 우의정에 홍영식을 비롯하여 박영효, 서광범, 김옥균, 박영교, 서재필, 윤치호, 변수(邊樹) 등으로 신정부를 수립하였으니, 이 신정부에는 독립당 이외의 사람으로는 척족에게 밀리었던 이재원, 이재면, 이재완, 이재순 등이 기용되었다.

우정국 사변이 일어나자, 주한 청국 관리들은 강경론과 자중론으로 논의하다가 마침내 오조유(吳兆有), 원세개(袁世凱), 진수당(陳樹棠) 등은 사태를 방치할 수 없다 하여 솔병입영(率兵入營)케 되었고, 궁궐을 호위하고 있던 일병과 충돌하게 되었으니, 10월 19일 오후 3시경부터 창덕궁과 창경궁 후원 일대에서 교전하였다. 그러나 일병은 과병(寡兵)으로 불리함을 알자, 배신하여 싸움을 중지하고 철병하였고, 박영효, 김옥균, 서광범, 서재필, 변수, 유혁연(柳赫然) 등은 일병을 따라서 일본 공사관으로 피란하지 않을 수 없었다.

고종은 이 때 왕비가 있는 北關王廟로 가 있었던바, 이에 배종하였던
洪英植과 朴泳敎 및 사관생도 약간명은 고종을 찾아 달려온 袁世凱
兵에게 피살되었다. 동일에 일본 공사관은 조선병에게 습격을 당하
고, 일본 경비대 본부에 남아 있던 일본인은 학살당하여 29명의 死者
를 내었다.

일본 공사관으로 피난하였던 개화당(開化黨) 인사는 마침내 일본으로
망명하게 되고, 이로써 개화당 혁명정부는 거사한 지 사흘 만에 완전
좌절되었으니, 이것이 곧 개화당 3일 천하란 것이다.

4) 혁신령의 내용

개화당 3일 정권이 무너지던 10월 19일에는 14조의 혁신령(革新令)이
기안되었으니, 그 혁신령의 내용은 다음과 같다.

1. 大院君不日陪還事(임오군란 끝에 청의 直隷省 保定府에 안치되어
   있었다).
1. 廢止門閥, 以制人民平等之權 : 以人擇官, 勿以官擇人事.
1. 革改通國地租之法, 杜吏奸, 而紓民困兼裕國用事.
1. 內侍府革罷, 其中如有優才, 通同登用事.
1. 前後奸貪, 病國尤著人 定罰事.
1. 各道還上, 永永臥還事.
1. 奎章閣 革罷事.
1. 急設巡査, 以防竊盜事.
1. 惠商公局 革罷事.
1. 前後 配流禁錮之人 酌放事.
1. 四營合爲 一營, 一營中抄丁, 急設近衛事.
1. 凡屬國內財政 總由戶曹管轄, 其餘一切財簿衙門 革罷事.
1. 大臣與參贊 課日會議于閣門內議政所, 以爲稟政, 而布行政令事.
1. 政府六曹外 凡屬冗官 盡行革罷, 令臣·參贊 酌議以啓事.

　개화당이 기도한 혁신령은 당시 국가 사회의 피폐와 정부 및 지방관
리의 부패 무능과 무용(無用)・번폐(煩弊)・혼란한 제도 기구의 집약・
혁신・간소화를 주로 한 시폐(時弊)의 개혁에 치중되었고, 거기에 인
민 평등권과 민족의식 선양이 곁들여 있었다. 이 혁신안의 정신은 다
음 10년 뒤에 오는 갑오경장의 시정요목(施政要目)에 그대로 계승 편입
되었다.

2. 동학의 민중봉기와 민족의식

1) 三政 소요

조선조 말기의 극도로 피폐한 인민의 생활과 억울·불안한 감정은 주로 3정(三政)의 문란에서 기인한 것이었다. 3정은 전정(토지조세)·군정·환곡(細民에게 저리로 대여하는 곡물의 還納)을 이름이니, 곧 세무행정·병사행정·양곡행정이다. 이 세 가지는 민중생활과 직접 결부된 것이고, 그만큼 가장 부패하기 쉬운 것이었다.

지세는 田稅·三手米(殺手·射手·砲手의 경비 충당을 위한 과세)·大同米·結錢의 4종이 주가 되고, 그밖에 結役價와 부가세가 있었다. 그러나 그 취급이 곤란하여 전세와 3수미는 戶曹에, 대동미는 宣惠廳에, 結錢은 均役廳에 각각 출납케 되었다. 과세의 중점을 토지에 두게 되니, 지세의 가중이 필연의 세인데다가 임진란 후 屯田·衙門田·官房田 등의 면세지의 격증으로 국가수입은 감소되고, 죽어나는 것은 백성뿐이었다. 더구나 징세권과 경작권과 수익권의 매매가 동일한 형식으로 행해지고, 토지에 대한 권리와 제도가 아주 문란하게 되고 말았던 것이다.

軍政은 영조 때 균역법을 실시하여 종래 두 필씩이던 軍布를 한 필씩으로 반감하고, 魚鹽稅·船舶稅와 隱結의 結錢으로써 군사재정에 충당하였는데, 차차 법이 해이하게 되어 士夫의 자제는 諸衙門에 예속하지 않고 鄕班寒族들도 양반이라 하여 身役을 회피하니, 軍役은 세력없는 窮民에게만 돌아가게 되었다. 이러한 궁민이 날로 증가하는 형세여서 군정의 재원은 점차 감소일로를 내리닫고 있었다.

還穀은 본디 일종의 救恤 사업으로 시작된 것으로, 흉년의 救荒에 대비하는 한편 물가조절의 역할을 하던 것이다. 임란 이후 가장 성할 때는 환곡미의 총수량이 999만여 석에 달했고, 그 이식만두 약 70만석의 수입이 되어 국비의 대부분이 여기서 나오게 되었다. 이 환곡이 이익이 많았다는 반면에 그 폐가 많아지는 것은 필연한 세여서 이 窮農 구제기관은 마침내 인민 착취기관으로 변질되었다(서울대학교 국사연구실 편, 《國史槪說》, 560쪽 참조).

이 3정의 부패에다 순조조에 비롯된 왕실 외척의 세도정치로 말미암아 민생은 도탄에 들게 되었다. 따라서 3정의 부패에 대한 민중의 반항은 순조 때부터 시작되었던 것이다.

1811년(순조 11년) 12월, 평안도 일대에 일어났던 洪景來란은 대규모 민란의 선구로서 그 반란의 표면적 이유는 서북인을 정부의 문무 고관에 등용하지 않는다는 데 대한 불평에 두었으나, 민심에 불이 붙은 더 근본적인 이유는 가렴주구에 대한 반항이었다. 홍경래는 당시의 尙文卑武 정책과 西北人 不登用 정책에 희생되어 관계 진출이 막히게 되었고, 이러한 왕조정책에 희생된 西北人 누대의 울분을 자극함으로써 혁명을 일으켰으나 관군과 대전에 패하여 역적으로 처단되었다. 그는 자기의 영웅심을 주로 지방의식을 배경삼아 새로운 봉건왕조를 꿈꾼 것이므로 엄밀한 의미의 근대사회의 대변자일 수는 없었다. 그러나 그 반란의 의의가 부패한 정치제도에 반기를 든 점에서, 그 규모가 컸던 점에서 近代史上 중대한 계기가 되었다. 또 그의 반항내용인 지방차별·文武차별·嫡庶차별·黨弊·外戚用事·양반폐습은 다음에 오는 동학혁명의 반항내용에 통한 것이요, 갑오경장의 시정요목에도 반영된, 당시 한국이 직면한 근대적 개혁요구의 안목이었던 것이다.

헌·철종 때에 이르면 관리의 지방양민 침학(侵虐)과 민재늑징(民財勒徵)·악형(惡刑)과 인민남살(人民濫殺) 등이 자행되어 도처에서 민란이 터지게 되었으니, 이 민란을 총칭하여 3정 소요라 한다. 조정에서는 암행어사를 밀파해서 악덕관리를 축출하고 행정의 정화를 기했으나, 나중에는 그 암행어사마저 직책을 다하지 않고 불법과 부정에 부동(附同)하는 폐단이 생겨 3정의 문란은 구할 수 없는 지경에 이르고 말았던 것이다.

이와 같은 관리의 탐학으로 말미암아 발발된 민란은 철종 말년에 이
르러 도처에서 연쇄적으로 일어나 걷잡을 수가 없었다. 더욱이 경상·
전라·충청의 3남 일대와 함흥·제주지방이 더욱 심하였다.

    철종 13년(1862) 2월의 진주민란은 右道兵馬節度使 白樂莘의 탐학 때
문에 터진 것으로, 前校理 李命允이 주창하여 聚衆궐기한 자칭 樵軍
들에 의해서였다(우우하고 몰려갔다고 해서 진주우통이라 불린다). 당
시 按覈使로 실정을 조사하고 난민을 按撫한 副護軍 朴珪壽의 馳啓
를 보면 백락신의 가렴과 인민의 궁상을 짐작하고 남음이 있다.
    진주민란에 뒤이어 일어난 경상도 開寧의 민란은 현감 金厚根의 학
정 때문에 현민 金奎鎭이 首唱한 것으로, 수천명이 작당하여 吏房·
首校·下吏를 撲殺하고 田糶文簿를 불태웠으며, 이로써 정부는 현감
김후근을 파면하였던 것이다. 같은 무렵에 전라도 咸平에서 일어난
민란은 현감 權僉奎의 학정에 시달린 현민들이 鄭翰淳의 首唱으로 도
당을 모아 죽창을 들고 縣衙에 돌입하여 현감을 축출했던 것이다. 이
밖에도 咸興·益山·懷德·公州·恩津과 寧海 등지에 민란이 속발하
였다. 고종 19년(1882)의 임오군란도 3정 소요의 하나이다. 고종 30년
(1893)에는 成川·江界·咸從에서 민요가 일어났고 고부·김해·개성
에서도 일어났다.

    악덕관리의 탐학 외에도 이러한 민란을 조성한 또 하나의 다른 원인
은 경제적 곤궁에 빠진 양반족속의 토호(土豪) 토색질이었다. 이는 양
반계급 몰락의 전조로서 봉건계급주의와 봉건적 귀족국가의 붕괴를 초
래한 전구(前驅) 현상이었던 것이다. 국록을 먹는 관리의 자손이라는
관료신분주의에 기인한 계보관념과 유업(儒業)에 전심하는 것을 자랑으
로 알고 생업에 직접 참여한다는 것을 수치로 알던 양반이란 부류는 본
질적으로 비생산계급이요, 한정된 양반계급의 관직자리는 증가되는 계
급에 골고루 주어질 수가 없기 때문에 그들은 당쟁으로 정권쟁탈전에
목숨을 걸고 덤비지 않으면 안 되게 되었다. 그 계급의 경제적 기반은
오직 국가의 녹에 있었기 때문에 벼슬하지 못하면 생산수단이 없는 그

들은 몰락할 수밖에 없는 것이다. 그래서 벼슬할 수 없는 양반들은 필
연의 세로 그 계급적인 신분을 이용하여 상민 침해를 자행하기에 이른
것이다. 이 점에 있어 3정 민란은 3정의 부패와 악덕관리에 대한 반감
과 동시에 차츰 평민·상민의 양반계급에 대한 반항으로 불이 옮아 붙
었던 것이다.

2) 동학혁명

동학혁명의 발단이 된 고종 30년(1893)의 고부민란(古阜民亂)은 지방
관 학정에 대한 민중의 궐기요, 애초에 동학도의 난이란 것은 아니었
다. 당시 고부군수 조병갑(趙秉甲)은 전 충청관찰사 조병식(趙秉式),
현 관찰사 조병호(趙秉鎬)의 동족으로 탐관오리의 대표적 인물이었다.
그가 착임하자, 민재늑탈(民財勒奪)·부정취재(不正取財)로 사복을 채
우던 중 기존하는 만석보(萬石洑)의 시설에 하등의 파손이 없는데도 강
제 부역으로 신보(新洑)를 축역하고, 상답(上畓) 1두락에 2두(斗), 하
답(下畓) 1두락에 1두씩 수세(水稅)를 강징하여 700여 석을 사재(私財)
로 하였다.

이 때 태인현(泰仁縣) 향반(鄕班) 전봉준(全琫準)이 일찍이 동학에
입도하여 고부 접주로 있었다. 전봉준이 군민 40여 명을 인솔하고 군수
에게 진정하다가 쫓겨나고, 그 뒤에도 누차 진정하다가 실패하자, 이듬
해 2월 15일에 민중 1천여 명을 이끌고 군아(郡衙)를 습격하여 무기를
약탈하고, 징수한 세금을 본임자에게 돌려주고, 만석보 신보를 파괴하
고 말았다.

고부에서 동학 접주 전봉준이 창의(倡義)하여 지방관을 방축(放逐)하
였다는 소문이 퍼지자, 인접한 태인(泰人)·금구(金溝)·정읍(井邑)·
부안(扶安)·무장(茂長) 등지의 동학교도들은 인민과 함께 일어날 기회
를 엿보게 되고, 동학의 근거지인 충청·전라 양도가 동요하였다. 게다
가 고부 안핵사(按覈使) 이용태(李容泰)는 고부민란의 죄를 모조리 동
학교도에 돌려 교도를 샅샅이 체포하고, 가옥을 소각하고, 처자를 살육

하는 등 갖은 탄압을 자행하였으므로, 이에 격분한 전봉준, 정익서(鄭益瑞), 김도삼(金道三) 등은 각 지방에 통문(通文)을 보내어 인민의 궐기를 선동하였다.

이에 호응한 동학교도 수천명이 집결하여 전라병사(全羅兵使) 홍계훈(洪啓薰)이 인솔한 관군과 황토현(黃土峴)에서 싸워 이를 격파하고, 1894년 5월 13일에는 무장현(茂長縣)에 돌입 고부・태인・부안・정읍・흥덕・고창 등 각읍 관청을 파괴하고, 5월 31일에는 전주부(全州府)를 점령하였다. 6월 11일, 관군의 반격으로 마침내 전주를 포기하고 순창・남원 등지에 잠복하여 재거(再擧)의 기회를 엿보았으나, 전봉준은 그 해 11월에 체포되어 서울에서 처형되었다.

이와 같이 동학혁명의 발단은 3정 소요의 한 형식이었으나, 그것은 거기에만 멈추지 않고, 한 걸음 나아가 당시 사회가 내포한 모순 총체에 대한 자각적 반항운동의 면을 두드러지게 나타냈던 것이다.

> 우리가 여기서 밝혀 둬야 할 것은 동학혁명이 내세운 기치인 '除暴救民'은 '廣濟蒼生 布德天下'의 현실적 표현이었다는 점이다. 동학혁명은 당시 동학 제 2 세 교주 海月 崔時亨이 처음에는 찬성하지 않았으나, 전봉준이 창의한 뒤에는 坐視하여 동학의 분열을 바랄 수도 없어 따라서 일어난 것이다. 그는 전봉준의 戰勝의 報를 듣고 公州와 鎭岑을 점령하였으나, 대세가 불리하자 그대로 해산한 소극적 태도였다. 그러므로 동학혁명은 전봉준이나 손병희의 인간적 기질의 표현이라 볼 수 있다.

어째서 동학교도가 이와 같이 사회개혁운동에 폭동으로 참여하게 되었느냐 하는 직접적인 원인은 기술한 사회정세에 있었지만, 동학사상은 그 내부에도 이런 행동으로 발전할 소인이 있었던 것이다. 이의 해명을 위하여 이제 그 동학사상의 발전과정과 구성상황을 살펴보기로 하자.

동학은 수운 최제우(水雲 崔濟愚, 1824~1864)가 창도한 사상이다. 그의 동학사상에서 우리는 몇 가지 기본인자를 추출할 수 있고, 그 기본인자는 어느 것이나 모두 그가 당시에 경험한 혈통적・신분적・사회적・

시대적 환경의 영향의 단적인 표현이란 것을 간과할 수는 없을 것이다.

첫째, 그는 몰락하는 양반의 후예로 태어났다. 이 점이 그의 사상의 지적인 면이 전통적 유교사상과 유교술어로 나타난 까닭이 된다.

둘째, 그는 불우하고 멸시받는 庶子로 태어났다. 이 점이 그의 인간평등사상과 인간 위에 어떠한 권위도 두지 않는 인간중심주의로 나타났고, 종을 며느리로 삼는 것 같은 계급타파사상을 과감히 실천케 한 것이다.

셋째, 그는 國仙花郎 이래 고유 종교의 유속이 가장 많이 남아 있는 慶州에서 났다. 그의 사상에 仙道와 巫敎·검술·풍수 도참 등이 중요한 자리를 차지하게 된 까닭이 여기에 있는 것이다. 원효와 崔孤雲은 동향의 선배로 그의 사상에 영향을 주었다.

넷째, 그 당시는 정치의 부패와 민생의 피폐가 극심한 때였다. 이러한 사회의 피폐를 개탄하고 그들의 구제를 發願하였으니, 이 점이 개인적인 가족주의 사상으로부터 사회에의 관심에로 확대되었고, 국가운명에로까지 전개된 것이다.

다섯째, 그 당시는 천주교가 전래하여 많은 순교자를 낸 시대였다. 그는 여기서 先知者와 순교자의 피를 배웠고, 그의 사상이 天主의 뜻을 東에서 받았으니, 동학이란 착상의 신념을 얻었다. '侍天主造化定 …'이라는 주문 때문에 그는 천주교도 — 서학으로 오해받아 몰려 죽었을지도 모른다.

여섯째, 그 당시는 천주교의 전래를 비롯하여 서학과 倭와 淸에 의한 외세의 침입이 우려되는 때였다. 이 점이 그의 사상으로 하여금 민족주체사상에 확고히 뿌리박게 하였다.

일곱째, 그 당시는 病疫이 대유행하는 시기였다. 미신적 경향이 농후한 민중에게 弓乙의 呪符를 燒飮케 하는 呪醫術과 誦呪降神의 샤먼적인 木劍跳舞는 큰 매력을 주었을 것이다.

어쨌든, 그의 人乃天의 인간중심주의, 지상천국의 현실중심주의는 민족적인 주체사상 및 민중적 생활관념과 결부되어 전술한 많은 근대적 요소를 지니면서도, 후학들에 의하여 전형적인 한국사상, 첨단적인 근대사상으로 계승 발전될 계기를 지녔다고 보겠다. 그것은 그 사상이 지닌 바 민족적 민중적 의의와 현실적 사회성격이라 하겠다. 이 점이 동학혁명과 3·1운동에서의 그 신봉자의 방향을 제시한 점이다.[1]

3) 청일 전쟁

고부에서 발단된 동학교도의 탄압 박해가 전면적인 동학혁명으로 도발 확대되자, 정부는 청국에 출병을 청하였다. 이홍장(李鴻章)은 신식 육군을 파견하여 이 해 6월 15일에 아산만(牙山灣)에 청군이 상륙하였고, 일본 또한 공사관과 거류민 보호란 이름으로 출병하여 6월 28일 인천에 상륙하니 동학혁명은 마침내 청일전쟁의 도화선이 되었고, 7월 27일 아산외양(牙山外洋) 풍도(豐島)에서 양국 함대가 충돌함으로써 전단(戰端)이 열리고 말았다.

동학혁명 진정을 이유로 청군이 상륙했을 때는 전주를 점령했던 동학군이 이미 해산되니 청군 출병의 이유는 소멸하였던 것이요, 일본은 일본대로 한국정부의 改造와 내정간섭에 병력이 필요하여 이를 출병의 좋은 구실로 삼았던 것이다. 한때 袁世凱와 大鳥圭介 사이에는 공동철병에 관한 교섭이 있었으나, 일본정부는 오히려 大鳥의 소극적 대책에 반대하여, 청국과 전단을 열더라도 청국세력을 그대로 둘 수 없다는 강경한 태도를 취했으므로, 회담은 결렬되었고, 그 충돌을 방지할 아무런 방법도 없었던 것이다.

豐島 海戰에서 청국의 북양함대 소속 순양함은 탈출하고, 南洋水師 소속 순양함 廣乙은 함체에 큰 손해를 입어 탈출할 수 없으므로 瑞山 해안에 군함을 擱坐시키고 선원을 상륙시킨 후 동함을 폭파했던 것이다. 陸戰은 成歡 序戰에서 청군이 패퇴하고, 이어서 10월 초 평양會戰에서 또 대패하여 淸將 左寶貴가 飛彈에 맞아 전사하자, 청군은 백기를 걸고 항복했다. 청일전쟁은 이홍장이 海防을 맡아 16년 간 심력

[1] 조지훈, "개화사상의 모티브와 그 본질," 《趙芝薰 전집 7 : 한국문화사 서설》(서울: 나남, 1996), 249~290쪽.

을 다해서 순서구식으로 시설한 난공불락이라던 旅順이 어처구니없이
쉽게 함락되고, 잇따라 威海衛가 日軍에게 점령됨으로써 대세는 결정
되어 청국정부는 和를 청하게 되었다.

3. 갑오경장과 보수적 민족항쟁

1) 갑오 경장

1894년의 갑오경장을 계기로 하여 일본은 그 침략정책의 독아(毒牙)를 노골적으로 드러내었다. 그들의 대조선정책의 경영에서 장애가 되는 것은 청국이었고, 민비(閔妃)를 중심한 척족 민씨 일파의 세도정권이 친청파 곧 사대당이었기 때문에 일본은 이 민씨 정권을 타도함으로써 친청(親淸) 세력을 제거하는 것이 당면한 급선무였다.

일본은 마침내 병력으로 청한(淸韓) 종속관계를 폐기시킬 것을 결정하고, 1894년 7월 23일 미명에 당시 용산에 주둔하고 있던 오시마(大島) 혼성여단으로 하여금 경성에 침입하여 경복궁을 포위하게 하고 내외를 단절한 다음, 민씨 일파와 대립관계에 있던 대원군을 강제 옹입(擁入)하여 신정권을 수립하고, 내정개혁이란 이름의 강압적인 간섭에 착수하였다. 7월 25일에 김홍집(金弘集)을 영의정에 임하고, 동 27일에는 새로이 군국기무처(軍國機務處)를 두어 영의정 김홍집으로 그 총재관(總裁官)을 겸하게 하고, 일본공사 오토리 게이스케(大鳥圭介)는 고문이 되었다. 28일에는 청한조약(淸韓條約)을 파기하고, 30일에는 관제와 직제를 편성하니 이것이 갑오신정부(甲午新政府)요, 이 정부가 시행한 기구의 개혁을 가리켜 갑오경장, 또는 갑오개혁이라 한다.

갑오경장의 개혁은 정치기구·사회기구·경제기구의 삼면에 나타났다. 정치기구는 의정부 및 궁내부에 대한 신(新) 관제로, 경제기구 개혁은 국가 재정정리와 통화개혁을 그 골자로 하였다. 이에 비하여 사회기구 개혁은 수천년래 인습을 근본적으로 뒤엎는 파천황(破天荒)의 개혁이어서 갑오경장의 핵심적 의의를 지니게 되었고, 따라서 그것은 뿌리 깊은 관습의 변혁인 만큼 국민의 중대한 반발에 부딪혔을 뿐만 아니라,

갑오경장을 실패로 돌아가게 한 원인이 되기도 하였다.

갑오 7월 29일 군국기무처 회의를 통과 시행된 사회개혁을 목표로 한 제1안의 전문 23조는 다음과 같다.

1. 爾今 內外公私의 文牒에 開國紀元을 쓸 것.
2. 청국에 대한 조약을 개정하고 각국에 전권공사를 특파할 것.
3. 문벌·양반·상민 등의 계급을 타파하여 귀천에 불구하고 인재를 選用할 것.
4. 文武尊卑의 制를 폐하고, 다만 품계에 따라 敬禮相見儀를 규정할 것.
5. 죄인 자신의 밖에 일체 緣坐의 法을 베풀지 말 것.
6. 嫡妻와 妾에 다 자녀가 없을 때 한하여 養子를 취할 것.
7. 남녀의 早婚을 엄금하고, 남자는 20세, 여자는 16세 이후에 嫁娶할 것.
8. 과부의 再嫁는 귀천을 물론하고 그 자유에 맡길 것.
9. 公私奴婢의 법전을 혁파하고, 인신판매함을 금할 것.
10. 평민 중에 何某라도 국리민복이 될 의견이 있으면 기무처에 上書하여 僉議에 附케 함을 許할 것.
11. 朝官 衣制에는 陛見하는 公服을 紗帽章服과 盤領窄袖로 하고, 燕居衣服은 漆笠·褡襦·絲帶로 하고, 士庶人은 漆笠·周衣·絲帶로 하며, 兵弁衣制는 近制에 따르되 장졸의 구별을 명백히 할 것.
12. 各衙門의 官制와 職掌은 8월 20일까지 정할 것.
13. 警務官制와 職掌은 內務衙門에 속할 것.
14. 大小官의 公私行에 或乘 或步를 從便自由로 하되 平轎子·軺軒은 영구히 폐하고, 宰官의 扶腋하는 例도 영구히 폐함. 단 총리대신 및 曾經議政大臣은 궐내에서 藍輿를 탐을 허락할 것.
15. 大小官과 士庶人의 等馬(待避)의 節을 陰廢할 것(凡遇高等官에 只可讓路).
16. 各府衙 官員의 수행인원을 定限할 것(총리대신 수행 4인, 贊成 및 各衙門大臣 3인, 協辦 2인, 司憲 및 參議 1인).
17. 宮內省으로서 재능이 유한 자는 外朝에 通用함이 일체 무관할 것.

18. 凡在官親避하는 規例는 다만 子婿·친형제·叔姪 외에는 私義에 구애치 말며, 혐의를 講하여 規避하는 습관은 일체 영구히 폐지할 것.
19. 贓(공금횡령) 吏의 律은 舊典에 의하여 懲判을 엄히 하며, 贓金은 변상하게 할 것.
20. 朝官의 品級은 自一品로 至二品은 正과 從이 유하고 自三品로 至九品은 正從의 別이 無할 것.
21. 驛人·倡優·皮工은 다 免賤함을 허할 것.
22. 무릇 官人은 비록 고등관을 지낸 자라도 休官한 후는 자유로 상업을 경영할 수 있을 것.
23. 科擧로 取士함은 朝家의 定制이나 文章에만 의하면 實材를 수용키 어려우니, 科擧의 法은 上裁를 奏請하여 適宜 개정하고 겸하여 選任條例를 정할 것.

이 갑오경장 개혁요목 23조를 분석하면 민족주권(民族主權)에 대한 것이 2조(제 1·제 2), 폐정개혁(弊政改革)에 관한 것이 2조(제 19·제 23), 관제(官制)·직장(職掌)에 관한 규정이 2조(제 12·제 13)인바, 이 6조를 제한 나머지 17조는 모두 인권에 관한 혁신규정이다. 특히 제 3조에서 제 10 조까지와 제 21 조·22 조는 명백한 인권옹호 선언이요, 제 10 조와 22 조에서 민권사상이 싹을 내밀고 있다(조지훈, "개화사상의 모티브와 그 본질" 참조).

이 개혁은 우리 역사상 가장 중대한 개혁이요 근대사회에로의 전환의 기점이긴 했으나, 그것은 일본세력을 배경으로 한 약체정권에 의하여 발포(發布)되었고, 또 그 내용이 당시의 현실과는 너무나 동떨어진 급격한 것이어서 인민이 이에 따르지 않고 크게 반발하였을 뿐 아니라, 정부와 군국기무처, 군국기무처와 대원군, 대원군과 일본측, 이 3자간에는 정치적으로나 사상적으로 일치되지 않아, 내정개혁은 순조롭게 진행되지가 않았던 것이다.

군국기무처의 총재는 김홍집이었으나, 그 회의의 추진력은 당시의 친일분자이던 김가진(金嘉鎭), 안경수(安駉壽), 유길준(兪吉濬) 등이었다. 그들은 일본공사와의 긴밀한 연락 아래 급격한 개혁을 단행하고 있었고, 따라서 정부의 실권은 군국기무처에 옮겨져 의정부의 각 아문(衙門)은 유명무실한 기관이 되었다. 뿐만 아니라 이 신정부를 수립함에 있어 먼저 대원군과 타결한 것은 중대한 국무는 대원군에게 품신하여 그 재결에 따르기로 한 것인데,[2] 군국기무처가 각종 개혁안을 의결하여 진달(進達)하면 대원군은 동의를 하지 않았고, 군국기무처는 대원군의 존재를 무시하고 직접 국왕의 품재(稟裁)를 주청(奏請)하기에 이르렀으며, 마침내 국왕과 왕비와 연락하여 대원군을 정권으로부터 배제하려고 기도하였다.

한편 대원군은 구미열강의 조력을 얻어, 일본공사를 견제하는 동시에 당시 개혁에 대한 국민의 반대여론이 비등함을 보고, 왜적배척(倭賊排斥)의 기세가 높은 동학도를 이용하고자 그 수령 전봉준을 선동하는 한편, 청군과 연락하여 일본군을 몰아내려고 하였다.

이와 같은 대원군의 반일공작은 정적(政敵)에게 좋은 기회를 주었을 뿐 아니라, 나중 밀함(密函) 사건은 직접 대원군 실권의 원인이 되었다. 오토리 게이스케(大鳥圭介)가 내정개혁의 실패로 말미암아 일본조야의 비난을 받고 물러간 뒤, 그 후임으로 온 이노우에 가오루(井上馨)는 이 밀함의 등본을 만들어 내놓고 강핍(强逼)하여 대원군을 물러앉게 한 다음, 김홍집·박영효를 중심으로 한 친일 연립내각을 조직하여 그

---

2) 갑오경장 후 내린 詔書에는 "敎曰 凡今後庶務 遇有緊重事件 先爲就明于大院君前"이라 하였다.

　대원군과 그 손자 李埈鎔의 동학당과의 연계공작을 내탐한 警務使 李允用은 閔妃의 지시를 받아 동학도 연락인 鄭寅德을 체포하고, 일체의 증빙물을 杉村書記官에게 제공하였으나, 이로 말미암아 노한 대원군은 이윤용에게 刊削의 典을 내리게 하고, 崔亨植 등을 시켜 군국기무처의 강경분자인 法務協辦 金鶴羽를 암살하고 말았다. ─《大韓季年史》에는 內部主事 朴世網과 前都事 朴東鎭을 湖西의 동학도에게 밀견한 것으로 되어 있다.

　대원군은 甲午 8월 28일자로 평안도 관찰사 閔丙奭에게 密函을 보내어, 일본군의 중압으로 宗社가 위태하니 淸國大軍이 내원하여 일본군을 소탕하고, 일본에 아부하는 당파를 숙청할 것을 淸國 將領에게 간청하라고 하였다. 《大韓季年史》에는 前校理 李容鎬를 평양·청진에 보낸 것으로 되어 있고, 그 전에 閔泳駿을 통하여 密勅이 淸將에 전해졌다고 하였다.

기반을 굳게 하였고, 군국기무처는 폐지하고 말았던 것이다.

2) 시모노세키 조약

갑오 동학혁명으로 발단된 청일전쟁은 일본의 승리로 돌아가, 그 이
듬해 1895년(乙未) 4월 15일에 이른바 시모노세키(馬關) 조약이 체결됨
으로써 강화가 성립되었고, 한국에 대한 청일간의 세력분쟁은 일단락을
보게 되었다. 그러나 이 시모노세키 조약에서 일본이 청국으로부터 할
양받은 요동반도는 뜻밖에도 3국 간섭이란 것이 일어나 청국에 환부(還
付)하게 되어 일본의 국제적 위신을 땅에 떨어지게 하였다.

> 馬關條約(下關條約)은 ① 조선의 자주독립국가임을 확인, ② 청국의
> 요동반도·대만·澎湖島 할양, ③ 청국의 平銀 2억 兩(일화 3억 圓)
> 배상, ④ 양국의 종래조약 갱신과 沙市·重慶·蘇州·杭州 개항, 일
> 본선의 양자강 및 부속하천 자유운항, 일본인의 거주·영업·무역의
> 자유, ⑤ 청국내 일본군의 3개월 이내 철퇴와 威海衛의 일군은 배상
> 완료시까지 주둔한다는 것이 그 내용이다.
>
> 일본이 요동반도를 영유하는 것은 러시아의 남하정책에 위협이 되
> 었고, 독일의 東進정책, 프랑스의 親露·連亞 정책도 러시아와 이해
> 가 일치되었기 때문에, 露·獨·佛 3국은 연합하여, 일본정부에 요동
> 반도의 還付를 강권하였다. 일본은 비록 전승은 하였으나 피폐가 심
> 하였고, 3국은 함대를 출동하여 시위하니 부득이 요동을 淸에 환부하
> 고, 그 대가로 삼천만 냥의 배상금을 받게 되었다. 그 뒤 旅順·大連
> 은 러시아가 租借하고, 독일은 膠州灣을, 프랑스는 廣州灣을, 영국은
> 威海衛와 九龍灣을 각각 조차하였다.

3) 친로반일정책

러시아가 일본을 압도하는 것을 보고, 외국세력의 동향에 민감한 민
씨 정권 일파는 급격히 친로적 방향으로 기울어지게 되어, 러시아 공사
위패(韋貝 : Karl Wäber)와 제휴하여 박영효의 음모 고발사건을 계기로

친일내각을 무너뜨리고, 친로파이던 이범진(李範晉), 이완용(李完用) 등을 등용하여 제3차 김홍집 내각을 조직하였다. 이로써 노일(露日)간 의 감정과 세력각축은 심각화되고 노일전쟁의 원인을 갖게 되었다.

> 日公使 井上馨이 서울 동·남대문 일대를 일본 商民 租借界로 하려는 것을 박영효가 굳이 不聽하니, 일인들이 미워했었다. 이 때 일인 佐 佐木日出雄이란 자가 韓在益을 보고 박영효 등이 不軌를 음모한다고 말했는데, 在益이 그 筆談한 것을 特進官 沈相薰에게 보였으므로 심 상훈이 입궐, 告變하여 일어난 사건이다. 박영효는 일본으로 出奔하 였고, 정부는 영효의 逃去를 기다려 체포령을 發했다. 목적이 영효를 축출하는 데 있었기 때문이다(《大韓季年史》上 109쪽).

일본정부는 러시아의 압력과 그 진출을 두려워하여 1894년에 대한제 국이 되면서 제정한 〈홍범(洪範) 14조〉 중, 왕비의 국정 간여를 금지하 는 조항을 삭제하기에 이르렀다. 민씨 일파는 이러한 일본의 양보를 러 시아에 대한 굴복으로 해석하고, 더욱 친로적 경향을 드러낼 뿐 아니 라, 이 때까지 친일내각이 이루어 놓은 신제도를 파괴하고 민씨 집권의 구태로 복귀시키려고 하는 한편, 러시아에 대해서는 함경도의 1항(一 港)을 대여한다는 밀약이 추진되고 있었다.

洪範 14條

1. 淸國에 依附하는 관념을 割斷하고, 자주독립 기초를 確建함.
1. 王室典範을 제정하여 大位繼承과 宗戚分義를 判明함.
1. 大君主는 正殿에 御하여 視事하며, 政務는 각 대신에게 親詢하여 裁決하고 后嬪宗戚의 干預를 不容함.
1. 王室사무와 國政사무와 분리하여 서로 혼합치 아니함.
1. 議政府와 각 衙門의 직무와 권한을 명확히 제정함.
1. 인민의 納稅는 總히 법령에 의하여 率을 정하고, 名目을 妄加하여 징수를 濫行치 아니함.
1. 조세부과와 경비지출은 總히 度支衙門에서 관할함.

1. 王室費用은 1년 예산을 정하여 재정기초를 확립함.
1. 지방관제를 속히 개정하여, 지방관리의 직권을 제한함.
1. 國中의 聰俊한 자제를 각국에 보내어 외국학술과 기예를 전습케 함.
1. 將官을 교육하며, 徵兵法을 用하여 軍制 기초를 확정함.
1. 민법과 형법을 嚴明하게, 監禁과 懲罰을 濫行치 못하게 하며, 인민의 생명과 재산을 보호함.
1. 用人은 門地를 불구하고 求士는 朝野에 인재등용을 廣히 함.

4) 乙未 사변

1895년 4월에 정부는 군제(軍制)를 개정하여 육군을 개편하고, 일본사관(士官)을 고빙(雇聘)하여 병사 2대대 800여 명을 교련하여 훈련대라 불러, 궁성을 수호하게 한 바 있었다. 친로파에서는 이 훈련대를 해산할 것이라는 소문이 돌게 되었다. 훈련대 대대장 우범선(禹範善), 이두황(李斗璜), 이주회(李周會) 등은 이를 분개하여 결사반항할 것을 도모하게 되었다.

위에서 말한 바와 같이, 이 때에 일본정부의 대한정책은 민씨 정권의 친청·친로의 사대정책의 변환에 장애를 받아 왔으므로 일본의 민씨 일파에 대한 원분은 극도에 달했고, 민씨 정권의 그러한 모든 정략이 민후(閔后)에게서 근원된다고 본 일인은 민후의 존재를 눈에 가시같이 생각하게 되었다.

이노우에 가오루(井上馨)의 뒤를 이어 새로 착임한 일본공사 미우라 고로(三浦梧樓)는 스기무라 슌(杉村濬), 오카모토 류노스케(岡本柳之助) 등과 밀모(密謨)하여 민후(閔后)를 제거하기로 결정하고, 그 대신으로 민씨 일파와 알력이 심한, 실의(失意)한 대원군을 다시 옹입(擁入)하려고 하였다. 8월 19일(양력 10월 7일)에 군부대신 안경수(安駉壽)가 일관(日館)을 방문하고, 훈련대와 경찰이 재차 충돌했으므로 금석(今夕)에 해산하려고 한다고 하였다. 이에 훈련대 대대장 우범선이 미우라(三浦)를 방문하여 사태의 급함을 말한 다음, 즉시 거사할 것을 청했다. 미우라는 곧 오카모토 등을 불러 일인 60여 명을 이끌고 공덕리(孔德里) 별장에 있는 대원군을 옹위한 다음, 8월 20일 새벽 광화문으로 돌입케 하였던 것이다.

이 때 궁의 시위병이 항거하여 약간의 살상이 있었고, 연대장 홍계훈(洪啓薰)이 일병을 질책하다가 피살되고, 궁내대신(宮內大臣) 이경직(李耕稙)은 어전에서 척살(刺殺)되었으며, 일인들은 마침내 옥호루(玉壺樓)에 난입하여 민후를 죽이고, 그 시체에 석유를 뿌려 불사른 다음, 뒷산에 묻고 말았다.

> 이 날 난동 凶行한 일인은 평복에 刀劍과 短銃을 휴대한 자객·고문관·순사 등 60여 명이었다. 폭도들은 일본 사관들의 整列 把守 아래 殿閣 밀실을 샅샅이 뒤져 內人들의 머리칼을 움켜 잡아 끌고 다니며 왕후의 소재를 찾았고, 임금 앞에서 칼을 휘두르고 총을 쐈을 뿐 아니라, 심지어는 임금의 팔을 움켜잡고 서너 걸음을 끌고 다녔으며, 왕태자 또한 두발을 끌리는 바람에 冠이 부서지는 참담한 지경에 이르렀던 것이다(《韓國痛史》·《大韓季年史》).

대원군이 입궐하고 미우라(三浦)가 뒤쫓아 해궐(諧闕)하여 환국(換局)을 청하니, 왕이 이에 친로파인 안경수, 이완용, 이범진 등의 관(官)을 면하고, 유길준 등 친일파를 중심으로 제4차 김홍집 내각을 수립하였다. 이 정변은 국제적으로 많은 물의를 일으켜, 일본 정부는 미우라 일당을 소환하여 히로시마(廣島) 지방 재판소에서 예심에 회부하였다가 결국 증거 불충분이라 하여 전원 석방하고 말았다.

5) 儒林擧義

민비의 참변이 알려지자, 민심은 크게 흔들리어 경향 각지가 소란하게 되었다. 민비는 정치적으로는 국민의 원성을 산 바 많았지만, 그 참혹한 죽음이 동정을 일으켰을 뿐 아니라, 그 죽음이 일인의 범궐(犯闕)과 시역(弑逆)이었다는 점에서 민족의식을 자극한 바 있어, 그 통분을

절치(切齒)하지 않는 사람이 없었다. 충분강개한 인사들은 마침내 성패
사생(成敗死生)을 걸고 각처에서 분기하게 되었으니, 이 때 의병을 일
으킨 이는 주로 유림(儒林)들이었다. "국모가 외적에게 피시(被弑)되었
는데, 복수의 거(擧)가 없다면 이 어찌 나라에 신민(臣民)이 있다고 하
겠는가"라는 것이 당시의 창의토적(倡義討賊)의 대의였다.

민후의 피시(被弑)뿐 아니라, 을미사변 후의 신내각은 정삭(正朔)을
고쳐서 태양력을 시행하고, 종두법과 우체사무 시행과 군제를 변경하
였으며, 일세일원(一世一元)의 연호를 세우고, 단발령을 내려 강제삭발
하는 등 과감한 개화정책을 강행하였는바, 국민들은 처음 당하는 이들
정령(政令)에 반항하여, 그것을 모두 왜행정(倭行政)이라고 구적시(仇
敵視)하였다. 그 중에도 단발령은 "두가단(頭可斷)이나, 발불가단(髮不
可斷)"이라는 수구유림을 분격케 하였으니, 을미의 유림거의(儒林擧義)
는 국모피시의 복수와 단발령 반대라는 두 가지가 골자였던 것이다. 그
러므로, 을미의 의병은 유림의 충효사상이 그 강령이 된 것이라 할 수
있다.

　　'頭可斷이나, 髮不可斷'이란 말은, 유길준 등이 단발령 시행을 위하여
　　유림에 重望이 있는 崔益鉉의 머리를 먼저 깎고자 巡檢을 시켜, 잡아
　　다 하옥하고 威嚇했을 때 최익현이 한 말이다(《大韓季年史》上, 135
　　쪽).

을미 이후, 시사(時事)에 대한 최초의 반항은 시종(侍從) 임최수(林
最洙), 참령(參領) 이도철(李道徹)이 거병하여 김홍집, 유길준 등을 죽
이고, 정부를 전복하려던 계획이다. 군대를 통모(通謀)하여 거사했으나
안경수(安駉壽)의 배신으로 좌절되고, 임(林)·이(李) 양인은 사형되었
다. 임최수의 동지 이세진(李世鎭)은 이를 복수하고자 청양(靑陽) 군수
정인희(鄭寅羲)로 더불어 충청도에서 의병을 일으켰다가 또한 실패하고
둔주(遁走)하였다.

이 계획은 원래 이범진 안경수 등이 참여하여 훈련대 제 1 대대장 李範來와 제 2 대대장 李軫鎬 등이 內應하기로 通謀한 것인데, 發兵하여 안국동 네거리에 이르렀을 때 안경수가 中路에 잠깐 다녀올 곳이 있다 하고 빠져나와, 외부대신 金允植에게 고발했기 때문에 발각되어 開門 內應이 없게 되고, 궁중 宿衛兵이 猛擊하기 때문에 실패하였다 (《大韓季年史》上, 124쪽).

을미 유림거사(儒林擧事)는 이소응(李昭應)이 춘천에서 일어났고, 이춘영(李春英)이 지평(砥平)에서 일어남으로부터 발단이 되었다. 유인석(柳麟錫)과 여주(驪州)의 이인영(李麟榮), 문경(聞慶)의 이강년(李康年) 등이 또한 거병하여 4방에 전격(傳檄)하였고, 지평군인(砥平郡人) 맹영재(孟英在)·김백선(金伯善)이 또한 기병하여 호응하였으며, 허위(許蔿)는 선산(善山)에서 일어났고, 승지(承旨) 이설(李偰)과 김복한(金福漢)은 홍주(洪州)에서 일어났으며, 기우만(奇宇萬)은 장성(長城)에서, 이병채(李秉埰)는 흥양(興陽)에서 일어나 각기 일병과 수개월을 교전하여 피차간에 살상이 많았다. 또 춘천관찰사 조인승(曺寅承)은 이소응에게, 충청관찰사 김규식(金奎軾), 청풍(淸風) 군수 서상기(徐相耆), 단양(丹陽) 군수 권숙(權潚)은 유인석에게 피살되었고, 광주(廣州) 군수 박기인(朴基仁), 천안(天安) 군수 김병숙(金炳熟), 의성(義城) 군수 이관영(李觀永), 영덕(盈德) 군수 정재관(鄭在寬)과 기타 관리 수십인이 의병에게 피살되었던 것이다.

을미의병은 별 성과를 얻지는 못했으나, 토적(討賊)복수의 대의를 밝힌 바는 있었다. 또, 이 때의 거의(擧義)는 대개 거의한 이들이 자진 기치를 내림으로써 평정되었으나, 뒤에 을사조약 이후의 의병항쟁의 바탕이 되었던 것이다. 그러므로 을미의병은 병오(丙午)·정미(丁未)의 대규모 의병항쟁의 전초전이라 할 수 있다. 을미에 의병을 일으켰던 이는 거개가 병오·정미에도 기의(起義)하였기 때문이다.

을미 의병란은 상술한 바와 같이 반일항쟁이었으나, 그 바탕이 유림들의 보수적인 전근대적 사상에 근거한 만큼 그 영향은 민씨 정권의 재기와 친일내각의 붕괴, 아관파천(俄館播遷)과 친로내각의 성립의 계기가 되었다. 내각은 폐지되어 의정부로 환원되고, 그 동안의 개화신법(開化新法)도 철폐되었으니, 근대화운동을 역전후퇴시킨 것이 사실이다.

　　國母의 遭變과 단발령으로 인한 의병이 경기 · 강원 · 충청 · 경상 · 전라의 각지에서 일어나매, 宣諭使를 보냈으나 듣지 않으므로 親衛隊의 과반을 파견하게 되니, 露公使 베베르〔韋貝〕가 서울이 허소한 틈을 타서 공사관을 호위할 필요가 있다 하여, 2월 10일에 水兵 100여 명을 인천으로부터 입성시키는 한편, 親露 · 親美의 사람들이 모의하여 임금과 태자를 러시아 公館으로 播遷케 하였다. 朴定陽을 수반으로 한 이범진 등이 정권을 잡은 것이다. 김홍집과 鄭秉夏는 이 변을 듣고 경복궁으로 달려가다가 순검에게 잡혀 警務廳 문전에서 난민에게 타살되었다. 魚允中은 향리 용인으로 가다가 中路에서 피살되고, 兪吉濬 · 趙義淵 · 張博 · 權瀅鎭 등은 일본으로 망명하였다. 임금이 아관에 留御한 1년 동안은 모든 세력이 露國의 손에 들게 되어, 여러 가지 利權이 그들에게 넘어갔으며, 美 · 獨 · 佛人도 이권을 차지하였던 것이다.

4. 독립협회의 민권항쟁

1) 독립협회의 창립

청·일·로의 각축과 북새질통에 국계(國計)와 민생이 날로 그릇됨을
보고, 민중의 각성이 일대운동으로 전개되었으니, 그것은 1896년(建陽
元年 丙申) 가을, 미국에서 돌아온 서재필이 독립협회를 창립함으로써
시작되었다. 서재필은 갑신정변 후 미국에 망명하여 있다가 갑오경장
후 박영효가 놓이면서, 사령(赦令)이 있어서 귀국하여 외부고문(外部顧
問)이 되었었다. 그는 신지식으로써 관리를 계발하고, 일변 순국문과
영문으로《독립신문》을 발간하는 한편, 가두에서 시사(時事)를 연설하
여 민중의 사상을 계몽하였다. 서재필은 실로 우리의 근대화운동·신문
화운동의 선구자였다. 독립협회는 중국의 사절단을 영접하던 지점에 독
립문을 짓기로 하고, 그 해 11월 21일에 정초식(定礎式)을 행하였던 것
이다.

　　崔南善의《故事通》에는 11월 14일로 되어 있으나. 독립협회 초기의
　　參劃者인 鄭喬의《大韓季年史》에 21일로 있고,《독립신문》동일자
　　99호에는 '독립문 쥬초돌 논는례식 홀긔(順序)'가 실려 있다.

독립협회는 처음에는 회원의 대부분이 조관(朝官)이어서 일종의 신
사구락부 같은 느낌이 있었으나, 그 중의 소장분자가 차츰 중핵이 되면
서부터 실효있는 민중운동단체로 전화하게 되었고, 일대세력을 형성함
으로써 기세를 올리고 많은 성과를 거두었던 것이다. 정교의《大韓季
年史》에는 창립 초의 독립협회에 대하여 다음과 같이 자세히 기록되어
있다.

앞서 서재필이 미국으로부터 돌아와 중추원 고문관이 되어 京師에 머무르게 되자, 紳士 安駉壽. 李完用(때의 외무대신) 등 30여 인으로 더불어 독립협회를 세우니, 그 규칙에는 독립문과 독립공원 건설사무를 관장하는 일이 있었고, 그 직원은 회장・위원장・위원 등 명목이 있었으며, 회원은 정수가 없었다. 駉壽가 회장이 되고, 完用이 위원장이 되었으며, 載弼은 외국인으로 자처하여 회원이 되지 않고, 다만 회중 제반사의 고문에만 응하였다. 〔載弼은 미국 국적에 들었기 때문에 임금께 뵈어도 반드시 '外臣'이라 자칭하였고, 그 성명을 고쳐 '畢立堤仙'(Philip Jaisohn의 漢字表記)이라 하였다.〕 9월 6일에 회원과 미국 醫士 畢立堤仙이 약정하여 堤仙으로 하여금 독립문을 맡아서 세우게 하니, 그 비용이 3,825元이었다. 10월에 또 堤仙으로 더불어 독립협회 잡지를 編刊할 것을 의결하니 … 每朔 15일, 30일 양차에 독립신문사에서 출판키로 하였다(때에 堤仙이 皇華坊 貞洞에서 독립신문사를 창립하였으니, 순국문으로써 신문을 인쇄하여 廣布하고 《독립신문》이라 불렀으며, 堤仙이 스스로 사장과 주필이 되었다)(《大韓季年史》上, 146쪽).

2) 反露 운동

임금이 아관파천 1년에 경운궁(慶運宮)으로 환어(還御)하자, 을미 독립 후 겨를이 없어 결행하지 못하였던 황제 즉위식을 행하고, 연호를 광무(光武)로 고치고, 국호를 대한(大韓)이라 고쳤으며, 조종(祖宗)을 추존(追尊)하며 돌아간 민비에게 명성황후(明成皇后)의 호를 올리며, 또 대한국제(大韓國制) 9조를 발포하였다.

1897년(光武 元年) 9월에 러시아공사 베베르(韋貝)가 갈리고, 새로 온 스페이에르(士貝耶 : A. de Speyer)는 반강제로 군대의 교련과 재정의 처리를 그 수중에 걷어쥐고 이권의 독점에 열중하니, 이에 독립협회가 맹렬히 일어나 노국세력의 구축을 위한 대중운동을 전개하게 되었다.

광무 2년 2월에는 독립협회 제인사가 독립관(獨立館)에서 회의하여 재정권과 병권양여(兵權讓與)의 부당함을 상소하였고,[3] 3월 27일에는 노국의 절영도(絶影島) 조차 요구에 반대하는 질문서를 외무대신서리 민종묵(閔種默)에게 보내고 강경 항의하였으며,[4] 또 정부가 한아은행 (韓俄銀行)을 설치하려는 데 대한 항의서를 탁지부대신 조병호(趙秉鎬)에게 전달하였다.

이와 같은 반대운동을 위하여, 독립협회는 서재필의 지시로 만민공 동회(萬民共同會)를 종로에서 열고, 탁지부 고문관 알렉셰프[5] (憂櫟燮 : Alexieff)와 군부 교련사관의 해고를 정부에 요구하였다. 이 날 이승만 (李承晩), 홍정후(洪正厚) 등이 연사가 되어 재정·병권을 타인에게 주 는 것이 부당함을 강조하니, 민중이 박수로 찬성하였다. 정부는 민론 (民論)의 이러함을 러시아 공사에게 알리자, 러시아 공사는 본국에 조회 한 결과 모두 다 해환(解還)하라는 훈령을 받았으며, 일본공사 또한 절 영도 석탄고(石炭庫) 자리를 돌려주었고, 러시아 공사도 절영도 탄고지 (炭庫地) 조차 요구를 철회하니, 독립협회의 반대운동은 그 뜻을 모두 관철하였던 것이다.[6]

3) 만민공동회

앞서 정부가 러시아인 탁지부 고문관과 교련사관을 해임할 때 중추원 고문관 제선(堤仙 : 서재필)도 해고했으므로, 독립협회는 광무 2년 4월 30일, 숭례문(崇禮門) 내에 만민공동회를 열고 서재필의 유임을 정부와 서재필에게 청원 권고했으나, 정부는 제선(堤仙)이 독립협회 고문이 되

---

3) 당시 회장이 安駉壽였으므로 상소문은 그 이름으로 되었으나, 기초는 회원 李 商在(의정부 총무국장)와 李建鎬(전 鏡城관찰사)가 하였다 한다(《大韓季年 史》上 175쪽 참조).

4) 書記 鄭喬의 발의로 독립협회 總代委員 李商在(당일 임시회장), 鄭喬, 趙漢 禹의 이름으로 발송되었다(《大韓季年史》上, 177쪽 참조).

5) 亞歷塞夫(《韓國痛史》), 亞歷詩厚(《東史年表》)라고 표기되었다. 《大韓季年 史》上과 《朝鮮史講座》一般史에는 憂櫟燮이다.

6) 이 운동이 성취된 후 독립협회는 總代委員 尹致昊, 鄭喬, 金鼎鉉 이름으로 정 부에 賀書를 보낸 바 있다.

는 것을 미워하여 미공사(美公使) 알렌(安連 : H. N. Allen)에게 뇌물을
주어 제선(堤仙)을 추방함에 이르렀다. 그러나 그가 뿌려 놓은 평등사
상·민권사상은 이미 뿌리를 박았으므로 그가 떠난 뒤에도 이상재, 정
교(鄭喬), 윤치호, 남궁억(南宮檍), 이승만, 안창호, 신흥우(申興雨)
등에 의하여 계속되었던 것이다.

　　鄭喬의《大韓季年史》에 의하면 독립협회 운동에는 앞에 나온 지도층
이외에도 다음의 인사 등이 활약하였다.

李建鎬	趙漢禹	尹起晋	朴齊斌	李秉穆	金鼎鉉	尹孝定	崔廷植
李仁榮	梁弘默	權在衡	李根求	李采淵	李啓弼	李宗夏	安駉壽
李完用	鄭恒謨	金洛集	洪肯燮	尹夏榮	李承遠	金龜鉉	洪正厚
崔錫敏	姜華錫	羅壽淵	林鎭洙	金斗鉉	玄濟昶	劉 猛	尹泰興
金孝臣	張鳳煥	金忠燮	李懋榮	李圭大	方漢德	廉仲謀	韓致愈
卞河璉	高義俊	崔相敦					

　독립협회는 내정의 개혁에도 과감한 의견을 제출하여 정부에 항의 투
쟁하였고, 또 궐문 앞에 나아가 고관의 출면(黜免)을 강청(强請)하니,
정부에서는 그 무마(撫摩)와 탄압에 고심이 컸었다. 그럴수록 민중의
기세는 더욱 올라 정부와 알력이 생기게 되었다. 특히 군부대신 민영기
(閔泳綺)가 이를 더욱 미워하더니, 마침내 독립협회를 절멸하고자 길영
수(吉永洙), 홍종우(洪鍾宇), 이기동(李基東) 들로 하여금 보부상〔봇짐
장수〕들을 모아 황국협회(皇國協會)라는 단체를 만들고, 폭력으로 독립
협회를 습격하여 유혈상투(流血相鬪) 끝에 쌍방이 많은 사상자를 내었
다. 이에 흥분한 민중이 이기동과 그밖에 고관들 집을 습격하는 소동이
일어나게 되어, 정부에서는 독립협회원을 궐문 앞에 소집하고 황제가
궐문 앞에 친림(親臨)하여 군민(君民) 일체로 유신(維新)에 매진할 것
을 유고(諭告)하고 독립협회의 요구를 대개 응낙하게 되었다.

　　고관 출면(黜免)의 강청(强請)은 법부대신 겸 고등재판소 재판장 李
裕寅의 불법과, 판사 馬駿榮의 부정재판을 탄핵하여 李의 遞職과 馬

의 免官을 보게 했으며, 탁지부 典圜局長 李容翊의 貨幣濫鑄 등 불법에 대한 고발, 警務使 申奭熙의 貨幣私鑄者 崔鶴來의 무죄석방의 항의, 의정부 參政 趙秉式을 사직권고하여 파면케 한 것과, 국내 삼림・광산・철도의 外人 借款을 외부에 가서 조사한 것이라든지, 沈舜澤, 尹容善, 李載純, 沈相薰, 閔泳綺, 申箕善, 李寅祐 등 7臣을 배척하여 免官케 한 것이 그 중요한 것들이다.

황국협회는 독립협회를 견제 공격하기 위한 정부의 어용단체로서, 甲申 후에 보부상을 관리하기 위하여 설치하였다가 폐지한 商理局 復設運動을 핑계하여 보부상을 시켜 만든 단체이다. 朴殷植의 《韓國痛史》에는 '皇極協會'로 되어 있다.

1898년 7월 8일에는 독립협회원 윤치호, 이건호, 윤하영(尹夏榮), 정교를 중추원(中樞院) 의관(議官)에 임하고, 동 7월 30일에는 독립협회 총대위원 등이 의정부 대신들과 중추원에서 회담하였다. 독립협회 대표들이 평복으로 입궐하여 폐현(陛見)하였는데, 승당(陞堂)할 때 모든 대신이 기립(起立) 상접(相接)하였는바, 500년 이래 관민상대(官民相對) 국정논의(國政論議)가 초유지사(初有之事)라 하였다.

4) 독립협회의 탄압

그러나 그 뒤에 정부는 독립협회를 탄압하였고, 그 중심인물들을 하옥하고 독립협회 해산의 조칙(詔勅)을 내리었다. 이로 말미암아 민간단체는 파괴되고, 민중의 여론은 단절되었던 것이다. 이리하여 독립협회의 민중운동은 차츰 쇠미해지고, 유신(維新)의 공약은 묻는 이조차 없게 되었다.

때의 參政 趙秉式은 전일에 독립협회가 자기를 탄핵한 것을 원한하더니, 군부대신 서리 兪箕煥과 法部協辦 李基東과 밀모하고 익명서로 誣奏하기를, 독립협회가 대회를 열고 선거를 할 계획인데 朴定陽을 대통령에, 尹致昊를 부통령, 李商在를 내부대신, 鄭喬를 외부대신으

로 하고, 其餘 회원 중 저명한 자를 각부대신과 協辦을 삼아, 國制를
공화정치로 변혁하려 한다고 하여, 그 회원을 체포 하옥한 것이다.

5) 그 뒤의 민족운동

독립협회 운동이 수그러진 후, 이용구(李容九), 송병준(宋秉畯) 등의
'일진회'와 같은 반역 매국단체가 있었으나, 다른 한편에는 진정한 민족
의식과 자각에 불타오르는 여러 가지 새 단체운동이 계속하여 활발히
일어났다. 정치단체로는 '보안회', '헌정연구회', '대한자강회'(大韓自疆
會), '신민회'(新民會), '청년학우회', '대동청년당'(大東青年黨) 등이 일
어나, 초기 민족운동에 큰 공헌을 하였다.

保安會
보안회는 1904년(甲辰) 5월에 元世性을 중심으로 조직되어, 배일운동
에 노력하였다. 동년 8월에 송병준은 이른바 '維新會'를 만들어, 이
보안회에 대항하였다.

憲政研究會
헌정연구회는 1905년(乙巳)에 李儁, 梁漢默 등을 중심으로 창설하여,
일반국민의 정치사상을 고취하였다.

大韓自疆會
대한자강회는 1906년(丙午)에 尹孝定, 張志淵 등이 중심이 되어 헌정연
구회를 확충하여 조직한 것으로, 일종의 정치운동단체로 활약하였다.

新民會
신민회는 1906년(丙午)에 미국으로부터 귀국한 安昌浩가 동지 李甲,
全德基, 梁起鐸, 安泰國, 李東寧, 李東輝, 曹成煥, 申采浩, 盧伯麟
등과 더불어 조직한 비밀결사인데, 그 목적은 정치·경제·교육·문
화 등 각 방면으로 진흥운동을 전개하여, 국가의 실력을 향상하는 데
있었다. 조직방법은 대단히 치밀하여 회원간에는 2인 이상이 서로 알
지 못하게 하였고, 회원의 생명과 자산은 회의 명령에 의하여 바치기
로 시약히였다. 회원은 애국사상이 확고한 篤志者를 정선하였으므로,
당시 有志의 精華는 모두 가입하여 회원수 800여 명에 달하였다. 그

62

사업으로 평양에 大成學校, 정주에 五山學校가 있어 교육에 전력하였고, 경성의《대한매일신보》를 기관지로 이용하였으며, 평양·대구에 '太極書館'을 설립하여 문화운동과 연락기관을 만들어, 장차 전국 각 중요도시에도 배치하려 하였고, 평양 馬山洞에 磁器會社를 설립하여 산업진흥에 노력하였다. 이렇게 각 방면으로 전개하려던 획책은 1911년 倭敵이 날조한 이른바 寺內 暗殺案으로 인하여 金根瀅은 옥중에서 참사하고, 全德基, 崔光玉은 병사하였으며, 安昌浩, 李甲, 李東寧, 李東輝, 曹成煥, 李鍾浩 등은 노령·만주·미주 등지로 망명하고, 기타 인사들은 투옥되어 자연히 해체되었다.

靑年學友會

청년학우회는 1908년(戊申)에 안창호 중심으로 國中의 有爲한 청년을 선발하여 조직하였고, '務實力行'주의에 의하여 후진양성을 목표로 한 것이다. 회장 朴重華, 총무 李東寧, 서기 申伯雨, 議事 李會榮·崔南善·金佐鎭·尹琦燮·張道淳이며, 서울 新文館에서 발행하던 잡지《少年》은 이 회의 기관지격이었다. 또 이 회는 신민회의 자매단체로, 후일 興士團의 전신이라 할 것이다. 이 회도 또한 寺內 암살사건 때의 타격으로 자연 해소되었다.

大東靑年黨

대동청년당은 1909년(己酉)에 청소년으로 조직한 비밀단체니, 安熙濟, 李元植, 南亨祐, 金思容, 尹炳浩, 金基洙, 朴洸, 朴永模, 李遂榮, 徐超, 尹世復, 金鴻亮, 徐相日, 崔仁煥, 南百祐, 林玄, 金東三, 李時說, 金奎煥, 申伯雨, 徐世忠, 申八均, 金泰熙, 郭在驥, 閔櫃, 朴重華, 高順欽, 吳祥(尙)根, 申性模, 尹顯振, 崔浣, 金弘權, 白光欽, 宋全道, 金三, 高柄南, 崔允東, 裵天澤, 金觀濟, 申相泰, 李範英, 李炳立 등 80여 인이 당원으로서, 국내 국외에서 지하공작을 진행하기 40여 년이었으며, 광복시까지 정식해체는 없었다(《韓國獨立運動史》, 91쪽).

5. 露·日의 마수와 자위운동

1) 러시아 세력의 남진

러시아는 프랑스·독일과 합세하여 일본을 협제(脅制)하여 요동반도를 청국에 환부(還付)케 한 후, 이듬해에 만주를 통과하여, 해삼위(海蔘威)에 접속하는 동청철도(東淸鐵道)의 부설권과 여순(旅順)·대련(大連)의 전시사용권을 얻었다. 또 1897년 11월의 교사살해(敎士殺害)의 대상(代償)으로 독일이 교주만(膠州灣)을 점령하자, 러시아는 여순·대련을 점령하고, 이듬해 다시 요동반도의 조차권과 여순의 육해군 설비와 만주철도의 부설권 등, 여러 이권을 얻었던 것이다. 이리하여 러시아는 한국에까지 그 손을 뻗치니, 반도의 남서에 해군 근거지를 얻어 여순·대련·해삼위와 연락을 취하고, 대마해협(對馬海峽)의 군함 왕래를 안전하게 하려고 광무 원년 10월에 목포(木浦)의 고하도(孤下島)에 착목하고, 외부의 공문을 얻어 토지를 매수하려 했으나, 당시의 목포감리(木浦監理) 주상언(秦尙彦)이 극력반대하여 실패하였다.

광무 3년 4월에 공사 파블로프(巴禹路厚 : Pavloff)가 귀국하는 길에 마산에 들러 시찰하고 7월에 이르러 토지매수에 착수하였으나, 일본이 기선을 제하여 그 토지를 먼저 샀으므로, 러시아의 계획은 실패로 돌아갔었다. 그러나 러시아는 만주에 관동성(關東省)을 두고 알렉세예프(亞歷詩厚 : Alekseev)[7]를 총독에 임명하여 태평양함대를 통할케 하고, 광무 4년 3월에 마산포(馬山浦)의 남쪽에 있는 밤구미〔栗九味〕의 조차권을 얻었다. 이와 같이, 러시아의 동방에 대한 야심이 현저해지자 일본은

---

7) 탁지부 고문관 알렉세프와 關東省 총독 알렉세예프는 한자표기까지 혼용되어 동일인같이 보이니, 類名異人이다. 전자는 大藏省 관리 Alexieff(《朝鮮史講座》 一般史, 155쪽)요, 후자는 海軍大將 Alekseev(학원사 《대백과사전》 4, 537쪽) 다.

크게 위협을 느꼈던 것이다.

광무 4년 5월에는 청국에 의화단(義和團) 사건이 일어나서 외인(外人)을 배척하였는데, 청국정부가 이를 원조했다 하여 제국의 연합군이 8월 14일에 북경을 점령하였는바, 그 이듬해 9월에 화약을 맺어 각국은 북경·천진에 약간의 수비병을 두고 점차 철병하였으나, 러시아는 동청철도(東淸鐵道)를 보호한다는 핑계로 철병하지 않고 사실상 만주를 점령하고 있었다. 일본은 이 난후(亂後) 영국에 접근하여 러시아의 남하정책을 막으려고 1902년 1월 20일에 영일동맹(英日同盟)을 성립시켰고, 러시아는 이에 대항하여 3월 20일에 프랑스와 협약을 체결하였는바, 그 양동맹 조약내용은 비슷한 것이었다.

英日同盟 조약은 총 6조 ― 그 제1조가 淸·韓 관계 조항이다.

일본 정부 및 大不列顚(Great Britain)國 정부는 극동에서 현상유지와 全局의 평화를 희망하며, 다시 중국 및 한국의 독립과 그 영토 보존을 유지하고, 겸하여 양국이 該二國에서 상공업에 대한 균등한 이익관계를 유지하기 위하여, 다음 조항을 약정함.

제1조, 양국은 청국 및 한국의 독립을 호상 승인하고, 침해치 않을 것을 성명함. 그러나 양국의 특별한 이익에 관하여 즉 영국은 청국에서, 일본은 청국에 在한 이익 외에 다시 한국에서 정치상·공업상·상업상에 각별한 이익관계가 있음을 승인하고 만일 청국 혹은 한국에 대하여 타국의 침략행동이 有하거나, 또는 소요가 발생할 시는 양국은 그 이익과 신민의 생명·재산을 보호키 위하여, 필요불가결한 조치를 취함을 득함.

2) 노일 전쟁

영·일 동맹 후, 영국과 미국은 러시아로 하여금 청국과 만주 환부(還付) 조약을 맺게 하여 그 철병을 3기에 나누어, 조약 후 6개월 이내에 요서(遼西)에서, 그 뒤의 6개월 이내에 요동(遼東)과 길림성(吉林省)에서, 또 6개월 이내에 흑룡강성으로부터 완전 철병하기로 하였으

나, 러시아는 제1기 철병만을 실시하고, 제2기부터는 영·미의 수차
항의를 무시하고 일병(一兵)도 움직이려 하지 않았다. 뿐만 아니라, 한
국에 대하여 새로운 활동을 개시하여 봉황성(鳳凰城) 안동현(安東縣)에
있던 노병(露兵) 약 60명이 난도(亂徒) 40여 명을 데리고 용암포(龍岩
浦)에 들어와 토지를 매수하고, 옥사(屋舍)를 건축하고, 전선을 부설하
는 등 영구적 설비에 착수하며, 러시아 공사 파블로프(巴禹路厚)는 그
조차권을 정식으로 외부에 청구하여 왔다. 이 때 정부에서는 황제의 신
임을 받던 내장원경(內藏院卿) 이용익(李容翊)이 중심이 되어 러시아를
이끌어 일본에 반항하려는 공기가 짙었으나, 영·일 이하 각국이 강경
히 이를 반대하여 결정되지 못하였고, 미·일 양국이 청에 교섭하여 용
암포 대안(對岸)의 대동구(大東溝)와 안동현(安東縣)을 개방하게 하고,
영·미·일 3국이 다시 용암포의 개방을 요구하매, 11월에 드디어 그
개항이 결정되었던 것이다.

　　그러나 러시아의 만주철병이 遷延되고, 그 손이 한국에까지 미침을
본 일본은 분격하여, 1903년 6월 23일에 어전회의를 열고 대책을 결
정한 후, 8월 12일에 駐露公使 栗野愼一郎으로 하여금 러시아 정부와
교섭을 개시케 하였다. 栗野는 제1차의 교섭으로 6조의 협상안을 제
출하였으나, 러시아는 이에 대한 회답을 하지 않고 미루어 오더니,
별개의 협상안을 제출하여 일본의 승인을 요구하였다. 그 협상안은
노·일 양국은 한국영토의 일부분에 대해서라도 이를 軍略上의 목적
으로 사용함을 不得하며, 한국영토의 북위 39도 이북은 중립지로 정
하여 양 체약국의 군대는 균일하게 진입함을 不得할 것과(제6조),
일본은 만주 및 그 연안이 전연히 일본의 이익범위 외(外)로 함을 승
인할 것(제7조)이라는 조항이 있어, 이는 일본의 욕망을 무시한 것이
므로, 이에 반대하여 3차에 걸친 수정안의 교환이 있었다.
　　일본은 제3차 수정안을 낼 때, 회답기한을 붙여 태도명시를 요구
하고 교섭단절의 기회를 만들었으나, 러시아는 이에 회답치 않고 육
해군을 징리하여 현저한 활동개시 준비를 할 뿐 아니라 한국파병설조
차 있게 되매, 일본도 군비확충에 대한 세 선의 긴급칙령을 발하고,

1904년 2월에 동원령을 내리어 외무대신 小村이 러시아 공사와 최후 회견을 하고, 또 駐露公使 栗野도 귀국길에 올라, 露日 국교는 단절 되었던 것이다. 이리하여 일본은 선전포고 전에 8일 夜 旅順 공격에 이어, 9일에 인천항 外에서 러시아 군함 두 척을 爆沈시켜, 여기 양 국의 戰端은 열리고 말았다.

3) 한일 의정서

노·일이 개전하여 한국은 국외중립을 선언하였으나, 일본 육군이 한성에 침입 주둔하였고, 러시아 공사 파블로프가 귀국하자, 일사(日 使) 하야시 곤스케(林權助)는 병위(兵威)를 이용하여 외부대신서리 이 지용(李址鎔)과 통역 구완희(具完喜)를 위협하고, 동맹전약(同盟專約) 을 체결하려 했다. 그러나 의정대신 이근명(李根命) 이하 각 관이 일치 반대하여 7일 동안을 끌어 가더니, 드디어 그 위협와 압박에 굴복하여 2월 23일에 전문(全文) 6조의 한일의정서(韓日議定書)가 성립되었다.

> 제 1 조 한일 양국은 恒久不易의 친교를 保持하고, 동양의 화평을 확 립하기 위하여 대한제국은 일본을 확신, 施政改善에 관하여 그 忠告를 용납할 것.
> 제 2 조 대일본정부는 대한국 황실의 확실한 親誼과 安全康寧을 담보 할 것.
> 제 3 조 대일본정부는 대한국의 독립과 영토보전을 확보할 것.
> 제 4 조 제 3 국의 침해, 혹은 내란으로 인하여 대한국 황제의 안녕보 전에 위험이 有할 경우는 대일본정부는 臨機로 필요한 조치 를 速行할 것이며, 대한정부는 대일본정부의 행동이 용이하 도록 십분의 편의를 줄 것. 대일본정부는 전항의 목적을 달 성하기 위하여 軍略上 필요한 지점을 隨宜收用함을 득할 것.
> 제 5 조 양국 정부는 금후 호상의 승인이 없이 본조약의 취지에 반하 는 협정을 제 3 국과의 간에 체결함을 부득할 것.
> 제 6 조 본조약에 관련하여 未悉한 細條는 대일본 대표와 대한국 외 부대신 간에 臨機設定할 것

이것은 한국의 외교·내정의 모든 것에 간섭하려는 첫 착수였고, 한국의 주권은 아주 실추되고 만 것이다. 이에 대한 반대여론이 맹렬히 일어나 이용익(李容翊), 이유인(李裕寅), 권종석(權鍾奭) 등은 상소하여 이지용(李址鎔), 구완희(具完喜)의 매국(賣國)을 탄핵하였고, 이 조약의 폐기를 요청하는 격분한 여론이 들끓었으며, 이(李)·구(具)의 집에 폭탄을 던지는 사건이 일어났다.

3월 17일에는 일본의 추밀원(樞密院) 의장 이토 히로부미(伊藤博文)가 특파대사로 왔는바, 이는 당시 유지들이 민의를 결합하여 여론기관을 만들려 하매, 정부대관들도 찬성하여 의원(議院)을 설립하려는 움직임이 보였기 때문이었다. 중력(衆力)이 결합되면 군주 한 사람의 고립과는 달라서 저희들의 침략정책에 장애가 되므로, 그 이간과 파괴를 도모하려는 계략이 있었다. 5월 18일에는 한·러시아 양국간의 모든 약정이 칙선(勅宣)으로 파기되었다.

이 동안에 경의선·경원선 양 철도가 군용으로 새로 착공되고, 통신사업이 강점되고 말았다. 그리고 종전부터 일인이 누차 교섭해 오던 한국내 해안·하천의 항행권(航行權)은 당국이 허가치 않았는데, 일본 대리공사 오기하라(荻原)가 다시 위협 청구하매, 참정(參政) 민영환(閔泳煥)이 거절했더니 민영환은 파면되고, 후임 심상훈(沈相薰)이 다시 거절하니, 8월 12일 하야시 곤스케(林權助)가 폐현주청(陛見奏請)한 후, 의정서리(議政署理) 박제순(朴齊純), 내무대신 이지용(李址鎔), 외무대신 이하영(李夏榮) 등이 협약에 조인하였다.

1904년 6월에는 일(日) 대리공사 오기하라 모리카즈(荻原守一)가 일인 나가모리 도키치로(長森藤吉郎)의 청원에 의하여 황무지 개척권을 요구해 왔는데, 그 내용은, 한국 궁내부의 전국에 있는 관유(官有)·민유(民有)를 제외한 산림·천택(川澤)·황무지의 개척은 일본인 나가모리에게 특허한다는 것이었다. 이것이 공식조인 전에 《한성신문》(일본문)에 게재되니, 외부(外部)가 궁내부(宮內府)에 질문하고 《황성신문》이 이 사실을 통박하여, 국민의 여론이 비등하였다. 정기조(鄭耆朝), 최동식(崔東植) 등이 격문을 뿌리고, 이상설(李相卨)은 항소(抗疏) 반대하였으며, 외부는 궁내부의 답에 대하여 이를 거절하였던바, 일사(日使)는 반대 상소한 신사(紳士)는 모두 난민(亂民)이니 탄압하라 요구하였으나, 당국은 이를 거부하고 조약을 환송하였다.

오기하라(荻原)는 다시 황무지 개간안(開墾案) 변명서(辨明書) 12조를 외부에 환송하고, 다수의 일경(日警)을 파견하여 여영조(呂永祚), 김두성(金斗星), 오주혁(吳周爀), 이순범(李舜範) 등 인사들을 구치(拘致)하였다. 이 때 윤시영(尹始永), 홍종영(洪鍾榮), 윤병(尹秉), 홍필주(洪弼周), 이범창(李範昌), 이기(李沂) 등 수백인이 연소(聯疏)하여 매국간흉(賣國奸兇)을 주(誅)한다 하였고, 송수만(宋秀萬), 송인섭(宋寅爕) 등이 보안회(保安會)라는 일단을 조직하여 연설과 격문으로 사방에 선포하다가 일경에 압거(押去)되었다. 일본에서 회임(回任)한 하야시(林權助)는 여론이 격렬함을 보고 자국정부와 연락하여 이 안을 철회하였으나, 수일 후에 한국정부에 권고하기를 방금 악화(惡貨)가 충만하고 재정이 문란하니, 재정가(財政家)를 선임하여 정리를 담당시킴이 가하다 하고, 외교에도 적당한 외인(外人) 고문을 두라고 강박하였다.

외부대신 이하영과 탁지부대신 민영기가 1안을 제출하니, 대한정부는 대일본정부가 추천한 1명의 일본인 재정고문과 1명의 외국인 외교고문을 용빙(傭聘)하여, 재정과 외교에 관한 사항은 그 의견을 자문한 후 시행할 것이라는 내용이었다. 이 안을 받은 하야시(林權助)는 크게 기뻐하여 당일에 조인하되 다시 1항을 첨부하였다. 한국정부는 외국과 조약을 체결하거나 기타 중요한 외교안건(外人에 대하여 특권을 양여, 또는 계약) 등 처리에는 예고하여 일본정부와 협의할 것이라는 조항이었다. 이를 한일 제1차 협약이라 한다.

이 협약에 의하여 재정고문으로 탁지부에 메가타 네타로(目賀田種太郎)가 오고, 군부에 노리츠 시즈타케(野律鎭武), 외부에 일본 외무성 고용중인 미국인 스티븐스(須知分)가 각각 고문으로 왔으며, 마루야마 시게토시(丸山重俊)는 경무고문, 누사바라 야스시(幣原坦)는 학정참여관(學政參與官)이 되었다. 1905년 2월에는 하야시(林權助)가 의정서리 조병식(趙秉式)과 같이 폐현주청(陛見奏請)하여, 각국에 주재하던 공사를 차례로 전부 소환케 하고 외인 명예영사도 전부 해임하니, 여기에 일체의 외교권은 일본사신에게 일임한 바 되었다. 이리하여 일본정부는 한국의 재정·외교 기타의 실권을 잡으니, 한국은 그 기반에 얽매이는 현상이 되고 말았던 것이다.

> 林權助가 공사로 내주한 후로 아국의 이권을 침탈한 것을 보면, 연해 각지의 어업권·捕鯨權, 稷山·水原의 금광 채굴권, 개성의 蔘圃, 울릉도의 삼림 벌채권, 月尾島의 農莊, 온양의 온천, 智島와 孤下島 의 桑苗, 長古島의 破船賠償, 경부선 철로, 제 1 은행권의 통용, 軍 用地 사용, 국내 하천의 항해권 등, 일일이 枚擧키 어려울 만큼 다양 다종이었으며, 露日開戰 이래로 수다한 군대를 주둔할 뿐 아니라, 그 병력을 배경으로 우리의 자유를 속박하고, 생명과 재산을 위협하는 한편, 좋은 이권을 점점 잠식하였다.
>
> 통신기관을 약탈하고, 황무지 개간권과 삼림 벌채권을 탈취하였으 며, 서북 각군의 세금을 징수하였다. 한국관리를 구축하고 私人을 대 치하며, 헌병으로 아군경찰을 代하였으며, 우리의 집회를 금지하였 다. 철도용지·군용지를 廣占하여 군수용과 役夫를 強徵하였고, 각부 에 日人고문을 배치하며, 海關稅와 탁지부의 재정을 관할하며, 한국 의 兵額을 減하며, 인민의 토지를 약탈하였다.

4) 露日 강화조약

노일전쟁은 일군(日軍)이 여순(旅順)을 공격하여 악전고투 7, 8개월 만에 이를 함락하고, 봉천(奉天) 대회전에서 승리함으로써 육전(陸戰) 은 종지되었던바, 노군(露軍)은 퇴세(頹勢)를 만회하고자 당시 세계 제 2 의 위세를 자랑하던 발틱함대를 파견하였으나, 5월 26일 일본 해군과 대마해협에서 격전하여 그 이튿날까지에 참패하니 전세는 이미 결정되 고 말았는데, 더구나 러시아 내에는 5월혁명이 일어나 전쟁 계속이 불 가능하게 되었다. 이에 미국 대통령 루스벨트의 권고를 받아들여 1905 년 9월 5일에 미국 쏘츠머스에서 강화조약 15조를 체결하게 되었다.

일본은 이 조약으로 말미암아 한국에서의 정치·군사·경제 등 모든 특권을 차지하였는데, 다시 1905년 8월 12일에는 영국과 영·일 동맹 조약을 개정함으로써 그 제3조에서 일본의 한국에서의 상기한 바 특권은 영국의 승인을 얻었다. 특히 '공정 부득이한 지도 감리 및 보호 등 조치를 한국에서 시행할 권리를 대영국은 승인함'이라 하였으니, 일본의 대한정책의 앞길을 명백히 밝힌 것이라 할 수 있다.

이에 한국정부는 영국정부에 조회 항의하였으나 이룬 바 없었고, 주영(駐英) 서리공사 이한응〔李漢應(膺)〕은 1905년 5월 12일에 비분강개한 유서를 남기고 음독 자살하였던 것이다. 그는 실로 조국의 멸망 앞에 순사(殉死)한 최초의 사람이었다.

　　李漢應은 昆陽군수 璟鎬의 아들로, 18세에 외국어학교 영어과를 나와서 29세에 駐英公使館 參書官이 되고, 곧이어 署理公使가 되었다. 璟鎬는 갑오 동학란에 親軍武 南營 右領官으로 토벌중 전사하여, 조정에서는 병조판서를 증하고 奬忠壇에 腏享하였다(宋相燾, 《騎驢隨筆》, 68쪽).

6. 을사보호조약의 반대투쟁

1) 보호조약 체결

1905년 11월 10일에 일본 특파대사 이토 히로부미(伊藤博文)가 경부철도로 입경하여 정동 손택(孫擇 : 독일여자) 양 집에 숙소를 정하고 이튿날 폐현(陛見)하여 일황(日皇)의 친서를 바쳤다. 15일에 서기관 고쿠분 쇼타로(國分象太郎)를 데리고 제실(帝室) 심사국장 박용화(朴鏞和)의 안내로 수옥헌(漱玉軒)에서 폐현(陛見)하고, 약문(約文) 4조(條)를 올린 다음 대동평화(大東平和)를 유지하고 한일 양국의 보존을 위해서는, 이 4조(條)건을 체결치 않으면 안 되겠다 하였다. 황제는 이를 보고 즉석에서 거절하여, 짐이 차라리 몸으로써 순국할지언정 결코 이를 인정하지 않을 것이라 하였다. 이토(伊藤)는 재삼 위협하였으나, 윤허를 얻지 못하고 일단 퇴거하였다.

일본정부 및 한국정부는 양 제국을 결합하는 이익공통의 주의를 공고히 하고자, 이 목적을 위하여 아래의 條款을 약정함.

제 1 조 일본국정부는 동경 외무성을 통하여 금후 한국에 대한 외교관계 및 사무를 감리 지도할 것이며, 일본의 외교대표자 및 영사는 외국에 在留한 한국의 臣民 및 이익을 보호함.

제 2 조 일본국정부는 한국과 타국과의 간에 현존한 조약을 완전 실행할 任에 當하며, 한국정부는 금후 일본정부의 중개를 거치지 않고는 국제적 성질을 有한 하등의 조약 혹은 약속을 하지 않을 것을 約함.

제 3 조 일본국정부는 그 대표자로서 한국황제의 闕下에 1명의 統監을 置함. 통감은 경성에 주재하여 황제폐하를 親謁할 권리를 有함. 일본국정부는 한국의 各開港場 및 일본정부가 필요로

認하는 地에 理事官을 置하는 권리를 有함. 이사관은 통감의 지휘하에 종래 재한국 일본영사에 속하는 일체의 직권을 집행하고, 나아가 본조약의 조관을 완전히 실행하기 위하여, 필요한 일체의 사무를 관리할 것으로 함.
　제4조　일본과 한국과의 間에 현존한 조약과 약속은 본조약에 저촉되지 않는 한에서 전부 그 效力을 계속할 것으로 함.

　그 이튿날 16일에 하야시(林權助)가 참정(參政) 이하 각 대신과 민영환(閔泳煥), 심상훈(沈相薰)을 청하여 조약체결을 요구하였으나, 참정 한규설(韓圭卨) 이하 모두가 거절하였다. 17일에 다시 각 대신을 청하여 요구하였으나 박제순(朴齊純)이 또한 거절하였으므로, 하야시는 노하여 일(日)헌병·순사로 하여금 제대신을 옹위하여 가지고 궐내에 이르게 했다. 하야시가 휴게소에서 기다리고 제대신은 어전회의를 열어 해안(該案)의 가부를 결정할 때 전원이 부(否)라 하였으나, 다만 이완용(李完用)이 이러한 중대사를 불승인하면 그만이지만, 만일 부득이 승인한다면 어구(語句)를 개정(改訂)함이 좋겠다고 제의하여 3, 4대신이 이에 동의하였다. 이하영(李夏榮)이 수중(袖中)에서 약장(約章)을 꺼내어 개정을 의논코자 하매, 한규설이 격분하여 "개정이란 것은 망발이다. 이러한 의논을 꾀할진댄 어찌 그것을 거절할 수가 있겠느냐"고 반대하여 전원이 일치하여 거부하기로 하였다.
　이 때 이토 히로부미(伊藤博文)와 하세가와 요시미치(長谷川好道)는 일병(日兵)을 거느리고 입경하여, 대궐을 포위하고 총포와 도검을 전계(殿階)에 삼렬(森列)케 하고, 황제에게 직접 핍박하였다. 이토가 폐현(陛見)을 청했으나 황제는 병환으로 접견할 수 없으니 참정대신(參政大臣)과 협의하라 하고 한규설과 협의할 것을 하명하니, 각 대신은 이토와 협의하는 자리에서 거절하였으나, 오직 이완용이 개정하면 좋다고 말하였고, 또 이근택(李根澤), 이지용(李址鎔), 권중현(權重顯)이 황실 존엄에 관한 일구를 첨입할 것을 요구하였다. 이토는 궁내대신(宮內大臣)을 청하여 이 협의는 부(否)가 적고 가(可)가 많으므로 귀결(歸結)

한 것이니 이를 상주(上奏)하라 하였다.

한규설은 일이 급박함을 알고, 황제께 면주(面奏)하여 군신이 같은 말로 거절하고자 실외로 나가서 예식관(禮式官) 고희경(高羲敬)을 시켜 입알(入謁)을 청하였다. 이 때 고희경이 와서, 일관(日舘) 통역 시오카와(鹽川)가 참정(參政)께 면회하려 한다고 하므로, 한규설이 수옥헌(漱玉軒) 앞뜰에 나가자, 시오카와가 달려와 한규설의 왼편 팔을 붙잡고, 일(日) 헌병사관 5명이 강제로 끌고 가서 휴게실 서랑(西廊)에 연금하였다. 조금 뒤에 이토가 와서 설복하려 했으나 뜻을 이루지 못하고, 다시 의석에 돌아가 각 대신에게 말하되 참정 1인은 부라 할지라도 제대신 전원이 개정(改訂)하면 가하다 하니, 이 안은 가결된 것이라 하고, 정부주사(政府主事) 2인을 불러 개초(改草) 1통을 사(寫)한 다음, 일관(日舘) 통역 마에마 교사쿠(前間恭作)와 외부(外部) 보좌원 누마노(沼野) 등이 일병(日兵) 수십명을 데리고 외부로 달려가, 대신인(大臣印)을 뺏어다가 즉시 날인함으로써, 병력의 협박 아래 5조약이 성립되었던 것이다. 동 5조약은 이토가 제출한 전기 4조안에 '일본국정부는 한국황실의 안녕과 존경을 유지할 것을 보증함'이라는 1조를 추가한 것이었다.

날인이 끝난 후, 이토·하세가와·하야시 등은 철병퇴거하고, 이튿날에 일사관(日士官) 등이 서랑(西廊)의 감시를 풀어 한규설이 나오니, 내정부(內政府)에 이르러 참찬(參贊) 이상설과 손을 붙들고 통곡하였다.[8] 이 조약은 한일 제 2 차 협약으로서 을사조약 또는 보호조약이라 불린다. 이로써 한국의 독립은 유명무실한 것이 되고, 일본의 속방화(屬邦化)하고 말았던 것이다. 이 조약에 조인한 외부대신 박제순, 학부대신 이완용, 내부대신 이지용, 군부대신 이근택, 농상공부대신 권중현을 을사오적(乙巳五賊)이라 한다.[9]

---

8) 이 조약에 반대한 이는 오직 韓圭卨 1인이었으나, 그도 冒避를 주로 하였고, 강경 항론하지 못했음을 사람들이 애석하게 생각하였다(《大韓季年史》上, 174쪽). 張志淵 같은 이도 한규설이 투표에 참여한 소극적 태도를 통박하였다(《황성신문》 사설).

9) 朴殷植, 《韓國痛史》(특히 《韓國痛史》에는 협의내용, 고종과 한규설의 거절

2) 통감부 설치

이 해 12월 20일에 일본이 통감부(統監府) 및 이사청(理事廳)의 관제를 발포하고, 광무10년 2월 1일에 군사령관 하세가와 요시미치(長谷川好道)가 임시대리로서 보호정치를 시작하고, 이듬해 3월 2일에 이토(伊藤博文)가 통감(統監)으로 내임하였던 것이다. 신통감(新統監)이 내임 후에 중폐(中廢)되었던 내각(內閣)의 제(制)를 부활하고, 참정대신을 총리대신이라 개칭하였다. 초대총리는 이완용이었다.

앞서 보호조약을 체결코자 이토가 내조(來朝)한다 하매, 한국 조야는 중대문제가 있으리라 하여 크게 의혹하고, 또 정부는 만일 진실로 보호조약을 제출하면 거절하겠다는 태도를 선명하였다는 것은 전술한 바와 같거니와, 이에 앞서 광무9년 10월 15일에 이른바 일진회(一進會)란 반동 매국단체는 선언서(宣言書)라는 것을 제출하였는데, 그 내용을 보면 보호조약 전에 미리 그것을 받아야 한다는 것을 역설한 것이다.

> 금일 한일 양국관계를 다만 舊體로서 회복코자 함은 死者를 회소케 함과 無異하니 可得치 못할 것이다. 이러한 관계로 우방의 지도를 順受하여 文明을 다하고, 독립을 유지함이 가한지라, 논자가 말하되 독립의 대권이 피해되고 국가의 체면이 손상된다 하여 蒼皇奔走하고, 망국지탄을 발하는 자가 있으니, 此는 知其一이요 未知其二라. 전자 협정한 韓日議定書 중에 외교사항은 대소를 물론하고 일본정부가 추천한 外人顧問에게 諮問施行한다는 것이 有하니, 此는 실질적으로 외교사무를 일본정부에 위임한 것이다. 今에 형식의 변화가 有할지라도 그 차이를 운운할 것이 아니며, 황차 我 派外한 공사가 국가를 대표하여 체면을 손상치 않는 자가 少하니, 今에 차라리 우방정부에 위임하여 우방의 力으로 국권을 보유함이 역시 폐하의 대권을 발전하는 것이라. 內治로 言之할지라도 용렬한 관원을 사용함보다, 차라리 선진 고문을 택하여 弊政을 제거하고 民福을 증진함이 역시 폐하의 대

항론이 자세히 실려 있다).

권을 발전하는 것이다. 曩者 日·露가 交兵할새 我 一進會員은 미력을 盡하여 혹 役夫로서 경의철로의 工役에 종사하고, 혹은 대오를 조직하여 北進軍의 搬運에 협력하여 일심노력으로 辛酸을 불사하여 기간 수백명의 사상까지 出한 것은 微功으로써 동맹국에 신의를 표한 것이며, 且 我회원이 일본 관민에게 실제로 호의를 가진 것은 北進同盟國에 대한 交誼로 타의가 없는 것이라. 세간에 偏見者流는 吾會를 外人의 倀鬼라 지목하며, 심지어 亡國奴이니 하나 실로 顚倒가 심한 자이라. 我黨은 一心同氣로써 신의로 우방을 交하고, 성의로 동맹에 대하여 그 지도에 의하고 그 보호에 據하여 국가의 독립을 유지하고, 영원무궁히 安寧享福하겠다. 운운

일진회라는 것은 송병준(宋秉畯), 윤시병(尹始炳) 등이 창립한 것으로서 일인에 아부하여 그 앞잡이가 된 회이다. 갑오에 동학이 패산(敗散)하매, 그 두목 손병희(孫秉熙)는 청국에 망명했다가 일본으로 갔고, 이용구(李容九)를 한국에 보내어 진보회(進步會)를 조직하더니, 진보회는 일진회와 합동하였던 것이다. 갑진(甲辰)에 일로가 교전하여 일인이 승리하자 송병준(구 維新會), 이용구(구 進步會) 등의 일진회는 일인의 힘을 빌려 정권을 탈취코자 일인에게 충성을 다했고, 일본은 이를 이용코자 하여 정치자금을 밀조(密助)하고, 우치다 료헤이(內田良平)가 고문이 되며, 일군사령부가 특별한 보호를 하였다. 그들은 무식무뢰(無識無賴)한 도배에게, 우리 회에 가입하면, 안으로는 대신·협판(協辦)과 밖으로는 관찰사·군수가 될 것이요, 좋은 권리도 우리 당의 소유가 될 것이라 하였다. 이로써 우매한 민중이 가산을 탕진하여 입회 협력하며, 또 일인을 위하여 철도 수축(修築), 군수(軍需) 운반의 역(役)에 종사하여 사상(死傷)도 피하지 않았다.

이토가 내조(來朝)하여 보호조약의 설(說)이 있으매, 병준이 좋은 기회라 하여, 이번 조약체결에 찬성하면 이토가 정권을 주리라 믿고 전기 선언서를 제출한 것이니, 전국민이 절치통분(切齒痛憤)하여 그 간(肝)을 씹고자 하였다. '국민교육회', '대한구락부', '황성기독청년회' 등, 각 단체가 일어나 이를 통격(痛擊)하였던 것이나.

이 선언서를 들은 동학 수령 손병희는 곧 일본에서 서울로 돌아와 李
容九를 黜敎하고 天道敎를 일으키니, 이로부터 동학정통은 천도교라
는 이름으로 발전하고, 이용구는 侍天敎를 만들어 이에 對하였던 것
이다.

3) 是日也放聲大哭

이와 같이 하룻밤 동안에 보호조약이 성립되었으나, 신문은 그 사실
을 보도하지 못하고 백성들은 궁금증에 싸여 있었다. 때에 《황성신문》
은 그 보호조약 강제체결 전말을 폭로하고, 아울러 "시일야방성대곡"(是
日也放聲大哭)이란 제목으로, 혈루(血淚)가 종이 위에 넘치는 수천언
(數千言)의 논설을 게재하여 1만여 매를 증쇄(增刷)해서 뿌리니, 국민
의 분격이 충천하였다. "시일야방성대곡"은 황성신문사장 장지연(張志
淵)이 쓴 것이었다.

> 당시의 보도기관은 서재필의 渡美로, 《독립신문》이 폐간된 뒤 1897년
> 에 有志들의 합력으로 《황성신문》과 《제국신문》이 발간되었다. 이 두
> 신문은 민의를 대변한 공정한 언론으로 독자의 찬사를 받았으나 일인
> 의 대한정책을 통박하였으므로 일인의 질시를 받던 중 露・日 戰爭과
> 함께 일군사령부는 군사관계를 핑계로 신문의 검열을 행하여 조금이
> 라도 저촉되면 삭제 금지했던 것이다. 이 때 張志淵은 社友와 협의하
> 고, 신문은 直筆로 보도함이 천직인데 우리가 국가의 존망이 매인 중
> 대조약이 강제체결되어도 그 사실을 폭로하지 않으면, 이는 교활한
> 日人이 脅迫强約한 진상은 속이고, 우리 君臣 상하가 일치 협정한 것
> 이라고 천하에 선전할 것이니, 우리가 죽는 한이 있더라도 묵인할 수
> 없다 하고, 검열을 받지 않고 배포하고 말았던 것이다.

이 날 장지연 등은 통음하여 경관의 체포를 기다렸다. 이튿날 일경은
신문을 폐간시키고 기계를 봉쇄했으며, 장지연을 경무청에 구금하였다
가[10] 70일 만에 석방하였다.

《황성신문》이 폐간되고 5개월 동안을 암흑과 의혹에 싸였을 때, 영국인 裵說이 《대한매일신보》를 國·漢·英文 3종으로 발간하게 되어, 일인의 강압실상을 直書하고 공격함을 기탄함이 없었으나, 일인이 검열하지 못하였다. 이로 하여 국민의 열혈이 끓어 결사투쟁을 맹세하게 되었다.

4) 순국의 경종

보호조약 강제체결의 소식이 한 번 전해지자, 학교와 교회는 울음바다가 되고 상가는 철시하였으며, 유생은 계속 상경하여 인심이 물끓듯 하였고, 매국을 성토하는 상소가 연달아 들어왔다. 그러나 이미 다 기운 사직(社稷)을 붙들 힘은 어디에도 없었다. 이에 이르러, 중신(重臣)과 유사(儒士)와 미관(微官)과 군인과 노비에 이르기까지 일사(一死)로써 망국의 치욕을 자재(自裁)하고, 조국의 앞날을 경고한 수많은 순국열사가 나오게 되었다. 민영환(閔泳煥), 조병세(趙秉世), 홍만식(洪萬植), 김봉학(金奉學), 송병선(宋秉璿), 이명재(李命宰), 의비(義婢) 등이 그 분들이다.

閔泳煥은 자 文若, 호 桂庭, 閔謙鎬의 子요, 明成皇后의 從姪이다. 왕실의 切戚으로 소시부터 顯職을 역임하고 貪官의 이름이 있었으나, 乙未에 전권공사로 露國에 주재하였고, 丁酉에 英·獨·露·佛·義·墺 6국 공사를 역임하여 구주 각국의 제도를 시찰하고 깊이 느낀 바 있었다. 환국하자 구주제도를 모방하여 민권을 興起하고 國基를 공고히 하고자 누차 奏請하였으나 실시되지 못하고, 다만 육군제도를 개조함으로써 그 경륜의 한 토막을 실시하였다. 戊戌에 參政이 되고 각부 대신을 역임했으며, 乙巳에 參政이 되었으나 일인의 요구를 반대하였으므로 곧 遞任되어 다시 侍從武官長이 되었다. 보호조약이 성립됨을 보고 통곡 격분하여 趙秉世 등 제인과 같이 연서 상소하여 물러나지 않았다.

---

10) 朴殷植, 《韓國痛史》제 3 편, 85쪽.

　11월 1일 아침에 잠시 집에 돌아와 여러 아들을 불러 보고, 校洞에 가서 母夫人 徐氏께 拜訣하고 즉시 입궐하였다. 이날 저녁에 趙秉世 가 日兵에게 押去되매, 민영환이 대신 疏首가 되어 더욱 甚諫하였으 므로 구속되어 平理院에서 待罪하다가 석방되었다. 疏廳을 다시 白布 店으로 옮기고, 判書 閔泳奎, 金宗漢, 南廷哲 등 제인과 명일 재회를 약속하고 산회하였다. 민영환은 그 날 隣家에 처소를 정한 후 한잠 잘 터이니 좌우를 비키라 하고, 즉시 문을 잠근 다음 단도로 목과 배 를 난자하여 자결하였다. 乙巳 11월 4일 오전 6시였다. 유서 2통이 품속에서 나왔는데 1통은 국민에게 告訣하는 것이요, 1통은 각국 공 사에게 보내는 것이었다. 황제는 그의 죽음을 듣고 震悼하여 上相을 贈하고 忠正이라 諡하였으며 다시 旌閭를 명하였다.

　민영환의 행랑에 살다가 계동에서 인력거부 노릇을 하던 車某는 민 영환의 죽음을 듣고 종일 통곡하다가 인력거를 車主에게 돌려주고 景 祐宮 뒤 소나무에 목매어 죽었다.

　趙秉世는 자 穉顯, 호 山齋, 趙觀彬의 5세손이다. 蔭職으로 登第 하여 내외 요직을 역임하여 치적이 있었고 拜相하여 直으로써 見重하 였다. 甲午에 해직 귀향하였다가 戊戌에 다시 拜相했으나 고사하더니 보호조약 勒締의 소식을 듣고, 곧 入闕哭奏하여 주무대신 박제순 이 하 조약을 可하다고 한 각 대신을 극형에 처하고, 詔勅을 내려 該조 약의 무효를 각국에 성명할 것을 奏請하였다. 황제가 喉症으로써 만 나지 않으매 물러나와 百官을 거느리고 聯疏伏闕하다가 日兵에 拘致 되었다. 즉시 遺疏를 草하여 의대 안에 감추고, 또 國中 士民에게 고 하는 유서와 각국 공사에게 보내는 公函을 쓰고 드디어 仰藥 自決하 였다.

　洪萬植은 자 伯憲, 호 湖隱, 洪淳穆의 子다. 甲申 개화당 정변에 아우 英植이 우의정이 되매 淳穆 이하 모두 자살하였고, 때에 萬植도 自裁하려 했으나 淳穆이 너는 出后했으므로 緣座가 없을 테니 죽지 말라 해서 스스로 州獄에 나아가 갇히었다가 익년에 蒙放하였다. 甲 午에 洪淳穆 復爵의 영이 내리고, 乙未에 春川관찰사를 제수했으나 나아가지 않았고, 淳穆의 復官의 명이 내리자 비로소 감격하여 疏謝 하였다. 소를 올릴 때마다 직함을 쓰지 않고 다만 未死臣이라고만 쓰더니 을사조약의 소식을 듣고 글로써 친척에게 告訣한 다음 11월 1일에 仰藥而卒하였다. 유언으로 사후에 處士의 예로 하여 素衣白棺을 쓰고, 湖雲居士라 書하라 하고, 朝夕上食은 다만 淨水로써 하라 하였다. 參政大臣을 贈하고 忠貞公이라 諡하였다.

金奉學은 황해도인이다. 黃州의 微班으로 가세가 빈곤하여 평양에 가서 鎭衛七隊에 들어가 군인이 되었더니 뒤에 侍衛隊 上等兵으로 뽑혀 올라왔다. 보호조약이 체결되고, 민영환이 순국하매 奉學이 눈물을 흘리면서 世祿之臣의 殉하는 것은 의리에 당연한 바이나 나도 또한 군인이라 전쟁에 나아가 공을 세우지 못했으니 한 번 죽음으로써 나라에 갚지 못하고, 구차히 사는 것이 또한 부끄럽지 않으랴. 마땅히 도적을 죽이고 죽으리라 하여 동지로 더불어 모의하기를, 궐문을 파수하고 있다가 伊藤이 조만간 詣闕할 테니 그 때를 기다려 죽이리라 하였다. 이 일이 사전에 누설되니 奉學이 면하기 어려움을 알고 飮藥 자살하였다. 時年이 35였다. 上이 震悼하여 正三品 通政大夫 法部 參書官 勳四等을 贈하였다.

宋秉璿은 자 華玉, 호 淵齋, 宋時烈의 9세손으로 관직을 주어도 모두 疏辭하고 나아가지 않았다. 癸未甲申에 大司憲을 連拜했으나 不就하고 조석 講道하였다. 乙巳의 변을 듣고 입경하여 十條封事를 올려 그 제1조에 '斬諸賊 以正王法'할 것을 奏請하였다. 警務使 尹喆圭가 교자를 가지고 와서 日兵의 辱逼이 염려되니 타라고 속여서 秉璿을 태우고 남대문 밖으로 호송하니, 일병이 나타나 강제로 차에 태워 대전에 내려놓았다. 石南 舊第에 돌아가 遺疏 및 子弟 門生과 全邦士友에게 주는 告訣文을 짓고, 북향 재배한 다음 仰藥而沒하니 12월 30일이었다. 上이 訃報를 듣고 撤朝하여 議政을 加贈한 다음 諡號를 文忠이라 하고 旌閭를 명했다.

義婢 恭任 : 송병선이 순국하매 그 汲婢 恭任이 슬피 울며 식음을 폐하고, 대감께서 爲國殉義하셨으니 내 九泉下에 따라가 시중들리라 하고 목을 찔러 殉死하였다(宋相燾,《騎驢隨筆》, 61~75쪽 참조).

李命宰는 전 참판, 시국이 日非함을 보고 憂憤을 이기지 못하여 龍仁郡 陵洞 鄕第에서 飮藥自盡하였다(《大韓季年史》下, 204쪽 참조).

1906년(丙午) 2월 17일에는 군부대신 李根澤의 암살미수사건이 일어났으니, 동일 하오 7시경 이근택이 퇴궐하여 사저로 돌아왔을 때, 내객 6인이 있어 담화하다가 11시경 취침하였는데 자객 3인이 돌입하여 근택을 찌르매 근택이 놀라서 불을 꺼서 캄캄하게 했으므로 자객이 난자하여 顧頭와 左肩과 右膞 10곳에 중상을 입혔다. 內房 근처를 지키던 本國 병정 6명과 警衛院 순검 4명이 달려오고, 일본 헌병과 순사가 달려왔을 때는 자객은 도주하고 없었다. 根澤은 월여 뒤에 일어나고 이로부터 五賊 대신 집에는 경계가 삼엄해졌던 것이다. 奇山度, 具完喜(전 總務使), 李世鎭(전 警務官) 등이 자객을 시켜 이근택을 죽이려다 뜻을 못 이루고, 기산도 등 11인이 경무청에 被囚되기도 하였다(구완희, 이세진은 도피하여 잡히지 않았음). 朴齊純의 집에는 양과자에 폭약을 장전한 상자가 들어오기도 하였다.

그 전해 겨울부터 이 신조약 반대상소로 被逮된 자가 많았으니 閔泳徽(輔國), 金福漢(전 參判), 李儁(전 承旨), 安秉瓚(전 主事), 姜遠馨(전 侍讀), 崔在學(전 敎官) 등 4인, 張志淵(전 主事), 崔東植(전 監察), 尹孝定(전 主事) 및 奇山度 등 14인과 일본 헌병사령부에 被囚된 李秉鍾(전 秘書監丞), 金東弼(進士) 등 300여 인이 오랫동안 미결에 있었는바 鄭喬(전 學部參書官)가 平理院 재판장 李允用을 설득하고, 平理院 판사 李建鎬가 또한 允用에게 석방을 권고하여 얼마 뒤에 전부 석방되었다(《大韓季年史》 下, 211쪽 참조).

1907년 3월 21일에는 황태자 천추절(千秋節)을 기하여 진하차(進賀次) 참내(參內)하는 5적 대신을 일제 저격하려던 대규모 암살사건이 실패로 돌아갔었다.

이 사건의 발의는 나인영(羅寅永)과 오기호(吳基鎬)가 이기(李沂), 윤주찬(尹柱瓚)으로 더불어 상의하고, 서정희(徐廷禧), 김형석(金亨錫), 강기환(康基煥)의 도움을 얻어 노일강화(露日講和) 시에 도일하여 일본 총리대신, 추밀원장, 귀족원, 중의원 및 오쿠마 시게노부(大隈重信)에게 치서(致書)하여 동양의 대세와 한일관계를 통론하고 돌아와서 착수한 것이다. 김동필(金東弼)의 천거로 박대하(朴大夏), 이홍래(李鴻來)를 얻어 향사(鄕士) 100여 인을 모집 상경케 하여 황태자 천추절에 남산방포(南山放砲)를 신호로 하수(下手)하려던 것인데 계획이 어긋나고, 5대신 집 부근 통과지점을 지키던 향사(鄕士)들이 머뭇거리다가 모두 기회를 놓쳐 모조리 실패한 것이다.

오직 권중현을 맡았던 이홍래가 사동(寺洞) 입구에서 권총을 꺼내려다가 호위병에 의하여 실패하자, 향사 강원상(康元相)이 권총으로 중현을 저격하였으나 중현이 급히 하거(下車)하여 민가에 숨는 바람에 제2탄도 명중하지 못했던 것이다. 이홍래는 권총을 들고 위협하여 도주하고, 강원상은 민영휘(閔泳徽) 집에 뛰어들어 숨었다가 피체(被逮)되었다. 서창보(徐彰輔), 윤충하(尹忠夏), 윤주찬(尹柱瓚), 이기(李沂)도 체포되고, 나인영(羅寅永), 오기호(吳基鎬), 김인식(金寅植), 이광수(李光秀)는 자현(自現)하였다. 이 모의에 경비를 알선 희사한 사람은 정인국(鄭寅國), 김인식(金寅植), 김영채(金永采), 이광수(李光秀), 이용태(李容泰), 윤주찬(尹柱瓚), 최익진(崔翼軫), 민형식(閔衡植), 김연호(金然灝) 등이었다. 그 뒤 김영채(金永采), 이승대(李承大), 여규면(呂圭冕)은 윤길선(尹吉善)의 권유로 재도(再圖)하였다가 윤길선이 박제순에게 밀고하여 김영채, 이승대, 이용태, 정인국, 민형식, 김동필(金東弼), 최동식, 서정희(徐廷禧), 최익진(崔翼軫), 이석종(李奭鍾)과 향사(鄕士) 지팔문(池八文), 박섭종(朴燮鍾), 김교선(金敎善), 황문숙(黃文叔), 황성주(黃聖周), 이경진(李京辰), 조화춘(趙化春), 이종학(李鍾學), 최상오(崔相五), 박응칠(朴應七), 황동오(黃東五), 전덕준(全德俊)이 피체되었다. 그 외의 인사는 도피하여 체포를 면했던 것이다.

羅寅永은 일명 羅喆이요, 호는 弘巖이다. 일찍이 副正字를 지냈으며 國亡 후 吳基鎬 등으로 더불어 大倧敎를 세우고, 그 교주가 되었다. 1916년 구월산에 들어가 三聖祠에서 일본의 폭정을 통분하여 동포에게 유서를 남기고 일본 왕과 의회에 長書를 보내고 殉敎 殉國하였다.

5) 헤이그 밀사사건

1907년(丁未) 6월 5일, 네덜란드 수부(首府) 헤이그에서 제2회 만국 평화회의가 개최되었다. 47개국을 대표한 위원들이 회합한 가운데 미국 대통령의 세계평화를 찬양하는 연설이 있었고, 다음 각국 위원들이 의 안을 제출하는 때에 한국황제의 밀사 이상설(李相卨: 전 議政府 參贊), 이준(李儁: 平理院 檢事), 이위종(李瑋鍾: 駐露 공사관 서기관) 3인이 나 타났던 것이다.

이상설, 이준이 황제의 밀칙(密勅)을 받고, 동년 4월 20일, 경성을 떠나 러시아령 해삼위(海蔘威)에서 시베리아 철도를 타고, 페테르부르 크에 이르러 주로(駐露) 공사관 서기 이위종을 대동하고 헤이그에 도착 하였던 것이다. 그리하여 밀사 3인은 평화회의 의장인 러시아 위원 네 리도프 백(伯)을 방문하고, 회의에 참석할 것을 요청하였으나 일본의 보호국인 한국인을 회의에 참가케 하는 여부는 의장의 권한이 아니라는 이유로 거절을 당하였다.

이상설 등은 이에 영·미·불·네덜란드 등 대표를 역방하고, 을사 보호조약이 한황(韓皇)의 윤허가 없다는 것을 역설함으로써 회의에 참 석 발언할 것을 요청하여 《구에드라곤체탄스》 신문의 기자 윌리엄 마소 데트를 통하여 일본이 한국주권을 강탈한 진상을 발표하고, 또 윌리엄 이 주최한 국제협회 석상에서 이위종이 한국문제를 피력하여 한 시간 동안이나 도도수천언(滔滔數千言)의 피눈물 어린 연설을 하였다.

7월 5일 이상설 등이 만국평화회의에 호소문을 제출하니 그 개요는 다음과 같다.

吾等은 한국황제의 명을 받들어 貴總統과 각국 대표에게 泣告하노이 다. 向者 1848년에 我韓國이 자주독립을 선포하매 각국이 이를 승인 하였고, 또 나아가 修好하였나이다. 그러나 1905년 11월 17일에 일본 이 병력으로 우리 한국을 強逼하고, 외국과 교섭하는 권리를 勒奪하 온바, 이제 일본이 한국에 대하여 일체 법률과 정권을 파괴하는 등 事

를 3조로 特列하여 근정하옵니다.

  1. 일체의 政事에 韓皇의 승낙을 不待하고 恣意施行하며,

  2. 일인이 육해군의 세력을 仗하여 한국을 압박하며,

  3. 일인이 한국의 일체 법률과 풍속을 파괴함이외다.

  貴總統은 公理에 의거하여 처단하신다면 日人의 公法에 위배함을 아실 것이외다. 한국이 이미 自主하는 位에 처하였거늘 어찌 일인으로 하여금 아국의 국제교섭을 干預케 하며, 한국의 皇命을 받은 전권 사절로서 이 회의에 참열치 못하게 한단 말입니까. 바라건대 貴總統은 약자를 濟하고, 危者를 扶하는 협조의 力을 特施하여 弊使 등으로 만국평화회의에 參列케 하여 일체의 호소를 得伸케 하시면 幸甚이겠나이다(朴殷植, 《韓國痛史》, 115쪽).

  이에 일본대표는 크게 놀라 "한국의 외교권은 일본에 위임되었는데 한황(韓皇)이 참으로 밀사를 파(派)하여 신임장을 보내었는가를 전보로 한황(韓皇)께 조회하자"고 주장하였다. 각국 대표는 이 의견에 추종하였으나 통신기관은 이미 왜적의 장악에 들었으므로, 직접으로 황실에까지 도달할 리가 없었다. 이토(伊藤)가 이 전보를 들고 황제께 나아가 사실의 유무를 질문하였다. 일이 이렇게 되고 보니 황제는 밀사의 사실을 부인치 않을 수 없었다. 7월 14일 회의에서 각국 위원들은 한국 밀사를 동정하였으나 형식상 이 호소를 수리할 수 없었다. 이리하여 이준은 드디어 헤이그에서 분사(憤死)하고 이상설, 이위종은 미국으로 떠나고 말았다.

  이준 밀사의 죽음은 당시 민족의식의 자극을 위해 割腹自殺로 보도되었으나 뒤에 病死로 알려졌다. 구국의 일념으로 황제의 밀칙을 받아 어려운 걸음을 떠나서 활약하다가 그 일 때문에 이역에서 죽었으니 殉國임에는 아무 이의도 있을 수 없는 것이다.

6) 고종 퇴위

을미 참화(乙未慘禍) 이후 고종은 일인의 교활 흉포함을 깊이 미워하여 표면으로는 세력에 눌려 부득이 친일을 표하여 이토(伊藤)에게도 의중(倚重)의 태도를 보이었으나 내면으로는 구한(仇恨)을 품고 있었다. 이토도 이를 짐작하고, 제(帝)를 배일(排日)의 괴수라 하여 항상 폐위코자 하였으나 일이 중대한 만큼 손을 못 대고 기회가 오기만 기다리고 있더니, 이 밀사사건이 일어나매 이토는 호기를 잡았던 것이다. 이리하여 7월 3일에 이토가 궁내부 예식과장(禮式課長) 고희경(高義敬)을 불러 헤이그 전신(電信)을 황제에게 전납(傳納)하라 하고, 다시 말하되 폐하가 우리 보호권을 이와 같이 유린하니 부득이 선전(宣戰)할 수밖에 없다라고 하였다. 궁중에서는 크게 놀라 황제는 근신(近臣)을 모아 자문하였으나 귀결(歸決)치 못하였다.

7월 6일에 다시 閣議를 열고 善後方策을 토의한 결과 황제가 負責함이 옳다 하여 어전회의를 열었는바 農相 宋秉畯이 獨奏하기를 "海牙 밀사사건은 정치상 문제라 日人이 반드시 問罪할 것이니 宗社의 위기가 朝夕에 迫到하였다"는 것과 "폐하가 아무리 모르신다고 하실지라도 日人이 그 확증을 가지고 있으니 만일 伊藤 통감이 此罪狀으로 詰責하고 長谷川 대장이 大韓門을 향하여 포격을 시작하면 폐하가 어찌 능히 一言으로써 타협하겠느냐"는 것과 "통감은 我國의 국리민복을 위하여 성심성의로써 庇護誘導하거늘 폐하가 그 은혜를 背하고 姦人의 말을 믿음으로써 陰으로 배일을 행하니 아무리 伊藤 통감이 관대할지라도 다시 용서치 않을 것이며, 日외무대신 林董이 不日 내한한다 하니 어떠한 요구가 있을지 未知"라 한 다음, 그 해결방법으로 "親駕가 도일하여 천황폐하에게 사죄하든지, 폐하가 대한문을 출하여 長谷川 대장에게 面縛納降하는 두 가지 길이 있을 뿐이라" 하였다.

황제는 병준을 熟視하고 말하기를 "슬프다. 송병준의 위인을 몰랐도다. 만일 진작 중용하였더라면 종사의 위기가 이에 이르지 않았으리라"하고 자리를 차고 일어나 안으로 들어가고, 각 대신은 병준의 悖

言에 愕然失色하여 땀을 흘렸는데 完用만이 안색이 自若하였다. 제인은 모두 밀사파견을 부인하고 통감에게 관대한 양해를 구하자 하나 완용과 병준만은 끝까지 御駕의 渡日 謝罪를 주장하였다.

일본 외무대신 林董이 정부에 특명하여 18일에 최후 각의를 열 때, 이완용이 伊藤의 말을 듣고 황제 讓位案을 제출하였던 것이다. 이리하여 이 날 밤에 완용이 陛見하여 양위를 奏請하고, 17일 오후에 완용 등 7인이 입궐하여 양위안을 제출하였으나 황제는 대노하여 이를 거절하므로 각 대신은 부득이 물러나왔다.

林董은 과연 18일에 著京하고, 내각은 다시 비밀회의를 열고 이완용 등이 알현하고 다시 양위를 청하였었다. 황제는 노하여 국가의 대문제는 내각이 그 책임을 질 것이요, 짐에게 그 책임을 獨當하라 함은 도리가 아니라 하여 거절하였다. 병준이 협박하여 양위를 강요하니 황제는 원로에게 諮詢하여 처리하겠다 하여 閔泳韶, 閔泳徽, 徐正淳, 李容植, 李秉夏 등을 불렀으나 입궐하는 자가 근소할 뿐더러 입궐한 자도 말이 없었다. 이에 황제는 황태자로써 대리케 한다는 것을 下詔하였다. 그러나 대리와 양위는 형식에 있어서는 근사하나 실지는 상위한 것으로 新君은 小朝라 하고 小朝는 舊君인 大朝의 명을 봉행하게 되므로 伊藤은 이에 불만족하여 완용 등으로 하여금 양위를 강행시키게 하였던 것이다.

18일 밤에 내각대신 등이 다시 황제의 양위를 주청(奏請)하고, 일방 통감부에서도 하야시 시게(林董)를 맞이하여 요구조건을 밀의(密議)하였다. 이 때 시민들은 사태의 급함을 알고, 동지를 규합하니, 즉시에 '애국당'(愛國黨), '자강회'(自强會), '동우회'(同友會), '기독교청년회' 등 2천여 명이 집합하여 2대로 나누어져 1대는 일진회의 기관신문사를 습격하여 사옥과 기계를 파괴하고, 사원을 구타방축하며, 1대는 대한문 앞에 앉아 호곡(號哭)하여 순경이 구축(驅逐)하여도 해산치 않았다. 연사 수인이 눈물을 흘리면서 연설하여 내각제적(內閣諸賊)을 살육할 것을 맹서하매 함성이 진동하고, 노매(怒罵)와 호곡이 끊이지 않았다. 그러나 이 때 일병이 궐문을 파수하여 경계가 엄밀하므로 궁중의 진상을 알지 못하여 밤 깊어 해산하였던 것이다.

그러나 19일 아침 드디어 양위조서(讓位詔書)가 나오고 말았다. 인심은 크게 분격하여 수천의 군중이 궐외에 모여 들어 살기가 가득하였었다. 이 때 일경이 이를 해산시키려 하다가 시민이 돌을 난투하여 순사 1명이 부상하고, 오후에는 민중이 더욱 증가되어 일병과 충돌하여 일순(日巡) 1명은 죽고, 1명은 부상하며, 일병의 발포로 한인 수명이 사살되고 궤산(潰散)하였었다. 이 날 종로에서도 시민 수천명을 모아 비분연설하더니 일경 50여 명이 이를 해산시키려 할 때 전동(典洞) 병영에서 탈출한 한병(韓兵) 수십명이 종로의 일순교번소(日巡交番所)를 습격하여 일경 3명을 사살하고, 6명을 부상시키매, 군중은 더욱 힘을 얻어 교번소를 파괴하고, 일인 수십명을 부상시키었다. 이 외에도 시위대가 애국당과 연락하여 양위식 거행일에 친일 제대신을 격살코자 하였으며, 동우회원 등이 결사대를 조직하여 1대는 경부선 철도를 파괴하려 하고, 또 완용(完用) 집에 방화하고 일인 경찰서를 파괴하는 등 사건이 속출하여 이토는 병력으로 살육하여 수일 후에 겨우 진정되었다.

　　양위식을 기하여 제대신을 살육하기로 모의한 것은 궁내대신 박영효와 副領 魚潭, 參領 李甲과 林在德 등이었다. 完用 등이 이를 알고, 치안방해라 하여 朴泳孝를 체포하여 제주도에 유배하고, 이갑, 어담, 임재덕 등은 다 하옥하였다. 朴殷植의《獨立運動之血史》에는 박영효가 제주에 유배된 것과 이갑 등이 하옥되었다가 3개월 후에 석방되었다 하였고, 서울대학교《國史槪說》에는 양위식 거행 후 22일에 헌병이 박영효, 李道宰, 南廷哲을 체포하여 박영효는 제주에 1년 안치하고, 이갑, 어담, 임재덕은 3년 감금당했다고 되어 있다.
　　결사대를 조직하여 완용의 집을 불태우고, 경찰서를 습격하여 군부대신 李秉武의 집을 파괴한 동우회원은 姜泰鉉, 宋榮根 등이라고 2명만 이름이 알려졌다(《獨立運動之血史》, 14쪽 참조).
　　이러한 소란중에 19일에 양위식을 거행코자 하였으나 宮相 박영효는 병이라 칭하고 입궐치 않으니 완용은 스스로 서리가 되어 의식을 준비하였다. 반대파의 방해로 1일이 연기되어 20일에 中和殿에서 權

道로써 전례에 依치 않고 거행하였으나 내관이 조칙을 宣讀하되 단지 新帝에게 대리를 명한다는 말뿐으로 그 의식도 草草하였다. 勅使를 보내어 종묘사직에 고하고, 다시 백관에게 참열케 하려던 것이 대부분 懷疑하여 불참가하고, 겨우 내각제신과 2, 3 親任官이 참석할 뿐이었다.

이리하여 양위식은 거행되었으나 전 황제 조서에 단지 태자에게 군국대사(軍國大事)를 대리케 한다는 명이 있을 뿐이므로 완용 등은 복위(復位)의 여지가 있을까 염려하여 이를 예방하고자 20일에 이완용, 이재곤(李載崐), 조중응(趙重應) 등이 전제(前帝)에게 알현을 청하였다. 이 때 박영효가 밀주(密奏)하되 완용이 신(臣)에게 논의도 없이 자의로 궁내대신을 서리함이 위법이요, 또 황태자가 단지 서정(庶政)을 대리하라는 명을 받았을 따름이라, 이토와 내각 제인이 사실을 허구하여 폐하의 대권을 탈(奪)코자 하오니 청허(聽許)치 말라 하고, 박영효가 다시 완용 등에 대하여 내각과 통감부의 오류된 조치를 통박하였으므로 전제(前帝)는 완용 등의 알현을 허가치 아니하였었다. 완용 등은 수차 청하다가 허가치 않으므로 태황제존봉안(太皇帝尊奉案)을 마치고, 또한 박영효를 포치(捕治)하자고 청하였으나, 허락지 않음으로 퇴출하였었다. 여기에 송병준(宋秉畯), 고영희(高永喜), 이병무(李秉武), 임선준(任善準) 등이 완전 양위를 협의하여 병준은 병무를 독려하여서 입궐 강청케 하였다. 병무는 입알(入謁)하여 전제(前帝)의 은퇴를 청하였으나 전제는 엄사(嚴辭)로 이를 거절하매 병무는 칼을 빼어 자기 목을 찌르려 하며 위협하므로 전제는 이에 못 이기어 그 요구를 허락하니, 22일에 내각제신이 신제(新帝)를 알(謁)하고 봉본(奉本)을 바치어 태황제의 조지(詔旨)에 의하여 이제부터 대리를 고치어 황제대호(皇帝大號)를 진(進)한다 하였던 것이다.

당시 이완용 등 七賊은 집에 돌아가지 못하고, 泥峴(진고개) 송병준 家에 모여서 잤던 것이다. 또 이지용은 가산과 가족을 모두 성북동 정자로 옮겼던바 그 밤에 동민이 일어나 불을 놓아 태워 버렸고, ㄱ 용

산 江亭도 소진하였다. 고종황제 양위 후 양주군 耶蘇教 목사 洪太順
은 대한문 앞에 와서 약을 먹고 자결하고, 전 중추원 議官 李奎應은
이완용 등을 성토하는 疏를 써 놓고 음독자결하였다(《大韓季年史》下,
24쪽 참조).

신제(新帝)가 즉위하여 융희(隆熙)라 건원(建元)하고, 제 3 제(第三
弟) 영친왕(英親王)을 황태자로 봉하였다. 이리하여 양위는 실행되었
으나 밀사문제는 해결된 것이 아니었다. 이토(伊藤)는 양위는 한국대신
의 의사에서 나온 것이지 일본이 요구한 것은 아니라 하고, 하야시 시
게(林董)와 협의하여 7조의 요구를 작성한 후 이완용, 송병준 등을 불
러 안을 보이고, 24일에 양국 전권이 통감부에서 조약에 조인하였다.
그 전문을 들어 보면 다음과 같다.

제 1 조 한국정부는 시설개선에 관하여 통감의 지휘를 受할 것.
제 2 조 한국정부는 법령의 제정 및 중요 행정상 처분에 관하여 통감
　　　　의 승인을 經할 것.
제 3 조 한국의 사법사무는 보통행정사무와 此를 구별할 것.
제 4 조 한국 고등관리의 임면은 통감의 동의로써 此를 행할 것.
제 5 조 한국정부는 통감이 추천하는 일본인을 한국관리로 임명할 것.
제 6 조 한국정부는 통감의 동의 없이는 외국인을 雇聘하여 관리로
　　　　임명함을 不得할 것.
제 7 조 明治 37(1904)년 8월 22일 조인한 일한협약 제 1 항은 폐지함
　　　　(탁지 재정고문 폐지).

이 조약으로 인하여 한국의 외교(外交) 내정(內政)은 전부 통감의 수
중에 귀(歸)하여 통감은 각부 고문을 폐하고, 각부에 일인(日人) 차관
(次官)을 임명하여 실권을 장악했던 것이다.

이 조약의 체결에 찬성한 총리 이완용, 내무 송병준, 농상공 조중응,
탁지부 임선준, 학부 이재곤, 군부 이병무, 법무 고영희 등을 7적(七
賊)이라 한다.

7. 군대해산과 의병항쟁

1) 시위대의 항쟁

고종황제의 양위문제로 민심이 격동하자 군대 안에도 분격한 기세가 돌아 일부 군인이 시민의 폭동항쟁에 가담하게 되었다. 이토(伊藤博文)는 한국의 군대가 저희들의 제반정책에 장애와 위협이 될 것을 우려하여 완용과 밀모(密謀)하고 군대를 해산하기로 하였다.

당시 한국 군대의 상황은 앞서 일본이 한국의 군사비를 절약한다는 구실로 軍制를 개정하고, 軍額을 감한 후로 參將 이하 각 군관이 경성에 336명, 사병 9,460여 명이었고, 각 지방의 鎭衛隊 장병이 4,270여 명이었다(《韓國獨立運動史》, 21쪽). 일본측 기록은 시위보병 2개 연대 3,608명과 騎·砲·工·輜重兵 약 400명과 지방의 진위보병 8개 대대 4,800명 외 약간의 分遣隊를 합하여 총계 9,000명이라 하였다 (《朝鮮史講座》 일반사).

1907년 7월 30일 하세가와(長谷川), 이완용, 이병무 등이 신제(新帝)에게 조칙 내릴 것을 박청(迫請)하여 무기탄환을 격납(繳納)케 하고, 은금(恩金)을 반급(頒給)한다 하여 하사 80원(圓), 병역 1년 이상자 50원, 1년 미만자 25원을 주어 자유로 해산하게 하였다. 이에 분격한 사졸들은 눈물을 뿌리며 호읍(號泣)하고, 혹은 방성대곡하며, 혹은 은금으로 준 지폐를 찢어 버리고, 각 지방으로 흩어져 의병에 합류한 자가 많았다.

시위 제 1 연대 제 1 대대장 박성환(朴星煥)은 민후(閔后) 피시(被弑) 후부터 항상 복수할 뜻을 품고 있더니, 왜적의 침략이 우심하여 망국이 눈앞에 다가옴을 보고, 일사보국(一死報國)의 기회를 기다리고 있었다. 고종황제 양위의 날에 궁중에서 거사하려다가 화가 제궁(帝躬)에 미칠

까 두려워 중지하였더니, 8월 1일 하세가와(長谷川)가 군대해산 조서를 반포하기 위하여 아군 각급 대장을 그의 관저로 소집할 때에 박성환은 병을 핑계하여 가지 않았고, 그 후 훈련원에서 한국군대 해산식을 행하던 날 서소문(西小門) 안 병영에서 대성통곡하고 단총(短銃)으로 자폐(自斃)하여 무언의 명령을 내리었다.

대장의 자결을 본 시위 제1연대 제1대대의 사병들은 곧 탄약고를 깨뜨리고 탄환을 나누어 가지고, 결전할 태세를 지으매 제2연대 제1대대도 동시에 분기(奮起) 호응하였다. 왜(倭)사령부에서는 왜병 수천을 급파하여 한국군 병영을 포위하고, 공격하여 전투가 전개되었다. 우리 사병들은 영내에서 발사응전(發射應戰)하여 왜(倭) 대위 가지하라(梶原) 이하 100여 명을 사살하니 적은 다시 남대문 성벽을 의지하고 기관총을 난사하였고, 성내 각처에 산재하던 왜적의 상민·노동자·부녀자들까지 무기를 가지고 왜병을 도왔고, 왜(倭) 소위 오타(大田)가 아(我) 병영에 폭탄을 던져 아군은 영내를 탈출하여 백병전을 하게 되었다. 피아간에 사상이 속출하였으나 마침내 아군은 탄환이 진(盡)하여 전투는 중지되고, 병영은 왜군의 점거한 바 되었다. 왜병들은 부녀를 앞세우고 부근의 민가를 수색하여 살육과 체포와 약탈을 자행하였다. 이 때에 아방(我方)의 전사자 100여 명, 피포자(被捕者) 500여 명이었다.

殉死한 대대장 朴星煥의 이름은 기록에 따라서 가지각색이어서, 朴勝煥(《韓國獨立運動之血史》·《國史槪說》), 昇煥(《韓國獨立運動史》·《高等警察要史》), 星煥(《梅泉野錄》·《大韓季年史》·《騎驢隨筆》), 性煥(《東史年表》)이라 표기되기도 하였다. 어느 것이 바른지 아직 모른다. 필자는 朴星煥으로 취하기로 하였다.

8월 1일 경성에 있는 시위대 보병 5개 대대와 기병대, 포병대를 해산하고, 계속하여 지방에 있는 8개 진위대를 해산하였다. 한인 대장과 왜교관 등에게 전초(電招)하여 경성에 회합케 하고 발령한 후에 왜병 8대대를 파견하여 각 진위영(鎭衛營)을 대령(代領)케 하였다.

그리하여 원주와 강화 진위대에서 반항투쟁이 일어났다. 원주 진위
대는 전제(前帝)가 양위하고 군대를 해산한 후부터 크게 분격하여 8월
6일 조조(早朝)에 군중을 모아 거의(擧義)하니 일인으로 당지(當地)에
거주하던 자는 창황(蒼惶)히 도주하였다. 거의(擧義)한 병대(兵隊)는
우편소를 습격하여 일인 1명을 죽이고, 일인의 가옥을 파괴하며 일본
군경과 교전한 지 2시간에 피차 살상이 많았고, 왜적은 충주로 후퇴하
였던 것이다. 왜 교관 고쇼(古莊)가 해대장(該隊長)의 훈시를 가지고
경성에서 내려오다가 병변(兵變)을 듣고 혼성(混成) 1부대로써 원주에
이르매 아군이 춘천과 횡성으로 퇴거하고 왜적은 진위대를 점거하였다.

강화 진위대에는 자강회원(自强會員)으로 병사된 사람이 있었는바,
국변(國變)을 듣고 인민 500여 명을 연합하여 왜 순사주재소를 습격하
여 순사를 살해하고, 또 군수 정경수(鄭景洙)를 살해하였다. 정은 일진
회원이었다. 왜적대위 오쿠라(小倉)가 보대(步隊) 2대를 이끌고, 월곶
(月串) 부근에 와서 상륙하는 것을 아병(我兵)이 해안을 거(據)하고,
사격하여 5명을 살해하고, 5명을 부상시켰으나, 마침내 중과부적으로
퇴각하였다. 다음날 미국 교회당 앞에서 재전(再戰)하였으나 한병들은
통분을 참지 못하여 혹 집단으로, 혹 개별적으로 의병에 합류도 하고
새로 의기(義旗)를 들기도 하였다.

2) 의병의 봉기

1895년 을미사변 이후 국모의 복수를 위하여 궐기하였던 제 1 기의
의병운동은 충주와 제천에서 패한 후에 그 주모장(主謀將)들은 각지에
숨어 재거(再擧)의 기회를 기다리고 있었다. 1905년(乙巳) 11월 보호조
약이 늑체(勒締)된 이후로 일반국민의 분이 극도에 달한 기연(機緣)을
타서 각지에서 다시 의병을 일으켰다.

전 참판 민종식(閔宗植)은 1898년 10월부터 삼남 각지로 다니면서 동
지를 규합하고 무기를 준비하더니, 1906년(丙午) 5월에 정재호(鄭在鎬)
와 함께 충남 정산(定山)에서 의기(義旗)를 들고 일본에 선전(宣戰)하

였다. 5월 17일에는 남포(藍浦)를 점령하고, 동월 19일에는 홍주성(洪州城)을 확보하여 군세가 자못 강대하였으나 항전한 지 10여 일에 필경에는 신무기로 장비(裝備)한 적 연합병을 항적(抗敵)하지 못하여 패하였다.

전 참찬이며, 유림의 태두인 최익현(崔益鉉)은 1906년 6월에 임병찬(林秉瓚)과 함께 순창(淳昌)에서 기의(起義)하고, 영덕인(盈德人) 신돌석(申乭石)은 평해(平海)에서, 이은찬(李殷贊), 이재구(李載求) 등은 원주에서 기의(起義)하는 등 각지에서 봉기하는 의병의 성세(聲勢)는 매우 드높았다. 이 때의 의병을 제2기 항쟁이라 한다.

儒士가 起義한 마음 바탕은 任實 의병장 全海山 臨絶詩에 잘 나타나 있다.

書生何事着戎衣　　太息如今素志違
痛哭朝廷臣作孼　　忍論海外賊侵圍
白日吞聲江水逝　　靑天咽淚雨絲飛
從今別却榮山路　　化作啼鵑帶血歸

全海山은 한학자로 근위병대 參尉 李初來와 함께 起義하여 전라도 북부에서 猛戰하다가 영산포에서 被擒, 대구 倭獄에서 순절하였다. 이 詩는 옥중작으로 獄吏가 전한 것이다(《梅泉野錄》, 523쪽).

李南珪는 자 元八, 호 汕左, 전 참판이요, 문장으로 이름이 높았다. 1906년(丙午) 전 판서 閔宗植과 더불어 擧義하려 하다가 뒤에서 그를 도왔고, 민종식이 패하자 그를 감추어 주었다. 이듬해 丁未에 왜병이 일진회의 말을 듣고 이남규를 포박하려 하자 그는 "나는 大夫다. 가히 죽을지언정 욕을 볼 수는 없다"고 꾸짖었다. 마침내 가마를 타고 잡혀가매 두 아들이 따라왔다. 왜병이 칼을 빼어 威嚇하매 칼날을 쥐고 꾸짖어 다섯 손가락이 모두 떨어졌다. 아들이 이를 덮어서 막다가 드디어 부자가 함께 죽고 가마를 메고 온 그 종이 또한 반항하다 죽으니 三屍가 길에 버린 바 되어 그 殉國을 일세가 切齒哀惜하였다(《梅泉野錄》, 435쪽).

이와 같은 의병항쟁은 을미사변 후 1차 봉기나, 보호조약 늑체(勒締) 후의 2차 봉기가 비록 각지에서 경기(競起)하였으나 모두 분산적이어서 공동전선이 적었고, 무기의 결핍이 심한데다가 그나마 구식장비와 훈련 없는 오합의 중(衆)이어서 적의 예리한 장비와 훈련받은 전투에 상대가 되지 못하여 큰 전과를 얻지 못하였다. 망국의 최후를 의혈로 물들임으로써 민족의 정기를 중외(中外)에 선양한 데 의의가 있을 따름이었다.

그러나 1907년(丁未) 8월 1일에 군대가 해산된 후부터는 신식 교련을 받은 해산된 군인들이 혹은 단신으로, 혹은 수인, 또는 부대로 각지의 의병에 합류 참가하였고, 그와 동시에 신식 무기도 다수 장비(裝備)되었다. 더욱 고종황제 양위와 군대해산 등 왜적의 강도적 행위가 갈수록 혹심하여 국민의 분노를 극도로 격발하였을 뿐 아니라 연래(年來)의 경험도 있어 전술도 자못 기묘하여 상당히 기세를 떨쳤다.

6,000의 대병을 옹유(擁有)한 관동의병장 이은찬(李殷贊), 이재구(李載求) 등은 문경(聞慶) 산중에 은거하는 이인영(李麟榮)을 추대(推戴)하여 대장을 삼고, 사방에 격(檄)을 전하여 각지에 산재한 의병이 일처에 회집하여 힘을 합하여 일대집단을 결성함으로써 적을 섬멸할 것을 제창하였다. 이에 사방 의파(義派)가 일시에 호응하여 이은찬, 이재구는 관동군(關東軍) 6,000으로, 이강년(李康年)은 호서군(湖西軍) 500으로, 방인관(方仁寬)은 관서군(關西軍) 100으로 내회(來會)하였다. 동년 12월에 양주(楊州)를 진거(進據)하고, 부서를 정하니 다음과 같았다.

13도 의병대장	李麟榮
군사장	許蔿
관동 창의대장	閔肯鎬
호서 창의대장	李康年
영남 창의대장	朴正斌
경기황해 창의대장	權義熙
관서 창의대장	方仁寬
관북 창의대장	鄭鳳俊

 전군을 24진에 분(分)하여 경성을 향하여 진군할새 일거에 왜 통감부를 격파하며 보호조약을 폐기하기로 하고, 미리 사자(使者)를 각국 영사관에 밀파하여 의병의 금일 차거(此擧)는 국권을 회복하기 위하여 혈투하는 단체니, 각국은 이 충정(衷情)을 양찰(諒察)하고, 국제공법에 의거하여 교전단체를 승인하여 정의의 성원을 하여 주기를 요청하였다. 군사장 허위는 먼저 감사병(敢死兵) 300을 인솔하고, 동대문 밖 30리 지점까지 진박(進迫)하면서 각로군(各路軍)들은 일제히 동대문 밖 모지점으로 집결할 것을 지령하였다. 왜적은 벌써 이 기세를 탐지하고 아군이 집결하기 전에 기선을 제(制)하여 습격하므로 아군은 부득이 후퇴하게 되었다. 이러한 사세(事勢)에다가 불의에 총대장 이인영이 부상(父喪)의 부(訃)를 받게 되어 군사를 군사장 허위에게 전위(專委)하여 퇴세(頹勢)를 만회할 것을 부촉(付囑)하고, 드디어 분상남하(奔喪南下)하매 제군도 할 수 없이 각각 궤산(潰散)하였다.

 충혼의담(忠魂義膽)으로 분신도 불사하는 의병이었지만 훈련이 부족한데다가 약간의 구식 무기로는 왜적의 정예한 기계를 도저히 항적하기 불능할 뿐만 아니라 총대장의 남하와 동대문 밖의 일패는 사기에 저상(沮喪)을 주게 되어 아깝게도 각지로 퇴산(退散)하여 심산유곡과 고성벽촌에서 유격전술로 전환하지 않을 수 없었다.

　　당시 제 3 기 의병항쟁을 영도한 중요 인물로는 관동의 李麟榮, 李殷贊, 횡성의 鄭用泰, 양주의 金東贊, 尹仁淳, 장단의 河相泰, 朴宗煥, 麻田의 鄭錫泰, 廣州의 金光喜, 金尙浚, 여주의 崔致光, 포천의 徐禹三, 강화의 池弘允, 平山의 李根秀, 金貞安, 李鎭淳, 白川의 朴景直, 朴基燮, 平康의 金正植, 횡성의 金致榮, 金化의 柳學根, 安呂根, 홍천의 金春洙, 李秉洙, 寧海의 鄭文七, 원주의 閔肯鎬, 이천의 蔡應夏, 姜斗弼, 영월의 盧元善, 철원의 兪學根, 安尙根, 함평의 尹相聲, 정읍의 尹喆用, 나주의 朴泳根, 羅聖化, 兪鍾煥, 光州의 李元五, 金東洙, 曹京煥, 梁相基, 金玄吉, 金元國, 무창의 金有成, 金大元, 金公三, 덕유산의 李士任, 장성의 奇參衍, 순창의 梁在健, 辛春浩, 李重鳳, 李海秀, 영산포의 姜鉉秀, 安桂源, 고부의 文泰洙,

장성의 申甫鉉, 李龍順, 함평의 吳正實, 李起善, 무안의 金炳吉, 영
암의 朴平南, 해주의 李德三, 平海의 申乭石, 平山의 李鎭龍, 청주
의 潘基鶴, 韓鳳洙, 제천의 申成大, 보은의 李長春, 洪州의 韓在烈,
단양의 金尙吉, 창원의 徐丙熙, 星州의 朴鳳來, 문경의 許蔿, 李康
年, 崔義直, 李晋圭, 興海의 鄭完汝, 함흥의 朴勝彬, 영흥의 尹珣,
定平의 金禹善, 端川의 姜允元 등이 有數하였고, 그 외에도 전국 각
지에서 의병이 일어나 전후 상응하여 악전고투, 風餐露宿으로 오랫동
안 항전을 지속하였다.

이상의 의병약사는 주로 《韓國獨立運動史》(愛國同志援護會 편)에
의거하였다. 의병항쟁의 대요를 적었을 뿐 중요 영도자의 명단만이라
도 실었으면 좋겠으나 지면관계로 생략한다. 전게서 所收의 의병장
略傳에는 388명이라는 다수의 의병장이 수록되어 있다. 그러나 여기
에도 많은 누락이 있다. 《高等警察要史》의 경북지방 의병상황 기사에
나오는 강원·충청·경상을 넘나드는 의병 수령 명단 중의 高石伊,
金君必, 金萬軍, 金相泰, 金生山, 金成雲, 金淳鉉, 金應斗, 柳時
榮, 李京三, 李舊玉, 李彦用, 李完蔡, 李夏鉉, 李漢昌, 徐周一, 成
益顯, 尹國範, 尹起榮, 伊萬波, 鄭敬泰, 鄭蓮哲, 鄭鏞基, 曺仁煥,
崔成執, 崔聖天, 韓甲復, 韓基錫, 韓明萬, 許俊 등 30명의 이름도
누락되었다.

의병의 전투사 자료는 일본측에도 "보존서류가 絶無해서 겨우 朝鮮
史 및 暴徒(義兵) 討伐誌 등에 의하여 그 槪況을 알 따름이라"고 하였
다(《高等警察要史》, 6쪽). 우리측 기록도 유명한 義將의 略傳에 나오
는 전투 정도가 알려져 있고, 黃玹의 《梅泉野錄》에서 보는 바와 같은
각지의 義報라 하여 피아 접전 처소와 일시가 傳聞으로 기록되었을
뿐 확실한 것은 없다. 이러한 散見되는 자료를 모집 정리하여 義兵史
를 엮는 것은 앞으로 유의할 일이다.

의병운동 제 1 기의 대표적 인물인 유인석(柳麟錫), 이강년(李康年)
등이나, 제 2 기의 대표적 인물인 민종식(閔宗植), 최익현(崔益鉉) 등은
모두 유림층에 속하는 인사로서 이 두 시기의 거의(擧義)는 유림에 의
하여 창의(倡義)되었다. 그러나 제 3 기 이후에는 다분히 평민계급에 의

한 거사로서 군대해산과 민중의 각성이 이에 영향했던 것이니, 왜적의
침략에 반항하는 거족적 의사를 쾌히 발표한 것이다. 그러나 원래에 무
기가 충분치 못하고, 사졸(士卒)의 훈련이 부족하며, 또 수로도 열세여
서 강적을 저항할 수 없었음이 실패의 큰 원인이 되었다. 더구나 과도
한 군수금(軍需金)을 인민에게 징수한 것, 일진회원을 만나는 대로 살
해하여 적의 앞잡이를 증가하게 한 것, 각진의 의병이 단합과 연락이
부족하여 성기(聲氣)의 소격(疎隔)이 많았던 것들이 역시 중요한 패인
이 되었던 것이다.

그러나 성패를 불고(不顧)하고 호미와 도끼만으로라도 1인의 적이라
도 더 격살하려는 의기는 일본제국주의의 잔학무도한 군경을 상대로 하
여 전국 도처에서 16년 간이나 투쟁이 계속되었던 것이다.

의병항쟁의 결과를 적측은 다음과 같이 발표하였다.

의병의 총동원수	60,000명
倭군경의 피살자	127명
倭군경의 부상자	252명
한인경관보조원의 死者	52명
한인경관보조원의 부상자	25명
倭민간인 피살자	120명
적의 走狗(한인)	1,250명
관청 파괴燒毀수	50여 처
의병측(일반인민 포함) 사상자	14,500여 명
민간가옥 燒毀수	6,800여 호

(이상 《韓國獨立運動史》, 67쪽 의거)

이리하여 의병항쟁은 1911년 11월 상순, 황해도 평산(平山)지방의
싸움을 최종으로 의기(義旗)를 내리고 말았다. [11]

---

11) 《高等警察要史》, 5쪽.

《高等警察要史》에는 의병항쟁으로 쌍방이 입은 피해를 日側 수비대 死者 336인, 부상 277인, 의병 死者 17,779인, 부상 3,706인이라 하여, 앞의 통계보다 쌍방의 피해가 더 큰 것으로 되어 있다. 그리고 1906년 3월에서부터 1910년 11월에 이르는 경북지방의 의병 토벌일지가 수록되어 있다.

3) 스티븐스 피살

보호조약 체결후 의병 항쟁을 비롯한 인민의 반항이 끊임없이 일어나며 외국 여론의 악화를 두려워한 이토(伊藤博文)는 그 주구(走狗)인 미국인 고문 스티븐스(須知分 : D. W. Stevens)를 도미(渡美)케 하여 미국 언론에 일본정책의 공적을 찬양케 하였다. 스티븐스는 서류를 휴대하고, 샌프란시스코에 이르러 각 신문에 보도하되 한국은 왕실의 실덕(失德)이 심하고, 정당은 완고하고, 인민의 재산만 탈취하며, 국민은 우매하여 독립할 자격이 없으므로, 만일 일본에 귀속치 않으면 러시아에게 점령될 것이라 하고, 또 이토가 한국을 다스리매 한국에 유익케 하므로 한국인이 환영하고 유감이 없다고 하였다.

이 미국인 須知分은 光武 9년 6월에 일본정부의 추천으로 한국 외교 고문이 된 자이나 각부의 일인 고문과 같은 자이다. 伊藤이 보호조약을 체결할 때에는 外部에서 극력 알선하여 일본에 충성한 자로서 한국을 망하게 한 한인의 원수였다.

당시 미주에는 샌프란시스코·뉴욕·캐나다 및 하와이 등지에 거주하는 교포가 약 8,000명이 있었는바, 이들은 대부분 노동을 하고 있었으나 그 중에는 지사와 교회 신도와 학생도 있어서 단체를 조직, 신문을 발행하고, 또 학교를 세워 인재를 양성하며 조국의 광복을 기(期)하고 있었다. 스티븐스가 워싱턴에 가려고 오클랜드 정거장에 나갔을 때 한국인 전명운(田明雲)이 권총으로 사격하였으나 탄환이 불발되었다. 스티븐스가 크게 놀라 명운과 격투할 때 또 두 발의 탄환이 날아와 명

운과 스티븐스를 명중하였다. 이 두 발을 쏜 사람은 평양출신 장인환
(張仁煥)이었다. 전명운과 장인환은 서로 약속한 바 없었으나 각각 스
티븐스를 살해코자 하다가 우연히 명운(明雲)을 오상(誤傷)한 것이었
다. 이로 인하여 스티븐스는 중상으로 죽고, 전명운은 퇴원 후 방면되
고, 장인환은 애국심에 기한 공분살인(公憤殺人)이라 하여 25년 징역을
받았고 복역중 감형되어 1930년 출옥하였던 것이다.

4) 이토 히로부미 斃死

이와 같은 시기에 이토 히로부미(伊藤博文)는 내외의 여론에는 귀를
기울이지 않고, 그의 침략정책을 강행하고 있었다. 그는 태자태사(太子
太師)의 직으로서 황태자(皇太子)와 같이 동경에 건너갔다가 미구(未
久)에 다시 내한하여 이완용 등과 협의한 후 한국군부를 폐하고, 또 법
부를 폐하여 군사권과 사법권을 전부 일인 관리하에 옮기고, 재판소는
전부 일인의 재판관을 임명하며, 형률도 일본의 법을 잉용(仍用)하고
한국의 구법은 무효로 돌리고 말았다.

1909년 10월에 이토가 만주를 시찰하였는데 이것은 일종의 만유(漫
遊)요, 하등의 정치적 의도는 없다고 선언하였으나, 일본 신문도 이 걸
음이 만주 경영을 실시할 단서가 될 것이라고 보도한 만큼 정치적 의도
에서 나온 것은 확연한 일이었다.

이 때 의병장 안중근(安重根)은 노령(露領)에 있어, 널리 동지들을
규합하여 다시 의병을 일으키려고 하는 때였다. 이토가 만주를 시찰한
다는 소문을 듣고 크게 기뻐하여 동지 우덕순(禹德淳), 유동하(柳東
夏), 조도선(曺道先)과 같이 하얼빈에 가서 우·조 양인은 관성자(寬城
子)에서 대기하고, 안중근은 하얼빈에서 대기하고 있었다. 이토는 10월
25에 관성자에서 일박(一泊)하고, 이튿날 아침 러시아 특별열차로 오전
9시에 하얼빈역에 도착하여 러시아 대신 코코프체프의 환영을 받고, 수
천명의 러시아군의 경호하에 각국 영사단체 집합처를 향하여 걸어갈
때, 안중근은 러시아 군대의 배후에서 이토와 같은 방향으로 걸어가다

가 거리가 십보에 달(達)하였을 때 권총을 발사하였다. 제 1 발은 이토의 흉부에 적중하였으나 화포(花砲)의 폭음소리에 아무도 듣지 못하였다. 계속하여 제 2 발은 늑부(肋部)에 맞고, 제 3 발은 복부에 맞아 이토는 그 자리에서 쓰러지고 말았던 것이다.

일본 총영사 가와카미(川上)와 비서관 모리(森), 철도총재 다나카(田中) 등 3명도 총에 맞아 쓰러졌다. 이에 군대가 안중근을 체포하매 안중근은 한국어와 러시아어로써 "대한독립만세"를 삼창한 후 조용히 포박을 받았던 것이다. 안중근은 그 후 일본 관헌에게 인도되어 여순감옥에서 갖은 고문을 받았으나 굴(屈)치 않고, 이듬해 3월 26일 상오 10시에 사형되고 말았다. 때에 그 나이 32세였다.

5) 이완용의 被刺

이토(伊藤)가 쓰러지고, 소야(曾彌)가 동경에서 병사하였으므로 육군대신 데라우치(寺內正毅)가 후임통감이 되었는데, 합방설(合邦說)이 신문에 게재되어 인심이 흉흉하였다. 이 때 평양인 이재명(李在明)이 동지 김정익(金貞益)과 상의하여 매국적(賣國賊)을 제거하고자 하여 정부의 이완용과 일진회의 이용구를 죽이려 하였었다. 이리하여 양적(兩賊)의 동정을 비밀히 정찰하던 이재명은 1909년(己酉) 12월 23일에 이완용이 종현(鍾峴) 천주교당에서 벨기에 황제 추도식에 참열하고 나오는 것을 군밤장수로 변장하여 기다리다가 인력거부를 척살(刺殺)하고, 그 인력거에 뛰어올라 이를 습격하였다. 완용은 칼을 맞고 인력거에서 떨어져 요부(腰部)와 배부(背部)에 부상하여 병원에 실려가고, 이재명은 일경에 체포되었다. 완용은 수개월 치료 끝에 살아나 퇴원하고, 이재명은 재판 끝에 사형에 처형되었다.

李在明과 같이 모의한 金貞益은 李容九를 저격하려다 기회를 잡기 전에 이재명 사건으로 발각 被捕되자 품었던 칼을 던지면서 도적을 죽여 나라를 구하려던 뜻을 못 이룬 것을 탄식하고 종신형을 받았다.

8. 경술국치와 인민의 반항

1) 합병조약의 전말

1909년 12월에 일진회장 이용구는 일본과 합병하는 것이 옳다는 의견을 정부에 건의하였다. '대한협회', '국민대회', '흥사단' 등이 궐기하여 형세가 자못 험해지자 통감부는 이를 억제하기 위하여 합병론과 반대론 쌍방의 의견 발표를 일체 금하게 하였다.

데라우치(寺內正毅)가 통감으로 내임하자 곧 경찰을 잡도록 총리 박제순(朴齊純)과 협의 조인하고 일부 관제를 변경하여 전국 경찰권을 경무총감 아래 통일하고, 각도 경찰은 헌병이 주체가 되어 헌병 경찰제도를 시행하며, 다시 일본헌병 2천여 명을 증원시켰던 것이다.

1910년(庚戌)에 일본 헌병사령관 겸 한국경무총감 아카시 겐지로(明石元二郎)가 데라우치의 내의(內意)을 받아 수차에 걸쳐 납량회(納凉會)·관월회(觀月會) 등을 개최하여 원로대신과 유력자를 청하여 담소하는 사이에 시국문제에 언급하여 합방의 암시를 주어 내의를 탐(探)하였고, 또 그 때 동경에 대수재(大水災)가 있었으므로 완용이 8월 16일에 통감저(邸)에 가서 위문하였는데, 데라우치가 합병안을 제시하여 설명하매 완용이 수긍하고 퇴출하였다. 그 날 밤에 완용은 정부 참여관(參與官) 고쿠분 쇼타로(國分象太郎)를 방문하여 밀의하였고, 이튿날 17일 아침에 내부대신 박제순, 탁지부대신 고영희(高永喜), 농상공대신 조중응(趙重應)을 초치(招致)하여 협의한 다음, 8월 22일에는 어전회의를 열어 오후 3시에 합방안을 결정하고 오후 5시에는 이에 조인을 끝내고 말았다.

이 때 아카시(明石)가 헌병과 순사로써 궁내외를 비롯하여 경향 각지를 엄중히 경계하며 국내 각 신문을 정간시키며 각 애국단체를 해산시키고, 또 성망(聲望)이 있는 사람 수천명을 경찰에 구금하고, 시가(市

街)의 경계는 삼엄하였다.

이리하여 8월 29에 완용 등이 양국조서(讓國詔書)를 만들어 황후의 숙부인 시종원경(侍從院卿) 윤덕영(尹德榮)을 시켜 제(帝)에게 바치고, 어새(御璽)를 위협으로 찍게 하니, 조선은 태조 건국으로부터 27대 519년 만에 나라를 잃고, 반도는 잔악한 일본제국주의의 식민지로 화하여 버렸던 것이다. 한일합병늑약(韓日合倂勒約)은 다음과 같다.

한일합병조약

일본국 황제폐하는 양국간의 특수한 친밀관계를 顧念하여 상호의 행복을 증진하고, 동양의 영구한 평화를 확보코자 하는바, 此 목적을 달성하기 위하여 한국을 일본제국에 병합함이 可함을 확신하고 玆에 양국간의 병합조약을 체결하기로 결하고, 일본국 황제폐하는 통감 자작 寺內正毅를, 한국 황제폐하는 내각 총리대신 이완용을 각기 전권위원으로 임명하여 회동 협의하여 아래의 諸條를 협정함.

제 1 조 한국 황제폐하는 한국 全部에 관한 일체의 통치권을 완전·영구히 일본국 황제폐하에게 讓與함.

제 2 조 일본국 황제폐하는 前條에 양여를 수락하고 또 한국을 일본제국에 합병함을 승인함.

제 3 조 일본국 황제폐하는 한국 황제폐하 황태자전하와 그 后妃 및 후예로 하여금 각기 지위에 응하여 상당한 尊福威嚴 및 명예를 향유케 하며, 또 此를 보존하기에 충분한 歲費를 공급할 것을 約함.

제 4 조 일본국 황제폐하는 前提 이외의 한국황족 및 그 후예에 대하여 각기 상당한 명예 및 대우를 향유케 하며 또 此를 유지함에 필요한 자금을 공급함을 約함.

제 5 조 일본국 황제폐하는 훈공이 有한 한국인으로서 특히 표창을 행함에 적당하다고 認하는 자에 대하여 榮爵을 授하고 또 恩金을 與할 것으로 함.

제 6 조 일본국 정부는 전기 병합의 결과로서 전연 한국의 시설을 擔任하고 同地에 시행하는 법규를 준수하는 한국인의 신체 및

재산에 대하여 충분한 보호를 與하고, 또 복리의 증진을 圖할 것으로 함.

제7조　일본국 정부는 誠意 성실히 신제도를 존중하는 한국인으로서 상당한 자격이 有한 자는 사정이 許하는 한에서 한국에서의 제국 관리에 등용할 것으로 함.

제8조　본조약은 일본국 황제폐하 및 한국 황제폐하의 裁可를 經한 것으로서 공포의 日부터 시행함.

위 증거로 該전권위원은 기명날인함.

明治 43년 8월 22일 통감 자작　寺內正毅
隆熙 4년 8월 22일 내각 총리대신 이완용

8월 29일에 합병조약을 선포하는 동시에 太上皇을 降하여 덕수궁 李太王전하라 하며, 隆熙황제를 降하여 창덕궁 李王전하라 하며, 통감부를 조선총독부라 개칭하는 동시에 寺內正毅를 조선총독, 山縣伊三郎을 정무총감, 有吉忠一을 총무부장으로 임명하고, 중추원 議官으로 金允植, 李完用, 朴齊純, 高永喜, 趙重應, 李容植, 李址鎔, 權重顯, 李夏榮, 李根澤, 宋秉畯, 任善準, 李載崐, 趙義淵, 李根湘 등을 임명하였다. 일본이 작위를 준 사람은 다음과 같다.

公爵　李 堈, 李 熹, 李埈鎔

侯爵　李載完, 李載覺, 李海昌, 尹澤榮, 朴泳孝

子爵　李完用, 李址鎔, 朴齊純, 高永喜, 趙重應, 閔丙奭, 李容植, 金允植, 權重顯, 李夏榮, 李根澤, 任善準, 宋秉畯, 李載崐, 尹德榮, 趙民熙, 李秉武, 李根命, 閔泳奎, 閔泳韶, 閔泳徽, 金聲根

男爵　尹用求, 洪淳馨, 金奭鎭, 韓昌洙, 李根湘, 趙義淵, 朴齊斌, 成岐運, 金春熙, 趙同熙, 朴箕陽, 金思濬, 張錫周, 閔商鎬, 趙東潤, 崔錫敏, 韓圭卨, 兪吉濬, 南廷哲, 李乾夏, 李容元, 李容泰, 閔泳達, 閔泳綺, 李鍾健, 李鳳儀, 尹雄烈, 李根澔, 金嘉鎭, 鄭洛鎔, 閔種默, 李載克, 李允用, 李正魯, 金宗漢,

趙鼎九, 金鶴鎭, 朴容大, 趙慶鎬, 金思轍, 金炳翊, 李𦙾榮, 鄭漢朝, 閔炯植

이 중에서 金奭鎭은 자살, 趙鼎九는 자살미수, 尹用求, 韓圭卨, 洪淳馨, 趙慶鎬, 閔泳達, 兪吉濬은 受爵을 거부하였다(유길준은 爵만 거부하고 賜金은 받았다).

2) 지사의 순국

이 때에 국민으로서 함통강개(含痛慷慨)하여 순국한 자가 많았으나 신문들은 폐쇄되고, 왜경은 순절(殉節)한 자의 가족을 협박하여 발설치 못하게 하였다. 죽은 이도 이러한 압박을 받았거니 하물며 산 사람이랴. 순절인사는 이러하다.

錦山郡守	洪範植(괴산)	判 書	金奭鎭(경성)
進 士	黃 玹(구례)	承 旨	李晩燾(안동)
承 旨	李載允	承 旨	宋鍾奎
正 言	鄭在健(옥과)	議 官	宋益勉(同福)
監 役	金智洙	駐露公使	李範晉
承 旨	張泰秀(금구)	宗正院卿	李冕宙(봉화)
參 奉	朴世和(高原)	僉 正	鄭東植(전주)
持 平	李中彦(안동)	都 事	宋秉珣
監 察	李承七(보은)	郡 守	李晩煃(안동)
宦 官	潘學榮		
儒 生	朴炳夏(興德), 宋宙勉, 權龍河, 柳道發(안동), 李鉉燮(군위), 金根培, 朴能一(義興), 金志洙(良山), 崔宇淳(고성), 金永相(태인), 金濟煥(청주), 金道鉉(영양), 金聲振(영주), 朴武祚, 李學純(連山), 趙章夏(공주), 宋完明(同福), 金天述(태인) 金永世(익산), 李根周(洪州), 吳剛杓(全義).		

이 외에도 이름이 밝혀지지 않은 參判 鄭某(金溝)와 議官 白某(興德)와 儒生 許某(선산), 朴某(충주), 李某(공주)가 있다(《騎驢隨筆》과 《韓國獨立運動史》참조). 세상에 널리 알려지지 않은 순국이 많음을 알 것이다.

순국은 하지 않았으나 優老 恩賜金을 拒却하고, 세금불납·호적거절 등으로 항쟁하다가 옥사·병사한 인사도 많았다. 安孝濟, 朴泰泳, 河錫煥, 劉秉憲, 李喆榮, 申泰學, 朴永哲, 張基錫(옥사), 李東修, 張秉晦, 張在學, 張在奎, 張和鎭이 그 사람들이요, 高宗因山 때 순사한 白成欽, 柳臣榮, 金奇順 등이 있다, 이밖에 國亡 國喪 후 일생을 方笠 平凉子로 상복을 입고, 天日을 보지 않고 죽은 유생은 손꼽을 수 없을 만큼 많았던 것이다.

이와 같은 순절은 世祿의 臣에게는 당연한 일이지만 그렇지 않은 儒士와 평민에 이르러선 더욱 어려운 일이다. 그 전형을 黃玹과 金道鉉에게서 볼 수 있다.

黃玹은 자 雲卿, 호 梅泉, 求禮사람이다. 시인으로 당대의 거장이었다. 秋琴 姜瑋, 寧齋 李建昌과 滄江 金澤榮과 친교하였고, 성균생원으로 다시 응시하지 않았다. 外憂가 날로 더하고, 時事가 글러가매 두문불출 京師에 오지 않았다. 庚戌 8월에 국치의 報를 듣고, 절명시 4장을 짓고, 음독 자결하였으니, 또 子姪을 위하여 쓴 유서에는 "내가 꼭 죽어야 할 의리는 없으나, 다만 국가가 선비 기르기를 500년에 國亡의 날을 당해서 한 사람도 義에 죽는 자 없다면 어찌 통탄할 일이 아니겠느냐. 내가 위로 皇天 秉彝의 덕을 저버리지 않고, 아래로 평일 읽은 바 글을 저버리지 않아 冥然히 잠드는 것이 참으로 통쾌하리니 너희들은 너무 슬퍼하지 말라"하였다. 아우 瑗이 달려와 무슨 할 말이 없느냐고 물으매 무슨 할 말이 있겠는가, 오직 내 써 놓은 글을 읽으라 하고, 웃으며 조용히 운명하니, 때에 나이 56이었다. 그 絶命詩 중에는 "鳥獸哀鳴海嶽嚬 槿花世界已沈淪 秋燈掩卷懷千古 難作人間識字人"의 구가 있다.

金道鉉의 자는 鳴玉, 호는 碧山, 英陽의 儒士다. 丙申에 擧義하여 여러 번 패했으나 위험을 무릅쓰고 물러앉지 않았다. 乙巳 庚戌간에 매양 有爲하려 했으나 90 노친이 있어 뜻을 펴지 못하더니 乙卯에 父

喪을 당하매 卒哭을 지내고 동해에 나아가 상복을 벗어 바위에 놓고, 苴杖을 짚고 바닷속으로 걸어 들어갔다. 臨絶詩 한 편이 있다.

我生五百末　赤血滿腔腸　中間十九歲　鬢髮老秋霜
國亡淚未已　親沒痛更長　獨立故山碧　百計無一方
欲觀萬里海　七日當復陽　白白千丈水　足吾一身藏

3) 105인 冤獄

데라우치 마사타케(寺內正毅)는 일본 유수의 군벌이요, 유명한 무단정치가로서 조선통치의 독재자가 되었다. 1905년 통감부 설치 후에 한국 주차군(駐箚軍)이라 하여 왜국은 일개 사단, 혹은 일개 사단 반의 병력을 교대로 옮겨다가 각지에 분둔(分屯)케 하던 것을 이른바 신영토의 치안유지상 허소(虛疎)할 우려가 있다 하여 새로 2개 사단을 증설하고, 이것을 조선에 상치(常置)하여 탄압력을 강화하였고, 인민에게 위엄을 보임에 필요하다 하여 관리(官吏)되는 자는 일정한 제복을 착용하되 모자에는 금테를 두르고, 허리에는 패검(佩劍)을 드리워서 학교의 교원과 시험장의 사무원까지 그렇게 하였다.

아카시 겐지로(明石元二郎)로 경무총감을 시켜 치안을 담당하게 하여 애국정신을 가진 지사들을 탄압하고, 배일사상과 신흥의식을 근본부터 단절하려 하였다. 그리하여 당시 민족운동자의 연수(淵藪)로 지목되는 예수교(耶蘇敎)와 신민회를 일망타진하려는 악랄한 계획을 정하고, 이른바 데라우치(寺內) 총독 암살안을 날조하였다.

데라우치가 1910년 12월 27일, 압록강 철교 준공식에 참석하려고 여행하였는데 경의선 각 역에는 강제로 동원시킨 이른바 환영하는 동포들이 운집하였다. 이 때 안명근(安明根)이 선천(宣川)역 부근에서 데라우치를 암살하려던 것이 미연(未然)에 발각되었다. 왜적은 이것을 기회로 하여 '신민회' 간부들이 중심이 되어 데라우치 신총독을 암살하려던 음모가 발각되었다고 터무니없는 연극을 창안한 것이다. 이에 1911년 1월

1일을 기하여 왜 경무총감부는 전국 경찰에 명하여 윤치호(尹致昊), 양기탁(梁起鐸), 이승훈(李昇薰) 등이 신민회를 조직하여 국권회복을 밀모(密謀)하면서 제 1 착으로 데라우치 암살을 준비하였다 하고, 신민회의 간부이며, 예수교의 요인인 유동열(柳東說), 윤치호(尹致昊), 양기탁(梁起鐸), 안태국(安泰國), 이승훈(李昇薰), 이동휘(李東輝), 임치정(林蚩正), 김구(金龜, 後에 九), 한필호(韓弼鎬), 김도희(金道熙), 김홍량(金鴻亮), 이승길(李承吉), 주진수(朱鎭洙), 김근형(金根瀅), 조성환(曺成煥), 양준명(梁濬明), 선우훈(鮮于壎), 백선일(白善一), 백일진(白日鎭), 편강열(片康烈), 김봉문(金鳳文), 최윤정(崔允禎), 한진석(韓鎭錫), 최익형(崔益馨), 한석진(韓錫晋), 안주치(安周治), 안병찬(安秉瓚), 안윤재(安潤哉) 등 600여 명을 체포 투옥하고, 갖은 악형으로 고문하여 사상전환을 시키거나, 혹은 불구자를 만들었다. 취조에 따라 120여 명으로 범위를 축소하고, 그 나머지는 석방하였다. 한필호, 김근형은 고문에 못 견디어 사망하였고, 105인은 기소되었다. 이 사건의 관계자는 다음과 같다.

尹致昊, 梁起鐸, 安泰國, 李昇薰, 柳東說, 林蚩正, 玉觀彬, 羅一鳳, 邊麟瑞, 金東元, 李德煥, 鄭益魯, 車利錫, 尹愿三, 安世桓, 洪成麟, 李明龍, 崔聖柱, 任道明, 金時漸, 吳學洙, 池尙周, 李根澤, 趙德煥, 林炯燁, 李溶華, 崔濟奎, 崔聖民, 金燦五, 李載潤, 朴尙薰, 李枝元, 鮮于爀, 梁濬明, 郭泰鎭, 洪成益, 金一俊, 安 濬, 姜奎燦, 梁甸伯, 車均高, 崔德潤, 張時郁, 李昌錫, 魯晶權, 申孝範, 吉鎭亨, 片康烈, 張膺震, 崔叡順, 李基唐, 宋子賢, 李春變, 金斗和, 尹聖運, 安慶祿, 申尙昊, 李鳳朝, 金昌煥, 朱賢則, 金益濂, 張寬善, 金昌鍵, 白用錫, 吳大泳, 玉成彬, 金應祚, 徐基澧, 鄭周鉉, 梁濬熙, 孫廷郁, 鄭德燕, 李東華, 李廷淳, 羅鳳奎, 白日鎭, 洪奎長, 車永俊, 趙永濟, 姜鳳羽, 白南俊, 吳宅儀, 羅昇奎, 安聖濟, 金善行, 金溶華, 朴贊亨, 朴秉行, 李秉濟, 金鳳洙, 金龍五, 羅義涉, 金應鳳, 安光浩, 李泰達, 崔周杙, 白夢奎, 鄭元範, 劉學濂, 李龍爀, 魯孝郁, 吳熙源, 李正舜, 金賢軾, 車熙善

4) 독립운동의 개시

국치 후의 수많은 순절 순국에 이어서 곧 조직적인 항일 독립운동이 일어났다. 이 독립운동은 국내 국외의 두 갈래로 시작되었으니 국외에 망명한 인사들에 의하여 무력항쟁과 외교선전활동이 시작되고(제2편·제3편 참조), 국내에서는 비밀결사운동으로 폭력·파괴투쟁이 시작되었던 것이다. 국치 직후부터 3·1운동까지 10년 간 국내의 중요한 투쟁은 다음과 같다.

(1) 독립의군부 사건

1913년 9월 임병찬(林炳瓚), 이용순(李溶淳), 전용규(田鎔圭) 등은 경성에 독립의군부(獨立義軍府) 중앙 순무총장(中央巡撫總將)을 두고, 각 도(道)에 도 순무총장, 각 군에는 군수, 면에는 향장(鄕長)을 배치하여 내각 총리대신 총독 이하 대소 관헌에게 국권반환요구서를 내고, 일본관헌에게 조선통치의 곤란함을 알게 할 뿐 아니라 외국에 대해서 한인이 일본의 통치에 열복(悅服)하지 않음을 밝히고, 국민에 대해서는 국권회복의 여론을 일으키려고 활동하다가 검거된 결사(結社)로서, 관계자는 유림과 의병에 참여했던 사람들이었다.

> 林炳瓚(領首), 林炳大(炳瓚 弟), 林應哲(炳瓚 子 : 정읍), 李起商(許蔿 비서), 李起永(許蔿 婿 起商 弟 : 청양), 田鎔圭(경성), 李溶淳(경성), 李伐(閔宗植 참모장), 金昌植(李麟榮 右軍將), 李殷榮(李麟榮 弟), 許瀅(許蔿 子), 金秉氣(義兵 사형), 鄭在鎬(義兵將), 鄭哲和(許蔿 부하), 蔡相俊(義兵將), 蔡恒(해주), 柳順宗(고부), 高濟萬(부안), 朴鍾來(경성), 姜鳳九(나주), 崔局(정읍), 李允來(보성)
>
> ── 이상 의병출신
>
> 呂永祚(太神敎主), 趙基燮(순천), 姜鳳周(공주), 邊承洙(해주), 朴文燦(해주), 田耕寅(臨坂), 劉鎭五(부여), 鄭學洙(영광), 鄭尙健(영광), 申奎植(해남), 李興來(臨坂), 金文佐(정읍), 金東鎭(영주), 鄭敦夏(영주), 金顯珏(충남), 尹履炳(경성 李完用家 放火發起人), 曹

在學(의령), 宋柱營(단양), 黃讚根(해주)　　　　　—이상 유생

李重默(侍天敎徒), 安泰俊(侍天敎徒), 金斗善(一進會員), 尹敦求(王世子師), 尹憲燮(侍從), 李明翔(宮內府官), 李泰旭, 李斗鍾, 李用鉉(이상 경성), 文昌洙(부여), 朴夏駿(광주), 李喜求(광주), 李重胤(부여).

(2) 광복단

1913년에 채기중(蔡基仲 : 祺中) 유창순(庾昌淳), 유장열(柳璋烈), 한훈(韓焄), 강병수(姜炳洙), 김병연(金炳然), 정만교(鄭萬敎), 김상옥(金相玉), 정운홍(鄭雲洪), 정진화(鄭鎭華), 장두환(張斗煥), 황상규(黃尙奎), 이각(李覺) 등이 풍기(豐基)에서 비밀결사 '대한광복단'(大韓光復團)을 조직하고, 광복운동에 치력(致力)하던 중에 대구에서 박상진(朴尙鎭), 양제안(梁濟安), 우재룡(禹在龍), 권영만(權寧萬), 김경태(金敬泰), 김한종(金漢鍾), 엄정섭(嚴正燮) 등 일파와 합류하여 '광복회'(光復會)라 개칭하였고, 1916년에는 노백린(盧伯麟), 김좌진(金佐鎭), 신현대(申鉉大), 윤홍중(尹洪重), 신두현(申斗鉉), 김정호(金鼎浩), 권태진(權泰鎭), 임병한(林炳翰), 윤형중(尹瑩重), 김홍두(金弘斗), 윤치성(尹致晟), 이현(李鉉), 박성태(朴性泰), 기명섭(奇明燮) 등이 참가하여 다시 '광복단'(光復團)이라 개칭하니 단원이 수백명이었다. "오등(吾等)은 대한독립국권(大韓獨立國權)을 광복(光復)하기 위하여 사(死)로써 결의하고 구적(仇敵) 일본을 완전 구축(驅逐)하기로 천지신명께 서(誓)함"이란 선서문을 작성하여 이를 서고(誓告)하면서 혈맹하였다.

활동방침은 국내 국외로 분파하여 진행하기로 결정되어 노백린(盧伯麟)은 동지 10여 명과 함께 상해 등지로 출발하고 김좌진(金佐鎭), 박성태(朴性泰)는 일부의 동지와 함께 만주를 향하여 떠났다. 단의 활동은 점점 활발하게 진행되어 1917년에 칠곡(漆谷)의 악질부호 장승원(張承遠)을 사살하고, 1918년에 보성군(寶城郡) 박곡(朴谷)의 양재학(梁在學)을, 1919년에는 보성군 벌교(筏橋)의 서도현(徐道賢)과 부안군 호암(壺岩)의 김모(金某)를 사살하였으니, 이들은 모두 적과 통하는 악질부

호들이다. 이에 크게 당황한 왜적들은 악랄한 마수를 뻗치기 시작하여 채기중, 박상진, 장두환 등은 피살되고 기타 다수 동지가 무기, 또는 장년의 징역을 복(服)하였다. 사세가 이렇게 되므로 다른 동지들은 많이 해외로 나가게 되어 단의 활동은 정체하게 되었다.

3·1운동이 일어나고, 상해에 임시정부가 설립되매 각지에 산재하던 단원들이 다시 모이어 일층 강력한 활동을 전개하고, 동년 12월에 한훈(韓焄)을 대표로 상해에 파견하여 임정의 이동녕(李東寧), 이시영(李始榮), 안창호(安昌浩) 등과 협모(協謀)한 결과 권총 40정, 탄환 3,000발, 폭탄 10개를 휴래(携來)하였고, 동시에 길림(吉林)의 군정서원(軍政署員) 김동순(金東淳)은 동서(同署)의 간부들과 비밀협의하여 권총 3병(柄)을 가지고 귀국하였다.

이에 김상옥, 한훈, 김동순 등 20여 명으로 암살행동반을 조직하고, 1920년 8월 미국의원단의 내한을 기회로 하여 왜 총독을 암살하며 각 관서를 파괴하여 민족의 진의를 세계에 표명하려다가 비밀이 누설되어 한훈 등 여러 사람이 피포(被捕)되고, 김상옥은 상해로 탈출하였는데, 당시에 피포된 단원은 다음과 같다.

韓　焄(징역 19년), 金東淳(징역 10년), 明濟世, 徐炳徹, 嚴雨龍,
鄭尙敎, 李敦九, 李惠愛, 兪鶴柱, 崔英漫, 徐炳斗, 崔錫奇,
金衡圭, 尹奇重, 宋泰鉉, 徐大順, 李云起, 金泰源, 柳寅元,
安鐘雲, 趙塽植, 金華龍, 安弘翰, 李根榮, 尹祥普, 金　翰,
申華秀, 尹益重

(3) 광복회 사건

1917년 10월 안동현(安東縣), 오용배(五龍背), 신의주, 평양, 김천, 경주 등지에서 경남북, 충남, 경성 등의 부호에게 광복회(光復會) 명의로 국권회복운동 자금을 요구하는 통고문이 우편(郵便)됨으로써 수사 검거되어 그 전모가 밝혀졌다.

수뇌 朴尙鎭은 의병대장 許蔿의 제자, 養正義塾에서 법률경제학을 배워 판사시험에 합격한 이다. 1917년 6월 蔡祺中과 협의하고, 부호를 협박하여 군자금을 징수하고, 稷山 금광을 습격하며 渡中하여 통화를 위조하여 正貨로 바꾼 다음 東三省에서 한인 장정을 훈련하여 군대를 편성하고, 국내 樞要의 地에 일개소 일만圓의 자본으로 백개의 잡화상을 개업하여 그 이익으로 무기구입과 독립운동 자금을 삼아 일본이 장차 외국과 국교를 단절하는 경우 擧事 항쟁할 준비를 갖추기로 하였다. 박상진은 1911년 중국의 혁명운동 상황을 시찰하고, 귀국할 때 권총 십수정을 가져와서 동지에 分與하여 모금에 사용하게 하였다.

漆谷군 부호 張承遠은 許蔿를 통하여 경북관찰사의 職을 얻고, 당시 該職位 買官의 시세 30만圓을 장차 有事의 秋에 出金하기로 약속한 것인데, 장승원은 관찰사 취임후 허위와의 약속을 저버리고, 오만한 태도를 보일 뿐 아니라, 허위가 의병대장으로 순국한 후 그 형이 허위의 유지를 잇고자 그 비용의 出金을 장승원에게 요구하였던바, 장승원은 듣지 않을 뿐 아니라 관헌에 밀고하려 하였다. 장승원은 이밖에도 李王家 토지의 불법 騙取, 양민의 毆打致死 등의 비행이 있었으므로 박상진은 장승원의 살해를 결심하고, 權百草를 시켜 하수케 하였으나 2회에 걸쳐 실패했다. 박상진은 권총 提與의 嫌으로 6개월 복역한 후 출옥하여 蔡祺中을 시켜 庚昌淳, 林鳳柱, 姜順必과 함께 1917년 11월 장승원을 사살한 다음 광복회의 격문을 뿌리고 도주케 했다. 또 金漢鍾, 張斗煥, 林鳳柱, 金敬泰에게 아산군 道高면장 朴容夏의 사형 선고문을 주어 사살케 하였다. 광복회 사건의 관계자는 다음과 같다.

朴尙鎭, 金漢鍾, 張斗煥, 金敬泰, 庚昌淳, 鄭泰復, 權相錫(百草), 趙鍾哲, 金商俊, 黃學性, 成達永, 金在豊, 金在昶, 柳重協, 金在貞, 金元黙, 金在哲, 成文永, 奇載璉, 洪顯周, 權準興, 柳時萬, 權準義, 趙鏞弼, 尹昌夏, 文奉來, 蔡敬文, 李廷禧, 金東鎬, 金在仁, 申泰應, 姜順馨, 趙龍九, 金成黙, 李在德, 姜兩周, 金完黙, 朴壯熙, 金暎煥, 金在浩, 鄭來鵬, 安昌洙, 金昌奎, 趙鳳夏, 李德宰, 魚在河, 鄭雨豊, 禹利見, 蔡祺仲, 權寧黙, 姜正萬, 權重植, 權義植, 蔡素夢, 鄭松山, 姜 某, 盧在成, 姜順必, 李鍾諓, 申喆均, 鄭性山, 李珏烈

⑷ 조선 국권회복단 중앙총부 사건

1915년 정월 15일, 달성군(達城郡) 수성면(壽城面) 안일암(安逸庵)에서 조직한 이 비밀결사는 통령(統領)에 윤상태(尹相泰), 외교부장에 서상일(徐相日), 교통부장 이시영(李始榮), 박영모(朴永模), 기밀부장 홍주일(洪宙一), 문서부장 이영국(李永局), 서병룡(徐丙龍), 권유부장 김규(金圭), 유세부장 정순영(鄭舜永), 결사(決死)부장 황병기(黃炳基)를 선출하고, 마산지부장 안확(安廓)과 이형재(李亨宰), 김기성(金璣成)을 임원으로 뽑았다. 이 모임은 단군대황조(檀君大皇祖)를 봉사(奉祀)하고, 신명을 도(賭)하여 국권회복운동에 바칠 것을 서약하였다.

3·1운동이 발발하자 단원 변상태(卞相泰)에 지령하여 창원에서 군민 천수백명을 동원, 동군(同君) 진동(鎭東) 헌병주재소를 습격하여 헌병과 충돌하여 상해를 입혔고, 상해(上海) 임시정부가 수립되고, 노백린(盧伯麟)이 삼만병(兵)을 교련한다고 하여 이의 자금 후원에 착수, 배상연(裵相淵) 5,000원과 서상환(徐相懽), 서상호(徐相灝)는 할당액 6만 원 중 1만 원을 내고, 최준(崔浚)이 또한 출자하였다. 본단(本團)은 곽종석(郭鍾錫), 장석영(張錫英) 등 유림 독립청원운동과 연락이 있었다(2편 6장 참조). 관계자는 다음과 같다.

徐相日, 李永局, 洪宙一, 尹相泰, 禹夏敎, 裵相淵, 徐相懽, 徐昌圭, 徐丙龍, 片東鉉, 趙弼淵, 金基聲, 尹昌基, 金在烈, 裵重世, 李舜相, 張錫英, 裵相濂, 朴尙鎭, 鄭雲馹, 鄭舜泳, 李始榮, 申相泰, 李壽穆, 金應爕, 徐相灝, 南亨佑, 曹兢爕, 崔 浚, 鄭龍基, 卞相泰, 朴永模, 李亨宰, 安 廓, 金 圭, 黃炳基.

이밖에 직접 이 사건과는 관계없으나 이 일파와 밀접한 관련을 가진 사람들은 경성의 朴重華, 대구 鄭龍基, 韓潤和, 楊在河, 鄭雲騏, 徐丙柱, 韓翼東, 밀양 孫永詢, 孫永窩, 金永澤, 양산 安熙濟, 청도 崔泰錫, 崔泰旭, 동래 李祖遠, 尹顯泰, 鄭寅贊 등이었다(《高等警察要史》, 183~186쪽 참조).

제 2 편   민족해방투쟁사

1. 국외망명지사의 활약

의병항쟁을 영도한 수령으로 생존한 분들과 구한국의 고관을 지낸 분으로 뜻있는 인사와 신교육을 받아 새로운 사상에 눈뜬 수많은 우국지사들은 경술국치를 전후하여 속속 국외로 망명하여 무력항쟁과 외교유세로 조국 광복운동을 전개하였다. 남·북 만주와 노령(露領)은 무력항쟁의 근거지가 되었고, 남·북 중화(中華)와 미주(美洲)는 외교운동의 근거지가 되었으니 양자는 서로 호응하여 표리가 되었을 뿐 아니라, 특히 전자는 국내에 연결되어 끊임없는 잠입항쟁이 계속되었고, 후자는 일본 유학생에 연결되어 새로운 정세에 대응하고 있었다.

이 무렵의 우리 독립운동의 책원지(策源地)는 상해(上海)였다. 상해는 국제도시로서 세계교통의 요충으로 국제적 활동무대로 적합하였을 뿐 아니라 중국의 신해혁명(辛亥革命 : 1911)을 전후하여 교포의 유우(流寓)가 점증하였고, 구한국 군인출신으로 손문(孫文)의 '무창기의'(武昌起義)에 참가하였다가 탈출하여 상해의 불조계(佛租界)에 피신한 예관(睨觀) 신규식(申圭植 : 樫·楔)이 '동제사'(同濟社)라는 광복운동의 중심기구를 조직함으로써 상해는 독립운동의 중심지로서의 기반이 일찍

닦아졌던 것이다. 신규식은 중국혁명의 원훈(元勳)인 손문(孫文)·황흥(黃興)·진영사(陳英士)·호한민(胡漢民)으로 더불어 결교(結交)하여 한·중 혁명동지를 연결한 '신아동제사'(新亞同濟社)를 결성하여 인재를 육성하였고, 그 뒤 많은 지사와 일본유학생 유지(有志)가 상해로 모여 왔기 때문에 기미 독립운동의 책원지가 되었다. 뒤에 우리 임시정부를 상해에 두게 된 것도 당연한 추세였던 것이다. 1)

　미주는 우리 독립운동의 선전·외교 전선(前線)으로서, 또는 운동자금의 조달에 있어 중심지였다. 미주에서의 우리 독립운동의 기반을 닦은 이는 갑신개혁운동(1884)의 선배 서재필이다. 그 뒤 1903년에 개발회사의 주도로 많은 교포가 이주하게 되었고, 이승만, 안창호, 정한경(鄭翰景), 민찬호(閔瓚鎬) 등이 입거(入居)하게 되면서부터 교포 지도의 실(實)을 거두어 민족운동의 일대 근거지를 만들었던 것이다. 독립운동의 고참 지도자들이 여기서 전생애를 걸어 독립운동단체를 육성하였고, 미국정부의 보호 아래 있어 일본 군경의 박해가 없는 자유로운 발전을 볼 수 있었던 것과, 미국 교회와 선교사의 경제적 또는 선전적 협조가 있었던 것과, 교포의 생활의 여유가 있고, 고등교육을 받은 사람이 많았다는 것이 미주에서의 우리 민족운동의 흥왕(興旺)의 원인이되었다고 하겠다. 안창호가 샌프란시스코에 세웠던 '공립협회'(共立協會)가 미주의 한교(韓僑)운동의 바탕을 닦았다고 할 수 있다.

　노령(露領)은 남·북 만주로 더불어 우리 독립운동의 무력항쟁의 근거지였다. 시베리아를 눈물과 피로써 개척한 교포들은 대부분이 문맹이었다. 생활의 여유가 생기고 사상운동에 눈을 뜬 것은 1907년에 '대한청년교육회'가 창립되면서부터였다. 1910년 국치 후 유인석(柳麟錫), 이상설(李相卨), 이범윤(李範允) 등의 의병운동은 이 방면 무력항쟁의 단(端)을 열었고, 이동휘(李東輝), 문창범(文昌範), 이강(李剛) 등은 노령 독립운동의 선구자들이었다. 이준(李儁), 이갑(李甲), 안중근 등도 이 노령을 발판으로 한 지도자들이다.

---

1) 愛國同志援護會 編, 《韓國獨立運動史》, 333쪽.

　제 1 차 세계대전의 발발과 종전을 전후하여 국외 망명인사의 독립운동과 항쟁은 더욱 고조되었다. 1917년 8월 스웨덴 스톡홀름에서 열린 만국 사회당대회에는 당시 상해에 망명해 있던 신규식(申圭植) 등이 조선사회당의 이름으로 독립을 요망하였고, 동년 9월 뉴욕에서 열린 25약소국 회의에는 재미교포들이 박용만(朴容萬)을 대표로 파견하였으며, 노령에서는 동년 8월에 레닌, 케렌스키 등에 의한 제 2 차 혁명이 일어난 것을 보고, 그해 12월에 '전로한족(全露韓族) 중앙총회'를 창립하여 자치사상을 고조하였으며, 간도지방 재주(在住)인사와 연락하여 볼셰비키와 손을 잡고 일본에 항쟁하였다.

2. 민족자결주의의 풍조

제1차 세계대전이 종국에 가까워지자 구주에서 왕성하게 일어난 민족 독립운동의 정세는 신문·잡지를 통하여 세계에 전파되어 약소민족에 큰 기대를 주게 되었다.

1918년 11월 독일·오스트리아의 항복으로 대전이 끝나고, 그해 1월에 미국대통령 윌슨이 강화의 기초조건으로 발표한 14개조 원칙 중에 '민족자결'(民族自決)의 1항이 강조된 것은 전세계 피압박 민족에게 커다란 시사를 주었다. 강화회의의 장래에 대한 논평은 유럽의 민족독립운동이 주효하여 수개의 독립국이 나타나리라는 기대를 보도함으로써 우리 지식계급과 청년 학생들을 자극하고 고무하여 민족자결사상을 구회(拘懷)하지 않는 이가 없게 되었다. 더구나 재외 망명지사들이 그 강화회의에 대표를 파견하리라는 소식은 조국광복에의 그윽한 기대를 품게 하였다.

당시의 우리 국민은 독립의 가능을 믿었고, 또 독립은 성취되지 않는다 하더라도 이 기회에 조선이 일본의 치하에 있는 것을 좋아하지 않는다는 것을 세계에 알리어 장래의 독립운동의 기초를 형성해야 한다고 생각했던 것이다. 비록 그 반대론을 내세우는 이가 있다 해도 이는 시기상조라는 이유에 그쳤을 뿐 독립의 절대불가를 믿는 사람은 한 사람도 없었던 것이다. 이러한 정황이 1919년의 3·1운동이라는 일대 민족항쟁을 폭발시킨 정신적 거점이 되었던 것이다.

미주에 있는 한인들은 1918년 12월 1일, 전체대표회를 소집하여 평화회의에 우리 대표단으로 이승만(李承晩), 정한경(鄭翰景), 민찬호(閔瓚鎬) 세 사람을 파견할 것을 결의하고, 대표단을 워싱턴으로 보냈으나 미국정부의 출국허가를 얻지 못하였다. 일본이 전승국의 하나로 강화회의 5대국에 들어 있기 때문에 미국은 외교관계를 고려했기 때문이었다. 이러한 사정으로 대표파견의 뜻을 못 이룬 그들은 각국 대표에게 '국제연맹 위임통치 청원서'를 내었는바, 이것이 후일 상해 임시정부에서 공격의 대상이 되었다. 또 당시 미주에 있던 안창호도 "독립의 기회가 아직 성숙하지 못했고, 자력으로 완전 독립할 수 없는 이상 독립을 바라고 분기하는 것은 착오"라는 반대의견을 인쇄하여 교포에게 반포하기[2]까지 하는 신중론을 취했었다.

이로써 보면 미국에서의 움직임은 3·1운동의 궐기에는 소극적이었고, 뒤에 임정의 성립 후에는 그분들이 추요(樞要)에 참여하여 업적을 남겼으나 그 이전에는 기본노선으로 독립항쟁보다는 자치노선의 외교 또는 문화운동에 치중하였음을 알 수 있다. 그러나 미국에서의 이들의 동향은 세계정세와 뉴스의 파악에 빨랐던 재일본 유학생을 궐기케 한 계기가 되었으니, 당시 일본 고베(神戶)에서 발행되는 영자신문《저팬 애드버타이즈》12월 1일호에 우리 민족대표 3인이 파리강화회의에 파견케 됐다는 기사가 게재되었고, 이 기사는 청년학도의 피를 끓게 하여 마침내 동경 유학생 독립선언인 2·8운동으로 터졌던 것이다.[3]

1918년 11월 미국대통령 윌슨이 중국에 대하여 세계평화회의 대표 파견을 권고하고자 보낸 크레인이 상해에 도착한 바 있었다. 중국인사 1천여 명이 칼톤 카페에서 그 환영회를 개최했을 때 여운형(呂運亨)도 그 모임에 참석하여 크레인의 강연을 들었는바, 그 강연의 요지는 이번 파리에서 열리는 세계평화회의는 각국의 현황에 일대변동을 가져오리라는 것인데, 그 주안점은 각국간의 감정과 오해를 일소하고, 세계평화를 촉진하는 데 있다는 것과, 따라서 피압박 민족에 대해서는 그 해방을 협조할 것이니 중국도 동회의에 대표를 파견하여 각국의 압박을 받고 있는 현상을 보고함으로써 해방을 기(期)하라는 것이었다.

여운형은 크레인의 연설에 감동하여 산회(散會) 후 그를 방문하고 조선인도 피압박 민족이므로 이 기회에 대표를 파견하여 조선의 사정을 개진하고, 각국의 동정을 얻어 조선문제를 해결하고 싶다고 말한 다음,

2) 朱耀翰,《安島山全書》, 898쪽 참조.
3) 朴啓周·郭鶴松,《春園 李光洙》, 242쪽 참조.

대표를 파견할 수 있다는 것과 자기도 후원을 아끼지 않겠다는 쾌락(快諾)을 얻은 바 있었다. 여운형은 돌아와 영문으로 된 〈독립청원서〉 2통을 작성하여 중국 파견대표 고문으로 파리에 갈 상해 평론잡지《미르나드》주필 미르나드에게 부탁하여, 만일 조선대표의 참석이 불가능할 경우에는 그 1통은 세계평화회의에, 1통은 미국대통령에게 제출해 줄 것을 의뢰하였다. 4)

이 청원서는 동지 신석우(申錫雨), 장덕수(張德秀), 조동호(趙東祜)와 협의하여 재상해(在上海) '신한청년당'(新韓靑年黨) 총무 여운형 명의로 서명했던 것이다. 한편 상기 4인은 세계평화회의와 호응하여 거족적(擧族的) 독립운동의 불을 지르기로 계획하고, 파리평화회의 대표로는 북경에 있는 김규식(金奎植)을 초치하여 파견하기로 하고, 장덕수는 조선 및 일본에 파견하여 이상재(李商在), 손병희(孫秉熙)를 비롯한 명사의 의견을 듣기로 하였으며, 여운형은 남·북 만주와 노령(露領)에 산재(散在)한 교포와 연계하기로 결정하고, 1919년 1월경 각기 목적지로 출발하였다.

여운형이 상해를 출발하여 장춘(長春)에 가서 길림의 여준(呂準)에게 독립운동 개시의 전말을 통신(通信)하고, 블라디보스토크에 가서 이동녕(李東寧), 문창범(文昌範), 박은식(朴殷植), 조완구(趙琓九) 등과 회동하여 계획을 알리고, 3월 15일 봉천(奉天)에 도착했을 때는 이미 국내에서는 독립운동이 폭발했고, 이 소식을 들은 그는 급거 상해에 귀착했다. 5) 이 때 국내에서 현순(玄楯), 최창식(崔昌植), 신익희(申翼熙), 미국에서 여운홍(呂運弘), 일본에서 이광수(李光洙) 등이 상해로 모여들었다.

《高等警察要史》에는 新韓靑年黨(여운형의 진술에 의함)으로 되어 있고, 《朝鮮民族運動年鑑》(상해 일본 總領事館 기록)에는 大韓靑年黨이라 하여 여운형, 김철, 금규식, 선우혁, 한진교, 장덕수, 조동호

---

4) 《高等警察要史》, 14쪽.
5) 위의 책, 14~15쪽 참조.

등이 기미 2월 1일 상해에서 회합하고, 김규식을 파리, 장덕수를 일본, 김철, 선우혁, 서병호를 국내에, 여운형을 露領에 파견한 것으로 되어 있다. 《安島山全書》(朱耀翰)에는 한송계, 김철, 장덕수, 선우혁, 이광수가 신한청년당을 조직했고, 서병호, 신국권, 여운형, 조동호, 김갑수, 김현식은 3·1 이후 상해로 온 것같이 써 있으며, 박은식의 《韓國獨立運動之血史》에는 2월 1일에 신대한청년당의 여운형, 김철, 김규식, 선우혁, 한진교, 장덕수, 조동호, 서병호 등이 상해에 모여 김규식을 파리로, 장덕수를 일본유학생단으로, 김철, 선우혁, 서병호를 內地로, 여운형을 노령으로 파견키로 했다고 하였다.

그러나 신한청년당의 독립청원서는 그 전해 11월에 여운형, 신석우, 조동호, 장덕수 등이 상의해서 내었으므로 신한청년당은 이때 이미 조직되었다고 볼 것이다. 또 장덕수는 1월 16~17일경 상해를 출발하여 2월 3일에 이미 동경에 도착하였고, 김규식도 곧 파리로 갔으며, 여운형도 곧 노령으로 떠나 3월 15일 奉天에서 국내 3·1 운동의 발발의 소식을 듣고 급히 상해로 歸着하였으며, 선우혁 등도 3·1 운동 전에 국내에 들어왔던 것으로 봐서 2월 1일 조직설은 잘못이다. 《安島山全書》의 기록은 이들이 3·1 이후 상해에 다시 회동한 뒤의 확대회의로 간주해야 할 것이다.

그러므로 당명과 그 조직 및 결의에 대한 연대는 여운형과 장덕수의 진술자료에 의한 《高等警察要史》의 것을 취하지 않을 수 없다. 당명은 《고등경찰요사》와 《안도산전서》 所載가 같은 신한청년당이요, 《民族運動年鑑》에는 대한청년당, 《한국독립운동지혈사》에는 신대한청년당으로 되어 있고, 참여인사와 첫 조직연대는 《고등경찰요사》에는 1918년 11월에 여운형, 신석우, 조동호, 장덕수, 김규식 등이 조직한 것으로 되어 있고, 《민족운동연감》과 《한국독립운동지혈사》와 《안도산전서》에는 2월 1일 조직으로 상기 5인 외에 김철, 선우혁, 한진교, 서병호 등이 추가되어 있다.

장덕수는 동년 1월 16~17일경 광동(廣東) 여행중인 신규식으로부터 독립운동이 터지면 일본관헌은 운동 진상의 해외보도를 금할 테니 일본인으로 가장하고 동경과 서울에 잠입하여 운동상황을 상해 《중화신보》

(中華新報) 기자인 동지 조동호에게 통신하라는 것과, 또 동경에는 조용은(趙鏞殷 : 素昻)을 이미 파견하였으니 동경에 도착하거든 그와 연락하라는 편지와 여비 100불(弗)을 받고, 1월 27~28일경 상해를 떠나 나가사키(長崎)를 경유하여 2월 3일 동경에 도착, 2월 5일 밤 시바(芝)공원에서 조용은과 만나서 유학생측 독립선언이 2월 8일로 결정되었다는 것을 알게 되었다. 그는 2월 17일 동경을 출발하여 20일 경성에 와서 인천에 잠복하여 있다가 체포되었다. 6)

그러나 3·1운동은 해외로부터의 이러한 권고와 연락을 받기 전에 국내에서 무르익었고, 그 폭발의 도화선이 된 것은 고종황제의 暴崩과 동경유학생의 독립선언이었다.

고종황제(국치 후 李太王)는 己未 1월 22일 상오 3시 暴崩하였는바, 나중에 폭로된 진상에 의하면 일인들이 賊臣 韓相鶴을 시켜 식혜에 독을 넣어 드렸기 때문이었다. "내가 무슨 음식을 먹었기에 이러냐"고 부르짖으면서 갑자기 돌아가셨는데, 두 눈이 붉고 온 몸에 붉은 반점이 있어 腐爛했으며, 시녀 2인이 또한 暴死했으니 그들이 이 사실을 목도했기 때문이다. 처음에 일인들은 고종의 崩御를 발표하지 않고 英親王의 成禮 후에 발표할 작정이었으나 민심이 격앙하고 巷說이 비등하므로 23일에 비로소 뇌일혈로 졸연 崩逝라고 발표하였다(朴殷植, 《韓國獨立運動之血史》, 61쪽).

고종황제의 불의의 崩御와 그 毒弑의 報가 전해지자 京中의 남녀노소의 呼天哭泣이 7일을 그치지 않았으며 지방에서도 일제히 望哭을 하였고, 국민의 冤氣가 漲天하였다. 그러나 일인들은 관공서와 학교를 하루도 휴업하지 않았으니, 극장에서는 가극 宴樂을 그대로 행했으며, 외국인 거류자도 弔旗를 다는데 일인들의 조선은행에만 조기를 달지 않았다. 각 학교의 일인 직원들의 단속에도 불구하고 남녀 학생들은 일제히 흑색 완장과 검은 댕기로 喪章을 달고 3일 간 동맹휴학에 들었던 것이다. 7)

---

6) 위의 책, 16쪽 참조. 이 책에는 趙鏞殷을 㫗雲이라고 표기하였다.

7) 朴殷植, 《韓國獨立運動之血史》, 62쪽 참조.

3. 동경유학생의 독립선언

앞에서 서술한 바와 같이 세계대전의 종결과 평화회의를 앞둔 민족자결주의의 팽배한 풍조는 애국의 정열에 불타는 청년학도를 그냥 잠재워 두지는 않았다. 국내외의 무르익은 정세에 앞장서서 과감히 불을 붙인 것은 재일본 동경 유학생들이었으니, 그들은 마침내 1919년 2월 8일 오후 2시, 동경시 간다구(神田區) 고이시카와정(小石川町)에 있는 조선기독청년회관에 회합하여 조선청년독립단의 이름으로 〈독립선언서〉를 발포하기에 이르렀다.

세계대전의 終局을 전후하여 국내외 각지에서 암암리에 획책되고 꿈틀거리던 민족해방운동 전초전이 敵都 東京에 유학하는 청년학도들에 의해서 터지게 된 데는 여러 가지 이유가 있다.

첫째, 그들은 혈기왕성한 20대의 청년들이었고,

둘째, 일본유학생들은 개화운동 이래 민족운동의 선구자로 나섰을 뿐 아니라 당시 유학생들은 단순한 학생이 아니요, 독립운동의 지사로 자임하는 기풍[8]이 있었고,

셋째, 동경에는 선배들이 이루어 놓은 '留學生 學友會'[9]란 조직적 기반이 있었으며,

넷째, 동경은 국내와 같은 봉쇄가 없었기 때문에 국제정세의 동향 파악에 민감하였고, 국외 각지의 독립운동과 정보연결이 빨랐던 것이다.[10]

---

8) 李甲, 盧伯麟 등 일본 육군사관학교 출신의 선배가 이미 국외 망명하여 활약하였고, 崔麟, 崔南善, 金性洙, 宋鎭禹, 玄相允, 申翼熙 등은 국내에서 획책하고 있었으며 洪命憙, 文一平, 趙素昻, 張德秀, 申錫雨 등은 상해에서 활동하고 있었다.

9) 재일본 동경조선유학생 학우회는 1912년 10월 28일 창립된 것으로 崔漢基, 李明雨, 安在鴻, 申錫雨, 馬鉉義, 李燦雨 등이 창립 당시의 간부였다. 회견은 97명으로 기관지 《學之光》을 발행하였다(《高等警察要史》, 153쪽).

이와 같은 배경과 시기 아래 동경 유학생들은 국제여론에 호소하고, 국내 민중의 궐기를 촉구하기 위하여 첫소리를 친 것이다. 그러므로 이 운동은 망명지사들의 파리강화회의 독립청원운동을 뒷받침하는 응원운동이었다. 이 점에서는 3·1운동도 마찬가지였다. 2·8운동이나, 3·1운동은 어느 것이나 다 파리강화회의에 독립청원으로 가는 우리 대표들이 한갓 소수 망명객들의 의사만이 아니요, 전민족적 여론임을 표시하기 위한 시위운동이었기 때문이다.

동경유학생 독립선언은 3·1운동의 선봉으로 그 의의가 실로 중대한 바 있거니와, 그 뒤에 우리 민족운동사에 차지하는 학생운동의 위치를 이 때에 설정하였던 것이다. 2·8운동은 표면상으로나 결과적으로 동경 유학생의 단독거사가 되었지만 그 이면에는 국내 및 상해 등지와 긴밀한 연락이 있었음을 알 수 있다.

  2·8선언 서명자의 한 사람인 李光洙는 1917년 許英肅과 애정도피로 북경에 가 있다가 귀국하여 그해 말에 다시 동경에 이르렀을 때는 이미 청년독립단운동이 무르익어 가고 있을 때였다. 그는 3·1운동 전야의 국내 지도층의 움직임을 파악하고 갔었고, 白寬洙가 맡았던 독립선언서의 기초를 맡아서 끝낸 다음, 곧 연락의 임무를 띠고 상해로 갔다. 또 宋繼白은 국내 지도자의 의견 타진, 자금 모집 및 선언서 인쇄용 활자 求得의 사명을 띠고 국내에 파견되었고, 상해에서는 신규식의 지령으로 동경 유학생과의 연락과 고무를 위하여 趙鏞殷(素昻)이 동경에 잠입하고 있었으며, 뒤이어 장덕수가 또한 국내로 잠입하는 길에 동경에 들러서 2·8운동의 움직임을 확인하였던 것이다.

  이광수는 1913년에서 1914년 사이를 상해, 시베리아를 방랑하며 신규식(상해), 李甲(길림)의 知遇를 입었다.

  장덕수는 1919년 1월 16~17일경 당시 廣東지방에 여행중에 있던

---

10) 영자신문을 통하여 미국재주 교포들이 李承晚, 鄭翰景, 閔瓚鎬를 파리강화회의에 대표로 파견케 되었다는 것을 알게 되었고, 申圭植의 지령으로 趙素昻이 동경에 잠입함으로써 상해에서는 金奎植을, 노령에서는 尹海, 高昌一을 파견케 된 것을 들었던 것이다.

신규식으로부터 동경운동은 2월 초순, 서울운동은 3월 초순에 실행하기로 되었으니, 곧 동경과 서울로 가서 그 운동상황을 통신하라는 편지와 여비 100弗을 받아 가지고, 동월 27~28일경 상해를 출발하여 2월 3일에 동경에 도착하였다. 신규식의 편지에는 조용은이 이미 동경에 파견되었으므로 동경에 도착하게 되면 그와 만나라는 지령이 있었다(《高等警察要史》, 16쪽).

이로써 조소앙은 동년 1월 16~17일경 이전에 동경에 잠입한 것을 알 수 있고, 동경거사와 서울거사 예정이 상해에 통신된 것을 알 수 있다.

이광수를 상해행 밀사로 파견한 것은 그가 2·8선언 첫 준비기에 없었으므로 왜경의 감시를 덜 받는다는 것과, 그는 전에 상해에 在住하며 독립운동 선배동지와 知面이 있다는 것과, 개인적으로는 肺患으로 각혈이 심해서 동지들이 이 거사의 격동에서 보호하려는 의도였다고 한다(《春園 李光洙》, 255쪽). 이광수가 상해에 도착하여 동경으로 출발 직전의 장덕수를 만났다고 했으니, 그의 상해 도착은 동년 1월 20일 전후였을 것이다. 그러므로 이광수는 동경에서 그 때 상해에서 온 趙素昻과 만나고 갔을 것이다.

동경유학생의 독립선언운동의 발단은 1918년 12월 28일 동경의 조선기독청년회관에서 열렸던 재일본 조선유학생 웅변대회였다. 어떤 학생이 《자치론》이라는 演題로 연설을 시작한 지 얼마 안 되어 600명 학생들은 일제히 일어나 고성으로 반박하고 공격을 퍼부어 일대 혼란 끝에 중단되었고, 이튿날 29일 상오 6시에 續開되었다. 이날 李琮根, 崔謹愚, 徐椿의 순서로 열변을 토하자 청중의 비참하던 기분은 활기로 일변하고 말았다. 서춘의 열변이 끝나자 일어선 金度演은 '조선청년독립단'의 결성을 제의하였고, 전학생은 이에 호응하여 실행전권위원으로 崔八鏞, 金度演, 金喆壽, 宋繼白, 田榮澤, 尹昌錫, 李琮根, 徐椿, 崔謹愚, 白寬洙를 선출할 것을 만장일치로 가결하였다. 그러나 김도연, 서춘 등 주동인물은 앞으로의 운동에 일경의 감시를 우려하여 분열을 가장하기로 하고, 그 때까지 표면에 나서지 않은 인물과 상의하여 최팔용, 백관수, 윤창석, 송계백, 김철수는 조선청년독립단의 취지에 반대한다는 사퇴선언을 하게 하였다. 이 내용을 모르고 흥분한 학생들은 사퇴한 인물들을 욕하고 구타하는 소동이 있은 뒤에 산회 하였던 것이다.

다음날인 30일에도 500명이 同會館에 집합하여 토의를 시작할 무렵 에 일본경찰 40여 명이 침입하여 강제 해산시키는 한편, 주모자 12명 을 구속하여 경시청으로 연행하였다. 전일 실행전권위원을 사퇴한 5 명의 활동이 이 때부터 시작되었던 것이다. 이날 30일 본국으로부터 동경에 도착한 이광수는 백관수를 찾아갔다가 거기서 최팔용과 만나 독립선언서의 기초를 맡았고, 최팔용은 자금준비 및 본국파견대표로, 백관수는 학생규합과 선언서의 인쇄 또는 등사의 책임을 맡게 되었다.

본국파견대표는 뒤에 송계백로 바뀐 듯하다. 이광수가 기초한 선언 서는 백관수의 손으로 여러 통 淨書되어 그 중 한 통이 최팔용을 거쳐 송계백의 사각모자 속에 감추어져 서울로 갔고, 송계백이 吳世昌을 방문하고 동경은 동경대로 추진하라는 지시를 받은 것과, 선언서 인 쇄용 활자를 가지고 동경으로 돌아왔다는 기록이 보이기 때문이다(朴 啓周・郭鶴松, 《春園 李光洙》; 愛國同志援護會 編, 《韓國獨立運動史》).

1919년 2월 8일 오후 2시에 조선기독청년회관에서 유학생 학우회 총 회란 명목으로 600여 명의 회원이 모이니 이 날이 곧 2·8 독립선언을 발표하는 날이었다. 이 사실을 예기하고 있는 학생들은 장내를 메우고 장외까지 학생들로 성벽을 이루어 손에 땀을 쥐면서 감격의 시간을 고 대하고 있었다. 윤창석(尹昌錫)의 사회로 간단한 인사와 소개가 있은 다음, 독립선언서에 서명한 11명을 대표하여 백관수가 독립선언서를 낭 독하였다.[11] 이 때 임석했던 경찰이 이를 제지코자 했으나 학생들은 그 들을 막아내고, 선언서의 낭독을 끝마치게 하였다. 이어서 김도연이 결 의문[12] 낭독을 끝낸 다음, 윤창석의 기도로 대회를 마쳤던 것이다.

흥분한 학생들과 경찰 사이에 일대충돌이 벌어진 가운데 우렁찬 독립 만세 소리가 하늘을 흔들었다. 30여 명의 부상자를 내고, 60명이 니시

---

11) 《韓國獨立運動之血史》에는 崔八鏞의 낭독으로 되어 있으나 여기서는 金度演 의 회고담을 취한다(선언문 생략).

12) 결의문 생략(李瑄根의 《韓國獨立運動史》에 원문이 게재되어 있다).

칸다(西神田) 경찰서로 압송되었다가 일부는 다음날 아침에 석방되고, 29명이 검사국으로 송치되었다. 13)

당일 회장에서 체포된 60여 명 중 김상덕(金尙德), 김도연, 최팔용, 백관수, 윤창석, 송계백, 서춘, 이종근(李琮根), 김철수(金喆壽)의 9인은 독립선언 서명자로서 방청 금지리에 재판에 부쳐 출판법 위반이란 죄명으로 최팔용, 서춘은 1개년, 기타는 9개월 혹은 6개월, 3개월의 금고형에 처하였다. 14)

2월 8일의 동경 유학생 독립선언에 이어 동월 24일 日比谷 공원에서 거행하려던 운동이 사전에 격문이 발각됨으로써 검거된 사건이 있다. 격문은 '조선청년독립단 민족대회 소집 취지서'였고, 관계자는 崔承萬, 卞熙鎔, 姜宗爕, 崔在宇, 張仁煥, 金熙述, 朴漢馨, 李壽慶, 孫儀淳, 白淳濟, 桂應祥, 姜晟周, 李熙濟 등이었다(《高等警察要史》, 146쪽 참조).

---

13) 이날 유학생 400명은 다시 日比谷 공원 음악실에 회집하여 李達 등이 왜경의 불법을 痛擊하다가 倭警視 千田이 인솔한 100여 명의 일경이 포위하여 50여 명을 검거하고 강제 해산시켰다.

14) 독립선언 서명자는 상기 9명 외에 이광수, 崔謹愚를 加하여 11인이었으나 이·최 양인은 다른 사정으로 현장에 있지 않았다. 실행전권위원 명단과 독립선언 서명자인 재일본 동경조선청년독립단 대표명단을 비교해 보면 전기 실행전권위원 10명 중 田榮澤 대신에 이광수, 金尙德만이 바뀐 것을 알 수 있다.

4. 3·1 운동의 거족적 항쟁

위에서 말한 바와 같은 국제정세의 추이와 재외교포의 동향은 늦게나마 국내에 파급되지 않을 수 없었다. 이에 대한 지도층 인사의 대비는 진작부터 있었고, 외지로부터 이따금 연락이 있었기 때문에 국내는 국내대로 민중궐기의 기운이 성숙되고 있었다. 이러한 점성(漸成)되는 기운에 박차를 가하고 불을 지른 것은 전술한 바 고종황제의 폭붕(暴崩)으로 인한 민심의 반일감정과 동경유학생 독립선언의 소식이었다. 일제의 《고등경찰요사》(高等警察要史)에는 3·1 운동(騷擾)의 기획 내용의 첫머리를 다음과 같이 서술하고 있다.

민심의 동요는 前敍와 같으나 하등 외형상에 나타나는 바 없이 경과해 오던 것이 드디어 2월 28일 야반에 독립선언서를 발견하게 되고, 또 3월 1일 아침에는 격문을 경성시내 각소에 살포하고, 동일 오후 1시까지에 독립선언 서명자 33명 중의 29명을 체포하였으며, 他의 4명 중 3명도 그 후 이내 이를 검거하여 취조한 결과 기획의 내용이 판명됨에 이르렀다. 15)

세계대전이 일어난 1914년부터 미리 국가대사를 籌畫하던 천도교 3세 교조 孫秉熙는 만사를 무릅쓰고 일생을 圖하는 결사 挺身의 근기를 양성하기 위하여 백만 교도에게 이른바 '以身換天'의 공부로 死의 연습을 시켰으며, 전국 37개 대교구에 不時用로 제반 준비를 비밀히 진행하였다(愛國同志援護會 編, 《韓國獨立運動史》, 95쪽).

또 1917년 겨울에 제주도 사람 金時學이 林圭, 申翼熙 등을 방문하고, "現下의 정세로 보아 德國(독일)이 乘勝하니 왜적이 멸망할 기운은 박두하였고, 이번 전란의 종국에는 세계가 개조될 것인즉, 우리나라의 광복할 호기회는 正히 이 때이다. … 나의 淺見으로는 국내 국외

---

15) 《高等警察要史》, 16쪽 참조.

의 유지인사 만여 명이 連署하여 비밀리에 德國 수뇌부에 우리나라의
독립을 청원하는 것이 긴요할 듯하다"는 의견을 말하였던바, 그 의견
에 찬동하여 날인받을 방법에 대하여 수차 회의를 거듭한 끝에 宋鎭
禹, 金允植 양인에게 밀의하여 각계각층을 망라하기로 하고, 사회측
에 이상재, 송진우, 윤치호, 仕宦界에 尹用求, 韓圭卨, 朴泳孝, 金
允植, 韓相龍, 종교계에 耶蘇敎, 천도교, 유림 각계를 연락하자는 의
견이 일치되었으나 오고 가고 토의하는 동안에 그 해가 지나고 1918
년에는 독일의 패망으로 이 계획은 誤算이 되었고 수포화되었다(전게
위의 책, 96쪽). 그러나 이 두 가지 움직임은, 곧 그대로 3·1 운동의
기획과 연결되었던 것이다.

3·1 운동에 관한 여러 가지 자료를 종합하여 그 각계의 기획과 연계
관계를 정리하면 다음과 같다.

천도교의 중진인 권동진(權東鎭)과 오세창(吳世昌)은 1918년 12월경
부터 자주 회합하여 세계의 형세를 논하던 중 민족자결주의의 대세는
이미 폴란드와 체코슬로바키아 민족 등을 일깨워 지금 태서(泰西)에서
는 민족독립이 성(盛)히 창도(唱導)되는데, 이들의 운동은 미국을 비롯
한 열강의 원조와 용인에 의한 것이므로, 목하(目下)는 조선독립을 기
획함에 절호의 기회라 보고, 항상 신문 통신에 유의해 왔었다.

동년 12월 하순 양인은 최린(崔麟)과 회합하여 그 소견을 개진하고,
그 가부를 상의한 바 최린도 이에 찬동하여 그 실행방법으로서 일본정
부와 귀(貴)·중(衆) 양원(兩院), 정당수령 및 조선총독에 대해서 국권
반환 청구서를 제출할 것과, 미국대통령과 파리강화회의에 대해서는
"항구평화를 기초로 한 신세계가 건설되려는 금일, 조선만이 이 은혜에
서 누락되어 일본의 압박정치 아래 있다"는 것을 호소함으로써 그 동정
에 의하여 국권회복에 원조를 구하는 한편, 조선인의 여론환기에 노력
하여 열강으로 하여금 한국인 일반의 의사표시를 인식케 할 것에 합의
하였다.

이와 같은 운동을 천도교 단독으로 한다는 것은 불가능할 뿐 아니라,
외국과의 교섭관계에 유력한 기독교와 협력하고, 또 귀족과 고로(古老)

의 일부를 참가시켜서 소리를 크게 하여 대대적으로 운동을 개시한다면 한국의 독립은 반드시 지난(至難)의 사업이 아닐 것이라는 것과, 또 만일 이 운동이 곧 성과를 거둘 수 없다고 하더라도 한국독립의 기운을 촉진함에는 위대한 효과가 있으리라는 것을 확신하였다.

3인은 그해 1월 15~16일경 천도교 교주 손병희를 방문하고, 이 기획을 토로한바 손병희는 신명을 도(賭)하여 조국광복을 위하여 바칠 것을 맹세하게 되었고, 이로써 천도교의 방침이 일정(一定) 됨에 이르렀을 뿐 아니라 이것이 곧 3·1운동 획책의 발단이 되었다. 16)

《한용운 연구》(朴魯壎·印權煥 공저)에는 한용운이 동경 순유중에 친교를 맺은 바 있는 최린을 방문하고, 거사를 요청하였다. 최린이 동조를 快諾하여 그의 소개로 손병희를 만나 천도교측의 호응을 요청하니, 무슨 때문인지 즉석에서 거부하므로 한용운은 이미 사건의 비밀이 타인(孫)의 귀에 들어갔으니 거족적인 운동이 사전에 탄로가 될지도 모른다, 내 목숨이 남아 있는 한, 그대를 가만히 두지는 않을 것이라고 강경히 말하여 손병희가 독립운동의 대표자가 되고, 또 선언서에도 頭書해야 된다는 조건부로 응낙하기에 이르렀다고 하여 한용운을 최초의 발기인 주동인물로 삼았다.

한용운이 모의의 초기에 參劃했던 것은 사실이고, 또 유림의 巨擘이던 俛宇 郭鍾錫의 참가를 교섭하려 경남 거창까지 갔다 온 것이라든지, 독립선언서 기초문제, 3월 1일 선언발포식의 만세선창 등으로 미루어, 그 중추적 인물로서의 비중은 알 수 있지만, 3·1운동의 첫 기획이 그에 의해서라는 것은 좀 과장된 풍설이라 할 수 있다. 각종 문헌이 모두 다 권동진-오세창-최린으로 손병희에게 올라간 것으로 되어 있고, 동경유학생의 운동계획이 송계백에 의해서 오세창에게 연결된 것이라든지, 최린, 송진우, 이승훈 등의 중심적 역할로 봐서 이설은 수긍키 곤란하다. 한용운이 그 때 남 먼저 그런 생각을 包懷할 수는 있었고, 최린과의 관계로나 과거 동학에 관계했던 인연으로 봐서 志氣相合하여 적극 참여한 것은 사실이지만, 3·1운동을 그가 먼

16)《高等警察要史》, 17쪽 ;《韓國獨立運動史》, 96쪽 참조.

저 책동 제의했다는 것은 지나친 두둔이라 하겠다.

손병희의 以身換天의 교도수련과 천도교의 독립선언 서명 인사수와 자금 및 선언서 인쇄 등에 나타난 천도교의 이 주동적 역할은 부인할 수 없다. 이 주동인물들의 3·1운동 이전이나 이후에서의 毁譽는 3·1운동 주획의 공과 별문제의 것이다. 적어도 3·1운동에서만은 그들의 공이 주도적이었다는 事實은 움직일 수 없는 史實이다.

《춘원 이광수》에는 3·1운동 거사를 위해서 최린을 설득한 것은 이광수로 되어 있다. 상해에서 애정도피로 귀국한 그가 동경에 이르러 유학생 독립선언에 뒤늦게 참여한 것으로 봐서 독립운동을 적극 제의했으리라는 것은, 피로한 그 자신의 정신상태로나, 그의 환국이 일제에의 귀화라는 의심을 받고 있던 그의 당시 위치가 최린을 설득했다는 것은 不成說이다. 다만 이광수가 상해 망명중의 견문과 국제정세의 동향에 대해서 지인에게 알려줬을 법은 하나, 당시의 위치로 봐서 이광수가 최린을 설득했다는 것은 지나친 과장이다.

최린은 기독교를 비롯한 각계와의 연계교섭에 적당한 인물로서 신망과 기량이 있는 동지로 최남선(崔南善), 송진우(宋鎭禹), 현상윤(玄相允) 등을 2월 상순경 자택으로 초치(招致)하여 독립운동 진행방법을 밀의하였으며, 수일 후 다시 송진우 집에 모여서 모의한 결과 손병희 이하 천도교·기독교·불교 및 구한국 고관과 명사 중에 중요한 인물을 택하여 조선민족대표로 정하고, 그 명의로써 조선독립을 선언하고, 독립이유서 등을 제출하기로 결정하고 서명할 인물의 교섭을 각기 분담하였다.[17]

그러나 귀족 고로(古老)와 유림 및 사회 명사로서 교섭대상에 올랐던 제인사는 교섭 결과 태도가 모호하여 요령부득이 아니면 소극적이었기 때문에 이들 인사의 추대(推戴) 포섭공작을 포기하고, 적극적 참여 의욕을 보이는 종교계와 학생계로써 중핵을 삼게 되었다.

---

17) 愛國同志援護會 編, 《韓國獨立運動史》, 96쪽 참조.

송진우가 교섭한 박영효는 상해에 사람을 파견하여 그곳 회답을 보아
서 결정하자 하였고, 최린이 교섭한 한규설은 창덕궁 대궐 앞에서 자
결하자면 그것은 樂從하겠지만, 민족자결이란 것은 나는 모르노라 하
였고, 최남선이 교섭한 김윤식은 각계를 망라하려 하다가는 비밀이
탄로될 우려가 있으니 孔子敎를 확장한다는 구실로 유림에서 날인하
도록 하자고 하였으며, 한용운이 교섭한 郭鍾錫과 신익희가 교섭한
윤치호는 뒤에서 멀찌감치 따라가겠다 하였다.

이 전말을 愛國同志援護會 編《韓國獨立運動史》에는 "1917년 金時
學의 제의에 의한 기획시의 교섭결과"로 기재되어 있으나(同書, 95
쪽), 이는 착오로 인한 순서의 混入일 것이다. 그 당시의 교섭은 이렇
게까지 조직적으로 전개되지도 않았을 것이고, 또 그 때는 아직 민족
자결이란 말도 나오지 않았을 때이므로, 한규설이 민족자결 운운은
기미운동 교섭 당시의 답변일 것이다.

기독교와의 교섭은 정주(定州)에 있는 이승훈(李昇薰)을 통해서 착수
되었다. 동년 2월 10일경 이승훈이 설립한 오산(五山)학교 출신인 김도
태(金道泰)가 당시 서울에 와 있는 것을 아는 현상윤(玄相允)은 이승훈
에게 상의할 일이 있으니 지급(至急) 상경하란 편지를 김도태에게 휴행
(攜行)시켜 정주로 가게 했다. 마침 이승훈은 평북 선천(宣川)에서 개
최중인 사경회(査經會)에 참석하느라고 없었기 때문에 당시 오산학교
교사이던 박현환(朴賢煥)이 그 편지를 가지고 선천으로 가서 전하여 이
승훈은 2월 12일 상경하여 계동 김성수(金性洙) 별장에서 송진우, 신익
희 등을 만나 국권 회복운동의 기획을 듣고, 조국독립을 희망하는 것은
교도 일반의 뜻이므로 기독교 각파의 영수와 함께 참가하겠다 하고, 當
夜 선천으로 내려가게 되어 천도교와 기독교의 합동의 단서를 열게 되
었다. 18)

---

18) 《高等警察要史》, 17~84쪽 참조.
    《高等警察要史》에는 기독교와의 교섭을 최남선이 맡은 것으로 되었고, 김도태
    를 정주에 보낸 것과 이승훈이 상경하여 경성 昭格洞 金昇熙家에 유할 때 그
    를 만나 교섭한 것도 최남선으로 되어 있다. 그러나 김도태를 보낸 사람이 현

　선천에 돌아온 이승훈은 당시 사경회에 참석중인 이명용(李明龍), 유여대(劉如大), 김병조(金秉祚), 양전백(梁甸伯) 등을 양전백 집에서 초치(招致)하여 상경 회담의 내용을 말하여 찬동을 얻고, 평양으로 가서 길선주(吉善宙), 신홍식(申洪植), 손정도(孫貞道) 3인과 회합, 그 찬동을 얻은 다음, 2월 17일 다시 상경하여 송진우(宋鎭禹)와 만났던 것이다. 그러나 송진우의 열성이 전만 못한 것 같고, 또 교섭의 본인인 최남선은 면회치 못하므로 의심을 갖던 중 20일에 수창동(需昌洞)에서 기독교청년회 간사 박희도(朴熙道)와 회합하여 운동계획을 말하고, 찬동할 것을 권유하였던바, 박희도는 기독교 중심으로 청년학생단을 조직하여 운동을 개시하기로 협의 결정했기 때문에 찬동할 수 없다고 거절하였다. 오화영(吳華英), 정춘수(鄭春洙), 오기선(吳基善), 신홍식(申洪植) 등과 회동하고 동지의 모집과 운동방법을 협의한 끝에 함태영(咸台永) 주소에서 이갑성(李甲成), 안세환(安世桓), 오상근(吳祥根), 현순(玄楯) 등 동지를 모았다.

　2월 21일에 최남선이 이승훈을 왕방(往訪)하고, 함께 최린을 방문하였다. 최린은 독립운동이 조선민족 전체에 관한 문제인즉 기독교측에서만 거사한다는 것은 불가하니 천도교측과 합작하자고 역설하므로 이승훈은 동지들과 협의한 후 결정하겠다 하고, 만일 기독교 목사 등 중요 직원이 서명하면 그 가족의 생활이 문제되는 터인즉 금(金) 3천 원이 필요한데 그 판출(辦出) 방법이 막연하다고 하였다. 최린은 이의 염출을 승낙하고, 손병희에게 말하여 손병희는 천도교 금융관장 노헌용(盧憲容)에게 명하에 금 5천 원을 최린을 통해서 이승훈에게 수교(手交)케 하였다.

　이승훈은 박희도(朴熙道), 오기선(吳基善), 안세환(安世桓), 오화영(吳華英), 신홍식(申洪植), 함태영(咸台永), 김세환(金世煥), 현순(玄楯) 등과 만나, 동일한 목적을 가진 운동을 개별적으로 행한다는 것은

상윤이요, 현상윤이 정주 출생이므로 당시 이승훈과의 친밀의 度가 최남선보다 현상윤이 더 많으므로 이 관계에 대해서는 시일만 《高等警察要史》의 것을 취하고, 다른 것은 《韓國獨立運動史》(96쪽)를 인용하였다.

마치 국민의 불통일(不統一)을 외부에 표명하는 것이므로 대단히 졸렬한 것임을 지적하고, 합동을 역설한 결과 박희도는 이를 청년 학생측 대표인 김원벽(金元璧 : 延專 — 기독교), 강기덕(康基德 : 普專 — 천도교)에게 물어 그 찬동을 얻어 2월 23일 이승훈에게 통고하고 이승훈, 함태영은 2월 24일 양교의 합동운동 승낙을 최린에게 정식으로 통고함으로써 천도교와 기독교의 제휴가 비로소 완전 성립되었다.[19]

이에 앞서 2월 10일경 최린은 불교측의 한용운에게 운동계획을 말하여 참가 쾌락을 받고, 한용운은 백용성(白龍城)에게 말하여 불교측 가입이 성취되었던 것이다.

> 기독교측에서 획책했던 청년학생 중심의 거사계획은 다음과 같다. 1919년 1월 23~24일경 중앙기독교청년회 간부 박희도는 동회 회원부 위원인 연희전문학생 金元璧과 만나 청년회원 모집을 협의하고, 중등 정도 이상의 재학생과 청년 유위(有爲)의 인사를 모집하여 기독청년학생의 단결을 공고히 하는 방법으로 시내 각 전문학교 졸업생 및 재학생의 대표적 인물을 모으기로 하고, 26일경 박희도 이름으로 보전 졸업생 朱翼, 연전 학생이던 尹和鼎, 연전 학생 김원벽, 보전의 康基德, 전수학교의 尹滋英, 세브란스의전의 李容尙, 공업전문의 朱鍾宜, 경성의전의 金炯璣 등 8명을 觀水洞 大觀園에 초대하여 開宴하고, 입회를 권유한바 宴後 朱翼이 일어나 "대전의 결과 세계지도에 변동이 오게 되었다. 신문 보도에 의하면 종래의 식민지이던 것이 독립하기도 하고, 타국의 판도 안에 있던 민족으로 새로운 독립국가가 될 것도 수개를 算하게 되었다. 우리 조선도 이번 강화회의에 문제가 될 모양이니, 이 때에 우리 동포가 일제히 일어나 운동을 일으키면 성공할지도 모르는 정세이다. 目下의 기회는 운동이 절호한 시기라고 생각하는데 제군의 의견은 어떠냐"고 말함으로써 각자 의견을 토로한 끝에 박희도를 비롯한 일동이 찬동하였다.
> 동경에서도 유학생이 독립선언운동을 기획하고 있다니까 우리들 국내에 있는 청년학생들도 선언서를 발표하여 일반여론을 환기하고 세

19) 《韓國獨立運動史》, 96~97쪽 ; 《高等警察要史》, 18쪽 참조.

계의 여론에 호소하자고 의논이 무르익었으나 오직 김원벽만이 "독립
은 찬성이나 지금 독립선언을 한다는 것은 시기상조이다. 냉정히 생
각해 본다면 目下의 상태는 독립을 한다고 하더라도 완전한 국가로서
의 체면을 지키기 어려울 것으로 생각한다"고 고려할 시일을 달라 하
여 이의를 넣었기 때문에 결정을 못 보고 산회하였다. 김원벽은 당시
학생간에 가장 큰 세력을 가지고 있어서 만일 그가 찬성하지 않으면
운동상 큰 영향과 지장이 있기 때문에, 그날 밤 大觀園會에 모였던
사람들은 김의 집에 모여서 찬동을 재촉하였다. 김원벽은 스스로 숙
고할 뿐 아니라 外人 선교사에 대해서도 독립의 가부를 물은 끝에 排
日 선교사로 宣川 信聖學校長로 있던 매퀸을 찾아가 운동의 가부를
물었던바 매퀸으로부터 "조선은 아직 독립의 자격이 없지만 모든 일은
실행하지 않으면 안 된다. 다만 고려한다는 것만으로는 아무 일도 성
취될 수 없을 것이다"라는 의미의 답을 듣고, "운동을 실행하라. 실행
은 최후의 해결자다"라는 뜻으로 해석하여 상경 즉시 찬의를 표하게
되었다.

　2월 3~4일경 거사준비는 쾌속도로 진행되었으니 김원벽은 이 뜻을
연희전문학교 학생청년회장 李秉周에 알리고, 李는 이를 회원 40명에
알려서 찬동을 얻었다. 大觀園에 모였던 사람은 따로 각자 그 학교내
와 중등 정도 생도를 권유하여 학생측을 결속하였고, 朱翼은 2월 20
일경 독립선언서를 기초하여 각 학교에 배포하려고 인쇄에 부치려 하
던 참인데, 2월 23일 이승훈과 박희도의 교섭이 성립되었기 때문에
김원벽은 그 선언서 원고를 勝洞 예배당에서 소각했던 것이다.[20]

　이와 같이 천도교·기독교·불교와 청년학생측이 완전합동이 성립되
자 독립선언서에 서명할 민족대표의 전형(詮衡)이 시작되었다. 천도교
에서는 그 동안 이를 비밀에 부쳐 오다가 기독교측과 연결이 성립되자
손병희 이하 천도교 수뇌는 2월 25일경 재경 최고간부와 당시 입경중의
지방간부인 이종일(李鍾一), 권병덕(權秉悳), 양한묵(梁漢默), 김완규
(金完圭), 홍기조(洪基兆), 홍병기(洪秉箕), 나용환(羅龍煥), 박준승(朴

20) 《高等警察要史》, 19쪽 참조.

準承), 나인협(羅仁協), 임예환(林禮煥), 이종훈(李鍾勳)의 11명에게 이 뜻을 알려서 서명케 하였으니 손병희, 권동진, 오세창, 최린과 합하여 15명이 가담하였다. 기독교측에서는 이승훈, 양전백(梁甸伯), 오화영(吳華英), 신홍식(申洪植), 길선주(吉善宙), 이필주(李弼柱), 김병조(金秉祚), 김창준(金昌俊), 유여대(劉如大), 이명룡(李明龍), 박동완(朴東完), 정춘수(鄭春洙), 신석구(申錫九), 최성모(崔聖模), 이갑성(李甲成), 박희도(朴熙道)의 16명이 직접 서명, 또는 도장을 맡겨서 서명케 되었다. 불교측에서는 한용운과 백용성(白龍城) 2명이 서명하여 이에 민족대표 33인이 결정되었다.

　이 33인의 선정기준은 年齒와 명망과 역량의 비중을 종합한 듯하다. 실제 거사준비에 參劃하여 중요한 일을 한 인사도 민족대표에 列하지 않은 이가 많으니, 연소하거나, 이 민족대표의 피검 후 제2진을 맡기 위해서 남거나, 직접행동을 회피한 인사들이 여기에 빠진 것이다. 그러나, 6월 말까지 검거된 전국의 주동인물 355인 중 그해 8월 1일, 이른바 내란죄로 고등법원에 송치된 48명은 前記한 민족대표 중 32인(33인 중 金秉祚는 망명, 梁漢默은 옥사)과 그 이외의 참획 인사 16인을 합친 인사였다. 그러므로 이를 기미운동 48인이라 부른다. 민족대표 이외의 주요인물의 명단은 다음과 같다.
　宋鎭禹, 玄相允, 崔南善, 咸台榮, 康基德, 金元璧, 朴寅浩, 盧憲容
　金弘奎, 金道泰, 林　圭, 安世桓, 李景燮, 金世煥, 鄭魯湜, 金智煥

　민족대표의 서명 추진과 병행한 또 하나의 중요한 일은 독립선언서의 기초문제였다. 최린, 최남선, 현상윤이 협의하는 자리에서 최남선은 자기는 학자생활로 일생을 마칠 생각이고, 독립운동의 표면엔 나서고 싶지 않으나 선언문만은 내가 짓겠다고 제의, 최린의 찬성으로 곧 기초에 착수, 민족대표에는 빠지게 되었다.

　최남선은 독립선언서를 日女의 안방에서 썼다는 에피소드가 전한다. 며칠 뒤 그가 기초한 선언문 초안은 최린의 안방 거문고 속에 깊이 감추어졌다. 그 뒤 한용운은 독립운동에 직접 책임질 수 없는 최남선이 선언문을 짓는다는 것은 옳지 못하니 자기가 짓겠다고 나섰으나, 그 때는 이미 선언문의 기초가 끝난 뒤였다. 지금 전하는 독립선언서 뒤에 붙은 公約三章은 한용운이 추가한 것이라고 한다. 한용운은 당시의 新文章에도 조예가 깊던 이로서 그가 옥중에서 쓴 〈朝鮮獨立의 書〉는 왜경에게 보이기 위한 것인데 외부에 유출되어 국외에까지 퍼진 명문으로, 최남선의 독립선언서에 비하여 손색이 없을 뿐 아니라 오히려 문체가 새롭기까지 하다. 그의 강직한 성격으로나 문장력으로 보아 自薦이 족히 있었을 것을 짐작할 수 있다.

독립선언서의 인쇄는 2월 27일 오후 6시경부터 천도교가 경영하는 보성사(普成社 : 수송동 44, 현 조계사 자리)에서 21,000매를 인쇄하여 당시 신축중이던 경운동(慶雲洞) 88번지 천도교당으로 옮겨 서울을 비롯한 13도에 밤을 도와 배포되었다. 인쇄책임자는 보성사 사장 이종일(李鍾一)과 동 공장감독 김홍규(金弘奎)였다.

선언문 원고는 오세창이 이종일에게 주고, 이종일은 김홍규에게 맡겨 김홍규가 採字, 이종일이 교정을 보았다(이종일 공판기록). 인쇄가 끝난 것은 밤 10시, 천도교 신축공사장으로 싣고 갈 때는 마침 정전이 되어 安國洞·齊洞 파출소를 무사 통과하였고, 순찰 경관에게는 천도교에서 인쇄하는 조선사람 족보라고 해서 위기를 모면하였다(李炳憲 日誌).

독립선언서 서명자 중 재경인사 20여 명은 2월 28일 밤, 재동 손병희 집에서 최종 회합을 가지고 예정대로 3월 1일 오후 2시를 기하여 파고다 공원에서 독립선언서를 낭독하고, 일제히 시위운동을 펴기로 했다. 이 날 밤 강기덕, 김원벽, 한위건 등 학생대표들은 승동(勝洞) 교회에 모여 이갑성이 김성국(金成國 : 의전 학생)을 시켜 보내 온 선언서 1,500장을 학생들에게 나누어 주었고, 이의 배포구역 분담은 종로 이북은 불교 학생이,[21] 이남은 기독교 학생, 남대문 밖은 천도교 학생이 맡기로 배정되었다. 3월 1일 오후 2시 파고다 공원에 집합하여 시위운동에 앞장설 것을 지시하였다. 이같은 모든 일이 어떻게 비밀리에 진행되었는지 거사 당일까지 일본관헌이 전혀 눈치채지 못했던 것이다.

독립선언 發布는 처음 계획에는 고종황제 因山날인 3월 3일에 하기로 하고 33인을 뽑았으나, 그날 거사는 고종황제께 불경이라 하여 피하고, 3월 2일은 일요일이어서 기독교측이 반대하여 이 날 3월 1일로 앞당겨서 거사한 것이다. 일설에는 독립선언문의 인쇄 배포 후 너무 여러 날이 되면 일본관헌들이 알게 되어 3월 2일 야반에 예비검속이 시작될 우려가 있으므로 갑자기 당겨서 거행했다고도 한다.

거사 당일까지 일본관헌이 눈치채지 못한 것에 대해서는 잘 알려지지 않은 비화가 있다. 당시 왜경의 정치사찰 형사로 악질 민완의 이름이 높은 申哲이란 형사가 있었다. 그는 함남 定平 출생이란 것과, 독신이란 것과, 관철동에 하숙을 하고 있다는 것만이 알려졌을 뿐 누구의 아들인지, 무슨 학교를 나왔는지, 그 정체를 아는 사람이 없었다. 일본인의 신임이 두터워 일본과 중국을 종횡무진으로 드나드는 사람이었다. 유창한 일본말에 옷은 꼭 한복을 입는 것이 그의 특징이었다. 거사일이 다가오면서부터 모든 인사들이 조심하는 것은 申哲이가 이 밀의를 모를 턱이 없다는 것이었다. 그가 총독부에 한 마디만 보고하면 만사는 와해라는 걱정이었다. 2월 24일경 최린은 신철을 찾아가, 너는 조선사람이냐, 일본사람이냐 대답해 보라고 하였다. 신철은 조선사람이라고 대답했다. 그럼 조선이 독립해야겠느냐, 일본에 예속되어야겠느냐를 물었다. 그는 독립을 해야 한다고 대답했다. 이에 용기를 얻은 최린은 너같은 사람이 있어서는 독립이 어려우니 네가 하나 죽어서 2천만 동포가 살 수 있다면, 너는 죽어야 한다고 하고, 죽음을 각오하고 나라를 도우라고 했다. 그리고 3·1 거사에 대하여 숨김없이 털어놓았다. 한참 듣고 있던 신철은 다 알고 있다고 했고, 아직 일본 당국에 알려진 않았다고 했다. 최린의 설득을 듣고만 있던 그는 가부

---

21) 불교측 학생은 불교 中央學林의 金法麟, 白性郁, 吳澤彦 등 10명의 이름이 알려져 있으나(《韓國獨立運動史》, 97쪽) 他는 미상이다.

를 말하지 않고 다만 큰 절을 정중히 한 번 하고, 잘 알았다면서 나가 버렸다.

신철은 그날(25일) 오랜 번민 끝에 마지막으로 조국에 이바지할 것을 결심하고, 총독부에 거짓 보고를 했던 것이다. 후에 알려진 바로는 그는 지금 만주로부터 신의주에 독립단이 침입한다는 정보를 입수하고, 급히 신의주로 출장을 떠난다고 했던 것이다. 신철이 서울을 떠난 뒤 얼마 안 되어 장안과 전국에 이상한 움직임이 있다는 막연한 첩보가 당국에 날아 들었으나 구체적인 수사를 전개할 수는 없었다. 당국은 신철이 배신한 것을 눈치채고, 용산 헌병대에 연락하여 신철을 체포하라고 지시해서 신의주에 닿은 신철은 검거되어 왔다. 이 사태를 미리 짐작했던지, 그는 품에 준비하고 있던 청산가리를 마시고, 당국에 이르러 취조받으려 할 때는 이미 인사불성이 된 뒤였다. 신철은 죽음으로써 3·1 거사를 가능케 했고, 배반했던 조국에 처음이요 마지막 공헌을 했던 것이다. 그 때 그 나이 마흔이 못 되었다는 것을 알 뿐, 그의 죽음조차 세상에 알려지지 않았던 것이다〔李源甫, "3·1 운동을 가능케 한 신비의 사나이," 《올다이제스트》 4호(1964)〕.

3·1 운동에 왜경의 주구가 참가한 수도 상당하였고, 이 신철의 이야기는 필자도 어려서 들은 이야기요, 최린에게서 직접 들은 당시의 친일파 李源甫가 쓴 글이므로 참고삼아 부기해 둔다.

민족대표들은 3월 1일 아침 돌연 예정을 변경하여 인사동 명월관(明月館) 지점 태화관(泰和館)에 모여 독립선언의 축배를 들기로 하였다. 학생을 비롯한 시민의 열광적인 흥분은 당초의 계획인 비폭력시위를 불가능케 할 우려가 있으므로 혼란을 피하기 위함이었다. 민족대표 33인 중 29명〔길선주, 유여대, 김병조, 정춘수는 불참〕은 태화관에 모여 독립선언서 100매를 탁상에 펴 놓고, 오는 이의 열람에 공(供)하였다. 2시 정각이 되자 한용운이 일어나 독립선언서를 낭독하고, 일동은 기립하여 대한독립만세를 삼창한 다음 축배를 들었다. 명월관 주인 안순환(安淳煥)을 시켜 왜총독부 경무총감부에 전화를 걸고, 대한민족의 독립을 선언한 민족대표 일동이 지금 인사동 명월관 지점에서 축하연을 하고 있

138

다고 통고하였다(태화관은 이완용의 옛집이었다).

이 날 같은 시각인 오후 2시에 파고다 공원에는 중등 이상 각 학교 학생 4, 5천 명이 집합하였으니 康基德, 金元璧 등의 지휘로 會集한 것이다. 단상 정면에는 10년 만에 태극기가 자태를 나타내어 펄럭이고 있어 군중의 감격은 절정에 닿았다. 이 때 한 장의 종이를 접어 들고, 단상에 뛰어올라 감격에 넘치는 聲調로 독립선언서를 낭독하는 사람이 있었다. 儆新學校 졸업생 鄭在鎔이었다. 감격의 흐느낌 속에 독립선언서의 낭독이 끝날 무렵 어디선가 대한독립만세 소리가 우레같이 터져 나왔고, 학생들의 모자는 공중으로 올라갔다. 처음에는 학생들만 모였던 군중이 어느새 서울 시민과 지방에서 因山 참례차 상경한 사람들로 입추의 여지가 없었다. 공원문을 쏟아져 나온 수만의 군중들은 독립만세를 부르며 정연한 일대 시위행진에 들어갔다.
수십만의 군중은 두 갈래로 나누어졌다. 한 갈래는 종로를 거쳐 덕수궁 앞에 이르러 만세를 高唱하면서 대한문 안으로 들어가 三鞠躬의 예를 행하고, 다시 대한문 앞에 나와 독립 연설을 하였고, 다른 한 갈래는 광교를 지나 남대문 정거장 광장을 거쳐 의주통으로 꺾이어 불란서 영사관으로 향하였다. 여기서 또 한 갈래는 대한문으로 다시 와서 미국 영사관에 이르렀을 때 미국 영사는 문을 열고 나와 환영하며 동의를 표하였다. 각국 영사관을 一巡하여 독립선포의 주지를 설명한 뒤 시위행진은 다시 종로에 모여 연설회를 열었던 것이다.

3·1운동은 서울 거사와 같은 날 평양·진남포·안주·의주·선천·원산·함흥에서 동시에 발발하였고, 3월 2일에는 해주·수안(遂安)·황주·중화·강서·대동에서 터졌는데, 5일까지는 주로 경기 이북이 연일 시위를 계속했고, 5일에 군산, 8일에 대구, 10일에 철원·강경·광주, 11일에 부산, 19일에 괴산 등 순차로 전국에 확대되어 요원의 불길처럼 막을 수가 없이 퍼져갔던 것이다.
연일 새로 터지고, 또 같은 곳에서 몇 차례고 거듭 터지기도 한 3·1 이후의 독립운동의 전국 시위 횟수와 참가인원 수는 정확한 숫자를 파악할 수가 없었다. 우리측의 조사는 열광적인 홍분과 왜경의 방해 때문

3 · 1운동의 규모

지방별	지방수	집회수	참가인원수	사망자수	부상자수	체포자수
경 기	25	303	668,100	1,469	2,677	4,220
황 해	16	115	102,670	238	544	4,330
평 안	34	314	494,670	2,032	3,882	11,640
함 경	17	85	57,750	127	216	6,275
강 원	13	57	98,510	130	737	1,250
충 청	23	160	120,850	180	1,346	5,220
전 라	28	231	284,850	384	897	3,965
경 상	47	226	147,089	2,910	5,415	10,043
외 국	8	51	48,600	39	247	5
계	211	1,542	2,023,089	7,509	15,961	46,948

투옥된 사람 (1919년 6월 30일 현재)

종교별 (단위: 명)		직업별 (단위: 명)	
천 도 교	1,416	교 사	279
시천교 · 대종교	10	학 생	972
유 교	65	면 · 구 장	21
불 교	66	면 서 기	72
천 주 교	57	의 사	33
장 로 교	1,461	사 무 원	76
감 리 교	465	중	56
기 타 기 독 교	207	목 사	40
기 타	47	전 도 사	59
무 종 교	5,731	기 독 교 직 원	52
미 확 인	40	천 도 교 직 원	72
합 계	9,456	합 계	1,632

연령별 (단위: 명)		피해건물	
18세 미만	363	민 가	715
20세 미만	781	교 회	47
30세 미만	3,763	학 교	2
40세 미만	2,301	면 사 무 소	47
50세 미만	1,307	헌 병 관 서	3
60세 미만	639	경찰관 주재소	28
61세 이상	274	기 타	71
미 확 인	28	관 헌 사 상 자	166

에 상확(詳確)할 수가 없었고, 왜적측의 조사자료도 지방의 소소한 시위는 많이 빠졌고, 또 왜관리가 자기 공적을 삼기 위해서 과소평가 보고, 또는 엄폐를 한 경우가 많기 때문에 정확한 것이 못된다.

박은식의 《한국독립운동지혈사》에는 회집(會集) 횟수 1,542회, 참가인수 2,023,098명, 피수자(被囚者)수 46,948명, 사망자수 7,509명, 피상자(被傷者)수 15,961명이라고 개산(槪算)하고 있다. 국외에서 신문통신의 보도와 개인 구두보고를 종합한 것이다.

조선총독부 관방 서무부 조사과 발행의 《조선독립사상 및 운동》(1924)에는 3월 이후 12월 말까지 13도 11부(府) 206군에 걸쳐 독립운동 3,200건이 발생하여 검거된 인수(人數)가 19,522명인데 검거된 자는 실제 운동자의 기십분지 일에 불과한즉, 가령 50배만 치더라도 실제 참가인원은 100만에 달할 것이라고 하였다.

경무국 발행 《騷擾事件槪況》(其四)에 게재된 3월 1일부터 6월 30일까지의 '조선소요사건 총계일람표'에는 소요인원 총계 587,641명, 검거인원 13,175명, 조선측 死者 553명, 傷者 1,409명이라 하고, 비고란에는 "검거인원은 소요 당시에 있는 것만을 示하니 예컨대 소요 당일에 있는 검거인원의 합계는 본표에는 13,175명이지마는 4월 말일까지의 검거 총수는 26,713명이었음과 같다"고 하였다. 관방 조사과 발행의 것에는 피검거 합계를 19,522명이라 해놓고, 여기서는 4월 말까지 26,713명이라 한 것과 같은 모순이 발견되는 것을 보면 그 부정확성을 짐작할 것이다. 《高等警察要史》(1929)에는 50명 이상 소요발생지 총계 618개소, 횟수 847회, 소요인원 587,641명이라고 되어 참가인원 총계는 경무국 발행 前揭書 통계와 합치된다.

특히 시위운동의 초기에는 일본측이 방침 미정으로 인하여 무마와 자연진정책을 썼기 때문에 대체로 방임했고, 검거도 소홀했으므로 서울 시내 시위 참가자만도 수십만을 산(算)하였던 것으로 미루어 전국의 참가자는 천만을 헤아릴 수 있을 정도의 거족적인 시위였다.

이리하여 3·1 독립만세는 3월 6일 서간도(西間島) 환인현(桓仁縣)에서 7,200여의 교포가 시위운동을 한 것을 비롯하여 통화(通貨)·유하(柳河)·장백(長白)·집안(輯安)·임강(臨江)·관전(寬甸)·해룡(海龍)·무송(撫松)·화전(樺甸)·흥경(興京) 등지에서 차제(次第)로 독립선언식이 있었고, 북간도에서는 3월 13일 용정촌(龍井村)의 선언식을 뒤이어 화룡(和龍)·연길(延吉)·왕청(汪淸)·안도(安圖)·동녕(東寧)·훈춘(琿春) 등지에도 파급되었다. 노령·중국·미국 각지에서도 국내에 호응하여 선언식과 축하회를 열어 독립의 기세가 사해(四海)를 흔들었다.

5. 임시정부의 수립

1) 세 갈래의 정부

독립을 선언했으니 정부를 조직해야 한다는 것은 당연한 귀결로서 중론이 일치하는 바였다. 그러나 3·1운동 직후의 연락관계가 충분치 않아 임시정부는 노령과 서울과 상해에서 잇따라서 따로 조직되었고, 그 정통문제와 임시정부의 소재지에 대해 한때 이론이 있었으나 다행히 세 곳 정부 각원(閣員) 명단이 대동소이하였고, 국외 재주(在住) 인물 중심으로 짜져서 임시정부를 국외에 둔다는 원칙이 암합(暗合)되었기 때문에 이 이론은 곧 종합되었던 것이다.

3월 17일 만주와 노령에 있던 지사들이 회동하여 '대한국민의회'(大韓國民議會)를 조직하고, 21일에는 대통령 손병희, 부통령 박영효, 국무총리 이승만, 내무총장 안창호, 강화대사 김규식 등을 각원(閣員)으로 한 정부수립을 선언했다.

이 무렵 서울에서는 3·1운동중 연락사무소로 만들었던 독립단(獨立團) 본부가 임시정부를 조직하여 이동휘를 집정관(執政官)으로 한 각원(閣員) 명부와 임시정부 헌법원문을 휴대한 강대현(姜大鉉)이 4월 8일에 상해에 도착함으로써 분의(紛議)가 일어났던 것이다.

4월 8일에 姜大鉉이 가지고 온 경성 독립단본부의 첫 조각 명단은 지금 可考할 길이 없으나, 4월 23일 13도 대표로 구성한 국민대회에서 改組한 다음의 閣員과 대동소이했을 듯하다.

집정관총재 李承晩, 국무총리총장 李東輝, 내무부총장 李東寧, 외무부총장 朴容萬, 군무부총장 盧伯麟, 재무부총장 李始榮, 법무부총장 申圭植, 학무부총장 金奎植, 교통부총장 文昌範, 노동부총장 安昌浩, 참모부총장 柳東說, 차장 李世永, 韓南洙,

評政官 趙琬九, 朴殷植, 玄尙健, 韓南洙, 孫晋衡, 申采浩, 鄭良弼, 玄楯, 孫貞道, 鄭鉉湜, 金晋鏞, 曺成煥, 李奎豐, 朴景鍾, 朴贊翊, 李範允, 李奎甲, 尹解(海)

파리강화회의 대표 이승만, 閔瓚鎬, 안창호, 박용만, 이동휘, 김규식, 노백린

4월 23일 경성(인천 만국공원이라고도 함)에서 소집된 국민대회에 출석한 13도 대표는 다음과 같다.

李晩植, 李容珪, 康　勳, 崔鉉九, 李東秀, 柳　植, 金明善, 奇　寔, 金　鐸, 朴漢永, 林鍾郁, 柳　瑾, 朱　翼, 金顯峻, 朴章浩, 宋之憲, 姜芝馨, 洪性郁, 鄭潭敎, 李容俊, 李東旭, 張　樫, 張　梭, 朴鐸

이 명단은《朝鮮民族運動年鑑》에 의거한 것으로 상당한 오자가 있는 듯하나 준거할 문헌이 없다. 《韓國獨立運動之血史》에는 이 국민대회의 정부조직사건으로 受刑한 인사명단이 있는데 金玉玦, 張彩極, 李鐵, 金思國의 3년형, 安商憲, 韓聖五 2년, 李憲敎 1년 6개월, 金圭, 李敏台, 李容珪는 10개월로 되어 있고, 孫晋衡, 韓南洙, 洪冤熹, 孫永稷, 李奎甲은 해외 竄走, 李中業 脫逃라고 하였다.

《조선민족운동연감》(4쪽)에 의하면, 상해정부 첫 閣員 명단에 안창호를 경성 임시정부 내무총장, 申錫雨를 경성정부 교통총장, 李春塾을 경성정부 재무차관이라 註를 단 것이 보인다. 4월 23일 조각 명단은 그 동안 국외의 공기를 살펴서 개편한 것일 것이다. 집정관이 이동휘에서 이승만으로 바뀐 것과, 교통부총장이 문창범으로 바뀐 것과, 노동부 總辦이 總長으로 바뀐 것이 그 영향이다. 파리강화회의 대표 명단도 국외운동의 정보를 참작한 것이다.

2) 상해 임시의정원

그러나 3·1운동 전에 국외에 망명했던 지도자들이 가장 많이 집결했던 곳이 상해요, 국외 각지의 지사들과 3·1운동에 참여했던 국내지사들도 속속 상해로 모여들었기 때문에 정부수립 준비의 실질적 운동절차

와 외교·선전활동은 자연히 상해가 중심이 되었다. 22)

3월 하순까지 이광수가 동경으로부터 오고, 선우혁(鮮于爀), 김철〔金澈(澈)〕, 서병호(徐丙浩), 현순(玄楯), 최창식(崔昌植)이 국내로부터 오고, 여운형은 노령에서, 여운홍(呂運弘)은 미주에서 상해로 모여 프랑스 조계 보창로(寶昌路) 329호에 독립 임시사무소23)를 두고 총무 현순의 이름으로 각국 공관에 독립선언서를 돌리고 국내 독립운동 상황을 각국 신문·통신사에 제공했으며, 파리의 김규식과 미주의 이승만에게 연락 보고하였다. 24)

때마침 경성 독립단본부로부터 이봉수(李鳳洙)를 파견하여 임시정부 조직의 필요를 상의해 왔고, 뒤미쳐 이동녕, 이시영, 조완구(趙琬九), 조성환(曹成煥), 김동삼(金東三), 조영진(趙英鎭), 조용은(趙鏞殷) 등 30여 명이 노령과 만주에서 상해에 도착하자 4월 10일 오전 10시 상해 불조계(佛租界) 김신부로(金神父路)에서 제1회 임시의정원회의를 열고, 국호 관제를 의결하고, 그에 의한 국무원을 선거함으로써 정부를 조직하고 임시헌장을 의정(議定)하였다. 그 회의 양일간의 경과는 다음과 같다(의정원 의사록 ― 《民族運動年鑑》).

(1) 출석의원

玄 楯, 孫貞道, 申翼熙, 曹成煥, 李 光, 李光洙, 崔謹愚, 白南七, 趙素昂, 金大地, 南亨祐, 李會榮, 李始榮, 李東寧, 趙琬九, 申采浩, 金 澈, 鮮于爀, 韓鎭敎, 秦熙昌, 申 鐵, 李漢根, 申錫雨, 趙東珍,

---

22) 《高等警察要史》(8쪽)는 在留鮮人 300명이던 것이 4월 중순경에는 700명에 달하였다 하고, 《民族運動年鑑》(6쪽)에는 당시 상해의 독립운동자수가 1천여 인이라 하였다. 후자는 박은식의 《韓國獨立運動之血史》에 의거한 듯하다.

23) 《高等警察要史》에 의하면 처음 사무소는 상해 霞飛路에 있는 것으로 되어 있고, 假政府 조직 후에는 佛租界 協平里 1호에 사무소를 둔 것으로 되어 있다. 霞飛路는 己未 전부터 상해 在住 인사가 많이 있던 곳이요, 임정 조직 후에는 각 부서가 여러 곳에 사무소를 두었던 것이다.

24) 김규식은 이해 1월에 신한청년단의 초빙파견으로 이미 파리에 가서 활동하고 있었고 이승만, 안창호 등은 미주에서 아직 오지 않았을 때였다.

趙東祜, 呂運亨, 呂運弘, 玄彰運, 金東三

(2) 간부선거

의장 李東寧, 부의장 孫貞道, 서기 李光洙, 白南七

(3) 주요결의사항

國號 및 官制 등 결의

(4) 국무원선거

국무총리 李承晚　국무원비서장 趙蘇(素)昻

내무총장 安昌浩(경성임시정부 내무총장)　차장 申翼熙

외무총장 金奎植　차장 玄楯

재무총장 崔在亨　차장 李春塾(경성임시정부 재무차장)

교통총장 申錫雨(경성임시정부 교통총장)　차장 鮮于爀

군무총장 李東輝　차장 曺成煥

법무총장 李始榮　차장 南亨祐

이 조각은 경성정부 조각(4월 8일 美大鉉이 가지고 옴)을 참작한 것임은 安昌浩, 申錫雨, 李春塾이 경성정부의 그 자리에 있음을 보아서 알 수 있다. 또 4월 11일 의정원 회의 제 2 일에 4월 8일 선포한 관제를 개정하여 집정관을 폐하고, 헌법을 개정하고, 국무위원을 바꾼 것으로 되어 있는데, 이는 상해정부가 경성정부의 법통을 계승하여 개편하는 형식을 취하지 않고는 있을 수 없는 일이다. 왜 그러냐 하면, 상해 임시의정원의 첫 회의는 4월 10일에 개최되었고, 거기서 조각과 헌장을 비로소 의결한 것인데, 4월 8일 공포한 관제란 것은 4월 8일에 강대현이 持來한 경성정부의 집정관제임이 명백하다. 이날 국무원 改選에는 교통총장 신석우가 문창범으로 바뀐 것뿐이다.

(5) 임시헌장 제정

大韓民國臨時憲章

神人一致 中外 協應하여 한성에 義를 起한 이래 30有 일 간에 평화적 독립을 300여 州에 광복하고, 국민의 신의로써 완전히 조직한 임시정부는 항구 완전한 자주독립의 복리를 我자손 黎民에게 世傳하기 위하여 임시의정원의 결의로써 임시헌법을 선포한.

제 1 조 대한민국은 민주공화제로 함.

제 2 조 대한민국은 임시정부가 임시의정원의 결의에 의하여 此를
통치함.

제 3 조 대한민국의 인민은 남녀 귀천 빈부의 계급 없이 일체 평등
으로 함.

제 4 조 대한민국의 인민은 信敎 언론 저작 출판 결사 집회 주소이
전 신체 및 소유의 자유를 향유함.

제 5 조 대한민국의 인민으로 공민자격이 有한 자는 선거 및 피선
거권을 有함.

제 6 조 대한민국의 인민은 교육 납세 및 병역의 의무가 有함.

제 7 조 대한민국은 神의 의사에 의하여 건국한 정신을 세계에 발
・휘하고 나아가 인류문화 및 화평에 공헌하기 위하여 국제
연맹에 가입함.

제 8 조 대한민국은 舊皇室을 우대함.

제 9 조 생명刑 신체刑 및 公娼制를 전폐함.

제10조 임시정부는 국토 회복후 만 1개년 이내에 국회를 소집함.

대한민국 원년 4월 일

임시의정원 의장　이 동 녕

임시정부 국무총리　이 승 만

이하 6총장 서명

　임시 의정원(議政院) 회의 제 2 일에 손정도(孫貞道)와 이광수의 제의
로 각 지방 대표회를 개최하고, 의정원법을 제정하였다. 의원은 지방회
에서 선택하기로 하고, 국내 8도와 노령(露領)・중령(中領)・미령(美
領) 등 11지방에 구분하여 지방선거회에서 대의사(代議士)를 투표 선거
케 하였다.

　초대 지방별 대의원 명단은 기록이 각기 달라서 未詳하다. 前揭한 제
1 차 의정원 참석의원은 지방별 선거제 전에 參集한 인사들이요, ①
《韓國獨立運動史》(339쪽) 所載는 53명, ②《民族運動年鑑》(6쪽)에는
34명, ③《高等警察要史》(87쪽)에는 창립 당시란 부기 아래 30명으

로 되어 있다. ①은 가장 후기 것으로 전후 교체인사가 거의 수록된 것 같고, ②에는 몇 인사가 누구의 後任 또는 辭職이란 주가 괄호 안에 붙어 있는 것을 보면 창립 당시의 것이 아님을 알 수 있고, 또 평안도 의원 전부가 누락되어 있으며, ③은 창립 당시라는 부기가 붙어 있음에도 불구하고, 《민족운동연감》(16쪽)의 제4회 의정원회의 출석 의원 명단과 같다. 함경도 의원이 강원도로 되어 있고, 평남도·평북도가 別記된 반면에 강원도 의원이 전부 누락되어 있다. 이제 여기서는 ①, ②와 ③을 합쳐서 11지방별로 명단을 배열하면 의정원 초기의 출신지별 의원의 면목을 엿볼 수 있을 것이다.

경기도　趙琬九, 吳義善, 李起龍, 申錫雨, 崔昌植, 申翼熙, 鄭大鎬, 崔謹愚(鄭의 후임)

황해도　金甫淵, 李致畯, 孫斗煥, 金錫璜(孫의 후임)

충청도　申圭植, 洪震, 李命敎, 兪致根, 李奎甲, 趙東祜, 吳翼杓(사직)

경상도　金昌淑, 柳璟煥, 金正默, 白南奎, 尹顯振(사직) 金甲, 金東瀅

전라도　金徹, 羅容均, 韓南洙, 張炳俊

강원도　李馺珪, 宋世浩, 金聲根

함경도　李春塾, 林鳳來(사직), 姜泰東(사직), 洪濤, 張道政, 韓偉健

평안도　孫貞道, 金秉祚, 金鉉軾, 李元益, 李喜儆, 李光洙, 高一淸(李光洙 후임)

중국령　曹成煥

노 령　黃公浩

미 주　鄭仁果, 黃鎭南

民國元年 9월 11일 개정한 새 헌법은 임시의정원 정원을 京·忠·全·慶·咸·平 6도와 中僑·露僑는 각 6명, 江·黃 2도와 美僑는 각 3인으로 정하였으나 실제로는 이 정원이 지켜진 것 같지 않다. 京·慶·平은 각 8명, 忠 7, 咸 6, 全·江·黃 각 4명, 美州 2, 中·露 각 1명으로 될 때도 있었다. 57명 정원 안에서 형편에 따라 배정한 것인지 지방별 징원올 6·3에서 8·4로 늘린 것인지 알 수 없다(4

월 23일의 의정원 제 2 회 회의 참석의원은 70명이었다 ─《民族運動年鑑》, 8쪽).

3) 대한민국 임시정부 성립

4월 15일에는 노령(露領) 대표 원세훈(元世勳)이 노령에 있는 국민의회와 상해정부의 의정원을 병합하여 정부의 위치를 노령에 정할 것을 제의하였다. 노령정부의 주장은 지리상으로나 교포의 수로나 노령과 만주가 독립운동의 무대이니 정부를 노령에 두어야 한다는 것이다.

앞서 말한 바와 같이 임시정부 초기의 노령·상해·서울의 3파의 분열은 대외활동에 큰 지장이 있었기 때문에 국내·미주·중령·노령의 교포를 대표하여 상해에 모인 인사들은 서로들 지역의 의견을 절충하는 데 힘을 썼다. 그 결과 법통은 서울정부를 계승하고, 위치는 당분간 상해에 둔다고 다음과 같이 결의함으로써 내외 일치된 의사로 대한민국 임시정부를 세웠던 것이다.

첫째, 상해와 노령에서 설립한 정부들을 일체 해소(解消)하고, 오직 국내에서 13도 대표가 세운 서울정부를 계승한다(국내의 13도 대표가 민족 전체의 대표인 것을 인정함이다).

둘째, 정부의 위치는 당분간 상해에 둔다.

셋째, 상해에서 설립한 정부가 실시한 행정은 유효임을 인정한다.

이러한 결의는 전술한 바, 의정원과 국무원 선거에 그 취지와 합법적 절차가 반영되었음을 보았다. 임시정부의 위치가 상해로 결정된 것도 국내에는 편토(片土)도 발 붙일 곳이 없고, 만주나 노령 시베리아는 한교(韓僑)의 최다한 구역이지만 왜군 주둔의 충(衝)에 당(當)하기 때문에 안전한 지대가 아니요, 미주는 안전하긴 해도 본국과 너무 격원(隔遠)하여 적당치 않으니 우리 독립운동의 책원지(策源地)요, 동양교통의 요지일 뿐 아니라 외국조계(外國租界)가 많은 국제도시로서 비교적 안전한 점에서 상해는 다른 곳에 비하여 뛰어나기 때문이었다.

그러나 노령파와 상해파의 대립은 그 사상적 배경인 공산주의와 민족주의의 대립을 겹쳐서 후일 분규의 소지로 지속되었다. 임정 중기(中期)의 개조파(계속파)와 건설파(창조파)의 대립은 결과적으로 이 양대 흐름의 상쟁이라 할 수 있다.

4) 연통제 실시

상해정부가 경성 독립단본부와 국민대회의 뜻을 받아들여 대한민국 임시정부로서 법통을 세우자 그해 5월 25일 미국에 있는 국민회 대표로 안창호가 상해로 오게 되고, 여러 날 동안 정세를 관망한 끝에 내무총장에 취임할 것을 수락하면서부터 활기를 띠게 되었다. 임시정부가 행정의 첫 착수로 취한 기의(機宜)한 조치는 국내와 해외를 교통 연락하는 방법으로서 '연통제'(聯通制)를 실시한 일이다.[25]

연통제는 국내의 고을마다 멀리 있는 정부의 뜻이 통하게 하는 교통로를 여는 것이었다. 각군(郡)에 교통국, 각면에 교통소를 확보하여 그 연락을 교통부 차장이 쥐었다. 국무원령(國務院令) 제 1 호로 공포 실시된 연통제는 국내 각도에 독판(督辦), 각군에 군감(郡監), 각면에 사감(司監)을 두고, 지방조직에 힘써 2년 뒤인 1921년까지는 전국에 완전한 조직을 갖추게 되었다.

임시정부의 국내 연락기관으로 중요한 구실을 한 것은 안동현(安東縣)의 '이륭양행'(怡隆洋行)과 부산의 '백산상회'(白山商會)였다. 이륭양행은 영국인 C. L. 쇼가 경영하던 상호로 임정의 안동현 교통사무국을 그 안에 두어 국내외의 교통연락과 문서왕복 등을 맡았고, 백산상회는 백산(白山) 안희제(安熙濟)가 1911년 만주와 시베리아를 방랑하며 독립운동자와 사귀고 3년 후에 돌아와 부산에 설립한 무역회사로서 국내외 독립운동의 연락처가 되었던 것이다.

25) 이 연통제는 1920년 1월 〈臨時 地方交通事務局 章程〉을 제정함으로써 실시된 것이다. 《朝鮮民族運動年鑑》에는 1920년 12월에 말일 현재의 연통제 도직원 일람표가 붙어 있다. 《韓國獨立運動史》에도 이것이 그대로 인용되었다.

  1920년에는 상해에 육군무관학교를 세우고, 뒤에는 중국의 각 군관학교에 파견하여 행동대를 훈련시켰고, 만주의 독립군을 지원하였으며, 사료 편찬부를 두어 외국에 파견되는 특사에게 한국독립의 이론적 근거를 제공하기 위한 자료를 편찬케 하여 1921년 9월까지 사료 전 4권을 완성했다. 또 임시정부의 기관지로 구한국말의 서재필이 발행한 신문 이름을 계승하여 《독립신문》을 발행했다.

6. 파리 강화회의와 외교활동

1) 독립청원운동

3·1운동과 임시정부를 뒷받침한 것은 구경(究竟)에 있어서 파리 강회회의에 대한 기대의 신념이었다고 할 수 있으니만큼 3·1운동 이후 국내외 각계각층의 이에 대한 독립청원운동은 많은 손을 꼽게 한다. 그 중에도 대표적인 것은 3·1운동 직전 상해 신한청년당 대표로 1월에 파리로 간 김규식의 활동이다. 상해에 임시정부가 서자 4월 13일에 내외에 독립정부 성립을 선언하고, 김규식에게는 곧 외무총장 겸 전권대사의 신임장을 발송하였던 것이다.[26]

김규식이 파리 강화회의에 제출한 장문의 독립청원서는 먼저 일본이 한국 및 미·영·청·로의 열강과 맺은 조약에 한국의 독립과 영토 완전을 인증 담보하여 놓고, 이를 침범 파기했으니 열강은 간섭해야 된다는 것을 주장하고, 한국독립의 침해는 사기와 폭력으로 강행한 것과 그 통치의 잔학상을 폭로하고, 일본의 대륙정책이 불·영·미의 태평양 이권과의 관계를 논한 다음, 3·1운동의 민족항쟁에 언급하였고, 임시정부의 조직을 소개하였다. 청원서의 결미는 "1919년 4월 일 대한민국 임시정부의 명의책임(名義責任), 한국국내 및 시베리아·하와이·합중국·멕시코에 있는 1,870만의 대표 및 정의를 위하여 노(露)·덕德) 단독강화 전에 동부전선에 참가하였던 5천 명 한인의 명의, 대한민족과 국민을 통합한 대표, 신한청년당 정식대표 김규식 서명"으로 되어 있다.[27] 이 청원서는 5월 12일에 제출되었다.[28]

이 파리 강화회의 독립청원은 마침내 성공하지 못했으나, 우리 대표

---

26) 《朝鮮民族運動年鑑》, 7쪽.

27) 박은식, 《韓國獨立運動之血史》, 134~142쪽 참조.

28) 《朝鮮民族運動年鑑》, 15쪽 참조.

단의 활약은 맹렬한 바 있었다. 우리 대표단은 김규식 외에 황기환(黃紀煥), 이관용(李灌鎔), 윤해(尹海), 김복(金復)이 대표 김규식을 도와 외국대표 및 인사와 접촉하였고, 대표단 사무소에는 태극기를 게양하고, 불란서 여자를 고용하고, 불문으로 잡지를 발간하였다.

　　黃紀煥은 1차 대전 때 미국군대에 지원하여 미국 대학생으로 구성된 소대의 대장으로 베를린을 점령할 때 최초로 입성한 사람으로, 전 주한 佛公使를 지낸 외교관의 후원을 얻어 불문 기관지를 내었고, 파리 주재 선전국장으로 1920년대에도 강연과 영화로써 한국사정과 일제의 잔인한 침략정치를 선전하는 데 큰 공을 세운 이다. 李灌鎔은 당시 스위스 유학중 이에 합류하였고, 황기환은 영국에서, 尹海, 高昌一은 노령에서, 김복은 상해에서 건너갔었다(《高等警察要史》, 130쪽).
　　《民族運動年鑑》에 의하면 여운형도 5월 23일에 파리로 向發하였다. 黃紀煥은 1921년의 워싱턴 군축회의에도 한국선전에 진력하였다. 조소앙과 여운홍도 이 무렵에 파리로 갔던 것이다. 조소앙은 이 때에 가서 동 7월 20일경 스위스에서 열린 萬國社會黨大會에 이관용과 함께 참석하였다(조소앙은 4월 23일 이후 상해기록에 나오지 않음. 5월 초 渡佛?).

　고종황제 인산에 참례하고자 경성에 모였다가 3·1 운동의 발발을 본 이중업(李中業), 김창숙(金昌淑), 곽대연(郭大淵), 김정호(金丁鎬), 권상도(權相道) 등은 유림들만이 이 운동에 빠졌다는 것은 유림의 수치라 생각하고, 유림에 중망(重望) 있는 이를 추대(推戴)하여 유림을 단결함으로써 파리에 사람을 보내어 만국평화회의에 우리의 독립청원이 거족일치의 대의임을 성명하기로 결의하고, 김창숙이 거창으로 곽종석(郭鍾錫 : 전 의정부 참찬)을 찾아가 곽종석의 쾌락을 받고, 다시 입경하여 각 도 유림에 사람을 보내어 유림의 독립청원서에 서명을 받으니, 홍성의 김복한(金福漢 : 전 승지)이 호응하고 문인(門人) 임성백(林聲百)을 서울로 보내어 적극 협력하였다. 이로써 경남북과 충남북의 유림 137명이 참가하였다. 김창숙이 유림대표로 청원서를 휴대하고 3월 말에 상해로 가지고 가서 파리와 구미 · 중령 · 노령 국내에 배포하였다.

이 독립청원서는 한국 유림대표 郭鍾錫, 金福漢 등 137인이라 하여
영남대표로 郭을, 기호대표로 金을 필두에 쓴 듯하다. 본문에는 종석
등이라 하여 곽종석을 대표로 삼았다. 이 청원서의 기초는 누가 했는
지 밝혀져 있지 않으나, 《高等警察要史》, 83쪽의 朝鮮 國權回復團
中央總部事件 기사에 의하면 郭鍾錫, 張錫英 등이 기초한 것으로 되
어 있다. 국권회복단에서도 같은 때 독립진정서를 내기로 하고, 曺兢
燮이 기초를 맡았으나 그보다 선배요 명망이 높은 곽종석, 장석영 기
초의 것을 받기로 하고, 단원 禹夏教를 장석영에게 보내어 받아온 것
을 金應燮이 英譯하여 종이 노를 꼬아서 휴대하고, 南亨祐와 함께 상
해로 갔다 한다. 김창숙이 가지고 간 청원서도 한문으로 3,000매, 영
문으로 2,000매를 인쇄했는바, 영역은 金應燮이 한 것을 그대로 썼는
지 상해에서 새로 한 것인지 미상이나 아마 후자일 것이다. 당시 상해
에는 영어에 더 능한 이가 많았기 때문이다.

이밖에도 한국 여학생의 이름으로 파리 강화회의에 한국독립의 승인
을 요청하는 글을 보냈고, 원로대신 김윤식(金允植), 이용직(李容稙)이
왜 총독 하세가와 요시미치(長谷川好道)에게 서(書)를 보냈으며, 조형
균(趙衡均), 문일평(文一平) 등 11인이 또한 하세가와에게 서를 보내어
독립선언의 정당함을 밝혔다. 승려 연합대회의 선언서는 2천만 동포와
세계만국 앞에 일본의 통치를 절대 배척하고 독립을 주장하였고, 한국
야소교(耶蘇敎) 대표 김병조(金秉祚), 손정도(孫貞道)는 중국 야소교회
(耶蘇敎會)에 메시지를 보내어 주로 3 · 1 운동에 있어 왜적의 잔학과 교
회 박해 사실을 밝혔던 것이다.

金允植, 李容稙은 한말 고관으로 합방 때 일본의 작위를 받은 것을
면목에 부끄럽다 하였고, 金秉祚, 孫貞道는 목사로서 3 · 1 운동 직후
상해로 망명한 이들이다. 金은 33인의 하나요, 孫은 상해 임시의정원
의 2대 의장이다.

2) 대한민국 청년외교단

이병철(李秉澈), 송세호(宋世浩), 연병호(延秉昊), 조용주(趙鏞周) 등은 1919년 6월, 경성 합동(蛤洞) 170번지 이병철 집에 회합하여 독립사상을 고취하고, 상해 임시정부 운동을 응원하며 일본정부에 특파원을 파견하여 독립을 요구하고, 세계 각국의 동정을 구하기 위한 비밀결사를 조직하고 단원 모집을 하였다. 안재홍(安在鴻)을 총무에, 송세호(宋世浩)를 상해지부장에 임(任)하고, 회령·대전·충주에 지부를 설치하여 비밀활동을 하였다.

동년 8월 29일 국치일을 이용한 독립 시위운동이 이의경(李儀景), 나창헌(羅昌憲), 안우준(安佑璿)에 의하여 실행되었으니 국치기념 경고문을 종로에 살포하여 2일 간 폐점한 곳이 많았던 것과, 안재홍으로 하여금 상해 임시정부에 대한 건의서를 작성케 하여 임시정부 통신원 이종욱(李鍾郁) 편에 부쳐서 내무총장 안창호의 건의(建議) 가납서(嘉納書)를 받은 바 있었으니, 그 건의서는 2개조로 되었고, 국제연맹회의에 특파원을 파견하라는 것이었다. 이 건의의 결과 동년 9월 임시정부는 조용은(趙鏞殷 : 素昻)을 파리에 파견했던 것이다. 《외교시보》(外交時報)의 인쇄살포, 임시정부에의 자금 송금, 배달청년당(倍達靑年黨)의 조직, 대한민국 애국부인회의 통합조직, 대한적십자회 대한지부의 조직 활동은 모두 다 이 대한민국 청년외교단이 표리일체가 되어 활동한 단체들이다.

李秉澈, 安在鴻, 金演佑, 金弘植, 金泰圭, 趙鏞殷, 趙鏞周, 延秉昊, 李儀景, 鄭洛倫, 龍昌殷, 羅昌憲, 李康夏, 柳興煥, 柳興植, 李敬夏, 鄭錫熙, 宋世浩, 羅大化, 李鎬承, 尹宇榮, 李鍾郁, 安祐璿, 李日宣, 李元熙, 徐相一, 鄭泰榮, 李炳奎, 李炳浩, 申愛只

3) 대동단과 李堈公 탈주사건

1919년 3월 하순, 전 일진회원 최익환(崔益煥), 전협(全協) 등은 '조선민족대동단'(朝鮮民族大同團)이란 비밀결사를 조직하고, 전 참판 김찬규(金燦奎)와 손을 잡아 박영효, 김가진(金嘉鎭), 민영달(閔泳達) 등과 통하고, 최익환은 청년 노동자를 설득하여 선언문·진정서·포고 등을 인쇄 반포하려고 획책하던 중 검거된 일이 있었다. 전협, 김찬규는 미(未) 체포, 문서책임 최익환, 인쇄책임 권태석(權泰錫), 자금조달 이능우(李能雨), 노동자 배포책 나경섭(羅景爕), 일인 배포 김영철(金永喆 : 학생)이 사전에 체포되었다.

이강공(李堈公)은 국치후 방일(放逸)하여 항상 외유(外遊)를 뜻하였는바, 당시 독립운동자들은 공(公)을 탈출시켜 상해 임정운동에 옹립하면 유림은 물론 국내외에 크게 성가가 오르리라 하여 이를 획책하던 중 전기(前記) 대동단의 전협 등에 의하여 1919년 11월 9일 오후 10시 드디어 탈출에 성공하였으나 동월 11일 오전 11시 30분 안동현(安東縣) 역구내에서 발각, 강제 송환당함으로써 실패하였던 것이다.

　全協은 21세에 農商工部 주사에 任하고, 李容九 등의 신임을 얻어 일진회의 평의원이 되고, 부평군수를 역임한 이로서, 時事에 분개, 職을 辭하고 간도에 이주하여 독립운동에 종사하였다. 3·1운동 직전 서울에 돌아와 崔益煥으로 더불어 대동단을 조직하고, 검거망 속에서 잠복하고 있었다. 단원 權泰錫의 소개로 鄭南用이 입단하여 崔益煥이 계획하던 일을 맡아 張義俊(김제)이 출자한 1,350圓으로 인쇄기를 구입 《大同新聞》을 발행하였다.

　李堈公 妃의 弟 金春基는 미국에서 돌아와 다시 외유하고자 公과 상의하던 중 상해에서 온 姜錫龍이 김춘기와 만나 상해의 정세를 얘기하고, 공을 옹립하여 독립을 선언할 계획을 說했던바, 김춘기는 이를 공에게 진언하니 여비만 있으면 실행할 뜻을 보였다. 이 소식을 들은 全協은 鄭雲復에 교섭하여 공에게 45,000圓을 貸金키로 하였다. 姜錫龍은 자금조달만 되면 곧 사용할 여권(安東縣人 소선왕래증명서)

2통을 준비하여 9월 4일 이를 김춘기에게 手交하였다.

이 때에 임시정부 연락원 李鍾郁이 전협을 방문하고, 남작 金嘉鎭이 상해에 가고 싶다는 편지를 안창호에 전달했으므로 金 남작과 동행할 사명을 띠고 왔다고 말하고, 그 협조를 구하였다. 이종욱에게서 이강公도 상해로 갈 뜻이 있다는 말을 들은 김가진은 '小人今往上海 計 殿下從枉駕云云'의 서면을 보냈다. 이종욱은 많은 귀족 명사를 상해에 渡航시키코자 했으나, 전협은 巨萬의 자금을 한꺼번에 구하기는 용이하지 않으므로 먼저 김가진을 탈출시키기로 하고, 김가진을 觀水洞 26번지 朴奉九家에서 만나 入齒 전부를 빼어 면상을 바꾸고, 농민을 가장하여 그 아들 毅漢과 함께 이종욱을 동반하여 一山역에서 기차를 타고 탈출하게 하였다.

이어서 전협은 權謀와 지략으로 이강公의 결심을 보게 하여 마침내 9월 10일 밤 鄭南用, 李乙奎, 韓基東으로 하여금 이강公을 모시고 도보로 水色驛에 이르러 입었던 외투를 벗게 하고, 헌옷을 입혀 3등 열차에 타게 하였다. 宋世浩는 관헌의 수사 경계의 정황을 探知하고자 남대문역에서 승차하고 같은 목적으로 일단 평양에 하차했다가 다음 날 안동현에 향하게 하였다. 또 한기동은 개성역에 하차하여 경성에 귀환하였고, 이강公과 정남용, 이을규는 안동역에 하차하여 이을규는 거기서 자취를 감추었던 것이다.

公은 압록강 철교에서 臨檢하는 순사에 대하여 소지한 여권으로 변성명하여 통과하였으나 안동역에서 평북도의 警部 米山에게 발견되고 말았다. 평북도에서는 이강 탈주의 경보를 받고, 米山을 즉시 자동차로 신의주에 출장시켜, 기차를 타고 차내를 수색했으나, 公을 발견하지 못하고, 국경을 넘어 안동역에 하차할 때 공의 일행을 잡게 된 것이다. 姜錫龍 등은 공이 안동현에 도착하면 곧 怡隆洋行으로 가서 양행의 기선으로 蜈蚣에 항행, 상해로 갈 계획이었는데 아슬아슬한 지점에서 아깝게도 실패한 것이다.

또 姜錫龍은 李王職 典醫 安商浩와 간호부 崔孝信을 상해에 불러내어 그들을 미국에 보내어 고종(李太王)의 독살을 폭로하는 증인을 삼을 계획이었다. 金興仁(李鍝公母), 崔孝信(이강公 간호부)은 다음 날 출발 예정이었으나 사고로 뜻을 이루지 못했다. 이 사건 관계자는 다음과 같다.

全　協, 李在浩, 鄭南用, 韓基東, 羅昌憲, 董昌律, 楊　楨,
金三福, 金中玉, 宋世浩, 李達河, 尹喜用, 李乙奎, 金春基,
崔成鎬, 楊濟民, 金興仁, 崔孝信, 姜錫龍, 李鍾郁
(《高等警察要史》, 253~259쪽)

4) 외교선전의 반향

이와 같은 파리 강화회의 독립청원운동 이래 임시정부의 외교활동은
8·15 해방까지 부단히 계속되었다. 파리 강화회의(1919, 김규식)·제네
바 국제연맹회의(1932, 이승만)·샌프란시스코 연합국회의(1945. 4, 이승
만) 등 수많은 국제회의에 참가를 요구하여 비록 허락은 못 얻었으나
우리의 호소가 심각한 인상을 주어 그 반향이 컸던 것이다.

제일 먼저 임시정부를 승인한 나라는 에스토니아였다. 1919년에 에
토니아 국회는 한국 임시정부를 승인하라는 의안을 통과시켰던 것이다.
그 다음은 손문(孫文)이 영도하는 중국 비상(非常)정부로 1921년 광동
(廣東)에서 한국 임시정부를 승인하였다.

제일 먼저 사실상으로 한국 임시정부를 승인한 것은 레닌 영도하의
소련정부로서, 그는 1920년 모스크바에서 임시정부 특사를 접견하고,
200만 루블의 차관을 승인하였고, 그 다음 드골 장군이 영도하는 프랑
스 임시정부는 1945년 2월, 한국 임시정부에 사실상의 승인을 통고하여
왔던 것이다.

한국 임시정부를 최초로 승인한 국제단체는 1919년 7월 스위스 베른
에서 열린 만국사회당대회였다. 동 대회는 한국 임시정부를 승인하라는
의안을 통과시켰고, 다음 해 4월에 의회는 다시 국제연맹과 기타 열국
(列國)정부의 승인을 요구하였다.

孫文의 廣東 비상정부의 승인은 申圭植의 힘이 컸고, 레닌이 접견한
임정 특사는 때의 국무총리 이동휘가 보낸 韓馨權이었으며, 만국사회
낭대회에는 소소앙이 잠석 활동하였다.

158

그러나 제일 먼저 임시정부의 승인을 주장하면서도 해방시까지 실현을 보지 못한 것은 미국과 영국 국회와 중국의 참정회(參政會)였다.

1920년 미국 상원은 한국 임시정부 승인안을 상정하였고, 영국 국회도 그러하였다. 1943년 미국 상·하원은 동시에 이 의안을 상정한 일이 있다. 또 동년에는 중국 참정회가 한국 임시정부 승인안을 통과시켜 그 정부로 하여금 신속히 승인하도록 촉구하였으며, 1944년에도 의회는 그 승인을 요구하였다. 이에 앞서 1942년 4월 8일에 중국 국민정부 국방최고위원회에서 입법원장 손과(孫科)의 제안으로 '대한민국 임시정부 승인안'을 통과시켰으나 공식 발포를 보지는 못하였다. 또 1919년 4월 5일, 광동성 국민의회는 북경정부에 대하여 한국의 독립을 승인하라고 권고한 일이 있었다.[29]

이밖에도 중국의 전국 각계연합회는 1919년에 呂志伊 등이 제출한, 한국 독립운동 원조안을 통과시키는 동시 전국민에 고하는 선언문을 발표하였다. 동년에 서재필 박사가 필라델피아에서 발기한 미국인으로 조직된 '大韓獨立後援會'는 지부를 워싱턴·뉴욕 등지에 설치하였고, 동년 영국 하원의원 써 뉴먼 등 40여 명은 한국友人會를 조직하였다. 이 회는 《타임스》기자 매켄지 등이 제창한 것으로 매켄지는 《자유전쟁중의 한국》이란 저서를 발간하였다. 프랑스의 파리인권회도 한국친우회를 조직하였고, 파리대학 교수 오로 사라이, 하원의원 모대, 華工工會 서기 夏雷 등은 한국독립을 위한 열렬한 강연회를 열었던 것이다. 1920년 상해의 中韓互助社, 1941년 워싱턴의 한미협회, 1942년 중경의 중한문화협회 등은 모두 다 외교선전운동 반향의 좋은 예가 된다.

29) 《大韓民國 臨時政府에 關한 參考文件》 제 1 집, 2~23쪽 참조.

7. 협사(俠士)의 의거와 공포투쟁

3·1운동은 독립운동에 새로운 활력을 주었을 뿐 아니라, 국내외에서 여러 가지 부면에 광범한 전개를 보았던 것이다. 그 중의 하나가 의열사(義烈士)에 의한 폭력 공포투쟁이었다. 혹은 국내에서 일어나고, 혹은 국외에서 잠입하여 왜왕의 저격, 왜총독을 비롯한 왜관리의 사살, 매국노·친일 한간(韓奸)의 암살, 왜행정기관과 착취기관의 폭격이 이 공포투쟁의 중요 목표였다. 또 한인 부호(富豪)에 대한 독립군 자금 모집에도 이 방법을 썼던 것이다.

이와 같은 폭력 공포투쟁은 그 근거에 대해 다음과 같은 네 가지 목적이 있었던 것이다.

첫째, 지배자 일제의 간담을 서늘케 하여 한민족의 의기를 보이고, 둘째, 왜제(倭帝)의 통치 아래 수그러지기 쉬운 민족의식을 경각시키는 것이며, 셋째, 한민족이 일본의 통치에 불복한다는 것을 세계에 밝히고, 넷째 이러한 폭력 공포투쟁의 강화로 일본의 통치를 불가능케 하려는 것이었다. 특히 이 넷째 목적에 대해서는 공포투쟁에 혁혁한 업적을 남긴 의열단(義烈團) 창립간부 김원봉(金元鳳)의 다음 호언(豪言)으로써 그 진의를 엿볼 수 있다.

우리 단의 목표는 경성과 동경의 두 곳이다. 총독을 죽이기를 대대로 5, 6명에 미치면 그 후계자 되려는 자가 없게 될 것이요, 동경에 震天의 폭격을 감행하기를 해마다 2회를 하면 조선의 放棄는 반드시 일본인 스스로가 외치게 될 것이니, 이리하여 우리의 목적은 적의 손에 의해서 달성될 것이다. 이를 능히 감행할 자는 우리 의열단을 두고는 다시 없을 것이다.[30]

---

30) 《高等警察要史》, 97~98쪽.

이리하여 폭력 공포투쟁은 연속적으로 일어났고, 특히 3·1운동으로부터 1935년에 이르는 15년 간의 우리 신문(新聞)은 이러한 공포투쟁의 실행과 기획에 대한 대소사건을 손꼽기 어려울 정도로 무수히 기록하고 있는 것이다.

1) 강우규의 사이토(齋藤) 총독 폭격사건

3·1운동 발발 이래 왜적은 학살정책으로 우리의 민족운동을 강압하려 하였으나 우리 운동을 갈수록 치열하고, 세계의 여론이 높아 가매 적은 회유책을 시(試)하려 하여 정치개량을 양언(揚言)하고, 이번 한인의 행동은 하세가와(長谷川) 개인을 반대하는 것이요, 일본의 통치를 반대하는 것이 아니라 하여 총독 하세가와 요시미치(長谷川好道)를 바꾸어 사이토 미노루(齋藤實)로 하여금 조선총독에 신임(新任)하게 하였다.

1919년 9월 2일, 사이토(齋藤)가 도착하는 경성 남대문역은 미리부터 암살단이 입경하였다는 풍설이 있어 왜경의 경계는 삼엄을 극(極)하였다. 왜군사령관을 비롯한 각급 관리들은 군경으로 호위되어 출영(出迎)하였고, 각국 영사와 관민 일반이 좌우에 옹위하였었다. 그러나 사이토 부처가 남대문역 귀빈실에서 나와 마차를 탔을 그 때, 9월 2일 오후 5시 10분에 청천의 벽력으로 사이토의 차를 목표로 한 폭탄이 터졌던 것이다. 왜 정무총감 미즈노 렌타로(水野錬太郎)는 경상을 입고 달아나고, 오사카(大阪)《아사히신문》(朝日新聞) 기자와 오사카《마이니치신문》(每日新聞) 특파원 데구치(出口)는 즉사하고, 만철이사(滿鐵理事) 구보(久保)는 중상을 입고, 미국 뉴욕시장의 딸 W. B. 해리슨 부인 등 30여 명이 부상하였다. 불행히도 사이토는 군복을 좀 태웠을 뿐으로 일명(一命)을 근보(僅保)하였다.

이 쾌거를 결행한 사람은 해삼위(海蔘威) 방면으로부터 8월 초에 입국한 65세의 노의사(老義士) 강우규(姜宇奎)였다. 왜경의 현장수색이 긴급한 중에서 강우규는 눈을 감아 묵도하고, 유유히 여관으로 돌아갔다. 강우규는 안국동 김종호(金鍾護) 집, 가회동 장익규(張翊奎) 집, 사직동 임승화(林承華) 집을 전전하다가 9월 17일 왜경 김태석(金泰錫)에게 피포되어 1920년 4월 25일 공판에서 사형이 선고되었다. 공범 혐의로 최자남(崔子南)은 징역 2년, 허형(許炯)은 1년 6개월, 오태영(吳泰泳)은 무죄로 선고되었고 장익규, 한인곤(韓仁坤)은 고문치사하였다.

　　姜宇奎는 평남 德川 사람으로 국치 후 만주에 이주하여 노령을 왕래하였다. 새 총독이 온다는 소식을 듣고, 시베리아에서 폭탄을 사서 원산에 와서 친구 崔子南의 집에 月餘를 머물다가 許炯, 韓殷哲로 더불어 입경하여 정세를 보아 다시 원산에 가서 폭탄을 가지고 와서 당일 거사한 것이다. 그는 공판을 받을 때도 談笑自若 거리낌이 없을 뿐 아니라 심문이 뜻에 차지 않을 때는 大笑하여 기고만장하였다. 폭탄을 어떻게 감추어 가지고 왔느냐고 물으니 명주 수건으로 싸서 월경대 모양으로 불알 밑에 차고 왔다고 대답해서 판사와 방청객을 웃기기도 하였다.
　　사형을 언도받고, 아들 重健에게 말하기를, 내가 잊지 못하는 것은 오직 청년교육이니 나의 죽음이 청년의 가슴에 일대 감상을 새긴다면 무엇이 한이 되리오 하였다. 1920년 10월 21일에 처형되었다. 姜宇奎는 일찍이 의술로 巨財를 모았으나 30년 동안 북한과 남만주를 두루 돌며 학교를 세운 것이 여섯이요, 耶蘇敎會를 세운 것이 셋이며, 老人團 하나, 民會 둘을 세웠다. 안중근의 伊藤 사살 후, 적막하던 강산에 처음 터뜨린 벽력이었으니 비록 명중하진 못했으나마 70老俠의 이 쾌거에 積滯가 내리는 듯하였다. 31)

2) 공명단 (共鳴團)

군사자금 조달을 목적으로 한 독립운동단체로 최양옥(崔養玉), 김정연(金正連)이 주동이 되어 서울 근처에 근거를 두고, 1920년 4월 20일 망우리에서 일본 정부의 우편 자동차를 권총으로 습격하여 미리 약속한 평안북도 지사의 자동차 운전수 이선구(李善九)와 함께 일본인 우편물

31) 《騎驢隨筆》, 276 280쪽 참조.

을 불태우고, 통과하는 자동차의 운전수 승객 등 70여 명을 납치하였다. 일경은 5도의 경찰을 동원하여 양주 천마산(天摩山)을 포위하고, 여러 차례의 전투 끝에 이들을 체포하니, 최양옥은 11년, 김정연은 9년의 징역을 받았으며, 이선구는 6년 선고를 받고 복역하다가 병사하였다.

3) 천마산대(天摩山隊)

3·1운동 직후에 조직된 독립운동단체로 최시흥(崔時興)을 대장으로 하여 최지풍(崔志豐), 박응백(朴應伯), 최천주(崔天柱), 김세진(金世鎭), 심용준(沈龍俊), 양봉제(梁鳳濟) 등 수십 명의 구한국 군인들로 조직한 단체로서 평안북도 천마산(天摩山)에 근거를 두었다. 최시흥이 대장이 되어 인근에서 500여 명의 청년을 모아 화승총과 일경에게서 뺏은 총검으로 무장, 게릴라전을 감행하여 행정기관 수십개소를 파괴하고, 많은 일본 경찰과 밀정을 사살하였으며, 다량의 무기를 노획하였다. 1920년 천마산대는 일본 경찰대의 공격을 피해 남만주로 건너가 광복군(光復軍) 사령부에 통합되었다.

4) 보합단(普合團)

1919년에 조직된 독립운동단체로, 3·1운동 직후 김시황(金時晃), 김동식(金東植), 한우종(韓禹宗), 백운기(白雲起), 김도원(金道源), 이광세(李光世), 박초식(朴楚植) 3형제 등이 의주군 동암산(東岩山)에서 조직한 항일 무장단체로 350여 명의 단원을 규합, 화승총을 구입하여 선천·천산·용천·의주 등지에서 일본의 행정기관과 밀정을 습격 사살하였다. 보합단(普合團)은 일본의 대(大)부대와도 여러 차례 싸웠으며, 1920년 8월 선천군 내산사(內山寺)에서 일본군의 습격을 받아 많은 손해를 입고, 동만주로 건너가다가 안동현 동삼도만(東三道灣)에서 중·일 양국 군경에 포위되어 교전 끝에 5명을 사살하고, 6명이 전사하였다. 패진(敗陣)을 수습하여 관전현(寬甸縣)으로 가서 독립단에 합류하였다.

5) 구월산대 (九月山隊)

1920년 이명서(李明瑞)를 중심으로 결성된 독립혁명군 구월산대는 만주 독립단 파견대장인 이명서와 대원 이근영(李根永), 박기수(朴基洙), 박지영(朴枝英), 민양기(閔良基), 고두환(高斗煥), 주의환(朱義煥), 이지표(李芝杓), 원사현(元士賢) 등 8명과 함께 구월산에서 무장 조직하여, 일본인 관청과 악질 관리를 습격하였다. 그 후 구월산대는 밀고를 당하여 대장은 전사하고 많은 대원이 살상 또는 체포되고 7월에 해산되었다.

6) 의열단 (義烈團)

의열단은 1919년 11월 10일 만주 길림성 파호문(把虎門) 밖 중국인 반모가(潘某家)에서 조직된 비밀 항일운동단체였다. 이 단체는 일정한 주소를 가지지 않고, 비밀을 엄수하며, 폭력을 유일한 수단으로 일본 관리와 관청을 암살·파괴함을 목적으로 하였다. 최초의 단원은 김원봉(金元鳳), 양건호(梁健浩 : 李鍾岩), 한봉근(韓鳳根), 김옥(金玉 : 金相潤), 윤세주(尹世胄 : 小龍), 한봉인(韓鳳仁), 서상락(徐相洛), 권준(權俊), 신철휴(申喆休), 곽재기(郭在驥), 강세우(姜世宇), 이성우(李成宇), 배동선(裵東宣) 등 13명이었다. 김원봉, 양건호, 한봉근, 김옥 등은 같은 밀양 출신으로 길림에서 동숙하고 있었는바, 당시 각지에 족출하는 독립단이 미온적이어서 아무것도 하는 일이 없음을 분개하여 급진적 독립운동을 표방하고 결사를 조직하였던 것이다.

> 1919년 7월 金元鳳과 梁健浩는 상해에 가서 여운형, 金聲根 등의 구국모험단이 파괴계획으로 폭탄제조를 연구하는 것을 보고 이를 같이 배우고, 길림으로 돌아온 김원봉은 동지 郭在驥를 상해로 보내어 김

성근을 길림으로 초빙하였던 것이다. 그러나 최초의 단원 13명에 대해서는 명단이 不一하다. 《韓國獨立運動史》에는 前記 명단 중 尹小龍, 權俊이 빠진 11명만이 기재되었고, 《高等警察要史》에는 前記 명단 중 申喆休, 裵東宣, 韓鳳仁이 빠진 10명만이 실려 있다. 李鍾岩은 梁健浩의 본명, 金相潤은 金玉의 본명이므로 전게 두 책의 명단을 합치면 상기 13명이 된다.

의열단은 창립 후 곧 근거를 북경에 옮기고, 북경 상해방면의 급진분자를 망라하여 1924년경에는 한중인(韓中人) 약 70명의 결사적 단원을 옹(擁)하게 되었다. 단장은 창립 이래 시종 김원봉이 맡았었다.

이리하여 의열단은 주목표인 경성과 동경에 계속하여 단원을 잠입시킴으로써 왜 기관·왜 관리의 폭격, 암살을 감행했으니 부산경찰서 폭격사건, 밀양경찰서 폭격사건, 총독부 폭격사건, 황옥(黃鈺) 경부(警部)사건, 종로경찰서 습격사건, 동경 니주바시(二重橋) 폭격사건, 동양척식회사 폭격사건 등이 모두 의열단원의 거사였던 것이다.

1928년 11월 10일에 발표한 의열단의 창립 9주년 기념 성명서에는 상기 사건 외에 16항의 대파괴 암살 운동을 실행했다고 하였다(《高等警察要史》, 102~104쪽). 이 때부터 의열단은 左傾하기 시작했다. 그러나 동 성명서에는 민족적 협동전선을 절규하고, 勞農계급의 운동을 발전시켜 그것을 독립운동에 연결시키는 것이 협동전선의 최대조건이라 하였다. 이것은 의열단을 끝까지 임정과 연결케 한 정강일 것이다.

(1) 밀양 및 진영 사건

1919년 3월 중순 곽재기(郭在驥 : 郭敬)가 안동현에서 밀양 김병완(金炳完)에게 보낸 폭탄을 경기도 경찰국이 탐지하여 3개를 압수한 사건으로, 관계자 18명 중 곽재기 외 12명이 피포(被捕), 동 5월 중순 이성우(李成宇)가 폭탄 13개와 권총 2정을 입수 안동현 이륭양행(怡隆洋行)을 통하여 경남 진영(進永)에 보낸 것을 탐색하여 압수하고, 관계자 15명이 체포된 것이다. 이 두 사건으로 체포된 이는 윤치형(尹致衡), 강상진(姜祥振), 김관제(金觀濟), 강원석(姜元錫), 김재수(金在洙), 최성규(崔成奎), 곽영상(郭永祥), 곽재기, 이성우(李成宇), 황상규(黃尙奎), 윤소룡(尹小龍), 이낙준(李洛俊), 김광근(金光根), 한수옥(韓洙玉), 김병완 등이었다.

이 폭탄은 金元鳳이 중국인 段益山에게서 산 것으로서, 李成宇는 이를 옷 상자에 넣어 상해발 怡隆洋行 기선 桂林丸으로 안동현에 상륙, 김원봉이 지시한 元寶商會 李炳喆에게 맡기고, 李는 이를 高粱 다섯 가마니에 싸서 다른 고량 열다섯 가마와 함께 裵重世 앞으로 부산진역 金鳴國 운송점에 送付하여 進永 米穀商 姜元錫에게 배달하여 창고에 보관하였던 것이다. 배중세는 폭탄이 든 다섯 가마니만 찾고, 다른 열 다섯 가마의 매각을 의뢰한 다음, 그 다섯 가마를 金海 姜祥振에게 운반하여 보관중에 발각 압수된 것이다. 이 두 사건은 모두 사전 발각되었으나 의열단의 제 1 차 계획이었다. 미체포의 동사건 관계자는 다음과 같다. 金元鳳, 徐相洛, 申喆休, 韓鳳根, 梁健浩, 姜世宇, 金玉(金相潤), 李一夢(壽鐸), 李炳喆, 裵重世, 具榮珌

(2) 부산경찰서 폭격사건

1919년 9월 13일에 박재혁(朴在赫)은 폭탄을 가지고 부산에 상륙하여 본가에 유숙하고, 다음날 아침 중국 서적상으로 변장하고 나가서 부산경찰서에 폭탄을 투척하여 폭파하고, 서장을 즉사시키고 2명을 중상시킨 뒤 박재혁도 중상을 입은 채 체포되어 단식 끝에 9월 22일 옥사 순국하였다.

申肅의《나의 일생》에는 당시 미국 의원단 일행이 동경에 도착할 때 일본인을 가장하고 미국의 정책에 속지 말라는 삐라를 뿌리면서 폭탄을 투척하여 사상자를 내면 국제문제화할 것이라고 보고, 金大地를 통하여 金元鳳을 면회한즉 金은 朴在赫을 쾌히 추천했던 것이라 한다. 박재혁은 9월 초에 상해를 떠나 長崎를 거쳐 동경에 갔으나, 당시 임시정부의 여러 가지 實地 없는 계획이 미리 신문에 게재됨으로써 동경역은 경계가 삼엄하여 뜻을 이루지 못하고, 부산경찰서를 폭

격하고 殉義한 것이다. 박재혁은 부산 출신으로 일인 소학교를 졸업
했기 때문에 추천된 것이다(申肅, 《나의 일생》, 60쪽).

(3) 밀양경찰서 폭탄사건

1920년 12월 27일 오전 9시 30분, 의열단원 최수봉(崔壽鳳 : 敬鶴)은
서장이 서원에게 훈시중인 밀양경찰서에 폭탄을 투척하였다. 제 1 탄이
순사부장의 오른팔에 맞았으나 불발이 되자 그는 정면 현관 앞에 뛰어
들어와 제 2 탄을 던짐으로써 폭파시키고, 단도로 자기 목을 찔렀으나
체포되어 대구 복심(覆審)법원에서 사형을 받았다.

崔敬鶴은 당시 24세로서 1919년 11월, 金相潤의 권유로 의열단에 가
입하여 밀양경찰서를 파괴하기로 하고, 梁健浩(金元錫으로 변칭), 김
상윤 등은 安鶴洙의 소개로 국외에서 폭탄제조법을 배운 高仁德에게
교섭하여 폭탄을 제조하여 투척한 것이다. 당초에는 崔와 李元敬이
함께 담당했으나 李가 고장이 있어 崔가 단독 결행한 것이다. 관계자
는 李壽鐸, 李鍾岩, 高仁德, 김상윤, 이원경, 韓鳳仁, 具榮珌이었다.

(4) 왜총독부 폭격사건

의열단원 김익상(金益相)은 북경에서 폭탄 2개를 가지고 경성에 들어
와 1921년 9월 12일에 전기수리공을 가장하고, 왜성대(倭城臺) 정문을
무난히 통과하여 2층에 올라가 비서과와 회계과에 폭탄을 던지고, 혼란
중을 교묘히 빠져나와 동일 오후에 용산역에서 승차하고 북경으로 돌아
갔던 것이다.

金益相은 1920년 북경에서 김원봉을 만나 입단하고, 독립운동의 희생
이 될 것을 서약하였다. 그는 대담무쌍하여 열차승객의 검문이 있을
때, 같이 앉은 일본여자의 아이를 달라고 하여 안고서 태연히 일본인
부처를 가장하여 폭탄을 휴대하고도 무사히 통과했던 것이다. 북경에
돌아가 김원봉에게 보고하매 김원봉이 그 실수를 嘆하였다. 김익상은
자기의 총독부 投彈이 별로 큰 영향이 없는 것을 보고, 다시 거사할
것을 결심했던 것이다. 이듬해 3월에 동지 李正龍과 상해 稅關 碼頭

에서 육군대장 田中義一을 저격했으나 실패하고, 被逮되어 長崎재판
소에서 사형을 받고 순국하였다. 때에 나이 스물 여덟이었다.

(5) 다나카(田中義一) 저격사건

1922년 2월, 전기(前記) 김익상은 동지 오성윤(吳成崙 : 본명 李正
龍), 양건호(梁健浩) 등으로 더불어 다나카 요시카즈(田中義一)가 필리
핀으로부터 귀국 도중 상해에 도착한다는 것을 듣고, 이를 저격 암살키
로 합의하였다. 3월 28일, 상해세관 부두에서 오성윤이 권총을 쐈으나
불행히도 다나카(田中)는 맞지 않고, 영국여자가 맞아 즉사하였다. 김
익상이 뒤이어 폭탄을 던졌으나 이 또한 불발이 되어 일이 실패됨을 알
고 탈주하다가 영국여자의 남편의 총에 맞아 체포(逮捕)되어 일본 나가
사키(長崎)로 압송되었던 것이다.

吳成崙은 4월 1일 밤에 일인 죄인 田中忠一과 함께 벽을 뚫고 탈출에
성공하였다(《騎驢隨筆》, 312쪽).

(6) 종로경찰서 폭격사건

상해로부터 입국한 김상옥(金相玉)은 1923년 1월 12일 야반에 경성
종로경찰서 정문에 폭탄을 던져 폭발케 하고, 교묘하게 은피(隱避)하고
있었으나 동월 17일 오전 3시에 종로서 경부(警部) 우메다(梅田), 이마
세(今瀨)가 지휘하는 경찰 수백 명이 삼판통(三坂通) 302번지 고봉근
(高奉根) 집을 포위하였다. 은피하던 김상옥은 단신으로 쌍수에 권총을
들고, 왜 형사 다무라(田村)를 사살하고, 우메다와 이마세를 중상시킨
후 포위망을 뚫고 남산으로 올라갔는데, 왜적은 군인까지 동원하여 수
사하였으나 종적을 몰랐다. 김상옥은 18일 새벽 왕십리 안정사(安靜寺)
에서 승복을 바꿔 입고, 거부(車夫)로 변장한 후 성내로 들어가서 효제
동(孝悌洞) 73번지 이혜수(李惠受) 여사 집에 은신하였던 것이다. 이것
도 왜경이 탐지한 바 되어 동월 22일 오전 2시 반 무장경관 1천여 명이
효제동 일대를 포위하니, 김상옥은 단신 권총으로 3시간을 접전하여 서
대문서 경부 구리타(栗田淸造) 외 수명을 살상하고, 최후의 일탄으로 자

168

결하였다(《騎驢隨筆》, 320쪽).

(7) 황옥(黃鈺) 경부 폭탄사건

　의열단은 1923년 초부터 상해에 비밀 폭탄 제조공장을 두고, 강력한 폭탄을 다량으로 제조하여 신채호가 작성한 〈조선혁명선언서〉와 〈총독부 관리에게〉라는 문서와 함께 상해에서 천진(天津)으로 운반하였다. 그리고 경기도 경찰부 한인경부 황옥(黃鈺)과 동지적 결합을 맺고, 동년 3월 7일 김시현(金始顯), 황옥 등 일행은 안동현 육도구(六道溝) 조선일보사 안동지국장 집에 들렀다가 국내로 들어가 5월 중순을 기하여 각지에서 대폭동과 암살공작을 하기로 하였던 것이다. 동월 12일 오전 6시 차로 김시현, 황옥, 김재진(金在震), 권동산(權東山) 등 4인이 폭탄 18개와 권총 5정을 가지고 경성으로 향하고 남은 폭탄 18개와 선언서는 안동현 홍종우(洪鍾祐) 집과 신의주 약죽정(若竹町) 조동근(趙東根) 집에 두었다.

　그러나 일행 중 김재진은 평양경찰서 경부 김덕기(金悳基)에게 매수되어 이 대계획을 밀고하였다. 김덕기는 2월 14일 새벽에 신의주와 안동현 경찰서원을 동원하여 안동현 육도구에서 홍종우, 백영무(白英武), 조동근, 조영천(趙英千) 등 4명을 체포하고, 폭탄 10개와 선언서와 전단 691매를 압수하고, 신의주 약죽정 조동근 집에서 폭탄 8개를 압수하였으며 경성에서 김시현, 황옥 등 10인이 피체되었다.

　　이 사건으로 악질주구 김덕기는 경찰최고훈장을 받았다. 민족을 위한 대계획은 수포로 돌아가고, 김시현 등 전원은 1924년 4월 22일 경성지방법원에서 다음과 같은 형의 언도를 받았다.
　　김시현 12년, 황옥 12년, 劉錫鉉 10년, 홍종우 8년, 朴基弘 7년, 백영무 6년, 趙晃 5년, 南寧得 5년, 柳時泰 5년, 柳秉夏 3년, 조동근 3년, 李慶熙 1년반

(8) 동척(東拓) 폭탄사건

의열단원 나석주(羅錫疇)는 1926년 7월 하순 천진에서 김창숙(金昌淑 : 의열단 고문), 유우근(柳佑瑾), 한봉근(韓鳳根), 이승춘(李承春)과 회합 모의하고, 김창숙이 준 1,500원(圓)으로 권총과 폭탄을 입수하여, 동년 12월 26일 오후 2시 인천에 도착하였다. 27일 경성역전(남대문通 5丁目 13번지) 중국여관 동춘잔(同春棧)에 투숙하고, 다음날 28일 식산은행에 돌입하여 폭탄을 던졌으나 불발되었다. 동양척식회사에 이르러 수위실에 있던 조선부업협회원 다카모토(高本吉江)를 사격하고, 2층에 올라가 토지개량부 기술과장 아야다(綾田豊)와 사원 오모리(大森 武智光)를 쏘아서 쓰러뜨리고, 폭탄 1개를 던졌으나 불발되었다. 다시 문밖으로 나와 조선철도회사 동척지점 수위 마즈모토(松本)와 왜인 기무라(木村)를 사살하고, 전찻길로 뛰어나와 총소리를 듣고 달려오는 경부보(警部補) 다바타(田畑唯次)를 사살한 다음 추격하는 경찰대를 뒤에 두고 스스로 가슴을 쏘아 자살하였다.

> 羅錫疇는 載寧 사람으로 중국 하남성 邯鄲軍官學校를 졸업한 무관이
> 요 사격의 명수였다.

(9) 금호문(金虎門) 사건

1926년 4월 26일에 융희(隆熙) 황제가 승하하매 창덕궁 앞이 인해를 이루어 호곡하였다. 동월 28일 아현(阿峴) 사람 송학선(宋學先)이 금호문(金虎門) 앞에서 창덕궁 성복제(成服祭)에 진참(進參)하는 총독 사이토(齋藤)를 기다려 척살(刺殺)하려다가 그릇되어 국수회(國粹會) 지부장 다카야마(高山孝行)와 부회(府會) 의원 사토(佐藤虎次郎) 등을 비수로 척살(刺殺) 혹은 부상케 하고 체포되어 이듬해 4월 19일 사형되었다.

> 宋學先은 경성 天然洞 가난한 집에 태어나 소학을 마치고 회사 傭員
> 으로 일하다 병으로 해고되었다. 안중근이 伊藤博文을 죽인 것을 세
> 인이 칭송하는 것을 들은 17세의 이 소년은 안중근을 우러르는 마음
> 이 있던 중 진고개 口人 상점에 안중근 사진이 걸린 것을 보고, 자기

나라에 공이 있는 伊藤을 죽인 저희 원수를 존경하는 것은 그 의기 때문이라 하고, 드디어 총독 齋藤을 죽이기로 결심하였다.

1926년 4월 사진관 수리하는 일을 하다가 洋刀 하나를 얻어서 날카롭게 갈아 품에 지니고, 齋藤을 죽일 기회를 기다렸던 것이다. 이날 창덕궁 앞에서 齋藤이 들어가는 차를 기다리던 중 저기 총독이 탔다는 군중의 소리를 듣고, 재빨리 차에 뛰어올라 한가운데 앉은 제일 뚱뚱한 자를 찌르고, 그 옆에 탄 자가 놀라서 일어서는 것을 또 찔러 죽인 다음, 경찰과 격투 끝에 헌병의 총을 맞고 체포된 것이다. 취조를 받다가 그것이 齋藤이 아님을 알고 탄식하였다.

송학선이 비록 뜻을 이루지는 못했으나 爲國義俠으로 살신성인하였으니 不中의 운명은 천고지사의 恨事라 할 것이다. 이리하여 齋藤은 부임후 강우규와 김익상과 압록강에서와 송학선 등 義俠에게 네 번 大驚하였으나 번번이 그 죽음을 면하였다.

(10) 동경 니주바시(二重橋) 폭탄사건

의열단원 김지섭(金祉燮)은 1920년 5월, 북경으로 가서 의열단에 가입하였던바, 동경 진재(震災)에 동포 학살의 보(報)를 듣고 크게 분개하여 드디어 결사대를 조직, 그 특파원으로 동경의회 폭격을 결심하였다. 그는 윤자영(尹滋英)의 소개로 일인 히데시마 히로요시(秀島廣義)와 고바야시 히라키(小林開)를 알게 되고, 고바야시의 소개로 삼정물산회사의 천성산환(天城山丸) 선원인 고바야시 간이치(小林寬一)와 구로시마 세이케이(黑島星經)를 만나 1923년 12월 20일 밤 폭탄 세 개를 휴대하고, 동선박을 타고 동월 30일 팔번항(八幡港)에 입항, 비젠야(備前屋) 여관에 나카무라(中村彦太郎)란 가명으로 투숙하였던 것이다.

처음에는 일본의회에 돌입하여 정부위원석에 투척하여 고관귀현(高官貴顯)을 폭살하려 했으나 마침 의회가 휴회중이어서 궁성을 폭파하기로 하였다. 1월 5일 오후 7시경 니주바시(二重橋)에 접근, 1탄을 심문하는 경관에게 던졌으나 불발─그대로 돌진하여 2탄을 던졌으나 또 불발되고, 3탄마저 작렬하지 않아 한을 머금고 체포되었다. 몸을 수색하니 돈 3전이 있을 뿐이었다 한다. 공판 끝에 사형을 구형받아 무기 선고를 받고, 1926년 1월에 옥중에서 피살되었다.

　金祉燮은 안동 사람으로 어려서 천재의 稱이 있어 한문이 夙就하였
다. 21세에 일어를 배워 불과 數朔에 尙州普通學校 교원이 되고, 또
독학하여 錦山지방법원 서기관이 되었으며, 1915년 金應燮 법률사무
소 출장원으로 다시 상주에 있더니, 3·1운동 때 대구에 나와 이듬해
5월 북경으로 갔던 것이다. 궁성 폭파의 뜻을 못 이루고 잡혔을 때 미
미한 죄명이 붙여지는 것을 유감이라 하여 순국의 의사를 자처하였다
고 한다(《高等警察要史》, 225쪽).
　그가 일본으로 갈 때 舟中에서 지은 시를 보면 그의 결의와 그 인품
을 엿볼 수 있을 것이다.
　　萬里飄然一粟身 舟中皆敵有誰親 張椎荊劍胸藏久 魯海屈湘思入頻
　　今日腐心潛水客 昔年嘗膽臥薪人 此行已決平生志 不向關門更門津
　　　　　　　　　　　　　　　　　　（《騎驢隨筆》, 339쪽 참조）.

(11) 동경 사쿠라다몽(櫻田門) 사건
　1932년 1월 8일, 상해로부터 동경에 잠입한 애국단원 이봉창(李奉昌)
은 왜왕 히로히토(裕仁)가 부의(傅儀 : 만주국 괴뢰왕)와 같이 관병식(觀
兵式)을 마치고, 마차를 타고 사쿠라다몽(櫻田門)을 지나가는 것을 수
류탄으로 저격하였으나 거리관계로 명중하지 않고, 이봉창은 그 자리에
서 피포되어 동년 10월 사형을 받았다.

　李奉昌이 상해 共同租界에 있던 한인애국단의 아지트를 찾아온 것은
비밀회의가 열리고 있는 한밤중이었다. 당시의 이봉창은 얼마 전에
일본에서 건너왔다는 木下昌藏이라는 일본 이름을 가진 수상한 행색
의 사나이였다. 유창한 일어로 일인들과 이내 친숙해지고, 일인 공장
에 월급 80圓의 직공으로 곧 취직이 되어 종종 술과 고기와 국수를 사
가지고, 民團사무소로 찾아오는 것이 더욱 의심을 사서 동지들은 그
를 일제의 밀정이라 경계했고, 임정 국무위원들은 일인인지 한인인지
도 모를 사람을 출입시킨다고 책망이 대단하였다. 그러나 그 이봉창
을 점찍어 놓은 사람은 金九였다. 마침내 자금이 왔다. 김九는 즉시

이봉창을 애국단에 입단시켰다. 상해 병공창의 중국군 대령 王雄(金弘一)에게서와 하남성 劉峙에게서 수류탄 한 개씩을 마련해 놓고, 프랑스組界 中興旅舍에서 그를 송별하는 밤을 같이 지냈다. 이봉창은 대임을 맡는 것을 감격해하였다.

1월 8일 중국 각 신문의 톱기사는 "한인 이봉창 저격일황 불행부중(不幸不中)"이라고 크게 뽑아 격찬을 했다. 이 '불행부중'이라는 표제가 꼬투리가 되어 상해에 주둔하던 일본군은 자기네 일연종(日蓮宗)의 중 하나를 중국인 자객을 사서 살해시킴으로써 이른바 상해사변(上海事變)의 구실을 삼은 것이다.

만주사변의 날조로 東三省 일대를 점령함으로써 일제의 침략정책이 노골화되자 중국 전역의 排日 기운은 팽배해져서 도처에 日貨 보이콧, 日 거류민 압박, 일본 기득권 무시 등의 사태가 벌어지긴 했으나 아직도 軍閥은 실질적인 통합을 보지 못했고, 대일정책에도 의견의 차가 있어 대일전쟁을 꺼렸던 것이다. 이러한 때에 중국으로 하여금 일제에 대항할 용기를 자극한 촉매제가 된 것이 바로 이른바 상해사변 직전직후의 이봉창, 윤봉길 두 의사의 순국이었다〔《반세기의 증언》 13, "일황폭격 미수와 홍구공원 폭탄사건"(《조선일보》 1964. 5. 22).

(12) 상해 홍구공원(虹口公園) 사건

1932년 2월 1일 드디어 전쟁은 시작되었다. 상해사변이란 것이다. 채정해(蔡廷楷) 휘하 19로군의 강병 7만의 완강한 저항은 예상 이상으로 강했으므로 일제는 시라카와(白川義則) 대장을 사령관으로 하는 상해파견군을 편성 급파해서야 중국군을 후퇴시킬 수 있었다. 시라카와 대장의 군사행동 정지명령이 내린 것은 3월 3일 정오였다.

이 때 김구의 영도 아래 있는 '한인애국단'은 일본의 군수물자 하역작업을 본국 노동자를 모집해다 시키는 것을 보고, 일본에 연락하여 그 곳의 애국단원을 상해파견 노동자에 응모케 하여 그들로 하여금 부두의 군수물자를 폭파할 계획을 세웠으나 싸움은 너무도 빨리 끝나고 만 것이다. 일본에서 건너온 애국단원 5명과 채소장사 윤봉길이 작업장에 나가고 있었으나 19로군의 주력부대가 후퇴한 뒤여서 상해 병공창의 주임이던 김홍일(金弘一)로서도 시한폭탄을 제조할 겨를이 없었던 것이다.

이 계획이 좌절된 것을 애석하게 여기던 윤봉길은 김구를 찾아왔다. 승전으로 의기양양한 일인들이 4월 29일 홍구(虹口)공원에서 일본 왕의 생일인 천장절(天長節) 기념행사를 거행한다니 그 식장에서 일제의 원흉들을 무찌르고 자결하겠다는 결심을 말했다. 김구도 찬성했다.

4월 29일, 당일은 혼잡을 피하기 위하여 매점은 폐쇄하고, 축하객은 모두 점심과 물통을 휴대하게 되었다. 식이 끝나 갈 무렵 천황폐하 만세를 부를 직전에 사열대 뒤에 던전 윤봉길의 물병 폭탄이 폭발했다. 윤봉길은 '벤토' 폭탄으로 자결하려던 순간 체포되었다. 신분을 밝히지 않으려던 애초의 계획이 틀어지자 대한민국 만세가 소리 높이 터져 나왔다.

> 이리하여 장내는 수라장이 되고, 일본 거류민단장 河端米作은 즉사하고, 사령관 白川義則은 입원했다가 곧 죽고, 일본공사 重光葵는 한쪽 다리가 날아갔으며, 해군중장 野村吉三郎은 눈이 튀어 달아났던 것이다.

홍구공원의 의거가 있은 후 우리 임시정부는 중국정부로부터 동맹국 정부의 후한 대접을 받게 되었고, 중국군관학교에 특설 한인반(韓人班)이 생겼으며 교포는 누구나 중국인들의 환대에 어깨가 으쓱하였다. 중국민 4억의 어느 누구도 하지 못하는 일을 한국의 한 청년이 능히 감행한 것이다.

> 金弘一은 당시 상해항에 정박중인 일본기함 '出雲' 격침 계획을 추진했다. 60파운드짜리 폭탄을 준비하여 물속으로 운반한 다음 전기장치로 스위치만 누르면 폭파되게끔 마련했는데, 매수해 놓은 중국인 잠수부들이 겁을 내어 물속에 뛰어들지 못했던 관계로 타이밍이 맞지 않아 근처에서 터지고 말았다는 것이다. "이것만 보아도 이봉창과 윤봉

길 같은 용기는 아무나 할 수 있는 일이 아니다"라고 김홍일은 말했다 (《반세기의 증언》 13 참조).

이 무렵 상해에 있던 'BTP'라는 흑색공포단의 백정기(白貞基), 이강훈(李康勳), 이원훈(李元勳) 등은 1933년 3월 17일 홍구(虹口)에서 주중 일본대사 아리요시(有吉)를 암살하려다 체포되었으니 백정기는 무기형을 받고, 일본 나가사키(長崎)에서 복역하다가 옥사 순국하였다.

白貞基는 정읍 사람으로, 3·1운동 이후 24세의 나이로 동지를 규합하여 경인간의 일본기관 파괴를 공작하다가 탄로되어 만주로 탈출했고, 1924년에는 일본 동경에서 파괴공작을 하다가 상해로 망명하여 무정부주의자연맹에 가입하여 농민운동에 투신하였다. 1928년 남경에서 열린 동방무정부주의자연맹에 조선대표로 출석하였다. 이봉창의 동경의거, 윤봉길의 홍구공원의거 때마다 자기가 뽑히지 못함을 애석해하며 울었다는 설이 있을 정도로 순정과 열혈의 사람이었다. 李·尹으로 더불어 三義士로 일컬어진다.

이밖에도 서상한(徐相漢)의 이왕세자(李王世子) 혼례식 폭파 미수사건, 김재현(金在顯)의 동경폭격 미수사건, 박열(朴烈)의 왜왕 암살 미수사건과 양근환(梁槿煥)의 민원식(閔元植 : 일본참정권 운동자) 암살사건, 최윤동(崔允東)의 가히(甲斐) 순사(巡査) 사살사건 등 이루 다 매거(枚擧)할 수가 없는 것이다. 국내 잠입 군자금 모집 사건은 3·1운동 이후 신문기사에 무수히 기록되었고, 당시의 대규모 강도사건을 신문사가 민완기자를 내세워 경쟁적으로 활약한 것은 그 거개가 이러한 군자금 모집운동이었기 때문이었다.

이와 같이 우리의 의열사들은 한 작은 개체의 목숨을 던져 뻗쳐오르는 원수의 국위(國威)에 도전한 개세(蓋世)의 의기(義氣)를 수많이 보여주었던 것이다.

8. 독립군의 무력항쟁

1) 군사단체운동의 조직

만주는 지리적으로도 우리나라와 가장 가까운 관계에 있거니와, 역사적으로 우리 선민(先民)의 원주지요, 고구려·발해의 구강(舊疆)으로서 깊은 관계에 있었다. 한말의 의병으로 항쟁하던 부대가 만주로 넘어가기도 하였고, 망국후 애국지사들이 권토중래의 큰 뜻을 품고, 대거 이주한 것도 이 만주였다. 뿐만 아니라, 일제 식민지정책의 가혹한 수탈에 쫓기어 이민온 동포가 점증하여 3·1운동 전후만 해도 이주 호수는 4·50만 호, 200만 인구를 넘게 되었다. 동만(東滿)의 화룡(和龍)·왕청(汪淸)·연길(延吉)·훈춘(琿春) 등지는 8할 이상을 우리 동포가 개척 점령하였고, 남북만(南北滿)의 장백(長白)·무송(撫松)·임강(臨江)·집안(輯安)·통화(通化)·환인(桓仁)·흥경(興京)·유하(柳河)·청원(淸源)·관전(寬甸)·안동(安東) 등지도 토지를 소유한 동포는 소수였으나 산곡(山谷)과 하변(河邊)의 수전(水田) 개간은 모두 동포의 피와 땀으로 된 것이었다.

교포들은 가는 곳마다 농지를 개간하고, 학교를 세우고, 독립단을 조직하여 이 농업·교육·군사 3방면을 바탕으로 하여 무력항쟁의 독립운동을 장기간 계속하였다. 독립군의 무력항쟁사(武力抗爭史)는 만주가 시종 그 중심이 되어 노령(露領)과 연결되었고, 국경교전·국내교란이 모두 여기에 근거를 두었던 것이다.

이와 같은 만주의 무장 독립운동은 병오(丙午) 정미(丁未) 의병란 직후로부터 시작된다. 항일 의병항쟁의 국내활동이 곤란해지자 유인석(柳麟錫) 부대는 봉천성(奉天省) 통화(通化)·집안현(輯安縣) 등지로 이동하여 진용을 정비하였고, 이강년(李康年) 부대와 황해도 의병장 이진용(李鎭龍), 조맹선(趙孟善), 박장호(朴長浩) 등 제부대는 장백·무송·

집안·임강현 등지로, 평안도 의병장 조병준(趙秉準), 전덕원(全德元) 부대는 관전(寬甸)·환인현(桓仁縣) 등지로 각각 이주하여 유인석은 집안현 패왕조(覇王槽)에서 '보약사'(保約社)를 조직하였고, 백삼규(白三奎), 조병준, 전덕원 등은 '농무계'(農務契)와 '향약계'(鄕約契)를 설립 지도하였으며, 이진룡, 조맹선, 윤세복(尹世復), 홍범도(洪範圖), 차도선(車道善) 등은 '포수단'(砲手團)을 조직하였다. 각 지방 이주민에게 독립사상을 고취하며 국내와 연락하여 애국지사 소모(召募)와 무사(武士) 양성을 시작하였으니, 이는 재차 대규모의 의거를 기도하기 위함이었다.[32]

(1) 남만지방(南滿地方)

3·1운동이 일어나자 국내에서 도만(渡滿)하는 청년이 수십만에 달하매 동년 음 3월 15일을 기하여 각지에 산재하던 의병 영수, 유림 수뇌와 전기(前記) 보약사·향약계·농무계·포수단 대표 등 560여 명이 유하현(柳河縣) 삼원보(三源堡) 서구화사(西溝花斜)에 회동하여 열립(列立)했던 각 단체를 해체하고 '대한독립단'이란 단일기관을 조직하고 선언문을 발포하였다.

　　당시의 간부는 다음과 같다.
　　都總裁 朴長浩, 副總裁 白三奎
　　諮議部長 朴治翼, 司翰長 金起漢, 副參謀長 朴陽燮, 총참모 趙秉準, 참모 宋尙奎·康圭默·趙齊杰·李廷根.
　　총단장 趙孟善, 부단장 崔永浩·金元燮, 총무부장 金平淑, 부총무부장 康有常(1921년 적에게 귀화), 총무원 金鎰·韓寬模, 재무부장 全德元, 재무 李炳基, 회계 洪疇, 사법부장 李雄海, 교통부장 梁基瑕, 선전부장 邊昌根, 검찰장 李泰薰
　　이밖에 많은 지방 지단장 아래 總管이 있었다.
　　이 독립단 총본부는 상해 임시정부 기관인 평안북도 督辦府와 동체

---

32)《韓國獨立運動史》, 251쪽.

가 되어 평남북·황해 일대에 88개소의 연통제와 독립단 지부를 설치하였다.

이 독립단은 연호문제로 분열되었으니, 완고한 老儒들은 檀紀, 또는 隆熙연호를 쓰자 하고, 국내에서 새로 入滿한 청년들은 民國연호를 주장하였기 때문이다. 전자를 '紀元獨立團', 후자를 '民國獨立團'이라 세칭하였다. 피차 약간의 대립이 있었으나 국내 파괴운동에는 서로 협력하였다.

1909년 경성 양기탁(梁起鐸)의 집에서 개최된 신민회 간부 비밀회의에서 의결한 독립기지 건설, 군관학교 설치를 실행하는 제1보로 한국의 세신(世臣)인 이철영(李哲榮), 이회영(李會榮), 이시영(李始榮) 등 6형제와 이동녕(李東寧), 이상용(李相龍), 김동삼(金東三), 윤기섭(尹琦燮), 주진수(朱鎭洙), 이광(李光) 등은 광복의 대지(大志)를 품고, 자금과 가권(家眷)을 이끌고 기정지(旣定地)인 봉천성 유하현 삼원보 추가가(鄒家街)에 도착하였다.

황무지 개척과 이민계획을 세우는 동시에 국내로부터 도래하는 애국청년들을 훈련하기 위하여 1910년 신흥학교(新興學校 : 무관학교)를 설립하였다. 1911년에는 자치기관 '경학사'(耕學社)를 세워 사장에 이철영(李哲榮)을 추대하였고, 1912년에는 '부민단'(扶民團)을 조직하였으니 초대 단장에 허혁(許赫), 2대 단장에는 이상용(李相龍)이었다. 1919년 4월 초순 각현의 지도자들이 삼원보에 회집하여 남만 독립운동의 총본영으로 군정부(軍政府)를 조직하고, 이주동포의 자치기관으로 '한족회'(韓族會)를 조직하였다.

당시의 간부는

중앙총장 李沰, 서무부장 金東三, 법무부장 李震山, 학무부장 尹琦燮, 재무부장 安東源, 地方制로는 교민 1,000호마다 總管 1명, 교민 100호마다 百家長, 교민 10호마다 十家長 1명을 두었다. 기관지 《韓族新報》(후에 《새벽달》로 개제)를 발행하였다. 이 한족회는 1920년 가을, 근거지를 東滿으로 옮기고, 殘餘한 일부(대표 李鐸)는 전향의 대한독립단(대표 金承學), 청년단연합회(대표 安秉瓚) 등과 통합하여 '光復軍 司令部'가 되어 임시정부 직할하에 들어갔다(뒤에 다른 단체와 합하여 '統軍府'가 되었다).

청년단연합회는 기미 이후 신의주에 거주하는 安秉瓚, 金贊聖, 金承萬 등이 안동현에서 조직한 청년운동 통일과 독립군사운동 연락을 목적으로 한 단체였다.

① 서로군정서 (西路軍政署)

1919년 4월 남만(南滿)에서 조직된 '군정부'(軍政府)는 '한족회'가 교민에게 의헌금(義獻金)을 부과하여 재정을 부담하던바 군정부는 상해임시정부를 받들게 되고, 임정도 문서를 보내어 단독행동을 하지 말고 임정 중심으로 단결하자는 요청이 있어, 남만대표로 윤기섭(尹琦燮)을 상해로 파견하는 동시, 군정부는 '서로군정서'(西路軍政署)라 개칭하여 임정 지배하에 두게 되었다.

督辦 李相龍, 副督辦 呂準, 政務廳長 李沰, 軍政廳長 梁圭烈(在薰), 參謀長 金東三, 敎官 李靑天, 申八均, 金擎天

'新興學校'는 1910년 柳河縣 三源堡에서 '新興講習所'로 창설되어 애국청년을 훈련하다가 通化縣 哈尼河로 옮겨 신흥중학교로 개칭하고, 중학 정도의 학과와 군사학을 가르쳤다. 그 해는 대흉년으로 식량을 지속할 수가 없어 학생은 실망하여 四散하고, 耕學社도 해산되었다. 李東寧은 露領으로, 李始榮은 봉천으로 가게 되어, 尹琦燮과 金昌煥이 간신히 유지하더니 이듬해 기미 여름에 일본 육군사관학교 출신인 이청천(池大亨·보병중위), 金擎天(光瑞·기병중위), 신팔균 등이 교관으로 오게 되어 청년들이 다시 모이게 되고, '新興武官學校'라 개칭하였다.

교장 이시영, 敎成隊長 李靑天, 교관 吳光鮮, 申八均, 李範奭, 金擎天이 임명되었다. 1920년 8월까지 2천 수백 명의 졸업자를 내어 '신흥학교' 졸업자와 재학생으로 조직된 '신흥학우단'은 강력한 혁명청년의 결사로서 만주방면의 독립운동의 핵심으로 큰 공로를 남겼다.

尹世茸, 尹世復 형제와 李元植(東厦) 등이 奉天省 桓仁縣에 세운

'東昌學校'는 신흥학교와 더불어 쌍벽이었으나, 倭領事의 수단으로 중국관헌에 의하여 폐쇄되고, 金衡(永肅), 李克魯 등 교사도 추방되었던 것이다.

1920년 겨울, 남북만주에 대학살이 일어난 뒤 각지 독립단체는 교통불편과 연락불능으로 분산 활동하고 있었으니, 광복군의 제2영장(營長) 오동진(吳東振), 윤하진(尹河振), 장덕진(張德震) 등의 '광복군총영'(光復軍總營), 서로군정서(西路軍政署) 내의 소장파 현정경(玄正卿), 현익철(玄益哲), 이시설(李時說) 등의 '광한단'(光韓團 : 義興團), 편강열(片康烈), 승진(承震), 박성장(朴成章) 등의 '의성단'(義成團), 손극장(孫克章), 독고욱(獨孤旭), 이천민(李天民) 등의 '한교공회'(韓僑公會), 이종락(李鍾洛), 장소봉(張小峰), 김성주(金誠柱) 등의 '조선혁명군'(朝鮮革命軍)이 분산 활동하던 중요한 단체였다.

② 통의부 (統義府)
1922년 8월에 전기(前記) 한족회·독립단·광한단·대한국민단·청년단연합회·광복군총영 등 대표자가 환인현(桓仁縣)에 회합하여 단일단체인 '통군부'(統軍府)를 결성하고, 지방자치 행정기구와 군사기구의 체계를 갖추어 2개월 뒤에는 '통의부'(統義府)라 개칭하고 직제를 위원제로 하여 확장하였다.

위원장 蔡尙惠(후임 金東三), 민사위원 李雄海, 군사위원 李天民, 교육위원 金履大(뒤에 변절), 법무위원 玄正卿, 교통위원 康濟河, 재무위원 吳東振, 산업위원 李鍾乾
司令長 李天民(후임 申八均), 부관 鄭伊衡·金昌憲, 제1중대장 白狂雲(蔡燦), 제2중대장 崔錫淳, 제3중대장 崔志豐, 제4중대장 李奎星, 제5중대장 金鳴鳳(후임 鄭伊衡), 독립소대장 金宇根, 유격대 金昌龍·金錫夏·文學彬(뒤에 변절), 헌병대 金昌憲·宋憲, 군인 850명.

③ 의군부 (義軍府)

통의부로 통합된 8단(團) 9회(會) 중 독립단과 한족회 외에는 모두 연대도 얕고 지반과 실력도 적었으나, 통의부 직제와 인물배치에 불만을 갖게 되었다. 더욱이 당시 경무감으로 피선된 전덕원(全德元)은 국내 의병대장 최익현 휘하의 소모장(召募將)으로서 만주에 건너가 유림 의병계의 중진으로 큰 실력을 가졌었는데, 고집이 많아 신진과 잘 어울리지 않았고, 직위에 불평을 품고 취임치 않았다. 통의부 제 5 중대장 김명봉(金鳴鳳)과 부대장 조태빈(趙泰璸)이 통의부를 불신임한다는 혐의로 피살되고, 해(該) 중대무기가 압수되자 일부는 통의부를 이탈하여 '의군부'(義軍府)를 조직하였던 것이다. 의군부는 국내의 적 기관 파괴만을 목표로 하여 조직도 간략하였다.

> 총장 蔡尙憙, 군무총감 全德元, 정무총감 金平植, 재무총감 李炳基, 사령장 吳錫泳, 부관 康奎默, 사법부장 桂秋岡(聃), 제 1 중대 朴日楚, 司翰長 朴勝衍
> 통의부와 의군부가 이렇게 대립하였을 때, 만주의 실력부대로 일시 통의부 산하에 집결했던 5개 중대는 중립태도를 취하였다. 의군부는 1924년 각 군부대와 합류하여 임시정부 직할하의 '陸軍駐滿參議府'가 되었다.

④ 참의부 (參議府)

통의부와 의군부가 대립하여 알력이 심해지자 일대혼란이 일어나 항일 독립운동이 파탄에 직면하게 되었다. 이 난국을 타개하기 위하여 각지 교민유지들은 중앙의회를 열고, 의장 백시관(白時觀) 명의로 양 단체를 비난하는 성명서를 발표하는 동시 전기 1·2·3·5의 4개 중대가 통의부와 관계를 끊고, 백광운, 조능도, 박응백, 김원상, 조태빈 등 대표 5인을 상해에 파견하여 전말을 보고하고, 전 광복군사령부 계통을 계승하여 임시정부 직할하에 군단을 특설하게 되었으니 이를 '육군주만 참의부'(陸軍駐滿參議府)라 한다.

참의장 겸 제 1 중대장 白狂雲, 제 2 중대장 崔碩淳, 제 3 중대장 崔志豊, 제 4 중대장 金昌彬, 제 5 중대장 金蒼天, 독립소대장 許雲起, 훈련대장 朴應伯

중앙의회 의장 白時觀, 민사부장 金筱厦(張基礎).

1924년 겨울에 참의장 백광운이 文學彬 부하 白炳俊, 白世雨에게 참살되고, 참의장 겸 제 2 중대장에 최석순이 昇選되어 古馬嶺 山谷에서 군사회의중 왜경 楚山部隊의 습격으로 장시간 교전 끝에 간부 29명이 전사한 뒤 尹聖佐(世茸)를 참의장으로 하여 간부 개선이 있었고, 1927년 3월 윤성좌가 사임한 후 金承學이 참의장이 되어 직제 쇄신과 간부개편이 있었다.

⑤ 정의부 (正義府)

통의부에서 전기 1·2·3·5 중대가 이탈한 뒤 제 4 중대 이규성(李圭成) 부대만이 남아 있었는데, 얼마 후 홍경현(興京縣) 왕청문(旺淸門)에서 사령장 신팔균(申八均)과 보초병 유경열(劉景烈)이 마적에게 피살되어 통의부는 통일의 필요를 느끼고, 1925년 1월 길림주민회(吉林住民會·崔明洙), 의성단(義成團·承震), 광정단(匡正團·金虎),[33] 노동친목회(勞動親睦會·李承範), 자치회(自治會·尹河振), 고본계(固本契·辛亨奎), 대한독립군단(大韓獨立軍團·李章寧), 학우회(學友會·金鐵) 등을 망라하여 '정의부'(正義府)를 조직하고, 대규모의 행정기구를 확장하였다.

중앙집행위원장 李沰(만주사변 후 변절), 총무위원장 金履大(만주사변 후 변절), 군사위원장 李靑天, 재무위원장 吳東振, 민사위원장 金虎, 교육위원장 ○○○, 법무위원장 李震山, 외무감 玄益哲, 檢務監 崔明洙, 사령장 李靑天(후임 吳東振), 참모장 金東三, 사령부관 鄭伊衡, 軍刀 7개 중대

---

33) 匡正團은 1923년에 기존하던 독립운동단체인 興京團(長 金虎 등), 軍備團(長 尹德甫), 太極團(長 吳周煥), 광복단(金星極)이 통합하여 된 단체이다(《韓國獨立運動史》, 270쪽).

본부를 길림성(吉林省) 화전현(樺甸縣) 성내에 두고, 군사행동을 항구적으로 실시하기 위하여 관할지구 교포들의 경제기관과 문화기관을 설립하고, 장교 중 우수한 자를 운남(雲南)·광동(廣東)의 군관학교에 파견 유학시켰으며 교육기관으로 각 부락에 소학교를 설립하고, 초등교육을 의무적으로 실시하였으며 흥경현(興京縣)에 '화흥중학교'(化興中學校), 유하현(柳河縣)에 '동명중학교'(東明中學校)를 설립하였다. 화전에는 '화성의숙'(華成義塾·塾長 崔東旿)을 두어 혁명간부를 양성하였다.

국어·역사 등 소학 교과서의 인쇄 배부, 잡지 《戰友》와 《大東民報》의 발행, '農民組合'과 '農業公司'의 설립, 荒地 3천 晌의 매입 開畓으로 독립운동자의 안주 경작 등이 당시의 중요 업적이었다. 중국이 韓僑 구축령을 내렸을 때는 崔東旿를 북경에 보내어 교섭한 결과 한교 전부를 입적시키고, 印花稅(매호당 大洋 5元)를 면제케 하였다. 세금을 부과하고 무기를 구입하여 국내 진입 준비를 계속하였다.

⑥ 고려혁명당 (高麗革命黨)

통의부 말기와 정의부 초기에 만주의 독립운동이 핵심이 없는 산만한 조직임을 통탄하고, 정이형(鄭伊衡) 등이 조직한 당으로 정의부와 밀접한 관계를 가졌던 것이다. 정의부는 고려혁명당의 정치이념을 실현하는 행정기관이고, 그 군대는 고려혁명당의 당군(黨軍)이었다.

위원장 梁起鐸, 책임비서 李東求, 위원 玄正卿·吳東振·高轄信(후 변절)·李東洛·玄益哲·金鳳國·李圭豊·鄭伊衡·朱鎭壽·崔素水·李一心·郭鍾大

이규풍, 주진수, 최소수는 노령으로부터, 金鳳國, 李東洛(천도교 혁신파), 李東求, 宋憲(형평사)은 국내로부터 왔고, 그 외는 정의부계 인사이다. 당원 수는 정당원·준당원 합하여 1천 5백 명 가량이었다. 고려혁명당은 사회주의 사상에 공명하는 인사가 많아 외부에서는 공산당과 동일시하는 사람들이 많았으나, 노령에서 온 상해파 공산당 대표 宋寒石과 伊市派 공산당 대표 李雲漢의 입당 요청은 거절되었다. 그러나 마침내는 당 내부에 민족주의 대 공산주의의 알력이 露現되었으니 주진수, 이규풍 등 노령에서 온 이들이 민족주의를 가장하면서 내용으로는 소련의 지시 아래 민족주의 진영을 파괴하려는 모략임을 알게 된 민족주의 계통 인사는 인연을 끊고 말았고, 이어 중요 간부들이 검거 투옥됨으로써 당은 이름만 남게 되었으나 이 당의 만주 운동선상에 끼친 영향은 큰 바가 있었다.

　　吳東振 無期, 鄭伊衡 無期, 李元柱 8年, 李東洛・李東求・金鳳國 5年, 柳公三・宋憲・洪秉箕 3年, 張志弼・李東郁・吳承煥・徐光勳 1年

　　(以上은 《韓國獨立運動史》, 251~270쪽 ; 《高等警察要史》 등 다른 문헌과 대조 취합하여 개정 초록하였다.)

(2) 동북만(東北滿) 지방

1911년에 서일(徐一) 등이 두만강을 건너가 재거(再擧)를 기도하는 의병을 규합하여 '중광단'(重光團)이란 군단을 조직한 것이 동북만(東北滿) 지방 무장 독립운동의 효시가 되었다. 단장에 서일이 선임되고, 본영은 길림성 왕청현(汪淸縣)에 두었다. 중광단은 무기의 불비로 군사활동은 여의하지 못했고, 청년동지에 대한 정신교육에 치중하였다. 1918년에는 기미 독립선언에 앞서 여준(呂準), 정안립(鄭安立), 박성태(朴性泰), 박정익(朴政翊), 정신(鄭信), 유동열(柳東說), 신팔균(申八均), 김동삼(金東三), 손일민(孫一民), 김동평(金東平), 나우(羅愚), 서상용(徐相庸), 황상규(黃尙圭), 김좌진(金佐鎭), 서일(徐一) 등 39인의 서명으로 독립선언서를 발포하였고, 3·1 운동 뒤에는 서일, 계화(桂和), 채오(蔡五), 양오(梁五) 등은 중광단의 토대 위에 동북만에 산재한 대종교도(大倧敎徒)를 중심으로 '정의단'(正義團)을 조직하여 군사행동을 기도하였으나 아직도 무기를 준비하지 못하였다.

① 북로군정서(北路軍政署)

이 때 김좌진(金佐鎭)을 맞아 동년 8월 7일, 정의단을 개편하여 '군정부'(軍政府)를 조직하고, 본영을 길림성 왕청현(汪淸縣) 서대파구(西

大阪溝)에 두었으니, 이 곳은 국경이 가까운 밀림지대였다. 1차 대전시에 시베리아에 출병했던 체코 군대의 후의로 그 무기를 매입하여 경무장을 정비하였다. 동년 9월에 북로군정서(北路軍政署)라 개칭하고, 각처의 경찰사무와 정보연락을 주로 하는 경신분국(警信分局)과 기타 기관을 두었던 것이다.

  총재 徐一, 총사령관 金佐鎭, 참모장 李章寧, 사단장 金奎植, 여단장 崔海, 연대장 鄭勳, 研成隊長 李範奭, 경리 桂和, 길림분서 고문 尹復榮, 軍器감독 梁玄
  병력 500명, 장총 500정, 권총 40정, 기관총 3문, 탄환 100만 발, 군자금 10만원, 汪淸縣 十里坪에 단기 속성 사관학교로 士官鍊成所(소장 김좌진)를 설립하고, 동년 9월 제 1 회 졸업생 298명의 졸업식을 거행하였다.
  이 북로군정서는 노령·북만의 각 단체와 제휴하여 동북만주 독립운동의 중심지가 되었던 것이다. [34]

국민회
기미운동 직후 연길·화룡·왕청 삼현 대표가 모여 조직한 具春先, 姜九萬, 方雨龍, 金準根 등의 '東間島 國民會'(52支會)와 李明淳, 朴觀一 등의 '琿春大韓國民會'(支會 80여)의 합작, 후신으로 회원은 주로 기독교도였고, 상해 임시정부와도 연락하여 간도 또는 만주지방의 통일기관으로 자임하는 일대세력이었다. 근거지는 왕청현 志仁鄕, 회장 具春先, 고문 金奎燦, 총무 韓相愚 등이었다. 이 회의 武力隊 약 500명을 '大韓國民團'이라 불렀다.
광복단
유림계통 단원을 주로 한 復辟運動派로서 국민회와 대립되었다. 근거지는 왕청현 春明鄕, 단장 李範允, 간부 金聖倫, 金星極, 洪斗極, 黃云瑞 등이었고, 무장단원 300~400명이 연길현 방면에서 위세를 떨쳤다.

---

34) 《韓國獨立運動史》, 309~310쪽.

군무 도독부

軍務都督府는 광복단과 같은 儒敎徒 계통. 근거지는 왕청현 春華鄕, 총재 崔明祿(振東), 간부 朴英, 李春承, 李同春이다. 무장대원 약 700명으로 1919년 3월과 6월에 국경을 침입하였다.

의 민 단

義民團은 천주교도가 중심이 된 단체로서, 조직되자 곧 국민회와 연합하였다. 단장 方雨龍, 간부 金鍾憲, 許垠, 洪林 등이었다. 국내 무력침입을 목적으로 하는 무장대원 약 300명이 있었다.

대한 독립군

국민회와 제휴하여 한때 대세를 좌우하던 군대로서 대원 약 400명으로 다수의 무기를 가졌고, 총사령으로 전 의병대장 洪範圖 아래 간부 朱達, 朴景哲 등이 있었다. 근거지는 왕청현 鳳梧洞과 연길현 明月溝로 무관학교를 설립하기도 하였다(《高等警察要史》, 113~115쪽).

대한 정의 군정사

왜적과 국치 전부터 의병으로 항쟁하던 구한국의 군인과 의병들 중 入滿하여 삼림중에서 포수생활로 再擧의 날을 기다리던 사람들은 安圖縣 내 島山에서 3·1운동 직후 大韓正義團 臨時軍政司를 조직하고, 총재로 李圭를 선임하고, 간부 姜熹, 趙東植, 姜翼成 등 70여 명으로 세밀한 기구를 편성하였다. 그 본거지 도산은 함남 甲山과 함북 茂山에서 약 35리 되는 지점이었다. 이 '正義軍政司'는 1920년 8월 왜군의 兩挾작전을 치르고는 동 12월에 영안현에서 김좌진 부대와 이청천군과 합류하여 大韓義勇軍을 조직하였다.

의 군 부

義軍府는 1919년 4월에 동만 각지에 산재한 의병들로 조직된 군사단체로서 총재 李範允, 총사령 金鉉圭, 참모장 奉學新, 총무부장 崔友翼, 군사부장 金淸風 등으로 5개 대대를 거느렸다(1년 후엔 6개 대대).

② 대한독립군단 (大韓獨立軍團)

1920년 6월, 간도 국민회군의 통솔자 홍범도는 남만의 서로군정서의 통솔사 이정전과 안도현(安圖縣) 삼림지내에서 회견한 끝에 홍범도 부대 600명과 이청천 부대 400명이 합류하여 1개 부대를 편성하고, 총사령에 홍범도, 부사령에 이청천이 되었더니, 동년 9월 북로군정서가 청산리 대첩(大捷) 후 보급(補給)과 증원군을 못 얻어 곤경에 빠졌다는 보도를 듣고, 홍범도 부대는 백설을 헤치면서 밀산(密山)으로 이주하였고, 안무군(安武軍) 200명과 광복단도 같은 곳에 집결하였다. 그러나 이 곳도 오래 주둔할 수 없으매, 소만(蘇滿) 국경을 넘어 노령으로 가서 50만 동포와, 약소민족 해방을 부르짖는 소련정부 원조하에 군대의 개편과 무기의 보충을 받기로 하고, 먼저 각 군단의 고집을 버리고 통일하기로 하였다. 각 군단 수령회에서 통일한 '대한독립군단'(大韓獨立軍團)의 부서는 다음과 같다.

총재 徐一, 부총재 洪範圖·金佐鎭·曺成煥, 총사령 金奎植, 참모총장 李章寧, 여단장 李靑天, 제 1 중대장 金昌煥, 군인 3,500명 (3대대)
군대편성은 3개 대대를 두고, 1대대에 3중대, 1중대에 3소대를 두게 하니 총 27개 소대로 나누어지게 되었다. 중대장으로는 趙東植, 金擎天, 吳光鮮 등 명장이 많았다.
이 대한독립군단에 합작한 각 군사단체는 다음과 같다.
북로군정서 서일, 대한독립단 홍범도, 대한국민회 구춘선, 同 李明淳, 대한신민회 金聖培, 도독부 崔振東, 의군부 이범윤, 혈성단 金國礎, 野團(靑林敎) 金笑來, 대한정의군정사 ○○○.

③ 신민부 (新民府)

1924년 10월 남만의 각 단체가 통일하여 정의부가 조직되자 북만의 각 단체도 대동단결하여 세력을 증대하려고 하였다. 25년 길림성 목릉현(穆陵縣)에서 '독립군'(전 북로군정서), '독립군단', '중동선(中東線) 교육회', 지방구(地方區) 등이 모여 '적기단'(赤旗團)을 제외한 북만지방의 단체 대표자가 회합하여 '부여통일회의'(扶餘統一會議)를 개최한 결과, 동북만 소재 각 단체의 통일로서 '신민부'를 조직하였다. 당시의 본부는 중동선(中東線) 오길밀(烏吉密), 또는 소량하자(小亮河子)에 두고(그 후 同賓縣에 옮겼음), 기관지 《신민보》를 발간하고, 별동대 80명으로 자위 및 모연(募捐)에 종사케 하였다.

이 신민부는 김좌진 등이 청산리 전역(戰役) 후 노령으로 들어가 그곳에서 외국 무기를 구입하여 군대를 정비한 후 국내로 진입하려던 계획이 '흑하사변'(黑河事變)으로 여지없이 꺾어지자, 북만으로 되돌아와 재야 혁명자를 모아 전 북로군정서 정신을 계승한 단체였다(처음 韓族聯合會라 하다가 개칭한 것이다). 1925년 3월 10일 영안성(寧安城) 내에서 회의를 열고 정한 부서는 다음과 같다.

> 중앙집행위원장 金赫(學韶), 민사부 위원장 崔灝, 군사부 위원장 金佐鎭, 참모부 위원장 羅仲昭, 외교부 위원장 曹成煥, 외교부 길림성專林외교원 尹復榮(冑榮), 법무부 위원장 朴性泰, 경리부 위원장 兪政根, 교육부 위원장 許斌, 선전부 위원장 許聖默, 연락부 위원장 鄭信, 실업부 위원장 李一世, 심판원장 金墩.
>
> 총사령관 金佐鎭, 보안사령관 朴斗熙, 경사국장 李淵, 별동대장 文宇天, 제 1 대대장 白鍾烈, 제 2 대대장 吳祥世, 제 3 대대장 文宇天, 제 4 대대장 朱赫, 제 5 대대장 張宗哲, 군인(保安隊合) 530명.
>
> 신민부는 穆陵縣 小秋風에 城東士官學校를 설립하고, 연 2회 속성 교육을 시행하였다. 교장 金赫, 부교장 金佐鎭이었다. 신민부는 발족 직후 전 서로군정서 군사부장 黃學秀를 맞아 同府 중앙집행위원 겸 참모부 위원장으로 임명하여 활기를 띠었다.[35]

④ 국민부 (國民府)

정의부와 신민부가 한국독립당을 조직하기 위한 길림회의를 6개월 동안 계속하는 중, 참의부에서는 제 3 중대 전 간부 심용준(沈龍俊)과 군인 임병무(林炳武) 등이 중앙호위대장 차천리(車千里)를 살해하여 일대혼란이 일어났다. 이에 심(沈)·임(林) 일파는 개인 자격으로 정의부 협의파와 회합하여 국민부를 조직하였다.

---

35) 《韓國獨立運動史》, 323쪽.

중앙집행위원장 玄益哲, 민사위원장 金履大(후에 변절), 總經 張承彦, 외교 崔東旿, 군사 李雄(俊植), 교육 高而虛, 법무 玄正鄉, 교통 金墩, 중앙집행위원 金鎭浩·沈鶴俊·李一世·李東林·黃起龍·高轄信(후에 변절), 사령장 李雄, 제1중대장 梁世奉, 제2중대장 尹桓, 제3중대장 李泰馨, 제4중대장 金昌憲, 제5중대장 張喆鎬, 제6중대장 安鴻, 제7중대장 車用睦, 제8중대장 金保國, 중앙호위대장 文時映(李淳), 교통 劉承勳, 군인 12,000명.

국민부의 특수한 점은 주로 농민운동에 치중한 점이다. 경제운동에 의한 농민의 생활안정, 교육에 의한 농민의 지위향상, 쟁의운동을 통한 농민의 권익옹호가 그 중요한 점이다.

1929년 9월에는 국민부 주길(駐吉) 판사무실(辦事務室)에서 이탁(李沰) 이하 20여 명이 회합하여 '조선혁명당'(朝鮮革命黨)을 조직하였으니, 중앙위원 23인은 국민부 간부가 중핵을 차지하였고, 국민부와 조선혁명당은 자매기관으로 표리일체가 되었다.[36]

중앙책임비서 玄益哲, 정치부 玄正鄉, 군사부 李雄, 조직부 高而虛, 외교부 崔東旿, 재무부 張承彦, 교육부 金輔安, 선전부 高轄信, 정당원 3,500명, 준당원 2,000명.

玄正鄉은 공산주의로 기울어 1930년 국민부를 쿠데타로 뒤집으려다가 실패하여 도망하였고, 1931년에는 책임비서 현익철이 외교 교섭차 봉천에 갔다가 倭주구 鄭致琨의 밀고로 피검되었다. 이 조선혁명당군은 만주지방 무장 독립운동의 掉尾를 장식한 군대이다.

2) 무장 독립운동의 혈전

국민회 소속 군대 대한독립군은 총사령에 전 의병장 홍범도(洪範圖)였다. 왕청현 봉오동에 본영을 두고 다수의 무기를 구입하더니 홍범도

---

36) 《韓國獨立運動史》, 281쪽.

는 군인 200명으로 1개 부대를 편성하여 1919년 8월에 두만강을 건너 갑산(甲山)·혜산(惠山) 등지의 왜 병영을 습격하여 다대한 성과를 거두었다. 이에 자신을 얻은 그는 늦은 가을 다시 정예부대를 인솔하고 압록강을 건너 강계(江界) 만포진(滿浦鎭)을 함락하고, 자성(慈城)에서 3일 간 왜병과 교전하여 대승하였다. 이 전투에서 왜적의 사상자는 70명이요, 독립군측에는 사상자가 없었다. 이것이 의병 이래 독립군의 첫 승전이었다.

이 사실에 크게 놀란 왜 조선군사령부는 대병을 급파하여 압록강 연안을 엄중 경비하는 동시, 국경의 동포를 검거하여 악독한 고문을 하였다. 임시정부에서는 이 독립군의 교전사실을 확인키 위하여 동년 10월 26일 강계 8군(江界八郡) 임시교통국 참사 김응식(金應植)에게 약 40일 간의 출장을 명하였으니, 이 전투가 얼마나 감격적이었던가를 알 수 있다. 이를 계기로 군사행동에 동일보조를 취해 오던 최진동(崔振東) 등의 '도독부'(都督府)군 300명과 합류하니 명실공히 일대군단이 되었다.

> 개편 후 부서는 사령관 崔振東(明祿), 부관 安武, 연대장 洪範圖, 제1중대장 李千五, 제2중대장 姜尙模, 제3중대장 姜時範, 제4중대장 曹權植이며, 李園 부대가 군인 500명이었다. 왜 총독부 경무국 발표에 의하면 홍범도군의 穩城·茂山 등지 기습은 전후 8회라고 한다.

(1) 봉오동 전투

1920년에 왜 소좌 야스카와(安川)가 인솔한 조선군 제 19 사단의 1부대와 니노미 지로(新美二郞)가 인솔한 남양(南陽) 수비대 전원 약 1개 연대는 두만강을 건너 봉오동의 독립군 근거지를 공격해 왔었다. 6월 7일 발표한 아군의 공보(公報)에 의하면 동일 상오 7시에 동만에 주둔한 독립군 700명이 북로군정서 사령부 소재지인 왕청 봉오동을 향하여 행군하던 중 불의에 왜적을 조우하여 지휘관 홍범도와 최명록은 적을 공격하여 100여 명을 살상하고, 궤주(潰走)하는 적을 추격하여 목하 전투 중이라고 하였다. 적군사령부 발표에 의하면 "6월 4일부터 7일에 저(독립군)과 교전하여 아군(日) 사상자 25명, 손해가 불소(不少)하였고, 적 (독립군) 사상 12명"이라 했으니 아군의 전적이 어떠했다는 것을 찰지 (察知)할 수 있을 것이다.

6월 4일 오전 5시경 독립군 약 20명은 江陽洞에 진주하려다가 적 척 후와 충돌하였고, 적의 남양파견대 17명은 아군의 배후를 단절하여 아군은 일시 저항하다가 사방으로 퇴각하여 三屯子 지방을 포기하였 다. 이 전투에서 아군의 전사 1, 부상 2, 被擒 2명이었고, 소총 3, 탄환 445 기타를 잃었다. 6월 7일 오전 4시, 안산 북방 부락에서 약 20명의 아군은 적과 충돌하였고, 적은 오전 6시 30분 봉오동에 도착, 민가를 수색하였으나 이 때는 이미 사령부 지시로 老幼와 부녀자를 피란시키고, 완전한 임전태세를 취하였으므로 空家뿐이었다. 적 추격 대는 봉오동 부근 고지에서 아군의 복병에게 포위 사격을 당하였고, 표고 503고지에서 격렬한 항전이 있었다. 汪淸縣 烽火里에 주둔하던 독립군 100여 명은 6월 6일 상오에 국경을 넘어 잠입한 적군 500명과 교전하여 이를 대파한바 적의 死者 60, 傷者 50여를 내었다. 아군은 부상자 2명, 유탄에 맞은 촌민 死者 9명을 내었다. 아군의 대부분은 타방면에 출동중이었으므로 적을 전멸시키지 못하였다.

① 훈춘(琿春) 사건
3·1운동 후 많은 한국인이 만주로 건너가 독립군을 조직하고, 항일 무력전쟁을 전개하니, 항시 만주의 한국촌을 습격할 구실을 찾고 있던 일본군은 드디어 1920년 6월, 만주의 중국인 마적단을 매수하여 그 수 령 장강호(長江好)로 하여금 한국인이 많이 살고 있는 간도의 훈춘현 (琿春縣)을 습격케 하였다. 장강호는 전에도 한국 독립운동자들을 체 포, 학살한 일이 있는 자로서, 9월 25일 400명의 마적을 이끌고 훈춘 북방 번자구(藩子溝)에 나타나더니 10월 2일 새벽에 훈춘성(琿春城)을 습격했다. 이 때 장강호는 다른 한떼의 마적을 불러 합세하여 훈춘을 공략하였는데 성을 지키던 중국병 70명과 한국 독립군 2명이 전사했다. 이곳 일본 영사관 관원과 경찰들은 미리 마적단과의 내통이 있었으므

로 대체로 피해가 없었으나 장강호의 부하가 아닌 일부 마적들이 일본 영사관을 습격하고, 그곳에 있던 함북 경찰부 파견 경부 시부야(澁谷)의 가족 등 부녀자 9명을 살해하였다. 이 사건을 구실로 하여 일본군은 중국당국과 하등 연락도 없이 미리 대기시켰던 나남사단(羅南師團)과 함북 경찰부 파견대를 출동시켜 10월 5일 훈춘에 도달했다. 그러나 이들은 마적 토벌은 하지 않고 당초에 목적했던 대로 한국 독립운동자 및 그 가족을 색출, 학살하는 만행에 착수하여 한민회와 독립단의 조직을 파괴하고, 살인·방화 등 갖은 잔학한 행위를 다하였으니, 이 사건을 필두로 하여 일본군의 만주 한교(韓僑) 학살행위가 그치지 않고 자행되었다.

(2) 청산리 싸움

우리 무장(武裝) 독립운동사상에 가장 빛나는 전과를 올린 대첩은 청산리 싸움이다. 1920년 8월 하순, 러시아군의 포로 체코 병대(兵隊)를 구출한다는 구실로 시베리아에 출병했던 일본군 제 14 사단과 13사단 일부가 장고봉(張鼓峯)을 거쳐 남하하고, 나남(羅南)의 제 21 사단이 도문강(圖們江)을 건너 북상했으며, 만철(滿鐵) 수비대가 송화강을 건너 서진했다. 이 3면의 협공의 목표는 왕청현(汪淸縣) 서대파(西大坡) 김좌진 장군 영도하의 북로군정서의 주력부대가 주둔한 곳이었다.

당시 우리 독립군은 국내로부터 망명해 오는 청년들이 격증해서 공전의 병력을 가진데다가 체코군으로부터 사들인 소포·중기관총·일식(日式) 노식(露式) 보총(步銃)·수류탄에 80만 발의 흡족한 병기를 마련했을 때였다. 훈춘 영사관을 습격하여 얻은 정보로 일본의 대토벌작전을 알고 있었고, 중국의 대일관계에 있어 난처한 입장을 고려해서 길림의 근거지를 떠나 장백산으로 입산, 낭림산맥을 타고 본토 게릴라전을 펼칠 계획이었다. 그러나 이 3면 협공 앞의 조우전(遭遇戰)은 불가피하게 되었던 것이다.

이리하여 우리 독립군은 2,500의 병력으로 5만의 일본군을 상대하여 피의 항쟁을 터뜨림으로써 적의 전위 주력 3,300을 섬멸하고 감격의 개가를 올렸던 것이다.

600명의 士官鍊成生을 비롯하여 의병과 구한국병 1,500명으로 편성
된 전투대대인 제2제대(이범석 장군 지휘)와 비전투 요원 1,000여 명
으로 된 제1제대(김좌진 총사령관 겸임 지휘)는 대이동을 감행하였
다. 기병대가 앞서고, 보병대가 가운데에 180량의 輜重大車가 각기
네 마리의 만주 준마에 끌려 뒤따랐다. 三道溝라고도 불리는 和龍縣
青山里에 이르러 적을 기다리고 있었다. 장장 80리의 골짜기요, 2,
30丈의 밀림이 自然城에 길이 넘게 쌓인 낙엽은 그대로 포근한 침상
이었다. 이 청산리 골짜기를 향해 쳐들어오는 한 줄기 병력이 있었다.
步・騎・砲・工의 1만 혼성여단으로서 9만 대군의 전위부대라는 것이
다. 우리 독립군은 전투제대를 白雲坪로 진출시켜 3면에 유격포진하
고 대전의 전야를 맞았던 것이다.

9월 10일 새벽 5시, 우진(李敏華 지휘), 좌진(韓根涼 지휘), 중우
진(金勳 지휘), 중좌진(李馭成 지휘)의 기습포진을 펴고, 200발씩의
총탄을 나누어 주었다. 적의 척후가 나타나 식은 말똥을 만져 보고,
아군이 이 백운평을 지나간 것이 오래 된 것으로 오인하고, 소좌 전위
사령을 선두로 기마대가 이 함정 속에 걸어 들어오고 있었다. 그러나
아군은 그 전위여단이 그 함정 속으로 다 들어올 때까지 침묵을 지키
고 있었다. 이윽고 이범석이 쏜 短銃彈이 전위사령의 심장을 뚫자 피
와 불과 비명과 함성이 백운평을 물들이고, 장백산맥을 메아리쳐 나
갔다. 사쿠라 꽃은 무더기로 져 갔다.

적의 주력부대가 3차로 몰려들었을 때 地勢가 불리해졌다. 누군가
가 작전상 후퇴라는 날조지령을 퍼뜨렸다. 이범석은 그 유명한 督戰
연설을 하며, 두 銃口가 조국의 눈이라고 전진을 명령했다. 병사들은
逆進했다. 田兵士, 池龍浩, 姜渭 이 세 사람의 10대 소년병사는 단신
으로 적진에 뛰어들어 공을 세우고 전사함으로써 아군측 사상 20명
속의 가냘픈 꽃으로 피었던 것이다.

이 싸움에서 2,200병력의 사망으로 일본 戰史에 드물게 보는 타격
을 받은 왜군은 전열을 가다듬고 장기항쟁에 들어갔다. 아군의 주력
부대가 그대로 백운평에 있는 것으로 가장하고, 제1제대, 제2제대

순으로 甲山村에 후퇴, 泉水坪의 왜군을 기습하는, 하룻밤 160리의 강행작전을 세웠다. 島田이 지휘하는 120 기병중대가 韓僑村인 泉水坪에 있다는 정보를 확인하고, 퇴로인 馬鹿溝鞍部를 막고, 남 북 동의 고지에 병력을 배치한 다음, 집단병력과 馬舍에 화력을 퍼부어 중대장 島田 이하를 전멸시키고, 도망친 자는 겨우 넷, 여기서 島田이 加納 연대장에게 보내는 정보서한을 입수하여 19사단의 기선을 제하고, 유리한 고지를 점령하여 2만 사단 병력을 2천 병력으로 이겨내는 기적전을 벌인 것이다. 김좌진 사령관의 군모가 火風에 날아가고, 이범석 대장의 군도가 총탄에 두 동강이 난 이 싸움은 만 2주야에 걸쳐 우리 90 병사의 목숨으로 적의 加納 연대장을 비롯한 1,000여의 목숨과 바꾸고 끝이 났다.

　청산리 싸움은 이와 같이 白雲坪과 泉水坪과 馬鹿溝의 3차의 싸움을 통칭하는 것이다. 5만 병력을 2,500으로 맞아 3,300을 죽인 대첩이었다. 이 싸움에서 기관총대장 崔麟杰은 자기 몸을 기관총에 묶고 싸우다가 전사했고, 마흔 네 살의 노병으로 구한국시대의 상등병을 자랑하던 韓上等은 속전을 고집하고, 전우의 시체를 두드리며 일어나 250발의 총탄을 난사하며 산림 속으로 들어간 채 다시 돌아오지 않았다(이범석, 《民族의 憤怒》 참조).

(3) 만주 대학살 사건

봉오동·청산리 싸움에서 무참히도 참패를 당한 왜적은 그 보복으로 전만주에 걸쳐서 우리 동포에게 무자비한 학살을 자행하였다. 훈춘사건을 전후한 한인(韓人) 대학살사건의 작전과 동시에 시베리아에서 남하하는 일본군대와 나남(羅南)에서 북상하는 일본군대가 도중의 한인부락을 대수사하여 청년은 보는 대로 사살하고, 가옥은 닥치는 대로 방화하여 대참살 만행은 극도에 이르렀던 것이다.

북로군정서를 위시하여 전독립군 단체는 그 이상 싸우지 않고, 교포의 참살 구실을 피하기 위하여 소(蘇)·만(滿) 국경인 밀산(密山)으로 이동하였으나 방비없는 한인부락을 왜적들은 차별없이 습격하여 쏘아 죽이고, 때려 죽이고, 차서 죽이고, 생매(生埋)하고, 끓는 물에 넣고,

불에 소살(燒殺)하고, 눈을 빼고, 허리를 자르고, 수족을 절단하는 등 사람으로서는 차마 하지 못할 온갖 짓을 다 하였다. 용정촌(龍井村)에서 40리 가량 떨어져 있는 한 부락은 왜군이 야간에 습격하여 청년을 모조리 죽였으니 밤마다 사자(死者)가 2, 3명씩 되었다. 이는 1920년 10월의 일이었다.

당시의 참사는 축성(築城)에 있던 미국인 장로교 선교사 마틴의 수기에 의하면 대략 다음과 같다.

"10월 31일 연기가 자욱한 瓚拉巴威村에 가 보았다. 사흘 전 새벽, 무장 1개 대대가 이 예수교 마을을 포위하고 남자라면 老幼를 막론하고 끌어내어 패 죽이고, 못다 죽으면 타오르는 집이나 짚더미에 던져 타 죽게 했다. 이 상황을 울지도 못하고 바라보고 있어야만 했던 그들의 아내와 어머니들 가운데에는 땅바닥을 긁어 손톱이 뒤집힌 이도 있었다. 사흘을 타고도 못다 탄 잿더미 속에서 한 노인의 시체가 나왔는데, 몸에 총구멍이 세 군데나 있었고, 몸은 벌써 그을려져 목이 새 모가지만큼 붙어 있었다. 또 半燒한 열아홉 채의 집을 돌아다녀 보니 할머니와 며느리들이 잿더미 속에서 못다 탄 살덩이와 부서진 뼈를 줍고 있는 것을 보고 나는 하느님에게 기도를 드렸다. 나는 잿더미 속에서 시체 하나를 끌어내어 동강이 난 팔다리를 제자리에 주워 모은 다음 사진을 찍었다. 어찌나 분했던지 사진기를 고정시킬 수가 없어 네 번이나 고쳐 찍었다."

이것은 그의 수기의 한 대목이다. 마틴에 의하면 자기가 본 이같은 참상이 36개 마을에 이르렀으며, 피살자는 140명이라고 써 놓고 있다. 또 노루마우村에서 한국인 시체가 타는 불을 3주야 기도로써 지켜보았다는 선교사 호다의 수기는 처절하기 이를 데 없다.

"내가 11월 4일에 노루마우촌에 갔을 때 村人은 나에게 다음과 같이 말해 주었다. 10월 30일에 왜병이 습격하여 31명이 살고 있는 촌락을 방화하고 총격하였다고 하며, 나도 가옥 9채와 교회당과 학교가 잿더미가 된 것을 보고, 그 말이 사실과 상부함을 알았다. 또 11월 1일에는 왜군 17명과 왜경 2명과 한인경찰 1인이 이 촌에 와서 남자를 모조

리 끌어내다가 죽인 후, 死者의 妻를 불러내어 사자의 경력을 말하라
고 고문하였고, 그 다음에 촌락 全民을 모아서 한바탕 연설한 후, 외
국인 선교사가 이 곳에 온 일이 있는가를 물었다. 또 벌써 죽여 버린
시체를 촌인을 시켜 한 곳에 모아 놓고, 그 시체에 연료를 덮어 불태
워서 재로 만들어 없이해 버렸다."

이런 비참한 사실은 남만주에도 계속되었다. 10월 23일에는 왜군
500명의 보병이 기관총과 야전포를 가지고 봉천을 출발하여 29일에 흥
경현(興京縣)에 이르러 흥경 부근의 한인에게 31일 국경일에 흥경으로
모이라고 명하였다. 그리고 당일 소집에 응하여 온 사람 중에서 황신내
(黃新內) 교회당 간부 9명을 구금하였다가 암살하였다. 이 곳 각 촌락
은 물론이려니와 왕청(汪淸)·동대파자(東大破子)·대황구(大荒溝)·탁
반구(托盤溝) 등의 피해는 더 많아, 남녀를 물론하고 사살 혹은 생매
(生埋)하여 수백호의 한인부락에서 겨우 10여 명이 도망하였을 뿐이다.

(4) 흑하 사변

1920년 청산리 싸움이 있은 후 일본군의 대부대들이 만주 전역에 걸
쳐 강력한 보복작전을 전개하므로, 재만(在滿) 한국독립군 부대들은 일
제히 흑룡강가 북만(北滿) 국경지대로 집결했다. 북로군정서·대한독립
단·간도국민회·대한신민회·의군부·혈성단·광복단·도독부·야단
(野團)·대한정의군정사 등 국경지대에 모인 10개 독립군 부대는 이해
12월, 대한독립군단(大韓獨立軍團)으로 통합되어 총재에 서일, 부총재
에 김좌진, 홍범도, 조성환, 총사령에 김규식, 참모총장에 이장녕, 여
단장에 이청천이 취임, 행동 통일을 결의했다.

1921년 1월 대한독립군단은 흑룡강을 건너 노령 자유시 시라프스케
일대에 주둔, 레닌 정권의 치타 지방정부와 협정을 맺어 독립군의 실력
양성을 꾀하였다. 무기와 물질의 원조를 위하여 때로는 백계군(白系軍)
토벌작전에도 종군하면서 고려혁명군 사관학교를 설립, 이청천이 교장
이 되어 유능한 청년사관의 양성에 착수하기도 했다. 그러나 이 해에

소련의 지방정부인 치타정부 대표 카라한과 일본 공사 요시자와(芳澤)가 중국 북경에서 캄차카반도 연안의 어업권에 관한 협정을 맺었는데, 이 자리에서 요시자와는 카라한에게 '소련 영토 안에서 일본에 대적하는 한국 독립군을 육성하면 양국간의 우호관계에 큰 지장을 초래할 것'이라고 위협하니, 혁명 후 국력이 쇠약한 소련은 일본과의 불화를 경계하여 한국 독립군의 무장을 해제시키겠다고 약속하였다.

이로 인하여 이 해 6월 22일 '이만' 일대의 한국 독립군은 소련군으로부터 무조건 무장해제의 통고를 받게 되었다. 이에 한국 독립군은 '피압박 민족의 해방을 위해 투쟁한다'는 레닌 정권의 허울 좋은 구호를 지적하여 강력히 항의했으나, 6월 28일 이미 소련군은 2중으로 독립군을 포위하고 각종 대포와 중기관총으로 공격하여 왔다. 이 싸움에서 한국 독립군은 최후의 1인까지 민족적 절의를 위해 사투할 결의를 가지고 결사적 항쟁을 감행한 결과 전사자 272명, 피포자(被捕者) 917명, 행방불명자 250명, 익사자 31명을 내고, 흑룡강을 건너 다시 만주로 돌아왔다.

이 참변은 독립군이 겪은 가장 큰 희생이었다. 이 때 독립군 사령관이며 고려혁명군 사관학교장이던 이청천은 적에게 잡히어 투옥되었으며, 그 외의 피포자들은 이르쿠츠크의 감옥에서 사형을 당하기도 하고, 북방 시베리아의 강제노동장으로 끌려가기도 했다. 그 뒤 상해 임시정부와 각 애국단체가 소련 정부에 강력한 항의를 제출하자, 레닌은 외국 혁명가를 임의로 처형할 수 없는 국제법상의 관례에 의해 이청천을 석방하여 보냈다.

(5) 고마령 참변

임시정부 육군 주만(駐滿) 참의부는 국내 파괴공작에 대한 작전계획을 협의하기 위하여 집안현(輯安縣) 고마령(古馬嶺) 산곡에서 군사회의를 개최하던 중 이를 탐지한 초산(楚山) 경찰서는 경부보(警部補) 미즈노(水野宅三郎)의 지휘하에 경찰대 65명과 초산주둔대 120명이 혼합하여 한인 순사부장 고피득(高彼得)과 밀정 이죽파(李竹坡) 외 1명을 선도로 하여 수비대는 압록강 북안에 매복하고, 경찰대는 6개 분대로 나누어 1925년 3월 20일 새벽에 고마령에 도착하여 참의부 회의처를 포위 공격하였다.

불의의 습격을 받은 아군은 황망히 응전하여 장시간 교전 끝에 참의장 최석순(崔碩淳)은 소대장 최항신(崔恒信), 2중대장 전창희(田昌禧)와 함께 포위망을 돌파하기 위하여 적지휘관 미즈노(水野)와 고피득(高彼得) 분대를 상대로 육탄전을 감행하였으나 지세의 불리와 중과부적으로 성공치 못하고, 최석순, 전창희, 최항신, 전덕명(全德明), 안정길(安貞吉), 김용무(金用武), 김학송(金鶴松), 반창병(潘昌炳), 최길성(崔吉星), 백명호(白明浩), 장경환(張鏡煥) 등 29명이 장렬한 전사를 하였다. 제 1 중대 소대장 전세용(田世用)은 총탄 14발을 맞고 김우일(金宇一), 고영소(高永素)와 함께 시체 중에서 소생하였고, 고문 홍주(洪疇)는 각종 서류와 무기를 소각하다가 체포되어 신의주에서 5년형을 받았던 것이다.

이 古馬嶺은 압록강에서 60리 지점이며, 남만항일 무장운동사상 최대의 참변이 이 사변이다.

3) 미쓰야(三矢) 협약과 독립군의 타격

남북만주에 우리의 무장 독립운동이 활발하게 전개되자, 적은 조선통치에 막대한 지장이 있다 하여 중국 중앙정부와 동 3성(東三省) 정권에 대하여 한국 독립운동자 탄압에 대한 여러 가지 교섭을 시도하였다. 1925년 6월 11일 왜 조선총독부 경무국장 미쓰야 미야마쓰(三矢宮松)와 중국 동 3성 정권 수반 장작림(張作霖)의 사이에 재만한인(在滿韓人) 취체(取締)를 위한 협약이 성립되었으니, 이것이 이른바 '미쓰야 협약'(三矢協約)이란 것이다.

이 협약에는 한인 독립운동자를 체포하면 반드시 일본영사관으로 넘겨줄 것과 넘겨받는 대가로 상금을 지불하되 그 상금 중 일부는 체포한 관리에게 분배한다는 조건이 있었기 때문에 중국관리들은 이것을 기화로 하여 독립군 체포에 전력을 경주하게 되니 독립군은 물론이요 일반 농민들까지 안심하고 살 수가 없었다.

천마산대(天摩山隊) 사령장 최시흥(崔時興)도 국내로부터 도만(渡滿) 하다가 임강현(臨江縣)에서 만주토군에게 잡혀 봉천으로 이송되고 마침 내 평양에서 교수의 참형을 받았다. 미쓰야 협약 이래 이와 같은 사건은 매년 증가하여 많은 독립운동자들이 토군(土軍)에게 잡히어 국내로 돌아와 사형 또는 무기, 유기의 참형을 받았던 것이다.

독립군이나 독립군이 아닌 농민일지라도 재산이 탐나거나 제 감정에 거슬리는 점이 있으면 숨겨 놓은 독립군을 내놓으라 협박한 끝에 작도로 목을 끊어 가지고 가서 독립군을 잡아왔다고 상금 20원(元)을 받아 먹는 것이었다. 그러나 우리 독립군은 항상 중국 토군에 대하여 양보하고 피하였다. 그것은 첫째 중국인의 감정을 건드리고는 만주에서 발을 붙일 수가 없기 때문이요, 그들은 남에게 이용이 될 뿐 그것을 조종하는 자가 왜적임을 알기 때문이었다. 그리하여 독립군은 이 미쓰야 협약 때문에 토군을 피하느라고 백주행군을 못 하고 매양 야간행군을 하게 되었던 것이다.

(1) 길림 대검거 사건

1927년 봄에 안창호는 상해를 출발하여 산서성(山西省)에서 염석산(閻錫山)의 부하 군인 이기석(李基錫 : 한인)을 대동하고 북경을 경유 만주에 와서 길림 조양문외(朝陽門外) 대동공창(大東工廠)에서 나석주(羅錫疇) 의사의 추도회를 열고, 겸하여 민족운동의 장래에 대한 대강연회를 열었다. 정의부 간부·각 장성·각 단체의 간부·지방유지 등 500여명의 청중이 참집하였다. 이 정보를 탐지한 왜 총독부 첩보원은 총독부에 타전하여 왜 총독부 경무국의 구니토모(國友) 등 기타 요원이 평북 경찰국의 모근○(車根○), 김덕기(金悳基) 등을 대동하고 봉천에 와서 중국 헌병사령관 양우정(楊宇霆)에게 교섭하되 조선 공산주의자 수백명이 길림에 집회했으니 이를 체포하여 달라고 요청하였다.

양(楊)은 헌병을 길림 독군서(督軍署)에 파견하여 체포하라는 공문을 전달하매, 길림 독군서는 한교(韓僑)의 가택을 일제 수색하는 동시에 대동공창을 습격하여 안창호 이하 300여 인을 경찰청에 수금(囚禁)하였다. 구니토모 등은 수금자 중에서 독립운동자를 골라 달라고 길림 왜 영사관에 요청했으나 왜 영사는 사전에 상의가 없었다 해서 거부하므로, 김덕기(金悳基)를 감정자로 하여 안창호 이하 50인을 골라 감금하고 나머지는 석방하였던 것이다.

중국 경찰청장에 대하여 그 50인의 인도를 교섭하였으나 청장은 상부의 명령으로 체포했을 따름이요, 인도하는 것은 交涉署의 권한이라 하여 거부하였다. 또 교섭서장은 교섭상대가 일본 영사관이요, 조선 총독부의 교섭에 응할 수 없다고 거절하였다. 國友 등은 북경으로 가서 왜 공사 芳澤에게 의뢰하여 당시의 대원수 장작림에게 교섭하니, 지방의 사소한 일을 왜 중앙정부에까지 시끄럽게 구느냐고 일언으로 거부하였다.

이러는 동안에 李基錫은 閻錫山에게 電告하여 피금된 사유를 말하고, 구출을 청하고 정의부의 남은 간부들은 상해 임정에 타전하여 북경정부와 吉林 督軍署에 정식으로 항의하여 석방을 요구하였다. 閻錫山도 길림 독군 張作相에게 타전하여 李基錫은 자기 부하인데 공비 운운은 무슨 근거냐고 즉시 석방을 요구하였다.

이 일이 신문에 보도되어 중국의 각 정계·사회단체·학생층까지도 외국 혁명운동자를 감금 내지 인도한다는 것은 국가의 수치라고 적극 반대하는 전보가 북경 정부와 길림 독군서에 답지하였다. 이 문제가 이렇게 확대되자 장작상(張作相)은 장작림(張作霖)의 내락을 얻어 중국인의 보증을 받고 보름 만에 전부 석방하였다.

이 일에 대하여 끝까지 각 방면으로 노력한 이는 당시 길림성 교섭서와 기타 여러 기관에 요직으로 재임하는 吳仁華(본명 尹亨植)와 崔萬榮, 金一秉, 金基豐 등의 교포였다. 그 후 한 달 만에 전기 석방된 인사를 다시 감금하라는 지시가 북경정부로부터 길림 독군서에 오게 되어 독립군 운동자들은 吳仁華의 예고로 전부 피신하고 보증인 崔萬榮, 金一秉, 金基豐은 독립군을 출두케 안 한다는 책임문제로 감금되어 1년여의 옥중생활을 하였던 것이다.

4) 군사단체의 통일운동

남북만주의 독립운동의 이합(離合)은 대체로 남만의 '참의부'(參議府)와 '정의부'(正義府)와 북만의 '신민부'(新民府)로 3대분되어 있었다. 이 세 단체의 통합에 대한 모색과 논의가 마침내 1927년 8월 하순 길림에서 대표자 300여 인이 회합하여 여러 달 동안 3부 통일에 대한 구체안을 협의하던 중 상해에서 온 안창호 이하 전원이 중국 관헌에게 피체되었다가 전원 석방된 일이 있어 통합운동은 박차를 가하게 되었다.

이 때 정의부 안에는 '促成會派'와 '協議會派'가 대립하여 촉성회측 중앙집행위원 이청천, 李鍾乾, 崔明洙, 金元植, 李圭東, 金尙德, 金東三 등이 정의부를 탈퇴하였고, 신민부는 '軍政派'와 '民政派'가 대립하여 그 대표권 문제로 김좌진, 黃學秀 등 군정파가 사실상 이탈하게 되었다. 참의부도 2파로 분열하여 金希山 등 주력은 촉성회를 지지하고 沈龍俊 일파는 협의회를 지지하게 되었다.
이리하여 3부 통일 민족유일당(大獨立黨) 조직운동은 다시 양분되었으니 정의부 잔류파(玄益哲, 李雄, 金履大 등)와 신민부 민정파(宋尙夏, 獨孤岳 등), 참의부 沈龍俊파(沈, 李虎 등) 곧 협의회계는 통합하여 3부 통일운동으로서 새로 '國民府'를 창설하고 正·參·新 3부를 해체하였고, 정의부 탈퇴파(이청천, 김동삼 등)와 참의부 주력파(김희산, 金筱夏 등)와 신민부 군정파(김좌진, 황학수 등)의 촉성회계는 '在滿 唯一黨 策進會'를 조직하였다.
한편 청년운동(共産)·단일당 조직운동·'駐中國韓人靑年同盟'은 촉성회(策進會)를 지지하고, '南滿韓人靑年總同盟'은 협의회(國民府)를 지지하였다. [37]

---

37) 《高等警察要史》, 120~128쪽.

이리하여 3부 통일운동은 다시 길림성에서 대표자회의를 열고, 참의부 대표로 김승학(金承學), 김소하(金筱夏), 박창식(朴昌植), 신민부 대표로 김좌진, 황학수, 정신(鄭信), 정의부 대표로 김동삼, 이청천, 이관일(李寬一), 동만(東滿)교민 대표로 전성호(全盛鎬), 김동진(金東鎭), 북만(北滿)교민 대표로 이응서(李應瑞), 상해 임시정부측으로 홍진(洪震), 주중청총(駐中靑總) 대표로 김상덕(金尙德) 등 25명의 대표가 회합하여 4, 5개월 간 신중한 협의를 거쳐서 이론체계와 조직체계를 완전 정비하여 표면 자치체와 이면 핵심기구로 나누고, 전자를 '군민의회'(軍民議會), 후자를 '한국독립당'(韓國獨立黨)이라 하여 독립운동의 최고지도권을 가지게 하고, 각부에 소속되었던 군대는 정수분자를 택하여 독립당군(獨立黨軍)으로 재편성하였다.[38]

      軍民議會위원장 김동삼,
        부위원장 홍 진, 비서 이응서
        군무위원 이청천, 김좌진, 황학수, 박창식, 전성호
        민사위원 김승학, 김소하, 김동진, 정 신, 이관일
        군   대 15,000명
      韓國獨立黨 최고간부 김동삼, 김승학, 김좌진, 홍 진, 전성호,
                          김상덕, 이응서

5) 한중연합군의 결성

앞서 남북만주의 3대 무장 독립운동단체인 참의부와 정의부와 신민부는 통합하여 군민의회(軍民議會)를 조직하고, 그 핵심 지도기관으로 한국독립당을 결성하였으며, 각부 소속 군대의 정수를 뽑아 독립당군(獨立黨軍)을 편성하였거니와, 회의 완료 후 귀도(歸途)에 오른 위원장 김동삼 등이 왜경에게 피체(被逮)되고, 다음해 봄에 김좌진 등이 공산주의로 전향한 부하에게 피살되어 한국독립당군은 재기불능의 곤경에

---

38) 《韓國獨立運動史》, 274~275쪽.

빠지게 되었다.

그러나 이청천, 홍진, 황학수, 신숙(申肅), 이장녕(李章寧), 조경한(趙擎韓), 최악(崔岳) 등은 용기를 내어 다시 북만에서 당세를 확장하였다. 때는 만주사변에 의하여 만주국이 생기고, 왜적은 관동군과 만주국군을 동원하여 대규모로 중국 반만군(反滿軍)·한국 독립군과 싸우던 때여서 종래의 분산적이요 소규모이던 유격전만으로는 도저히 적을 당해낼 수가 없었으므로 각부에 소속된 대소 부대를 총집결하는 한편, 당시 중국 호로군(護路軍) 사령관 겸 길림성 자위군 총지휘관 정초(丁超)와 협의하여 한·중 양국군의 연합으로 토일군(討日軍)을 조직하여 도처에서 일·만군(日·滿軍)을 요격하여 다대한 전과를 거두었다.

1932년 2월 12일, 日·滿 양군의 대부대는 공군 엄호하에 中東 沿線에 진격하여 왔으므로 한·중 연합군은 이를 요격하여 善戰했으나 식량과 탄약보급의 不如意로 후퇴했고, 총사령 이청천은 참모장 신숙과 더불어 親率부대를 지휘하여 同賓縣에서 激戰했으나 전세 불리하여 흑룡강 通河縣으로 퇴각하였다. 별동대장 安鍾宣은 중국 제3 護路軍 考鳳林 부대와 공동작전으로 3월 30일 阿城을 탈환했으며, 제3 대대장 車澈, 제4 대대장 池相奇, 제5 대대장 全北賓 등 부대는 중국 자위군·호로군 연합부대의 제3 대대장 劉志光, 제4 대대장 宮英武 부대와 더불어 月餘 동안 항전하다가 一面波 이북 진지로 후퇴하였다. 이 전투에서 敗散한 我부대는 적군의 긴밀한 경비망 때문에 2개월 동안이나 상호간 연락이 두절되었다. 동년 3월 2일에 雙城縣에서 제3 支黨 간부와 장교들이 비상연석회의를 열어 각지에 산재한 독립당군을 다시 집결시키고, 鄭藍田을 흑룡강성 총사령부에 보내어 아군의 후방 情形을 전달하였고, 李圭輔, 趙擎韓, 李鍾宣으로 하여금 阿城縣 永發屯에 있는 중국군 사령관 考鳳林과 참모장 趙麟을 찾아보고, 한·중군의 계속 합작을 굳게 약속하였다. 독립당군 수습운동은 순조로이 진행되어 청년군인들이 운집하였고, 金昌煥을 총사령 대리로 추대하여 전부대를 지휘 훈련하는 동시에 여가에는 농사를 조력하는 등 대민중 공작에도 유의하였다.

(1) 쌍성보(雙城堡) 전투

1932년 8월에 독립당군 3,000명은 중국군 25,000명의 연립으로 합이빈(哈爾賓)을 공격할 계획을 세웠으나 불행히 동월 9일에 아성현(阿城縣) 전투에서 의용군 이해기(李海起) 부대가 패전한 까닭에 아성현 납림장(拉林場)에 퇴각하여 협의한 끝에 고봉림(考鳳林) 부대와 합작하여 쌍성보(雙城堡)를 공격하기로 되었다. 쌍성보는 합장선(哈長線) 요지이며 중요 산물의 집산지이므로 전략적 가치가 큰 곳이다.

9월 3일에 총사령 이청천이 흑룡강에서 1개 부대를 인솔 내도하여 군대를 재정리하고 김창환(金昌煥)을 부사령으로 하여 9월 19일에 쌍성보를 향하여 진공을 개시하였다. 만주국 군대의 산만한 저항을 물리치면서 3일 간 200여 리를 전진하여 쌍성 남방 5리쯤에 있는 소성자(小城子)에서 고봉림 군대와 만나 작전계획을 세운 결과, 고봉림 부대는 쌍성의 동남 양문으로 진격하고, 독립군은 서문으로 진격하기로 하였다. 서문 안에서는 만주군 3여단이 완강히 저항했으나 독립당군의 맹렬한 공격에 못 견디어 북문으로 패퇴하는 것을 미리 매복하고 있던 의용군 홍창대(紅槍隊)가 거의 섬멸시켰다. 이 전투에서 획득한 물자는 3만 군대를 3개월 동안 유지할 수 있는 것이었다. 주력부대는 적의 탈환작전을 고려하여 약 50리 밖 중가둔(中家屯)에 퇴진하였다. 적군은 과연 대부대로서 쌍성을 공격하여 왔는데, 마침 우군인 중국군 부대에는 반란이 일어나 쌍성보는 도로 적에게 빼앗겼다. 이에 독립군은 조경한, 차철, 김창환 등을 북만에 보내어 산군(散軍)을 수습하고 다시 쌍성탈환을 준비하였다.

11월 7일 한·중 연합군은 2개 부대로 나누어 진격하고 편의대(便衣隊)로 하여금 먼저 성내에 들어가 각종 선전문을 살포하여 무혈 개성(開城)을 촉구하였다. 그리고 독립군은 200명 1대(隊)씩 15부대를 편성하여 전위를 담당하고, 중국군은 탄환과 식량을 보급케 하였다. 동일 오후 6시에 총공격이 개시되어 1부대는 정면으로, 1부대는 좌편으로, 1부대는 후면으로, 기관총대는 중앙으로 돌진하였다. 적도 수류탄과 박격포로 완강하게 수시간 바항하였으나 우리 부대에게 빈수 이상 노륙되었고, 쌍성북교(雙城北郊)를 점령한 우리 산포대(山砲隊)는 쌍성시가를 포격하여 만군측 요인 주택이 전소되었으며 왜군 1중대는 완전 섬멸되었다.

이와 같이 치열한 전투가 약 2시간 반 계속된 끝에 만군(滿軍) 수뇌부는 부하 전원을 인솔하고 손에는 백등(白燈)을 들고 백포(白布)를 목에 걸고 항복의 뜻을 표하였다. 한·중 공격군은 입성하여 인민을 진무(鎭撫)하여 전리품을 정리하였다. 동월 20일 합이빈과 장춘(長春)에 주둔하고 있던 왜군 주력부대와 만군 대부대가 비행기의 엄호하에 반격하여 왔다. 아방에서는 전군을 7대로 나누어 각 요지를 점거하고, 일주야에 걸쳐 처절한 공방전을 벌이었다. 다음날 21일 저녁에 우군진의 일각이 무너지는 동시에 비행기와 대포로써 쌍성시내를 공격해오니 전선은 아주 혼란하여졌고, 독립군은 무너지는 전선을 독려하여 항전을 계속하였으나 고봉림 부대의 사기 부진으로 부득이 쌍성을 버리고 약 500여리 후퇴하여 오상현(五常縣) 충하진(沖河鎭)에 유진(留陣)하였다.

이 전투에서 입은 독립군의 손실도 막대하였거니와 패전에 낙담한 고봉림 부대는 적과 더불어 휴전협의까지 하게 되었다. 독립군은 이를 극력 만류했으나 우리의 심정을 이해하지 못하므로 아군은 동월 27일 혈루(血淚)를 뿌리며 중국군과 분리하여 단독행동을 취하게 되었다.

(2) 한·중 연합 토일군(討日軍)

1932년 12월 29일, 오상현(五常縣) 사하자(沙河子)에서 한국독립당 중앙대회를 개최하고, 군사 활동지점을 동만(延吉·汪淸·東寧·琿春·寧安)으로 정할 것과, 중국 구국군(救國軍) 수뇌와 합작할 것과, 각 군구(軍區)의 이미 훈련받은 장정을 재징집할 것과, 황학수를 부사령으로 선정할 것을 결의하였다.

강진해(姜鎭海), 심우호(沈禹浩), 공진원(公震遠) 3인을 대표로 영안현에 파견하여 구국군 총사령 원덕림(元德林)과 합작을 교섭케 하였던바, 때마침 왕씨는 남경으로 가고, 총사령서리 제1사장(師長) 오의성(吳義成)과 제14사장(師長) 채세영(蔡世榮)이 내외군무를 주장(主掌)

하고 있었다. 합작교섭 진행 도중 오의성이 출장하여 돌아오지 않으므
로 잠정적으로 채세영과 상의하여 한·중군 연합작전을 협정하였다. 동
년 12월 10일에 김상덕, 신숙을 남경에 파견하여 '한중 연합 토일군' 조
직의 건을 중국 중앙정부 당국과 교섭케 하였다.

(3) 경박호(鏡泊湖) 승첩

12월 25일 아군은 채세영 군대와 공동행군으로 경박호(鏡泊湖) 동쪽
에 이르렀다. 같은 날 만군(滿軍) 순회(巡廻) 유격 기병대 2,000명이
우리 연합군을 추격하여 그곳으로 온다는 정보를 접한 아군은 즉시 호
구(湖口) 양편에 분군(分軍) 매복하고 대기하였다. 무심코 통과하던 적
군은 아군의 좌우협공을 받아 무수한 살상을 당하여 일대 수라장을 이
루었으니, 이것이 동만(東滿)에서 한·중군 연합작전이 거둔 최초의 승
첩(勝捷)이었다.

(4) 사도하자(四道河子) 전투

1933년 3월에 독립군은 중국 구국군(救國軍)과 연합하여 사도하자(四
道河子)에 주둔하였다. 원종교(元宗教) 신도 500여 명이 신포(申砲)의
인솔로 자진편입해 오자 부대를 정비하여 군세가 크게 떨쳤다. 3월 15
일 일·만 연합군이 약 1개 사단의 병력으로 공격해 온다는 정보를 받
은 독립군은 4로(路)에 나누어 제 1 로군은 소부대로 적을 유인하고, 제
2·3 로군은 삼도하후(三道河後) 분수령(分水嶺)에 대기하고, 제 4 로군
은 이도하자(二道河子) 입구에 매복하여 적의 후방을 끊고, 적의 치중
(輜重)을 탈취케 하였다. 15일 새벽 적 1사단과 조우하여 일제히 포문
을 열어 맹반격함으로써 적의 반수 이상을 사살하고 크게 승리하였으
며, 5월 2일에는 유격대를 파견하여 무림자(武林子)·금창구(金敞口)·
주가둔(朱家屯)·황가둔(黃家屯)의 일·만군 패잔병을 기습하여 20여
차의 싸움 끝에 적을 완전히 섬멸하였다(《韓國獨立運動史》, 277쪽).

元宗教徒는 靑林教의 일파로서, 교주 金笑來는 무장 독립운동에 참

여하고 있었는바, 그 遺命으로 申砲 부대가 전투에 참가한 것이다. 만주의 무장 독립운동에 참가한 종교집단은 이밖에도 徐一(군정서) 등의 檀君敎系와 李範允 등의 유교(復辟派) 계가 가장 성했고, 具春先 등(국민회)과 金準根 등(新民團)의 기독교계와 方雨龍 등(의군단)의 천주교계가 있었다. 신숙, 최동오 등의 천도교계는 군사운동의 핵심에 參劃하였던 것이다.

(5) 동경성(東京城) 전투

1933년 7월 3일에 한·중 연합군은 사도하자(四道河子) 대첩의 여세를 몰아 동경성(東京城)을 공격하여 일·만 연합군을 전멸시켰다. 제1로군은 기병대로 마안산(馬鞍山)을 거쳐 동모란강(東牧丹江) 연안에 진출하여 적의 후원부대 차단에 대비하고, 제2로군은 1여단 병력으로 영안현성(寧安縣城)과 동경성(東京城) 중간에 매복하고 교통로와 통신기관을 파괴하고, 제3로군은 좌우익에 나누어 직접 동경성을 공격하여 3시간의 격전 끝에 적을 물리치고 동경성에 입성 점령하였다. 도망하던 적군은 복병의 습격을 받아 전멸하고, 만군여장(滿軍旅長) 곽세재(霍世才)만이 호위병 수명을 데리고 탈출하고 전부대가 투항해 왔던 것이다. 한·중 연합군은 입성하여 백성을 선무하고 전리품을 정리하였다. 그러나 적의 대부대가 주둔하는 영안성(寧安城)을 점령치 않으면 동경성(東京城)을 확보하기 어려워 부득이 주력부대를 왕청(汪淸) 동령(東寧) 간의 산간으로 옮겨 분산 주둔시켰다.

(6) 대전자령(大甸子嶺) 전투

1933년 6월 28일 노송령(老松嶺)에 주둔하고 있던 한·중 연합군은 일본 이쓰카(飯塚) 연대가 이동하는 것을 탐지, 대전자령(大甸子嶺)에 잠복했다가 7월 3일 새벽 왜군의 후미가 대전자령(大甸子嶺) 중턱에 이르렀을 때 일제공격을 개시하여 4시간 동안의 격전 끝에 적을 전멸시켰다. 독립군 2,500명, 중국군 2,000명으로 전위부대는 독립군이었다. 이 전투는 독립군사상 특기할 전적을 올렸으니, 군복 3,000착, 박격포

5문, 군용물자 20마차, 담요 3,000매, 평사포(平射砲) 3문, 소총 1,500정 등을 노획하였다.

　이 전투에서 얻은 전리품의 분배관계로 독립군과 중국 救國軍 蔡世榮 부대 간에 감정이 벌어져 9월 1일 동령현 적의 공격에 중국군은 약속한 후속부대를 파견하지 않아 독립군은 속출하는 부상자의 의무시설이 없이 3일 동안 막대한 손실을 입고 패퇴하였을 뿐 아니라, 중국군은 독립군의 총사령 이하 수십명의 고급간부를 구금하고 무장을 강제 몰수하였다. 곧 화해가 되었으나 독립군은 중국군과 관계를 끊고 남중국 방면으로 이동했던 것이다.

6) 무장 독립운동의 종언

　1932년 만주는 왜적의 식민지로 화하였다. 이른바 만주국(滿洲國)이라는 괴뢰정부가 출현하자 무장 독립운동은 최후의 거점을 상실하게 되고 말았다. 3,000여만의 만주 원주민의 민족정신은 완전히 상실되고, 만주에 교거(僑居)하는 2백만 한국교민의 생명 재산도 왜적의 압박하에 들게 되었던 것이다. 더구나 이 시기를 이용한 각종 시국표방 강도단이 백주에 난동하였다.
　마적(馬賊)의 떼는 의기양양하게 도처에서 방화·약탈·살육 등 만행을 자행하였고, 그것을 이용하는 왜적의 마적정책도 더욱 노골화하여 반만항일(反滿抗日)의 기치를 들거나 배일사상의 혐의가 있는 지방에는 예외없이 침입하여 함부로 도륙하였다. 왜적으로 마적단 수령인 와다(和田)·엔도(遠藤) 등이 지휘하던 봉천(奉天)·정안(靖安) 유격대와 이른바 선무반에 섞여 다니던 왜적 장발낭인(長髮浪人)들이 모두 그 소속들이다.
　만주사변이 일어나자 반석(盤石)·화전(樺甸)·통화(通化)·집안(輯安)·장백(長白) 등 벽지에서 신사로 가장하고 100명, 혹은 200명씩 떼를 지어 의적(義賊)이라 자칭하며 친일 배중(排中) 행동을 하는 자들은

모두 그것들이었다. 이른바 '대도회'(大刀會), '홍창회'(紅槍會) 등 강도
단들이 봉기하여 일인 마적대의 소행을 한인의 소행이라 선전하고 청룡
대도와 홍창을 휘두르면서 한인 농민을 무참하게 살상하였다.

대도회나 홍창회는 산동·산서에서 기원한 '哥老會' 소속으로서 중국
의 비밀결사로 淸朝末에 山東 兗州府 耶蘇敎會를 파괴하고, 독일 선
교사 십수명을 살해함으로써 膠州灣의 조차와 銀 24,000냥의 배상소
동을 일으킨 排外義俠團이다.

또 패주하는 만주의 동북군이 그것들과 합세하여 불공대천(不共戴天)
의 원수인 왜군에 항거하지 않고, 한인 부락을 습격하여 교포의 생명만
무수히 살해하였던 것이다. 그러나 이 도당들은 독립군을 두려워하고
경모(敬慕)하였다. 그들도 관군을 피하여 심산유곡에 소혈(巢穴)을 두
게 되므로 가끔 독립군과 접촉하게 되고, 또는 충돌이 있는 경우는 사
격술이나 전략술이 도저히 독립군을 당할 수 없었기 때문이다. 그러므
로 대도회나 홍창회는 독립군의 교섭에는 잘 순종하였고, 독립군이 주
둔하는 부근 한인에게는 침범하지 못하였다. 이 눈치를 안 왜적은 대부
대의 병력으로 독립군을 구축하고, 대도회를 유인하여 벽지의 한인 농
민을 살육하는 정책을 썼던 것이다.

이리하여 차츰 무장 독립운동의 근거지를 상실한 독립군은 다섯 가지
방향으로 그 향방을 찾았던 것이다.
첫째, 시운이 불리하여 조국광복의 성업을 달성하지 못할 바에는
적과 싸워서 깨끗이 殉國하는 길이었다. 전기 梁世奉, 高而虛 같은 이
가 이 길을 택하였다.
둘째, 시운이 불리할지라도 시대와 환경은 고정된 것이 아니므로
좋은 시기의 도래를 기다리면서 다른 곳으로 가서 항일운동을 계속하
는 길이었다. 이청천, 洪震 같은 이들이 이 길을 택하였다.
셋째, 본래부터 공산주의에 공명하던 적색 운동자들은 그들의 조국
소련으로 가는 길이었다. 金日成이 이 길을 택한 대표적 인물이었다.

넷째, 실제 운동을 버리고 隱居 蟄伏하는 길이다. 많은 애국지사가 이 길을 택하였다.

다섯째, 모든 뜻을 포기하고 왜적의 세력 아래 투항 귀화하여 구차히 생명을 유지하거나 지난날의 독립운동을 미끼로 하여 왜적 아래 명예와 지위를 획득하기 위하여 굴복하는 길이었다. 유명무명의 수많은 사람이 이 변절의 낙인을 스스로 받았다(《韓國獨立運動史》, 248~286쪽).

이 민족운동사에 등장하는 이름에도 후일 변절 배신한 사람은 세상에 알려진 것만도 상당수에 달한다. 그러나 여기서는 既刊《獨立運動史》, 또는 일제의 《高等警察要史》에 투항 변절이란 명문이 있는 것 외에는 이를 밝히지 않았다. 그들이 민족을 위하던 날의 功만을 사 주고, 민족을 배반한 뒤의 허물을 파헤치지 않기로 하였기 때문이다.

이리하여 국치 후 수십 년 풍찬 노숙하며 시산(屍山)을 넘고 혈해(血海)를 건너 칠전팔기하던 무장 독립항쟁은 그 근거지 만주에서 종언을 고하고 중국본토로 진선(陣線)을 옮기게 된 것이다.

제3편 민족사회운동사

1. 민족항쟁으로서의 문화운동

3·1운동은 비록 기대했던 독립을 쟁취하진 못했어도 대외적으로 우리 민족이 일본에의 예속을 맹렬히 반대한다는 것을 선명(宣明)하였고, 대내적으로도 민족해방운동의 자각적인 기초를 공고하게 구축했던 것이다. 뿐만 아니라, 일제의 간담을 서늘케 하여 종래의 강압정책이 회유정책에로의 전환을 불가피하게 하였으니 총독을 경질하여 무단정치에서 문화정치를 표방하게 한 것이 그 증좌(證左)이다.

이리하여 우리의 민족운동도 대외적인 데서 대내적으로 방향을 돌리고, 급격한 독립운동에서 물러나 안으로 실력을 양성하는 점진적인 문화·사회운동으로 들어가 자복(雌伏)하게 되었던 것이다. 언론·문화·교육·종교의 진흥과 그를 통한 저항, 여성 및 소년운동과 계급해방의 사회·인권운동, 산업개발과 자립경제운동 등의 지향이 3·1운동 후 대두한 민족운동의 징표였다. 다시 말하면, 문화적 방법에 의한 민족운동과 독립문제보다도 사회혁명에 치중하는 사회운동이 이 시기의 2대 경향이었다. 그것이 곧 문화운동에의 전환과 사회주의의 대두란 이름으로 나타난 것이다.

1) 문화운동으로의 전환

문화운동을 통하여 민족정신을 함양하고 실력을 양성하고 독립을 장래에 기약한다는 것은 애초의 독립운동에서는 제 3 의 노선이었으나 첫째의 무력항쟁 노선이 군국주의 국가로서의 일본의 예봉을 꺾을 수는 없었고, 둘째의 외교선전 노선도 파리강화 회의(1919년 4월), 미국의원단 내한(1920년 8월), 워싱턴 회의(1922년 1월)에 걸었던 기대가 돈좌(頓挫) 됨으로써 일단락을 고한 형편이었으므로 이 문화운동 노선은 독립운동 제 3 의 단계로서 필연한 추세였던 것이다.

(1) 언론 문화 운동

문화운동에서 민족항쟁의 선봉에 선 것은 언론운동이었다. 3·1 운동후 왜 총독 사이토 미노루(齋藤實)가 착임(着任)하면서부터 이른바 문화정치를 표방하여, 치안을 종래의 헌병에서부터 경찰로 바꾸고(수는 培加) 한인을 말단관리에 등용하는 등 회유정책을 쓰기 시작하였으니, 그러한 회유정책의 하나로서 1920년 1월에 《동아일보》, 《조선일보》, 《시사신문》(時事新聞) 등 3개의 민간지의 발행을 허가하였다. 이 민간신문들은 까다로운 출판경찰과 항쟁하면서 민족사상의 고취, 민중의식의 대변, 민족문화의 발전이라는 구체적 표현으로서 민족운동에 지대한 공헌을 하였던 것이다. 그리하여 종래의 정치·사상의 선구적 인사들은 이 언론운동에 집결 참여함으로써 이 민간지들은 당시 민족 사회운동의 발판이 되었고, 민중의 열광적인 지지와 기대 및 이윤을 바라지 않는 전국 각지의 다수 출자자의 희생적이요 자발적인 열성을 힘입어 육성 발전되었던 것이다.

民間紙의 통제가 심했던 당시의 출판법규는 신문과 출판물의 2종류에 나누어졌는데, 외국인에 대해서는 일본 국내와 같은 법규를 적용하였으나 신문지의 발행은 한국내에 있는 일·한인에게 다 인(허)가를 요하는 신문지규칙 및 신문지법을 적용하였고, 출판물에서는 일본인은

일본 국내와 같이 屆出主義에 의한 출판규제 및 예약출판법이 적용되
었으나, 한국인에 대해서는 검열제도에 의한 허가주의를 채용하여 구
한국 법령의 출판법을 적용하였고, 예약출판을 인정하지 않았다.

검열이란 것은 총독부 경무국의 도서과장이라는 일관리의 지휘하에
가혹한 삭제와 난폭한 문책, 방자한 처분이 강행되는 제도로서 총독
부는 한 손에 압수와 발매금지와 무기정간 등의 행정처분권을 쥐고,
다른 한 손에 신문지법, 보안법, 치안유지법, 총독부制令 등의 사법
권을 쥐어 언론탄압을 자행하였던 것이다.

당시 발행된 민간지의 하나인 《동아일보》는 그 창간호에서 3개 항
의 社是를 내걸었으니 '1. 조선민중의 표현기관으로 자임하노라', '2.
민주주의를 지지하노라', '3. 문화주의를 제창하노라'가 그것이다.

제 1항은 민족주의라는 용어를 쓸 수 없어서 그 意趣를 표현한 것
이므로 이 사시는 곧 민족주의, 민주주의, 문화주의의 3대 주의임을
알 수 있다. 이 3대 주의는 비단 《동아일보》의 사시에 그치지 않고,
당시 3민간지와 그 뒤를 이어 흐르고 있는 한국 언론운동의 지표이기
도 하였다.

이와 같이 출발한 한국인의 민간신문은 곧 민족의 신문이요, 나라 없
는 당시의 민중에게는 정부 아닌 정부라는 신뢰를 받아 이 나라 근대
민족주의의 가장 힘있는 선도자가 되어 일제의 총독정치에 대하여 끊임
없는 항쟁을 계속하였고, 민중의 여론을 대변하여 민주주의의 목표와
진로를 명시함으로써 제국주의와 싸웠고, 해방 후에는 민주주의를 가장
한 비민주주의에 대한 투쟁으로 반공산주의, 반독재주의의 앞장에 서게
되었으며, 문화주의는 민족의 존재가치를 민족문화의 창조에서 찾아 일
제의 비인도적인 민족문화 말살정책에 항거하여 과학·예술·체육의 발
달에 크게 공헌했던 것이다.

그러므로 한국의 민간 신문사(新聞史)는 곧 그대로 민족해방 운동사
요, 민주주의 투쟁사이며, 민족문화 발달사와 궤를 같이함으로써 그 중
요한 페이지를 차지하는 것이다.

이 점에 대해서 일제 《高等警察要史》(164쪽)는 出版警察의 개황에서 다음과 같이 말하였다.

"요즘 조선인의 출판은 현저하게 증가했다고는 하나 아직 문화정도가 낮고, 법규의 관계상 그 수에 있어 寥寥한 바 있다. 특히 언문 신문지와 같음은 그 수 겨우 4종인데, 《조선일보》, 《동아일보》, 《중외일보》는 그들의 이른바 조선민족의 언론 대행기관을 자임하여 종시 그릇된 민족의식에 몰리어 음양으로 총독정치에 대하여 반항적으로 곡필하고, 혹은 사회 공산주의의 선전에 舞文하여 그 폐가 참으로 不尠하다. 그러나 일면 조선인의 문화향상에 裨益하는 것 외에 총독정치에 대한 불평불만 내지 뜻있는 바 곧 민심의 趨向을 통찰하여 시정의 참고에 資하는 바 효과도 간과할 수 없는 바가 있다."

1919년 제도 개정 전까지는 일간 《매일신보》(1906년 허가)와 시사를 게재하지 않는 월간잡지 《천도교회월보》(1910년 허가)와 《중외의약신문》의 3종이 있을 정도이던 것이, 1920년에 《조선일보》, 《동아일보》, 《시사신문》(후에 《시사평론》이라 개제하여 월간잡지가 됨)과 월간잡지 《개벽》이 허가되고, 그 후 허가수를 증가하여 1929년경에는 11종에 달했다. 1928년 말의 일제의 통계에 의하면, 국문 신문·잡지 11종, 동년중 신청의 계속출판물 563건, 기타의 단행본 출판물 888건에 이르렀고, 그 간행물의 내용은 음으로 양으로, 혹은 정면으로, 혹은 비유로 민족해방을 부르짖고 총독정치에 반항하는 필봉이어서, 조선인의 신문은 그 목적이 오직 여기에 존재하는 觀이 있다고 하였다. 또 당시의 한국청년은 사상서적의 탐독에 급급하여 일본에서 屆出主義 출판법규를 이용하여 불온 출판물을 간행하여 한국내에 우편으로 밀송하는 일이 많기 때문에 출판물 取締는 좌경운동 취체의 근간문제라고 지적하였다. [1]

우리 민간지는 이미 창간취지가 그러하였듯이 민족해방 내지 경제혁명을 강조하는 민족주의, 사회주의를 강조한 과격한 필치로 일관하여 저들의 치안을 방해한다 하여 빈번히 행정처분 내지 발행정지 처분을

---

1) 《高等警察要史》, 165쪽.

받으면서도 굽히지 않고 의연한 논조로 항쟁하였다. 《동아일보》는 1920년 창간 이래 1929년 5월까지 288회, 《조선일보》는 318회, 《중외일보》(《시대일보》 후신)는 1924년 창간 이래 1929년 5월까지 176회의 압수처분을 받았고, 그 동안 《동아일보》는 2회, 《조선일보》는 4회, 《중외일보》는 1회의 정간처분을 받았던 것이다.

특히 《동아일보》는 불과 창간 5개월인 그 해 9월에 일인이 그 왕실의 상징이라 하는 이른바 '3종신기'(三種神器)를 우상숭배라고 논한 사설 때문에 무기정간 처분(1919. 9~1921. 2)을 받았고,[2] 《조선일보》는 1925년 9월 4일, "조선과 러시아와의 정치적 관계"라고 제(題)한 논설에서 조선통치의 불평을 선동하고, 일제의 국체와 사유재산제도를 부인한 다음, 그 목적을 달성하는 실행수단으로 러시아와 같은 혁명운동에 의한 현상의 타파를 강조했기 때문에 정간(1925. 9~1925. 10)되고, 관계자는 사법처분에 회부되었던 것이다.[3]

또 《동아일보》는 1926년 3월 5일 "국제농민조합 본부로부터 조선농민에게 본사를 통하여 전하는 글"(3·1운동 기념 축전)을 게재한 때문에 제 2 차 정간(1926. 3~1926. 4)이 되고, 주필 宋鎭禹는 6개월, 발행인 金鐵中은 4개월의 체형을 받았으며, 《조선일보》는 1928년 5월 8일 濟南사건 출병의 진의를 그릇 보도하여 국위를 중외에 손상시켰다 하여 제 4 회의 발행정지 처분(1928. 5~1928. 9)을 받았던 것이다.

《중외일보》는 1928년 12월 6일자 그 사설에서 "직업화의 醜化"란 題로 중국의 배일운동을 찬양하였기 때문에 정간(1928. 12. 29)이 되었다. 잡지 《개벽》은 32회의 행정처분 끝에 1925년 8월호로 정간되었다가 해제되자 곧 1926년 8월호로 발행금지 처분을 받고 말았다.

초기의 우리 民間紙의 논조의 추이에 대하여 《高等警察要史》(166쪽)는 다음과 같이 말하고 있다.

그 필봉은 사상운동의 추이를 반영하여 대체로 大正 8·9년(1919·1920) 내지 동 12년에 이르는 동안은 추상적 배일기사, 동 12년 내지

2) "동아일보 창간 44주년사,"《동아일보》1964. 4. 1.
3) 《高等警察要史》, 166~167쪽 참조.

14년경에는 이른바 제 2 기 이론(경제) 투쟁에 관한 기사, 그 후는 제 3
기라고 부를 민족단일당 촉성에 관한 기사로써 오늘에 이르고 있다.

(2) 문화 운동

언론운동과 함께 이 시기 민족운동의 또 하나의 양상은 각종 문화운
동의 발흥 전개이다. 국어학·국사학 연구를 주로 한 학술운동 및 새로
운 문학운동과 연극·영화운동을 중심으로 한 음악·미술 등의 예술운
동이 그것이다. 이 학술 및 예술운동은 어느 것이나 강렬한 민족의식이
뒷받침되어 있었다. 국어학과 국사학은 국학의 근간으로서 민족문화의
주체인식과 민족문화 전통의 자각적 긍지와 발양에 대한 노력으로서 이
른바 '조선주의'가 그 핵심이 되어 있었고, 문학·연극·영화·음악·미
술 등의 예술은 종래의 계몽주의적 구태를 벗고, 본격예술에의 전환운
동인 동시에 그 운동의 바탕에 흐르는 것은 역시 강렬한 민족의식이었
다. 당시 국어·국사학의 선구자는 개화운동과 대종교(大倧敎) 이래 새
로 일어난 민중 언론운동의 논설 집필자를 겸하고 있었다는 사실이 이
를 증명한다.

國語學은 한말의 兪吉濬, 池錫永, 周時經의 뒤를 이어 주시경 학파의
'朝鮮語學硏究會'가 중심이 되었으니, 주시경은 독립협회운동의 참여
자였고, 그 학파의 어학자요 사학자인 權悳奎는 "假明人 頭上에 加一
棒"이라는 논설을 1929년 5월 《동아일보》에 게재하여 儒林의 사대주
의를 공격함으로써 《동아일보》非買동맹이 일어나 간부 경질까지 보
게 한 파문을 던졌고, 國史學은 한말의 장지연, 신채호, 최남선, 정
인보 등의 선구자가 또한 독립운동과 언론운동의 논설 집필의 선구자
들이었다.

문학은 최남선, 이인직, 이광수 등의 계몽문학에서 탈피하여 김동인
(金東仁), 주요한(朱耀翰), 전영택(田榮澤), 김억(金億) 등의 《창조》가
동경 유학생 독립선언이 있은 1919년 2월, 동경에서 순문학운동을 표방
하고 일어났고, 1920년에는 황석우(黃錫禹), 오상순(吳相淳), 변영로

(卞榮魯), 염상섭(廉尙燮) 등의 《폐허》, 1922년에는 이상화(李相和), 홍노작(洪露雀), 현진건(玄鎭健), 박종화(朴鍾和) 등의 《백조》(白潮)가 창간되었고, 1923년에는 이장희(李章熙), 양주동(梁柱東), 백기만(白基萬), 김동환(金東煥) 등의 《금성》(金星)이 창간되었다. 기미 33인의 1인인 한용운도 이 시기의 문학운동에 참여하였다. 정인보(鄭寅普), 이병기(李秉岐), 이은상(李殷相) 등이 시조시인으로 참여하였으며, 초창기의 이광수 외에 홍명희(洪命熹)도 소설을 썼던 것이다. 이들도 모두가 한국의 언론운동에 직접 참여한 인사들이다.

토월회(土月會)의 신극운동, 나운규(羅雲奎) 등의 영화운동, 홍난파(洪蘭坡) 등의 음악운동은 연극·영화·음악의 새로운 전기를 지었을 뿐 아니라 민중의 심금에 깊은 감동을 주었던 것이다.

한국의 언론 및 문예운동에 대하여 당시 일제의 고등경찰은 다음과 같이 말하고 있다.

"조선인의 출판물은 출판전 검열의 허가제도이므로 자연 그 수와 내용에 특이한 것이 없으나 이 출판전 검열의 결과로서 彼等은 문예동화의 이름을 빌려 교묘하게 그 所懷를 述하려는 경향이 생긴 것은 최근에 있어서 특이한 점이다"라고 하여 문예운동의 민족운동적 경향을 간파하고 있다(《高等警察要史》, 168쪽).

또 우리의 연극운동은 이인직의 신소설운동과 동시에 일어난 것으로, 그 동안 신파극 시대를 거쳐 이 토월회 시대가 진정한 연극운동에 든다. 당시의 중요 멤버는 朴勝喜, 金基鎭, 李瑞求, 安碩柱 등이다. 1920년대는 이 연극운동이 민중운동의 중요한 방법이 되어 뜻있는 민족·사회운동자들이 극단을 만들어 벽촌을 순회공연하다가 불온한 대본과 대사로 해산당하는 일이 비일비재였다. 이런 극단은 대개 관람 무료로 단원의 숙식과 여비는 공연지의 청년단체가 갹출하는 것이 보통이었다. 나운규가 각본 주연 감독한 영화 〈아리랑〉은 당시의 민족감정과 고민과 슬픔을 단적으로 표현한 명화로서 우리 영화의 고전이 되었고, 그 뒤의 홍난파의 가곡이 또한 그러하였다.

218

이 시기에는 여러 가지 체육경기운동도 일어났거니와, 이 체육운동에 앞서 한때 특별히 고조된 것은 항공열(航空熱)이었다. 과학사상과 체육사상이 결합된 이 운동은 1922년 12월에 일본에서 이름을 날린 한인 비행사 안창남(安昌男)의 고국방문 비행이 동아일보사 주최로 거행되어 당시의 민중에게 큰 감명을 주었고, 이것이 계기가 되어 항공열은 한때 전성한 바 있었다.

安昌男은 그 뒤 중국으로 망명하여 독립운동에 참가하는 한편, 중국의 비행학교 교관으로 일하다가 太原에서 비행기 사고로 순직하였다. 徐日甫, 崔用德은 중국에서, 李基演, 朴敬元(女), 張德昌은 일본에서 초창기 항공계를 위하여 이름을 날린 사람들이다. 전기 李·朴 양 비행사는 고국방문 비행에서 추락 사망하였다.

(3) 교육 운동

민족정신의 함양과 실력 양성에는 교육보다 더 가깝고 중요한 것이 없었다. 언론·문화운동이 표면적 반항이라면 이 교육운동은 이면적 반항으로 점진적인 기초를 닦아가고 있었다. 그러므로 3·1운동 후 급격하게 고조된 교육열은 개화운동 직후에 있었던 신교육열에 비하여 오히려 그것을 능가하였던 것이다. 당시 관·공·사립학교는 겨우 지망자의 일부를 입학시킬 뿐이었으므로 수용력의 태부족을 보충하기 위한 사설 학술강습회, 야학회 설치운동이 일어났고, 이의 교재로 사용하기 위한 간행물이 쏟아져 나왔던 것이다. 또 이러한 교육열의 고조는 지방 청년 자제의 도시집중과 고학생(苦學生) 수의 격증을 초래하여 '고학생회'는 일대세력을 형성하게 되고, 이 경향은 다음 시기의 사회주의운동에 한 세력을 더하게 되었던 것이다.

당시의 교육운동은 철저한 한국인 본위 교육을 부르짖었던 것이다. 교육의 기회균등을 위한 학교의 증설, 한국인 교육의 차별대우 폐지, 교수 용어의 일본어 폐지, 한국역사의 교수 요구가 그 주요한 투쟁목표였다. 한국인 아동에 대해서 장래 한국인으로서 필요한 것을 교육하지 않고, 일본국민을 만들기 위한 일본어 교육을 시행하는 것은 민족정신을 몰각(沒却) 말살하는 것이라고 공격하였다. 이러한 정신과 동향은 '경성제국대학'(京城帝國大學) 창설의 의(議)가 확정되자 한국인 교육은 한국인 자신의 손으로 해야 한다는 여론이 일어났고, 민립대학 창설의 필요를 외쳐서 1922년 11월에는 '조선민립대학 기성회'가 조직되었던 것이다. 이 민립대학 기성운동은 위원을 전국에 파견하여 유세함으로써 일시 전국을 풍미(風靡) 한 바 있었다.

　　민립대학운동은 李商在 등 47명의 발의로 발기인 1,000명을 정하여 전국에서 1천만圓을 모금하기로 결의하여 각지에서 호응이 대단하였다. 처음에는 군수 도의원 등 관리도 이 운동에 참가한 사람이 있었는데, 총독부 당국은 이 일이 매우 좋은 일이니 관원들은 職을 辭하고 적극 참가하라고 암시하고, 일방으로는 경찰에 지령하여 방해하였다. 누구나 가능하다고 믿었던 이 운동도 시일이 경과함에 따라 열이 식어서 마침내 실현을 보지 못하였다.

　　우리나라의 민간교육운동은 갑오경장 후 各 地方學會가 사립학교를 세웠고, 여기에 구미의 선교재단이 한국의 신교육에 직접 참가함으로써 3·1운동 전까지 유수한 중등학교가 성립되었다. 사립 고등교육기관으로는 보성전문학교(고려대), 연희전문학교·세브란스의학전문학교(연세대), 이화여자전문학교(이화여대), 숭실전문학교, 불교중앙學林(동국대) 등이 있어서 3·1운동 학생선봉의 중핵이 되었던 것이다. 이 중 보성전문학교와 중앙학림을 제외한 네 전문학교는 미션계였다. 이들 전문학교는 어느 것이나 대학 승격을 지향하였으나 일제는 그것을 허가하지 않았다. 특히 전기한 민립대학 기성운동의 정신은 당시 한국인의 힘만으로 이루어진 유일의 고등교육기관인 보성전문학교에 계승되어 1932년에 金性洙가 동교 경영을 인수하면서부터 개교 30주년 기념으로 전국에 기부금을 모집하여 石造 5층의 기념도서관을 세움에 이르렀다.[4]

---

4)《普成專門小史》참조.

(4) 종교 운동

종교운동은 기독교와 불교와 유교가 민족운동의 각 방면에 공헌하였
고, 한국의 종교로 대종교와 천도교가 우리 민족운동에 큰 업적을 남겼
다. 초기의 국학자의 거개, 특히 '조선어학회'와 '임시정부' 요인들은 대
개 대종교인(大倧敎人)으로서 그 배경에 대종교가 있었고, 3·1운동,
6·10 만세 이래 민중운동에 천도교는 그 주동, 또는 배후세력으로 존
재하였다. 3·1운동 후, 즉 1920년대는 이들 종교운동의 전성기였던
것이다.

2) 사회운동의 대두

우리나라의 사회운동은 인권운동으로부터 시작되었다. 민족해방운동
은 여성해방, 아동해방과 계급해방운동으로 같은 시기에 대두한 것이다.

(1) 여성 운동

우리나라에서 여성들이 집단운동으로 참여한 것은 '대한민국애국부인
회'(大韓民國愛國婦人會)를 비롯으로 삼는다. 이 애국부인회는 3·1운
동 직후 조직되었던 두 애국부인단체가 합동 발족한 것이다. 1919년 3
월 오현주(吳玄洲), 이정숙(李貞淑), 오현관(吳玄觀)은 '혈성단애국부인
회'(血誠團愛國婦人會)를 조직하여 3·1운동으로 투옥된 사람에 대한
물품 및 음식물의 옥중차입을 전개해 오던바, 그해 4월에 최숙자(崔淑
子), 백성현(白性玄), 김원경(金元慶), 경하순(慶河順), 김희열(金熙
烈), 김희옥(金熙玉)이 조직한 '대조선독립애국부인회'(大朝鮮獨立愛國
婦人會)를 당시 '대한민국청년외교단'의 이병철(李秉澈), 임창준(林昌
俊) 등이 권고 알선하여 그해 6월 경성 연지동(連池洞) 136번지로 오현
주, 오현관을 방문 회동케 하여 양회 합동의 합의를 보아 '대한민국애
국부인단'로 개칭하였던 것이다.

그리하여 오현관을 총재 겸 재무부장에, 김희열을 부총재로 뽑고,
회장 겸 재무주임 오현주, 부회장 최숙자, 평의장 이정숙, 외교원 장선

희(張善禧), 서기 김희옥(金熙玉)을 선출하고, 이병철을 고문으로 선임하였다. 평양·개성·대구·진주·기장(機張)·밀양·거창·통영·양산·울산·부산·마산과 종전부터 연락이 있었던 회령·정평·목포·전주·광주·홍수(興水) 등에 지부를 설치하고 지부장을 임명하였다.

당시 회원과 지부장으로부터 본부에 갹출 송금된 금액은 747원(圓)에 달하였다. 그 중 300원을 상해 임시정부에 송금하였고, 그해 9월 19일 정신여학교장 장로파 미국선교사 천부인(千夫人 : 미스 딘) 집 2층에서 3·1운동으로 투옥되었던 김마리아(金瑪利亞), 황애시덕(黃愛施德)의 출옥 축하회를 개최하고, 동회 중요 간부와 각지 지부장을 소집하여 부인회 본부규칙 및 지부규칙을 기초 결의한 다음, 임원을 개선하여 회장 김마리아, 부회장 이혜경(李惠卿), 총무 및 편집원 황애시덕, 임시서기 신의경(辛義卿), 부서기 박인덕(朴仁德), 교제원 오현관, 적십자회장 이정숙, 윤진수(尹進遂), 결사대장 이성완(李誠完), 백신영(白信永), 재무원 장선희를 선임하였다.

그후 회장 김마리아는 이혜경과 함께 명주(明紬)로 지부장 신임장을 만들어 먼저 대구지부장 이금례(李今禮)에게 백신영을 시켜 전달하였다. 재(在)호놀룰루 '조선인애국부인회'로부터 그해 10월 보조금으로 온 2,000원을 김마리아 명의로 임시정부 이승만에게 독립운동자금으로 송부했던 것이다. 이 애국부인회는 상해 임시정부 안에 이희경(李喜儆)이 조직한 대한적십자회 대한지부를 겸행한 단체였다.

1919년 11월 1일 이병철, 안재홍, 연병호(延秉昊), 이종욱(李鍾郁) 등의 대한민국청년외교단 사건과 함께 검거되어 12월 11일 검찰에 송치되었다. 회장 김마리아는 3년형을 받고, 복역중 병으로 보석되어 치료하다가 1921년 상해로 탈출, 임시정부 황해도 대의사(代議士), 재상해 애국부인회 간부로 활약하다가 남경 금릉대학(金陵大學)을 거쳐 1923년 미국에 유학하였다.

이 애국부인회는 여성들의 민족운동단체였고, 여성동지에 대한 원호, 여성들만의 단체로서 뒤익 여성해방운동, 어린운동의 남상(濫觴)이 되었다. 애국부인회와 청년외교단의 관계는 다음 기의 신간회와 근우회의 관계에 흡사하다. 이밖에 3·1운동 당시의 여성운동자로서 柳寬順, 朴順天, 朴賢淑, 任永信 등의 투쟁이 이름 있고 만주방면 무장독립운동의 여류투사로서는 南慈賢이 이름 높다.

1924년 4월, 조선노농총동맹과 청년동맹의 결성으로 사회주의운동이 고조될 즈음에 박원민(朴元玟), 허정숙(許貞淑), 정종명(鄭鍾鳴), 주세죽(朱世竹) 등 여성의 발기로 조선여성동우회를 창립하여 여성의 교양과 자각, 여성해방에 노력해 오던바, 이듬해 1월 여자청년운동의 기관으로 화요회·북풍회의 지도 후원 아래 허정숙, 조원숙(趙元淑), 김영희(金英熙) 등은 경성여자청년동맹을 조직하였고, 이에 대하여 서울청년회파는 박원희(朴元熙) 일파로 하여금 경성여자청년회를 조직케 하여 양파 대치함으로써 남성측과 행동을 같이하였던 것이다. 1926년에 동경 여자유학생 이현경(李賢卿)이 귀국하여 동지 황신덕(黃信德) 등과 함께 당시 일월회(一月會)파와 행동을 책응(策應)하였다. 전국여성운동의 통일을 기하여 극력 분주 조정에 힘쓴 결과, 동년 12월 양단체의 합동이 성립되어 '중앙여자청년동맹'으로 개칭함에 이르렀다.

그 뒤 1927년 2월 남자측 신간회의 창립과 함께 신간회 간부의 협력 아래 이현경 등의 발기로 다시 여자유학생을 망라하여 여성 단일단체의 조직을 획책하여 1927년 5월 27일, 경성 종로 YMCA 회관에서 창립총회를 개최하니 이것이 '근우회'(槿友會)의 창립이다. 민족주의측으로 유영준(劉英俊), 김활란(金活蘭), 유각경(兪珏卿), 최은희(崔恩喜) 등과 사회주의측으로 황신덕, 박원희, 정종명, 조원숙, 이현경, 박신우(朴新友) 등이 동회의 중요 간부가 되어 신간회의 별동대로서 여성측 정치운동단체, 여성운동의 단일전선으로 활동을 전개하였다.

근우회는 각 지방에 지회를 설치하여 전국적인 여성운동에 진력하였으니, 1928년 5월까지 지회수가 30(일제당국은 유수한 지회를 약 15로 보았다)이었다. 그해 5월 27일, 경성에서 전국대회를 개최할 계획을 추진 중 토의사항이 불온하므로 허가할 수 없다 하여 왜경은 준비중지를 시켰던 것이다. 그해 7월 14일부터 2일 간 임시대회를 개최하였다. 정칠성(丁七星), 우봉운(禹鳳雲), 박호진(朴昊辰), 허정숙 등이 또한 근우회시대에 활약한 여성이다.

(2) 소년 운동

1920년대 초두에는 모든 단체운동과 함께 소년운동도 대두하였다. 서울·안변·광주·진주 등지에 소년회가 생겼으나 본격적인 소년운동을 외치고 나선 것은 1921년 여름방학, 동경서 돌아온 방정환(方定煥)이 창립한 '천도교 소년회'였다. 아동문제와 아동예술을 연구해온 방정환의 첫 소리는 "어린이도 사람이다. 어린이의 인격을 존중해 주자 !"는 외침이었다. "잘 살기 위하여"라는 제목으로 전국 각지를 순회강연하며 부모들의 머리를 깨우쳐 주기 시작했다.

> 1921년 일본 동경에서 방정환이 엮은 세계명작동화집《사랑의 선물》에는 '학대받고 짓밟히고, 차고 어두운 속에서 우리처럼 또 자라는 불쌍한 어린 영들을 위하여 그윽히 동정하고 아끼는 사랑의 첫 선물로 나는 이 책을 쫬습니다'라는 서문이 붙어 있다. 方定煥은 손병희의 셋째 사위로 3·1운동 당시 등사판으로《독립신문》을 속간하여 비밀 발행하였고,《개벽》이 발행금지된 뒤에《別乾坤》,《신여성》,《어린이》등 수많은 잡지를 주간한 사람이다.

1923년 3월 1일에 창간된 소년잡지《어린이》[5]는 동경에서 편집되어 천도교 소년회 이름으로 서울에서 발행되었고, 그해 5월 1일에는 제1회 어린이날[6] 기념식이 거행되었다.

1923년 3월 16일 오후 2시, 동경 센다가야(千駄谷) 온다(穏田) 101번지 방정환 집에서 어린이문제 연구단체 '색동회'[7]가 창립되었다. 당시

---

5) '어린이'라는 말은 방정환이 처음 만들어낸 말로서, 젊은이란 말과 같이 아동이란 뜻을 존대말로 표현한 것이다.
6) 어린이날은 그 뒤 5월 첫 일요일날로 바꾸어 정하였다.
7) 정병기(丁炳基),《서력 1923년 색동회 회의록》. 색동회라 이름은 윤극영이 지

동인은 방정환, 강영호, 손진태(孫晋泰), 고한승(高漢承), 정순철(鄭淳哲), 조준기(趙俊基), 주장섭(秦長燮), 정병기(丁炳基), 윤극영(尹克榮), 조재호(曹在浩) 등이었고, 그 뒤에 마해송(馬海松), 정인섭(鄭寅燮), 최진순(崔瑨淳), 이헌구(李軒求) 등이 참가하였다.

1924년 8월에는 전국 소년지도자대회가 열렸다. 이듬해에는 서울 안 40여 소년단체를 모아 '소년운동협회'가 조직되고, 1926년에는 5월회와 손을 잡아 '소년연합회'가 조직되어 방정환이 위원장이 되었으나 1928년 3월 22일 좌익세력의 침투로 조선소년총동맹으로 개편되어 방정환 등은 일선에서 물러났으니, 이리하여 소년운동도 분열되고 만 것이다.

소년운동의 다른 한 줄기인 보이스카우트 운동은 1922년 3월 조철호(趙喆鎬)가 '소년척후단'(少年斥候團)을 조직함으로써 시작되었다. 1924년 3월 조철호는 경성 YMCA 내 보이스카우트 간부 정성영(鄭聖永)과 협의한 끝에 '소년척후단 조선총연맹'을 창설하고 이상재를 총재로 추대했으나, 조철호는 동년 말 총연맹에서 분리하여 자기가 창설했던 소년척후단을 '조선소년단 총본부'라 개칭하고, 전국에 세포단체로 166개 지부를 조직하였다. 소년군은 전기 어린이날에 참가하여 시위행진을 하고, 선전삐라를 뿌리는 등 민족의식의 환기에 주력하였다.

조철호는 일본 육군사관학교 출신의 군인으로 중앙고보 체조교사였던 이다. 6·10 만세 당시 학생을 선동함으로써 그 職을 辭하였고, 지방 巡講의 際에도 민족정신의 고취에 주력하였는바, 소년군의 창립정신은 곧 개성의 신장과 유용한 材幹을 길러 사회 공공을 위한 봉사라는 그 본래의 취지에 제2국민의 민족정신 고취와 군사교육을 실시함에 있었다. 또 전기 총연맹을 조직한 동기는 일본소년연맹과 별도로 국

었고, 색동회 마크는 조재호가 고안하여 1924년 5월 1일 제2회 어린이날에는 색동회 마크를 그린 기를 들고 회원들이 시가행진을 하였다. 색동회는 1931년 방정환이 죽은 뒤로는 정순철, 崔泳柱, 尹石重이 이 회를 지켜 나갔다.

제연맹 사무국에 등록함으로써 일개의 독립한 국제적 지위를 획득코
자 함이었다.

(3) 형평 운동

계급해방운동의 첫 봉화는 가장 천민계급으로 비인도적 학대를 받아
온 백정해방운동으로부터 시작되었으니, 1923년 4월, 진주에서 평민
강상호(姜相鎬), 신현수(申鉉壽) 등이 주동이 되어 백정(白丁) 계급을
규합하여 조직한 '형평사'(衡平社)가 그것이다. 형평사의 창립은 일본의
예다(穢多 : 백정) 해방운동 단체인 '수평사'(水平社) 운동에 자극을 받은
것으로, 그 직접적 동기는 당시 진주 백정 이학찬(李學贊)이 그 자제를
수회에 걸쳐 학교에 입학시키려다가 학부형과 학교의 거부로 실패한 데
서 원인했던 것이다.

백정계급은 언제부터 있었는지 명확하지 않으나, 水草를 따라 畋獵을
생업으로 하던 韃靼族이 대륙으로부터 이주한 것으로, 고려시대부터
'백정'의 稱이 있었다. 이 백정들은 도읍의 外圍에 특수부락을 형성하
고, 보통 사람이 忌하는 직업인 도살·獸肉판매업·柳器제조업 등 이
른바 천업에 종사하여 인격을 인정받지 못하고, 오랜 세월을 忍從해
왔던 것이다.

진주 '형평사 총본부'는 점차 각지에 지부를 설치하고, 세력을 증대해
갔으나 지도층에 분쟁이 일어나 사원 장지필(張志弼), 오성완(吳成完)
등 일파는 1924년 4월 내부 숙청을 주장하고, 진주 총본부와 분열하여
경성 도염동(都染洞) 144번지에 '형평사 혁신동맹'을 설치한 다음, 시내
도부(屠夫)·수육(獸肉) 판매업자 등을 권유 입사시켜 진주측에 대항하
였다. 1924년 8월 15일 대전에서 개최된 통일대회에서 형평사 중앙총
본부로 개칭하여 경성에 본부를 설치하기로 결의하였다. 한때 진주파의
반발이 있어 통일의 실을 거두지 못했으나, 지리적 관계 기타로 차츰
경성파가 우이(牛耳)를 잡게 되었다. 이듬해 4월 24, 25일 경성에서 열
린 전국대회 겸 창립 1주년 대회에서 무조건 합동승인으로 분규가 원만

히 해결되었던 것이다. 지방순회원의 파견으로 사원의 자각계몽에 힘쓰는 한편 '형평청년연맹', '정위(正衛) 형평학우 총동맹' 등의 별동대를 조직하였으며, 야학의 개설로 자제교양을 맡았다.

1926년에는 중앙 대구(大邱) 사원 김경삼(金慶三)을 일본 경도에서 개최된 수평사 전국대회에 파견하여 양자를 연락하고, 상당한 활동을 전개함으로써 장지필파의 세력은 더욱 확고하게 되었으나, 그 뒤 형평운동을 사상운동에 참가시키려는 비백정파의 책동에 의하여 배척을 받아 사원의 반감이 점고(漸高) 함으로써 일시 실각하여 인퇴(引退) 하였으나 곧 세력을 만회하여 사상운동과 절연할 것을 성명하고, 운동을 다시 전개하던 중 1927년 1월 신의주 사건(공산당)에 장지필 외 간부 수명이 구금됨으로써 일시 폐식(閉息)상태에 있었다.

그해 1월 일본 시코쿠(四國) 수평사 연맹 집행위원 다카마루 요시오 (高丸義男)의 내한과 사원 이동환(李東煥·충남)의 일본 수평운동 시찰 여행 등에 의해서 양자의 연락이 더욱 긴밀해졌던 것이다. 동년 4월 24, 25일 경성에서 열린 제5차 정기대회 및 창립기념식에는 일본 규슈 (九州) 수평사 연합회 집행위원 마쓰모토 기요시(松本淸)가 참석하였고 진용을 정비하였다.

형평운동의 초기에는 평민 대 백정의 충돌사건이 속출하였으나, 이는 운동 당초 일반의 이해부족과 백정의 갑작스런 불손이 원인이었다. 차츰 일반의 이해와 형평사원의 자각에 따라 1929년대에 이르러 분쟁수는 점감(漸減)했던 것이다.

⑷ 경제 운동

독립운동을 점진적 방법으로 전환하면서 민족정신의 함양과 실력양성이 급선무가 되었던 만큼 그것은 대내적 문화운동·사회운동과 함께 필연적으로 산업개발운동을 동반하였다. 다시 말하면, 교육진흥과 산업개발로서 문화운동과 사회운동의 근간을 삼았던 것이다. 교육에서나 경제에서 철저한 조선인 본위의 주장과 요구는 곧 민족문화의 주체, 민족경제의 자립을 요구하는 이념이었다. 3·1운동 이후 일본이 표면상으로는 회유정책을 썼다 하나, 경제적 착취는 더욱 노골화하여 일인은 한인의 거의 유일한 생활의 기초인 토지를 착취하는 데 혈안이 되고, 거기에 과세의 과중과 일본상품의 침입으로 민족산업은 궤멸된데다가 사치 소비와 지출의 격증 등으로 농민은 토지를 잃고, 일본·만주·시베리아로 이민의 길을 떠났으며, 중산층은 몰락 도괴(倒壞)의 지경에 이르렀던 것이다.

그리하여 소작쟁의·노동쟁의가 연달아 일어나게 되었다. 이러한 노농운동의 배경은 물론 당시 러시아혁명의 여파로 국내에 파급된 사회주의 내지 공산주의운동의 조종이 적지 않았으나 당시의 사회주의 또는 공산주의운동은 계급투쟁보다도 민족항쟁의 수단이 되었고, 또 민족항쟁은 그것을 이용하는 일체적 관계에 있었던 것이다. 그러므로 그것은 일본민족과 일본자본을 배척하는 점에서 동일하였고, 따라서 민족혁명을 위한 공동전선이 절로 이루어졌던 것이다.

1922년 당시 일본의 가토(加藤) 내각이 성립되어 재정긴축·소비절약의 정강을 발표하자 그 표방을 이용하여 일어난 경제독립, 곧 자립경제의 제창이 있었다. 이해 겨울에 연희전문학교 학생 염태진(廉台鎭), 박태화(朴泰和) 등 50인이 '자작회'(自作會)를 창설한 뒤를 이어 '물산장려회'(物産獎勵會), '토산애용부인회'(土産愛用婦人會) 등의 단체를 조직하고, 자작자급·국산장려·소비절약·금주단연(禁酒斷煙) 운동을 일으켜 경제독립과 철저한 국산품 사용을 장려하고 호소하여 그 공명자가 경향간에 족출(簇出)하여, 어느 지방이고 '금주단연단'이 조직되지 않은 곳이 없었다. 그 진의는 일화(日貨) 배척이요, 소극적·무저항주의적 배일운동이었다. 이 운동의 물결은 한때 기생들까지 면제(綿製) 의복을 입고 접객석(接客席)에 나오기에 이르렀던 것이다.

'자작회'는 서대문 1정목에 작은 상점을 열고, 순국산품을 진열하여 동호자의 수용에 供하여 외국산을 배척하고, 허장성세의 선전을 하지 않고, 한 사람 한 사람씩 착실한 애국심으로 역량을 육성하자는 것이었다.

228

이 자작회는 김성준(金星濬) 등의 급진파가 대두하여 종래의 소극적 방법을 버리고 신문지상으로, 가두선전으로 국산애용운동을 적극 전개하여 급속한 실현을 주장하였다. 1924년 음력 정월 초하루를 기하여 대대적으로 선전 삐라와 가두연설과 시가행진을 하여 기세를 올렸다. 이에 향응하는 지사·애국청년학생층은 감격하여 자기의 외투와 모자를 즉석에서 찢어버리기까지 하였다. 이와 같이 팽창하여 한때 전민족이 호응 가담하던 이 운동도 당국의 방해도 있고 열성도 식어 차츰 침체하고 말았다.

이 자작회를 이어 일어난 것이 '물산장려회'이다. 견지동(堅志洞)에 회관을 두고, 명제세(明濟世), 조만식(曺晚植), 김성준(金星濬) 등이 10여 년을 지속 주장하였다. 말총 모자·무명 두루마기·미투리·편리화(便利靴)에 저고리 두루마기의 고름을 떼고, 단추를 단 것이 당시 이 운동자들의 차림이었다. '물산장려'란 것은 '국산'이란 말을 못 쓰는 데서 온 대용어였다.

이러한 자립경제운동은 1926년 6월 동경 유학생계에서 협동조합운동으로 일어나기도 했던 것이다. 당시 동경에 유학하고 있던 전진한(錢鎭漢), 함상훈(咸尙勳) 등 민족주의자들은 조선 농촌의 퇴폐를 구제하는 길은 자본력이 결핍한 다수민이 단결력에 의하여 자본력의 결핍을 보충하고, 경제상의 지위를 향상시키는 산업조합 사상의 보급 선전에 있다고 하여 협동조합운동사(社)를 창설하였다. ① 중간이윤의 철폐, ② 고리채(高利債) 구축(驅逐), ③ 경제적 단결, ④ 자주적 훈련 등을 모토로 하고, 그 강령으로, (1) 오인(吾人)은 협동자립적 정신으로써 민중적 산업관리와 민중적 교양을 기함, (2) 오인은 이상의 목적을 관철하기 위하여 조합정신의 고취와 실지경제를 기함이라고 하였다.

동년 하기방학에는 간부 전진한 등 수명이 경상북도를 순회하며, 각지에 강연회를 개최하여 조합조직을 선전하여, 1927년 1월 전(錢)의 향리 상주 함창에서 전준한(錢俊漢) 등이 주동이 되어 생산소비 공동관리를 표방한 함창 협동조합의 설립을 효시로 하여 각지에 조직을 보게 되었다. 동년 5월 동경에서 정기총회를 열고 강령을 '1. 오인은 대중의 경제적 단결을 공고히 하여 자주적 훈련을 기함, 2. 오인은 이상의 목적을 관철하기 위하여 대중본위의 자주적 조합을 조직하고 이를 지도함'이라고 개정하였다.

> 협동조합은 자본주의 제도의 결함에서 산출된 사회운동의 한 형태로서, 경제적 약자가 상호부조의 협력에 의하여 경제적 지위의 향상을 기도하고 자본주의의 결함을 배제하고자 하는 이상 아래 경제적 조직체로서 소비·신용·생산·판매 등이 조합의 목적이다(《협동조합운동의 실제》 1927. 11)

　1928년 3월, 회원 다수가 학교를 졸업하고 귀국하자, 조합의 목적은 국내에서의 실제운동이므로 4월 1일에 본부를 경성 광화문통 121번지로 이전하였다. 동년 11월까지에는 각종 협동조합 22단체, 회원 4,700여 명이란 수에 이르렀다. 그러나 위원장 전진한이 동년 7월 신의주 사건에 연좌 수감됨으로써 중심세력을 잃고 침체했으나, 이듬해 4월 14일 경성 견지동(堅志洞) 시천교당(侍天敎堂)에서 제7회 정기대회를 열고 (출석 19명), 조합운동 부진의 원인을 분석하여 선전의 철저, 조직의 개선, 지도자의 양성 등을 협의한다는 규약개정, 기준정관을 작성하여 혁신을 기하였다. 동년 6월에 이르러 간부 이시목(李時穆) 등의 발기로 협동조합, 경리조합 조직을 계획하고, 사업계획서·정관·취지서·가입신청서 등을 인쇄 배포하여 활기를 띠게 되었다. 8)

　3·1운동 직후에 일어난 이와 같은 민족운동으로서의 문화운동을 통한 민족의식 고취와 실력양성의 3대 기간인 언론·교육·산업의 3방면에 걸쳐 큰 업적을 남긴 이는 김성수(金性洙)이다. 그는 1915년 중앙고보의 경영을 인수하여 송진우(宋鎭禹), 현상윤(玄相允)으로 더불어 3·1운동 거사계획의 중핵에 참여케 하고, 1932년 보성전문학교 재단을 인수하여 민족운동·학생운동의 선봉을 길렀으며, 1920년에는 《동아일보》를 창간하여 민족주의의 대변기관으로 빛나는 항쟁을 계속하였고,

---

8) 《高等警察要史》, 68~69쪽.

1919년에는 경성방직회사를 설립하여 '태극성'표 광목으로 민족산업의 개발에 공헌하였던 것이다. 이는 손병희의 이른바 이전(理戰)·언전(言戰)·재전(財戰)의 '3전론'과 통하는 민족독립운동의 항구적 도표(道標)였던 것이다.

2. 사회주의 · 무정부주의 · 공산주의

1) 사회주의와의 연계

우리나라에 사회주의운동이 대두하기 시작한 것은 3 · 1운동 전후의 일이다. 그것의 배경에는 러시아에서의 볼셰비키 혁명운동의 간접적 또는 직접적인 영향 아래 이루어졌다는 것은 부인할 수 없는 사실이다. 그러나 일제의 식민지에서의 해방이라는 근본명제는 8 · 15해방까지 사회주의에 기본적인 제약을 주었을 뿐 아니라 우리의 민족주의에 사회주의적 경향을 자극해 왔던 것이다. 그러므로 한국의 민족운동은 민족적 사회주의 · 사회주의적 민족주의의 색조가 진작부터 짙었고, 이러한 상호영향의 요소 때문에 해방 전까지의 공산주의운동은 민족해방운동사에서 제외될 수가 없는 것이다.

한국의 사회주의운동은 다음의 3단계에 나눌 수 있다.

첫째, 민족해방운동의 전략으로서의 사회주의와 연계, 둘째, 민족혁명 이론으로서의 사상적 모색, 셋째, 공산주의 투쟁으로서의 조직운동이 그것이다. 첫째 선은 노령과 상해에서, 둘째 선은 동경유학생으로부터 국내로 들어왔고, 셋째 선은 러시아 · 상해 · 한국 · 만주 · 일본이 연결되어 이루어진 것이다.

사회주의운동의 맹아는 1917년 8월, 상해에서 신규식을 중심으로 한 '한국사회당' 결성에서 찾을 수 있다. 그러나 이 단체는 스톡홀름에서 개최되는 국제 사회주의자 회의에 보낼 〈한국독립요청서〉를 기초한 데 그치고 흐지부지 해체되고 말았다. 러시아에 있던 교포들은 1917년 8월의 제2차 러시아혁명 직후 '전로한족회중앙총회'(全露韓族會中央總會)를 쌍성(雙城)에 설립하고, 회장에 문창범(文昌範), 간부에 김립(金立), 윤해(尹海) 등을 선출하고, 각지에 분회를 설치하였으나 이 때는 아직도 민족주의운동 단체였고, 사회주의 색채는 약간 띠었을 정노였다. 그 뒤 김기용(金起龍)이 '노병회'(勞兵會)를 창립하여 이동휘(李東輝), 김립, 전일(全一) 등의 협력으로 케렌스키의 사회당과 연락하고 있었다.

당시의 시베리아는 정치적 군사적으로 악화일로에 있어서 볼셰비키들은 일본군을 동지역에서 구축(驅逐)하기 위해서는 어떠한 반일적인 세력과도 손을 잡아야 할 형편에 있었다. 이러한 시기에 군인출신인 이동휘가 시베리아와 만주의 한국인들로 형성된 군사력을 배경으로 하여 볼셰비키와 손을 잡고 일본군에 대항함으로써 초창기 공산주의 지도자로 등장하였다.

그 동안 만주에서는 약 4,000명의 한국인들이 독립군 깃발 아래 모여 이르쿠츠크 지대에서 高麗獨立聯隊로서 볼셰비키군에 가담하여 싸웠다 한다.

1918년 6월 이동휘는 하바로프스크에서 '한인사회당'을 조직하였고, 이듬해 4월에는 블라디보스토크에서 하나의 회의를 열었다.

이 해에는 국내에서 3·1운동이 터지고, 러시아에는 10월 혁명이 성공하여 케렌스키 정부가 무너지고, 레닌의 볼셰비키 정부가 모스크바에 서고, 제3인터내셔널이 수립되었다.

이 회의에서 당명은 '고려공산당'(高麗共産黨)으로 바뀌고, 당본부는 블라디보스토크에 두게 되었으며, 박진순(朴鎭淳) 외 2명이 모스크바에 파견되었던 것이다.[9] 한편 이에 앞서 1918년 1월에는 귀화한 한국인들

---

9) 모스크바로 파견된 朴鎭淳은 1920년 7월, 제2차 '코민테른' 회의에 한국공산당 대표로 참석, '인터내셔널'이 극동문제를 등한시하는 것을 비난하는 연설을 하였는데, "극동에 있어서의 혁명의 최초단계가 자유주의며 부르주아지와 민족주의적 지식층의 승리가 될 것"이라고 인정한 것은 주목할 바로서 당시의 노선을 이해함에 단적인 자료라 하겠다("반세기의 증언(8)," 《조선일보》 1964. 4. 19).

이 이르쿠츠크 공산당 한국지부를 창립하고 당규약을 채택했다.

이동휘는 고려공산당 대표로 모스크바에 가서 레닌을 만나 그 승인을 받은 다음 1919년 8월 상해로 가서 임시정부의 국무총리에 취임하였다. 이리하여 민족주의자와 공산주의자들은 독립이란 공동목적 아래 협력하게 되었고, 러시아 및 코민테른과도 확고한 연결을 갖게 되었다. 이러한 가운데 1920년 5월, 상해에서 고려공산당이 창립되었으니, 동당(同黨)의 선언문은 일본의 병합을 공격하고 한국인민의 즉시 해방을 요구하였다.

이동휘는 그 뒤 총리직을 사퇴하고, 청년정객을 모아 고려공산당을 조직하고, 국내 세포조직에 착수하였다(申肅,《나의 일생》, 65~66쪽).

> 이 고려공산당에는 여운형이 문서 번역 책임으로 등장하여 최초로 〈공산당 선언〉(The Communist Manifesto)과 영국 노동당에서 보내온 사회주의와 공산주의에 관한 서적을 국문으로 번역하여 주로 간도지방에 뿌렸다 한다("반세기의 증언(8)," 《조선일보》 1964. 4. 19).

1920년 6월, 제 3 차 '전로중국노동자회의'(全露中國勞動者會議)에는 한형권(韓馨權)이 대표로 참가하였고, 그 시기에 레닌 정부와 임시정부 간에는 다음과 같은 내용의 조약이 맺어졌던 것이다.

① 한국정부는 공산주의를 채택하고 선전활동을 전개한다.
② 소비에트 정부는 한국독립활동을 지원한다.
③ 시베리아에서의 한국군 훈련 및 집결을 허용하는 보급은 소련정부가 담당한다.
④ 한국군은 지정된 蘇軍 사령부에 예속된다.
　(일본《朝日新聞》 1920. 12. 10)

이에 의하여 레닌은 원조금 2백만 루블의 지급을 지시하였고, 그 제 1 차 지불금 60만 루블이 한형권에 수교(手交)되었다. 한(韓)은 그 중 20만 루블을 모스크바에 있는 박진순(朴鎭淳)에게 맡기고, 40만 루블만

가지고 상해로 떠나 치타에 이르러 이동휘의 비서 김립에게 수교(手交)
하였다. 김립은 잔여금 20만 루블을 마저 가져오라고 한(韓)을 모스크
바로 돌려보내고, 1920년 12월 상해로 돌아왔던 것이다. 박진순이 맡
았던 20만 루블은 박(朴)이 북경에 있는 자기 부인 러시아 여자에게 보
관시켰다가 후일 이르쿠츠크파가 관리했다고 한다.[10]

이 한형권에게서 김립이 받아온 40만 루블은 임시정부에 들여놓지
않고, 그 용도가 확실하지 않아 치열한 공격의 대상이 되었고, 이 때문
에 일어난 파쟁으로 마침내 고려공산당이 분열되었을 뿐 아니라 임시정
부의 분열을 조장했던 것이다.

> 이 40만 루블은 李增林, 大杉榮을 통하여 일본으로 약 2만圓, 중국당
> 원에 약 1만元, 李鳳洙를 통하여 崔八鏞, 張德秀 등에게 국내로 8만
> 圓, 상해 임시정부 내의 국민대표회의 준비자금으로 약 6만元 등이
> 용처가 알려진 것으로 기록에 남아 있고, 최팔용, 장덕수에게 8만圓
> 이 오기 전 1921년 7월에 金鏐洙를 통하여 국내 공산당에 액수미상의
> 자금이 들어왔다는 사실이 알려졌을 뿐(후항 참조), 김립은 이 자금의
> 사용을 비밀에 부쳤을 뿐 아니라 김립이 그 돈을 횡령하여 간도에 땅
> 을 사고, 중국인 첩에게 호화로운 집을 사주었다는 풍설이 있어 공격
> 이 일어났고, 그 회계의 공개를 요청받은 이동휘는 끝내 김립을 옹호
> 함으로써 1921년 봄 고려공산당은 드디어 깨어지고 말았다. 이 때문
> 에 김립은 상해에서 살해되었다. 이 40만 루블 처리에 대한 분쟁은 당
> 시의 국무총리 이동휘가 임시정부의 이름으로 얻어온 돈을 국제공산
> 당이 이동휘가 영도하는 고려공산당에 보내온 돈이라 하여 임시정부
> 에 들여놓지 않은 데에 그 분쟁 발단의 근본 이유가 있었던 것이다.
> 김립이 사용했다 하나 그 액수가 어느 정도인지 미상이고, 이면의 사
> 실은 고려공산당 자금으로서 밝힐 수 없는 內情이 있었던 것 같다.
> 김립은 이동휘 국무총리 당시 국무원 비서장이었다

이 상해 고려공산당의 수립을 배신이라 하여 가장 분개한 것은 이르

---

10) "반세기의 증언(8) : 초기 공산주의 운동"(《조선일보》 1964. 4. 19).

쿠츠크 사람들이었다. 그들은 마침내 1921년 5월 6일, 이르쿠츠크에서 구당과 분리된 조직을 결성했으니, 그 주요 멤버는 한명세(韓明世), 고창일(高昌一), 유동열(柳東說) 등으로 김만겸(金萬謙) 일파가 이에 동조하였고, 옴스크에 있는 '시베리아 혁명위원회'의 물질적 후원을 받게 되었다. 이리하여 고려공산당은 이동휘 등의 상해파와 한명세 등의 이르쿠츠크(伊市)파로 완전 분열되고 상해에서 반(反)이동휘파로 등장한 인물로 여운형, 최창식(崔昌植), 조동호(趙東祜), 김단야(金丹冶)는 이시파(伊市派)에 속하게 되었다.

　　金萬謙은 다시 '한국공산청년동맹'을 조직하고, 그 서기장에 朴憲永을 뽑았다. 이 동맹은 연령이 제한된 것이 흥미있는 것으로서, 정회원은 30세 이하, 그 이상은 후원회원이 된다는 것이다. 그들은 코민테른 상해지부에서 월 100元의 정규봉급을 받았던 것이다.

　이동휘 일파는 1921년의 여름에 원조금 처리에 따른 잡음관계로 코민테른의 원조를 상실하게 되고, 이와 같은 이시파(伊市派)와 상해파의 분쟁의 결과 고려공산당은 제 3 국제공산당의 승인이 취소되었다. 그러나 대다수의 당원을 장악하고 있었던 까닭에 이동휘 일파는 상해파라는 이름으로 상당한 세력을 가지고 계속되었다.

　　당시의 상해파는 이동휘, 文鼎健, 尹滋英, 孫斗煥, 邊長城, 趙德津, 安光泉, 金圭冕 등이 중심이 되어 국내의 서울 청년회系계에 연락되었고, 伊市派는 여운형, 康景善, 曺奉岩, 趙東祜, 金丹冶(泰淵), 金哲勳, 黃勳 등이 중심이 되어 국내의 화요회系에 연락되었다(《高等警察要史》, 139쪽).

　이동휘 일파는 반대파가 이르쿠츠크에서 분리 창당한 같은 해에 당본부를 극동공화국 수도 치타로 옮기고, 그 세력의 강화를 도모했는데 그 중요 멤버는 이동휘 외에 김립, 문창범, 신채호, 박용만 등이었다. 그

236

들은 만주·중국의 주요 도시는 물론 국내의 평양·대구·함흥에 지부를 두기로 계획하는 한편, 많은 출판물을 간행했다. 이 러시아어 서적의 직역판의 반포로 말미암아 공산주의 사상에 젖게 된 만주·시베리아 지역의 교포는 15만에 달했다고 한다. 중국인이 겨우 2만인 데 비해서 한국 교포의 찬동자가 15만이라는 것은 당시 우리 교포의 이 사상에 대한 관심의 도가 어떠했다는 것을 짐작하게 한다.

　　1926년 상해파의 자금 일부가 大杉榮을 통해 일본의 사회주의운동의 지원에 쓰였다는 것과, 1921년 金鐵洙를 통해서 국내에 들어옴으로써 당시 상해파의 비중은 과소평가할 수 없는 것이 있었다(본장 후절 참조).

　국제공산당의 취소를 받았던 한국공산당은 제3인터내셔널이 중국혁명운동에 대한 적극적 행동을 취하게 됨에 따라 당시 상해에 있던 여운형은 국제공산당의 지령을 받아 서울에 '조선공산당'을 조직하고, 상해에는 동당(同黨) 상해부를 두어 그 수령이 되었다. 제1차 조선공산당 검거 후는 일시 그 본거를 상해에 두어 여운형, 김찬(金燦), 조봉암(曹奉岩)이 중심이 되어 노령 및 만주 총국과 연락하였다.

　1922년 1월 모스크바에서 제1차 극동피압박인민회의가 열렸을 때 그 정식대표 144명 중 한국인 대표가 이동휘, 박진순, 장건상(張健相), 김시현(金始顯), 여운형, 김규식, 박헌영 등 52명이었다는 사실은 당시의 극동사회주의운동에서 한국의 선구적 위치를 말하는 것이 아닐 수 없다.

　그러나 이 상해파와 이시파(伊市派)의 오랜 동안의 격렬한 투쟁은 공산당 내부의 분쟁으로 그 뒤에도 계속되었거니와, 이른바 '흑하사변'(黑河事變)이란 동족상잔의 유혈극도 이 양파의 싸움에서 연유하는 것이었다.[11] 뿐만 아니라, 이 양파의 분쟁은 민족운동 전반에도 큰 영향을 주어 후일 임정분열과 부인(否認)의 개조파와 건설파 분쟁의 한 요인을

11) 이 책 제2편 8장 "흑하사변" 참조.

이루었던 것이다. 12)

그러나 이 레닌 정부, 또는 국제공산당으로부터의 원조자금 수수경위
와 액수에 대해서는 여러 가지 異說이 있다.

첫째 설은 이동휘가 한인사회당을 고려공산당으로 개편하여 그 대
표로 레닌을 만났을 때 원조자금 200만 루블을 받기로 하고, 그 일부
를 먼저 받아온 다음, 상해로 오기 직전 박진순을 모스크바로 보내어
많은 선전비를 타 오게 했는데, 박진순은 돈을 타서 귀도에 올라 1919
년 9월 11일 이르쿠츠크에 도착했을 때 스미야스키란 露人과 러시아
에 귀화한 金哲勳, 吳河默 등이 자기들이 정통파라 주장, 그 자금의
인도를 강요하여 이르쿠츠크에서 뺏겼다는 것이다.

이동휘가 상해 임시정부로 간 것은 1919년 8월경이요, 박진순은 이
1919년 4월 고려공산당 결성 직후 모스크바에 파견되었으니까 귀로에
자금을 받아 왔을 수 있으므로 이 설의 시일에는 모순이 없다. 그러나
이동휘가 약속받은 원조액수와 그가 받았다는 일부금의 액수는 미상
이며, 과연 이동휘가 초행에 원조확정과 그 일부 지불을 받았는지도
알 수 없고, 이 박진순이 이르쿠츠크파에게 빼앗겼다는 자금액수도
기록에 보이지 않는다.

둘째 설은, 이 소식을 상해에서 들은 이동휘는 크게 화가 나서 상해
임시정부 명의로 1920년 12월 말에 다시 한형권을 모스크바로 파견하
여 국제공산당에서 200만元을 받을 약속을 하고, 우선 60만元을 받아
서 치타에 도착하여 거기까지 마중 온 김립에게 그 돈을 주고 모스크
바로 되돌아갔다는 것이다(李成學, "故事異聞,"《新太陽》 1957. 11월
호).

한형권이 모스크바로 간 것은 전항에 보이는 바와 같이 1920년 6월
제 3 차 전로중국노동자회의에 대표로 참가하였던 길에 레닌 정부와
임시정부 사이에 조약을 맺은 것이다. 그러므로 이 둘째 설의 일자는
한형권의 출발일자가 아니고, 귀환일자일 것이다. 또 한형권이 받은
원조금은 레닌이 外相에 지급을 지시한 것으로, 전기 양 정부의 조약

---

12) 본편 제 5 장 "임시정부의 분규와 분열" 참조.

238

에 의한 것이므로, 이 설의 국제공산당의 자금설은 기실 레닌 정부의 원조라 함이 옳을 것이다. 이 김립이 가지고 온 자금이 말썽이 된 것은 바로 이와 같이 임시정부 이름으로 받은 돈을 임시정부에 들여놓지 않았기 때문임을 생각할 때 더욱 그러하다. 이 설에는 김립이 60만元을 가져왔다고 하나, 이 사건을 40만元 사건이라고 하는 것으로 미루어 40만元설이 옳다고 보겠다.

《騎驢隨筆》에는 한형권이 200만元 중 100만元을 받아 가지고 20만元은 모스크바에 맡겨 두고 40만元을 치타에서 김립에게 주고 되돌아 갔다고 되어 있고, 1922년 12월에 한형권이 尹海와 함께 20만元을 가지고 와서 伊市派가 썼다고 했다(위의 책, 244~247쪽).

《韓國獨立運動史》(367쪽)에는 200만 루블 중 전후 100만 루블을 가져다가 40만 루블을 국내 공산당 조직비로, 20만 루블은 상해파 공산당 비용으로, 나머지 20만 루블은 나중 국민대표회의 기금으로 썼다고 하였다.

셋째 설은 이동휘가 1919년 遠東에서 東洋社會黨을 조직하였을 때 임시정부 초청으로 상해에 와서 국무총리에 취임한 후 임정자금이 결핍하므로 비서 김립을 자금 요청차 모스크바에 파견하였는데, 이에 앞서 원동에서 생장한 박진순이 私用으로 모스크바에 여행 갔다가 국제공산당대회에 참석하여 한국독립운동의 사실을 보고한 후 자금 40만元을 얻어 휴대하고 상해로 가는 도중 치타에서 우연히 김립을 만나 그 돈을 줘서 김립이 상해로 가지고 간 것인데, 이를 받은 이동휘는 그 돈이 동양사회당에 오는 돈이라 하여 임시정부에 납부하지 않고 상해에서 공산주의 선전기관을 설치하고 1922년경 서울 방면에 선전원을 파견하고, 선전비 8만圓을 오상근, 장덕수, 최팔용, 김명식 등에게 제공했다는 것이다(李成學, "故事異聞,"《新太陽》1957. 11월호).

이 설은 1927년경 金枓全이 예심에서 供述한 것이나 그도 자기가 들은 풍설대로 말하였을 뿐 정확한 것은 아니다. 여기는 한형권이 나타나지 않고, 박진순도 이동휘의 당과 관계가 분명치 않고, 박이 모스크바에 간 것도 대표로 간 것이 아니고, 私用으로 간 것처럼 된 것은 옳지 못하다. 또 8만圓 사건도 세상에 다 알려진 것이지만, 이것은 1922년경이 아니고, 1926년경 春景園 공산당 피검후의 일이다(후장 참조). 다만 장덕수, 최팔용 외에 오상근, 김명식 이름이 더 나온 것이 색다른 자료이다.

2) 사회주의의 사상적 모색

국내에서 사회주의운동을 받아들이기 시작한 것은 3·1운동 직후의 일이다. 전민족적 연합운동으로 궐기했던 3·1운동이 실패로 돌아간 뒤, 새로운 방법에 대한 모색이 러시아혁명 후의 풍조를 타고 사회주의를 사상석으로 받아들이기 시작했다. 이러한 움직임은 동경 유학생들의 운동으로 비롯되었다. 그러나 초기의 사회주의는 공산주의와 무정부주의가 아직 나누어지지 않았고, 오히려 무정부주의가 먼저 대두하였던 것이다. 무정부주의의 권력 부인과 절대자유주의 또는 그 폭력항쟁이 3·1운동 직후의 민족감정과 사상에 맞았기 때문인 듯하다. 초기 사회주의는 사상 이론적으로 한계가 분명하지 않을 뿐 아니라 민족운동 내지 민족주의와도 서로 넘나들고 있었던 것이다. 또 초기 사회주의는 그때까지의 민족주의가 보수적 민족주의와 통하였음에 반하여 진보적 민족주의, 곧 민족혁명노선에의 지향으로 시작되었음을 엿볼 수 있다.

1920년 12월 10일, 일본 사회주의동맹이 발회(發會)를 보고, 이듬해 5월 27일 결사금지가 되자 일본 사상계는 일대파란이 일어났거니와 당시 일본에 유학하던 학생 변희용(卞熙鎔), 조봉암(曺奉岩), 김약수(金若水), 원종린(元鍾麟), 임택용(林澤龍), 황석우(黃錫禹), 권희국(權熙國) 등은 일본 사상단체에 출입하면서 점차 사회주의사상을 포회(抱懷)하게 되었다. 이 무렵에는 특히 오스기(大杉榮), 사카이(堺利彦) 등에 접근하여 급격한 사상을 받아들이게 되었다.

원종린, 김홍기(金鴻基) 등은 1921년 10월 5일에 회합하여 '신인연맹'(新人聯盟)이라는 단체를 조직하여 회원을 모집하던 중 원(元)은 황석우, 임택룡 등과 상의하여 별도로 '흑양회'(黑洋會)를 조직하였다. 뒤에 이 신인연맹과 흑양회를 병합하여 '흑도회'(黑濤會)라 개칭하고, 간사로서 박열(朴烈), 정차영(鄭叉影), 김약수, 정태성(鄭泰成), 서상일

(徐相一), 원종린, 조봉암, 황석우를 선출하였다. 흑도회는 사회주의 사상단체로서는 남상(濫觴)이 되었으나 그 당시의 사상체계는 명확하지 못했고 억지로 평한다면 추상적·사회주의적 민족주의라고나 할 성질의 것이었다.

점차로 주의(主義)상의 이해에 체계가 잡히자 무정부 공산주의적 색채를 띠고, 2대 분파를 보기에 이르렀다. 박열, 백무(白武), 조봉암, 서상일, 이용기(李龍基), 이옥(李鈺) 등의 실행파 ─ 자유연합적 아나키스트와 김찬(金燦), 김종범(金鍾範), 이명건(李命健), 김약수 등의 이론파(중앙집권적 볼셰비키)로 갈라지고, 1923년 1월 이론파는 북성회(北星會, 나중의 一月會)를 조직하고, 박열 등 실행파는 풍뢰회(風雷會)를 조직함으로써 흑도회는 분열되었다.

(1) 무정부주의 운동

1921년경 동경에서 조직된 흑도회는 처음에는 아직 사상체계가 분명하지 않은 사회주의 단체였으나 그 회명 자체는 무정부주의적 색채와 의취(意趣)를 띤 것이었다. 1922년 12월에 박열 등이 흑도회 내의 공산주의자와 분리하여 조직한 풍뢰회는 곧 흑우회(黑友會)라 개칭함으로써 무정부주의는 비로소 실제적으로 표현되었던 것이니, 풍뢰회(흑우회)야말로 한민(韓民) 무정부주의운동의 근원이었다. 흑우회는 흑도회의 기관지 《흑도》(黑濤)를 《후도이센진》(太イ鮮人)이라고 개칭하였다. 일인의 이른바 불령선인(不逞鮮人)의 유음(類音)을 취하여 자부하는 말이다.

흑우회는 사상적으로 일본의 고토쿠(幸德秋水)를 계승한 오스기(大杉榮)의 계통인 박열(朴烈)에 의하여 영도되었다. 1923년 9월 동경 진재(震災) 직후 박열의 일왕 암살계획 사건으로 그의 일파의 비밀결사인 '불령사'(不逞社)가 검거되자 다소 침체했으나, 잔여동지 장상중(張祥重), 이홍근(李宏根), 원심창(元心昌) 등은 이혁(李革), 맹형모(孟亨模) 등이 주재하는 '무산학우회'(無産學友會)와 최낙종(崔洛鍾), 변영우(卞榮雨) 등이 주재하는 '동흥노동동맹회'(東興勞動同盟會)와 연결하여 회세(會勢)를 만회하였다.

25년 7월 가네코(金子文子) 옥사(獄死)를 둘러싼 괴사진(怪寫眞) 사건이 일어나 정계에 일대파문을 일으켰기 때문에 이듬해 10월 육홍균(陸洪均) 등은 흑우회를 '흑색청년연맹'(黑色靑年聯盟)으로 개칭하고, ① '자유연합주의의 고창', ② '피정복자의 해방은 그 자신의 힘으로'라는 슬로건을 발표하고 일본 무정부주의 단체 '흑량청년연맹'(黑良靑年聯盟)에 가입하였다. 박열의 뜻을 계승한다 해서 곧 다시 '불령사'로 개칭하고, 기관지《흑우》를 발행했으나 발매 금지되었다. 다시 흑풍회(黑風會)라 개칭, 이횡근, 원훈(元勳), 박망(朴茫) 등은 동흥노동동맹(東興勞動同盟)을 흑풍회의 세포단체로 삼는 한편, 1927년 2월 말에는 본회의 별동대로 '조선자유노동자조합'(朝鮮自由勞動者組合)을 오우영(吳宇榮)으로 하여금 조직케 하여 운동선을 확대하였다.

무정부주의운동이 국내에서 표면에 나타난 것은 1923년 9월 '박열 사건'과 관련된 '불령사 사건'에 연좌하여 예심에서 면소(免訴)된 서동성(徐東星)이 향리 대구에 돌아와 조직한 '진우연맹'(眞友聯盟)으로부터 시작된다. 진우연맹은 그 후 '대구노동친목회'를 포섭하여 이 두 단체의 회원은 1,111명을 옹(擁)하였던 것이다.[13] 1925년 11월에는 간부 방한상(方漢相)을 오사카(大阪)·나고야(名古屋)·동경 등지에 밀파하여 '자아인사'(自我人社)의 구리하라(栗原一男), 무쿠모토(椋本運雄)와 '자연아연맹'(自然兒聯盟), '키로친 단(團)' 등의 관계자와 교우하여 밀접한 연락을 하였고, 26년 4월 박열 처 가네코(金子文子)의 옥사 유골매장 직전에는 구리하라(栗原一男), 후세(布施辰治)가 대구에 와 한일(韓日) 아나계(系) 제휴는 더욱 긴밀해졌다.

또 당시의 진우연맹은 암살파괴단을 조직하여 상해에 있는 '원동 무정부주의자 총련'(遠東無政府主義者總聯)과 연락하여 직접 행동에 나오려다가 총검거되었던 것이다. 그 뒤 1928년경 평양관계 흑우회 간부 이횡근의 주동으로 공산주의운동의 침체를 타서 동지를 규합하여 세력을 만회하고자 하였다. 만주단두단원(滿洲斷頭團圓)으로 복역 출옥한 뒤 무

---

13)《高等警察要史》, 164쪽 참조.

정부주의자가 된 박석홍(朴錫洪)의 연락으로 대구진우연맹사건 수뇌 서동성(徐東星)과 박열 사건 연루자 선산(善山) 육홍균(陸洪均)의 '사생활사'(私生活社)와 연락되었다.

당시의 무정부주의는 강권주의 치하에서는 자유의 옹호 촉진을 위해서 파괴·암살 등은 당연히 부하(負荷)하지 않을 수 없는 사명이라 하여 급격한 폭력주의를 택하였다. 1927년 10월 24일 재동경 아나계 단체 흑풍회 자유노동자조합 동흥노동조합원 원훈 외 3명은 동아일보사가 모집해 보낸 재외동포 위문금 문제로 민족주의계 신간회 동경지회와 공산계 조선청년동맹을 습격하여 각각 쌍방이 부상자를 내었고, 다음해 2월 노동자 취직소개 문제로 자유노조원은 친일계 상애회(相愛會)를 습격하였으며, 출동한 일경을 일본도(日本刀)로 상해하였다. 동년 5월 자유노조원이 공산계 노총에의 전입문제로 원훈, 이용태(李龍太), 김현철(金賢哲) 등 아나계 일파는 노총을 습격하여 검거되었으나 한하원(韓河源), 이시우(李時雨) 등 소장 급진분자는 행동을 계속하였고, 동년 9월 북경에서 열리는 중국 무정부주의 단체 동방연맹대회에 대표 파견을 획책하는 한편, 국내의 평양과 일본의 관서 흑우연맹과 연락하였다.

특히 아나계는 볼셰비키와의 반목 투쟁이 격심하였다. 1928년 6월 7일 동경유학생학우회 주최 운동회의 경비남용을 공격하여 원훈(元勳), 양상기(梁相基), 하은파(河銀波) 등 7명이 신간회 사무소에 단도를 휴대하고 습격하여 중경상자 5명을 내고 가해측 아나계의 1명은 칼을 들고 2층에서 뛰어내리다가 즉사하였다. 1928년대에는 동경을 주로 한 아나계 단체는 10개였고, 회원 50명 내외로 위축되어 차츰 공산계에 압도되는 형세에 있었다.

> 朴烈(朴準植·尙州)은 1921년 이래 동경에서 무정부주의운동의 선봉에 참가, 동지를 규합하여 23년 4월 金子文子(山梨), 洪鎭裕(논산), 崔圭悰(김제), 鄭泰成(端川), 陸洪均(선산), 徐東星(대구), 小川武(高知) 등과 모의하여 직접 행동을 목적으로 하는 비밀결사 不逞社를 조직하여 활동중 동년 9월 1일 동경 震災 당시 검거되었는바, 일본

왕에 대한 저격을 계획하고, 金重漢(龍岡)으로 하여금 상해 동지로부터 폭탄 입수를 계획중 발각된 사건이다. 이 사건 관계자는 前記名 외에 張讚壽(울산), 韓晛相(영암), 徐相庚(충주), 河世明(합천), 野口品二(愛知), 栗原一男(埼玉), 新山初代 등이다. 박열은 大逆犯으로 사형에서 무기형을 받고 복역하여 23년 만에 해방과 함께 출옥 환국하였다(6·25 때 또 납북됨).

가네코 후미코(金子文子)는 박열의 부인으로 박열과 함께 불령사에 가입 활동중 일왕 암살모의 사건에 연좌하였는바, 옥중에서 잉태하여 낭황한 일본당국이 독살하였다. 괴사진 사건이란 박열의 무릎에 가네코가 안겨서 찍은 사진이 밖으로 새어나와 신문에 게재됨으로써 이른바 대역범에 대한 있을 수 없는 대우가 의회에까지 말썽이 되어 倒閣에 이른 사건이다.

이 박열 사건은 震災 직전 일본이 민란의 위기에 있었는데, 이의 모면을 위한 苦肉計로 지진을 조선인의 방화라고 뒤집어 씌워서 일인의 민족감정을 선동 이용하여 조선인을 대량 학살함과 같은 일련의 수법으로 얽어맨 사건이다. 그러므로 박열과 가네코를 희생으로 삼는데서 오는 회유와 관대한 대우가 그 부부의 옥중관계를 맺게 하여 이러한 사진이 나오고 아이를 배게 한 것이라는 설도 있다.

眞友聯盟이란 암살파괴단은 徐東星이 동지 8명을 규합하여 수양을 표방하고 조직한 비밀단체로서, 方漢相, 申宰模가 동경의 동지와 연락하고, 파괴 암살에 대한 구체적 방법을 모의중 1926년 7월에 검거되었다. 26년 4월 栗原一男이 박열 사형의 경우, 시체 인수에 필요한 위임장과 가네코의 입적에 관한 용무로 박열의 가족을 면회하려고 대구에 왔을 때, 진우연맹원 신재모, 徐學伊(黑波), 馬明(昇宙), 禹海龍(海雲), 鄭命俊(黑陶)의 5명과 회견하고, 동경에 있는 흑색청년연맹의 활동상황을 설명하고 폭력투쟁과 흑색연맹 가입을 권유하여 4월 12일 밤과 13일에 栗原이 기숙하는 대구府 新町 李今伊(신재모 처) 집에서 서동성, 신재모, 방한상(黑田), 徐學伊, 鄭命俊, 朱鍾健, 金召成(이상 창립 당시 盟員)과 馬明, 우해룡, 安達德(창립후 가맹)의 10명이 회합하여 협의하고 무정부주의 실현 제1보로서 동경의 흑색청년연맹의 활동을 본받아 먼저 부호에게서 자금을 조달할 것과 2개

244

년 이내에 대구시내의 도청·경찰서·우편국·지방 및 복심법원을 비롯한 주요 관공서와 상업 중심가를 파괴하고 도지사·경찰부장 등 기관장을 암살할 파괴단을 조직하고, 선언강령을 기초하고 각자 서명한 뒤 拇印을 찍어 서약하였다.

파괴에 사용할 폭탄은 상해 民衆社 高白性을 통하여 입수할 계획이었다. 동경 흑우회의 부흥에 노력하던 金正根(京城)이 귀국하여 진우연맹원과 회합한 결과 서학이, 방한상, 정명준, 신재모의 4명은 김정근의 소개로 叛逆兒연맹에 가맹하였다. 또 고백성(三賢·咸陽), 방한상에게 원동 무정부주의자 총연맹에 가맹을 종용하였던 것이다. 이 사건 관계자는 前出한 인사 10명 외에 金東碩(善山)이 파괴계획에 참가하였고, 김정근과 栗原一男·椋本運雄이 동경에서 체포되었다.

(2) 공산주의 운동

동경 유학생의 사회사상단체 흑도회에서 갈라진 공산주의파 김약수(金若水), 김종범(金鍾範), 변희용(卞熙鎔), 이여성(李如星), 백무(白武), 이헌(李憲), 김천해(金天海) 등은 1923년 초에 북성회(北星會, 뒤에 一月會)를 조직하여 공산주의의 기치를 달았다. 이듬해 1924년에 이헌 등이 재일노동조합의 전선통일을 목적으로 '재일본 조선노동총동맹'을 조직하여 자본주의와의 항쟁을 선언함으로부터 공산주의 분야의 활동은 획기적인 성장을 보았던 것이다.

당시의 민족운동의 급진분자들은 조선의 특수사정이 이민족 아래 피지배에 있다는 사회적 결함을 직시하여 유산·무산의 구별을 넘어 전민족적 연합으로 민족해방을 성취함으로써 사유재산을 철폐하고 사회상의 평등 권리를 향유해야 한다고 주장하는 것이 일반적 경향이었다. 이증림(李增林), 원종린(元鍾麟), 변희용, 김약수는 사카이(堺利彦), 다카쓰(高津正道), 야마카와(山川均) 등의 문을 출입하면서 신인회(新人會)에 입회하고 원종린, 권희국(權熙國), 이남두(李南斗) 등은 야마자키(山崎今朝雄)의 평민대학(平民大學)에 출입하면서 공산주의 연구에 몰두하였다.

이증림(咸北·明大)은 1920년 7월, 상해의 한족 공산당(고려공산당)

수령 이동휘를 찾아가(동향 관계), 금 1천여 원(圓)의 적화(赤化)운동비를 받아 왔고, 동년 8월 이동휘가 보낸 이춘열(李春烈)이 동경에 오매 이증림은 그를 오스기 사카에(大杉榮)에게 소개하여 오스기(大杉)는 동년 12월 상해에 밀항하여 이동휘로부터 금 3천 원(圓)의 자금을 받았으며, 이증림은 다시 금 1천 원과 별도로 김하구(金河球)로부터 6백 원의 자금을 수령하여 그 일부를 일본에서의 운동자금으로 쓰고자 곤도(近藤榮造)와 함께 상해로 가서 김립(金立)으로부터 6천여 원을 받아 왔는 바, 당시 동경 경시청에 내란죄로 검거되었다.

이증림 등은 실행파로, 변희용 등은 이론파로서 운동은 계속 전개되었다. 이들도 당시에는 아직 민족주의적 색채가 다분히 있었으나 차츰 조선의 해방은 일본의 적화혁명을 이용하여 소기의 민족해방을 달성해야 한다는 공산주의적 색채가 농도를 더 하였다. 변희용은 1921년부터 기관지 《대중시보》(大衆時報)를 발간하여 뒤에 김약수가 이를 계속 발행했고, 변희용은 그 이듬해에 잡지 《전진》(前進)을 발행하여 노농 러시아의 찬양과 선전에 노력하였다. 이 동경유학생의 공산주의 단체인 북성회는 1923년 8월, 강연단을 조직하여 국내 각지를 순회함으로써 국내에 세력을 부식하기 시작하였다. 당시 국내에서는 '서울청년회'가 전조선청년당대회를 조직하고 청년학생층에 확대될 때였다.

3) 사회주의의 조직적 전개

한국의 사회주의운동은 노농운동(勞農運動)으로부터 착수되었고, 또이 노농운동은 공산주의운동의 기반이기도 하였다. 이 노농운동은 1920년에 조직된 '노동공제회'(勞動共濟會)로부터 시작되었다. 당시의 중요 간부는 다음과 같았다.

회장 朴重華, 총무 朴珥圭, 서무 高順欽, 위원 申伯雨, 尹德炳, 李祐世, 金枓熙, 鄭泰信, 南相協, 張德秀, 金明植, 李鳳洙
이 노동공제회는 진주·대구·풍기·부산·마산·안동·포항·감포

・사천・광주・벌교・평양・공주・양양 등지에 각 지회를 두었고, '槐山小作組合' 등이 있었으며, 그 사업으로는 기관지《共濟》를 발행하였다. 인쇄직공조합, 전차종업원조합, 이발직공조합, 양복직공조합 등 職域別 노동조합을 조직하였다. 또 수해구제사업 등을 착수하였는데 회장 박중화의 被囚로 잠시 침체하였다. 1922년(壬戌) 경에는 勞動同盟會로 개편하는 동시에 소비조합을 시설하고 괴산의 소작쟁의를 일으켜 승리하였다. 1924년에 기독청년회관에서 전조선노농총동맹이 조직됨으로써 노농운동은 공산주의에로 급전하고 노동공제회는 자연 그에 흡수되거나 소멸하고 말았던 것이다.

국내에서의 사회주의운동은 전기한 바 1920년에 창립된 노동공제회로부터 시작된다. 이 무렵을 전후하여 또 이 노동공제회를 요람으로 하여 각종 사회주의단체가 족출하였으니, 오상근(吳祥根)을 회장으로 한 '청년연합회'(靑年聯合會), 김한(金翰), 원우관(元友觀) 등이 지도하던 '무산자동맹회'(無産者同盟會), 김두전(金枓佺)이 주도하는 '북풍회'(北風會), 박숭병(朴崇秉), 전무(全無)가 주도하는 '칼톱회'가 그것이다.[14]

1922년 4월 청년연합회 내의 좌파 김사국(金思國), 이영(李英) 등이 서울청년회를 조직함으로써 공산주의 국내파의 중심을 형성하였고, 그 해 여름에 신백우(申伯雨), 원우관(元友觀), 홍명희(洪命憙) 등이 '신사상연구회'(新思想硏究會)를 조직하더니 뒤이어 홍명희, 홍덕유(洪悳裕), 홍증식(洪增植), 박헌영(朴憲永) 등의 '화요회'(火曜會)가 대두함으로써 서울청년회・북풍회・화요회로 3대 세력을 이루게 되었다.

1923년에 이르러 서울청년회파가 노농대회 준비회를 조직하자 때에 국내조직에 착수하기 시작한 동경유학생계 '일월회'(一月會)가 노농총동맹준비회를 조직함으로써 좌익단체 주도권 쟁탈전은 먼저 서울파와 동경파 간에 일어났던 것이다. 1924년 4월 17일 양파의 협정이 성립되어 '조선노농총동맹'이 결성되었고, 이에 앞서 일월회계인 '신흥청년회'가 청년단체 통일기관으로 '신흥청년동맹'을 조직한 데 대하여 서울청년회

---

14) 《韓國獨立運動史》, 93쪽.

와 청년회연합회 또한 '조선청년총동맹'을 발기하여 항쟁해 오던 것이 노농총동맹의 조직에 의하여 청년단체운동도 타협을 보아 신흥청년동맹이 청년총동맹의 일원으로 가맹하여 4월 24일 '조선청년총동맹'이 성립되었다. 이로써 1923년 8월 이래의 양파 분쟁은 형식상 공동제휴를 보았으나 그 저류는 해소되지 않았던 것이다. 당시의 세력분포는 노농총동맹이 일월계 60%, 서울계 40%였고, 청년총동맹은 서울계 75%, 일월계 25%의 비율이었다.[15]

　1925년 4월 양 총동맹 집행위원 개선(改選)에 대비하여 서울청년회계는 폭력단체 '적박단'(赤雹團)과 '사회주의자동맹'(社會主義者同盟) 및 '여자청년회'(女子靑年會)를 창립하였고, 일월회계는 '경성청년회'(京城靑年會), '북풍회'(北風會), '여자청년동맹'(女子靑年同盟)을 조직 대결하였으니, 양 총동맹의 정기총회는 창립 이래 집회 금지를 당하여 소집을 보지 못했던 것이다. 1925년 1월 서울계가 기관단체 '노동교육회'를 시켜 '전조선노동자교육대회' 개최 계획을 발표하자 일월회계는 그 기간단체 화요회로 하여금 '전조선민중운동자대회' 계획을 발표하였다. 서울계의 지방청년대회가 나주(羅州)에서 개최될 뿐으로 성공하지 못한 데 비해 민중운동자대회는 참가 희망자가 다수에 이르렀다. 당시 《조선일보》는 일월회계 출신 기자가 많아 민중운동자대회에 유리한 보도를 했고, 《동아일보》는 영업정책상 서울청년회를 후원하였다. 그러나 이 두 대회도 집회가 금지되고 말았다. 1925년 6월 치안유지법이 실시되자 양파의 운동은 전환하지 않을 수 없었다. 양파가 다 세포청년단체 조직 확대에 착수하여 일월회계는 '한양청년연맹'을, 서울계는 '경성청년회연합회'를 조직하여 그 지반 확대를 다투게 되었다.

　《조선일보》가 9월 8일 발행정지 처분을 받았다가 10월 15일 해제될 때 필세를 바꾸기 위하여 화요회 및 북풍회의 좌경기자 20여 명을 해임하자, 북풍회는 화요회와 결탁하여 동사 간부를 공격하였는바, 화요회 측은 그 간부 신석우가 동사 이사현임이었기 때문에 북풍회와 행동을

---

15) 《高等警察要史》, 57쪽 참조.

같이할 수 없었으므로, 이에 분개한 북풍회는 수년래 적대해 오던 서울 청년회 일파와 제휴하여 화요회에 대항하려는 기세를 보였다.

1925년 11월 신의주에서 1차 공산당이 검거됨으로써 화요회 박헌영 일파의 고려공산당 조직의 전모가 드러남으로 말미암아 종래 화요회가 재외(在外)주의자와 밀접한 연락을 맺고 타(他)를 이용하고 있었다는 것이 밝혀지자 북풍·화요 양파는 일시 결렬의 위기에 봉착하였으나 양파 간부의 위유(慰諭)로 마침내 이듬해 4월 4일, 4단체(북풍회·화요회·노농당·무산자동맹회)를 해소하고 새로 '정우회'(正友會)란 4파 합동의 최고기관을 조직했으나, 실권은 의연히 화요회가 쥐고 있었고, 서울파는 서울파대로 진용을 정비하여 대항하고 있었다.16)

이 무렵은 한국 사회주의 전성시대로서 화요파 소속 단체수가 450여, 서울파 소속 단체수가 450여로 추산될 정도였다.17)

(1) 조선공산당

1925년 4월 17일 화요회를 주로 한 일파는 북풍회·무산청년회·노농당 등과 합해서 전국신문기자대회를 연다고 왜정을 속이고, 아서원(雅敍園)에 모여서 조선공산당(朝鮮共産黨)을 창립하였으니, 당시의 중요 간부는 다음과 같다.

> 金在鳳(책임비서), 洪增植, 朴憲永, 曺奉岩, 洪南杓, 權五卨, 朴順秉, 李準泰, 趙東祜, 金燦, 崔元澤 등(이상 화요회), 金若水(북풍회), 朱鍾健, 兪鎭熙(이상 상해파), 尹德熙(노농당)

이어서 4월 18일 훈정동(薰井洞) 4번지 박헌영 집에서 이른바 화요 3인조라는 박헌영, 김태연(金泰淵:丹冶), 임원근(林元根)의 지도하에 조선공산당 공산청년회가 탄생되어 계급운동사상 에포크메이킹을 지었다. 당시의 당은 비록 인텔리 소시민 학생층으로 구성되고 노농층에 뿌

16) 《高等警察要史》, 50~58쪽 참조.
17) 《共産黨派爭史》, 20쪽.

리를 박지는 못했으나 진보적 인사의 핵심체를 이루었다는 것만은 사실
이기 때문이다. 이렇게 해서 조직된 조선공산당은 1925년 12월 이른바
신의주사건으로 제 1 차 검거를 당했던 것이다.

　　이 사건은 신의주 당원 獨孤佺이 술을 먹고 싸움 끝에 내가 공산당원
　　이라고 대성 질타함으로써 발각되어 서울에 있는 朝共간부가 전부 신
　　의주로 검거 압송되었기 때문에 생긴 이름이다.

　신의주사건의 제 1 차 검거에 체포되지 않은 책임비서 김재봉은 조선
일보 지방부장 홍덕유와 협의하고 당시 조선일보 진주지국장 강달영(姜
達永)을 적임자로 인정 추천하여 인계하고, 강달영은 이준태(李準泰)와
협의하여 1926년 2월까지 후계조직을 완료하였는바, 동년 6월 융희(降
熙) 황제 국장(國葬) 시에 권오설(權五卨)을 수범으로 한 6·10 만세사건
이 단서가 되어 경성 종로경찰서에 의하여 제 2 차 당 검거가 있었다.
　이 검거에서 체포되지 않은 김철수(金錣洙) 등은 상해파인 한위건(韓
偉健), 양명(梁明) 등과 회합하고, 이어서 일월회계 안광천(安光泉) 일
파와 악수한 다음 양명의 중개로 서울계 신파(新派)를 가입시켜 1926년
12월 통일중앙간부 조직을 마치고 활동중 1928년 2월 종로서에 제 3 차
공산당이 검거되자 잔여 당간부는 동월 하순 당선(黨線)을 장악한 파를
중심하여 서울파 및 상해파 일부를 가(加)하여 신당을 조직 완료했으나
그해 7월에 경기도 경찰부에 검거되고 말았다. 특히 제 4 차 공산당에서
는 학생부를 신설하여 이 때부터 운동의 선구로서 학생층 침투를 계획
한 것이다.
　이와 같이 조선공산당이 화요회파 중심으로 조직된 데 대해서 불평을
품은 서울파는 최창익(崔昌益), 김영만(金榮萬), 정백(鄭栢) 등을 시켜
소련에 혹은 상해에 있는 극동국에 조공(朝共)의 불공평한 조직태도와
방침을 호소하였고, 그 후 서울파는 김사국(金思國), 이영(李英), 이정
윤(李廷允), 김영만(金榮萬), 한상희(韓相熙), 임봉순(任鳳淳) 등이 합
해서 1925년래 서울 무교동 춘경원(春景園)에 모여서 따로 공산당을 조

직하였으니, 이것이 이른바 춘경원 공산당이란 것으로 김사국의 사후 이영이 책임비서가 되었으나, 1926년에 이도 대부분 왜경에 피검되고 말았던 것이다. 조공(朝共) 대표 김찬, 조동호 등이 모스크바 국제공산당에 가서 당의 결성을 보고하고, 그 승인을 받으려 할 때에 상해파 혹은 서울파 대표들 이동휘, 김철수, 양명 등이 그 뒤를 따라 국제당에 가서 이를 방해하여 국제당에서 추태를 연출한 일까지 있었던 것이다 ("朝鮮共産黨事件 1・2차 관계자,"《高等警察要史》. 301~310쪽 참고).

화요공산당이 1926년 6・10 만세운동을 계기로 총검거되었다는 사실은 서울파・상해파의 대두의 호기가 되었다. 조선공산당 중앙간부는 전기한 김철수만이 피검을 면하여 탈출했는데[18] 서울파・상해파에서는 1927년 봄 고광수(高光洙), 김강(金剛), 이인수(李仁洙), 한빈(韓斌) 등 만주공청(滿州共靑)을 중심으로 한 '레닌주의동맹'계 인물들이 국내에 들어와서 서울계 노성파(老成派) 김사국, 이영 등을 제외한 서울소장파 이정윤(李廷允), 최창익(崔昌益), 정백(鄭栢) 등과 서울파・상해파의 영향 아래 있던 일월회・전진회의 안광천(安光泉), 김준연(金俊淵), 하필원(河弼源), 최익한(崔益翰) 등을 합해서 조공(朝共)을 재조직한 것인데, '레닌주의동맹'이란 말이 와전되어 ML당(맑스・레닌당)이라고 부르게 된 것이다.

ML당의 중앙위원으로 구성된 인물은 안광천, 김준연, 김세연(金世淵), 하필원, 박낙종, 최익한, 최창익, 양명, 한위건, 권태석(權泰錫), 김남수(金南洙), 김영만(金榮萬) 등이다. 그러나 이 ML당은 1928년 2월과 8월의 양차에 걸쳐 대검거되어 완전히 왜옥(倭獄) 속으로 들어가고, 다만 ML당의 만주총국과 일본총국만이 남아 있다가 만주총국은 1929년에, 일본총국은 1930년에 모두 피검되었다.

---

18) 김철수가 상해에 가서 이동휘 일파에게서 얻어온 자금은 레닌정부에서 원조받은 일부로서 이것이 소련세력 국내 침투의 효시인 것이다.

(2) 조선공산당의 국외조직

1925년 4월 조선공산당은 만주에 지부를 설치하고, 만주에 있는 당원은 거기에 배속시킬 것을 건의하여 최원택(崔元澤)을 보내어 조봉암과 함께 김철훈(金哲勳), 김하구(金河球), 윤자영(尹滋英)을 초치(招致)하여 동년 5월 조직을 마쳤다. 책임비서 조봉암, 선전부장 윤자영, 조직부장 최원택 등이 각기 취임하여 동만·북만·남만의 3구에 나누어 구역국(區域局)을 두고, 그 뒤 요수(饒洨) 특별국을 설치하여 전만주의 공산운동을 통할하게 되었다. 그 중 동만 구역국은 1926년 10월 유정촌(柳井村) 부근에서 결성, 김용락(金龍洛)이 책임비서가 되었다가 그 후 안기성(安基成)으로 바뀌었다. 1927년 9월 동만도(東滿道) 간부라 개칭하고, 동만청년총동맹을 표면기관으로 하여 활동하다가 동년 10월 간도 왜영사관에 당원 28명이 검거되었다. [19]

이 만주총국의 설치와 함께 고려공산청년회 만주총국을 결성하여 비슷한 조직으로 움직이다가 1928년 9월 東滿道 간부 72명이 검거되었다. 이것이 이른바 '間島 공산당사건'이다.

1927년 2월 안광천, 양명 등에 의하여 제3선 조선공산당이 조직되자 박낙종(朴洛鍾) 등은 곧 '조선공산당 일본총국'을 조직하고, [20] 책임비서 박낙종 이하 강소천(姜小泉), 최익한 등의 간부를 정했으나 동년 2월 박낙종, 최익한 2명은 조선공산당사건에 검거되었다. 그해 3월 조공(朝共) 제4선 조직과 함께 일본총국은 김한경(金漢卿), 한림(韓林), 이우적(李友狄), 인정식(印貞植) 등에 후계되었다가 다시 동년 6월 김학의(金鶴儀) 등에게 후계되었다. 고려 공산청년회 일본부(日本部)는 1927년 5월 인정식을 책임비서로 조직되었으나 익년 12월 일본경시청에 검거되었다.

---

19) 《高等警察要史》, 135쪽.
20) 《高等警察要史》, 160쪽. 이 책에는 朝共 및 高麗共靑 일본총국의 상세한 조직과 구성원의 도표가 붙어 있다(생략).

⑶ 공산당의 계통

제3국제공산당 동양부 극동위원회는 1926년 3월 블라디보스토크에서 하바로프스크로 옮기고, 고려부장은 소수민족부장을 겸임하여 극동에 있는 각현(各縣)의 조선인에 대한 주의선전 및 행정사무를 통할하였고, 공산당 사무에 대해서는 극동위원회의 소관이지만 제3국제공산당 동양부에 직속시켜 조선 및 중국의 선전망을 관할하고 있었다.

조선공산당 연락부는 본부(1925년 12월 검거후 상해로 이동한 듯)에서 간부 김규면(金圭冕)을 특파하였고, 만주총국에서는 김하구(金河球), 장도정(張道政) 등을 상주시켜 국내 및 만주의 연락 통신을 전담케 하였다. 제3국제공산당의 조선공산당에 대한 지령 및 보고는 모두 모스크바에 있는 제3국제공산당 동양부 중앙집행위원 박진순(朴鎭淳)으로부터 재(在)하바로프스크 극동위원회 고려부장 박애(朴愛)를 거쳐 블라디보스토크 연락부에 수교(手交)되어 그 연락원에 의하여 국내 및 중국에 전달되었던 것이다. 1925년 4월 서울에서 조직된 조선공산당이 국제공산당의 정식승인을 얻은 뒤로는 재로(在露) 공당원은 모두 각현 고려부에 속하고, 만주 재주(在住) 당원은 조선공산당에 속하게 되었다. 따라서 노·중국령에 있는 공산당 중 상해파를 고려공산당, 이시파(伊市派)를 전로(全露)공산당이라 하던 것도 조선공산당이 국제공산당의 승인을 받은 뒤로는 자연해산되었다.

> 노령에 있는 조선인 공산당원은 전부 소비에트 공산당에, 중국령에 있는 자는 朝共滿州總局에 각각 편입되고, 고려공산당이란 것은 존재하지 않게 되었다.21)

1928년 8월 총검거에 ML당이 전부 감옥으로 들어가자 국제공산당에서는 국제공산당 조선지부인 조선공산당에 대한 승인을 취소하였다. 그 후의 공산주의운동은 국제당으로부터 들어온 '12월 테제', '10월 테제', '쿠시넨 의견서', '공청(共靑) 테제' 내지 1934년의 '조선공산당행동강령'

---

21) 《高等警察要史》, 134~136쪽.

등 지시문서에 의해서 운동을 전개하여 조공 재건운동을 시도했다가 늘
실패했던 것이다(《共産黨派爭史》, 27쪽).

(4) 조선공산당 재건운동

1928년 '12월 테제'가 국제당에서 발표되자 이 문서를 가지고 1929년
박람회를 계기로 입국한 모스크바 공산대학 출신의 청년들이 있었다.

金丹冶, 趙斗元, 權五稷, 高明子, 趙今龍, 安秉珍, 高成昌, 朱青松,
朴容善, 李永祚, 朴長松, 金鼎夏, 尹時榮, 金衡寬, 金應基, 도로프

① 화요계 (火曜系)

이들은 전국 각지에 분산해서 지하운동을 전개하면서 조선공산당 재
건에 착수하다가 1930년 봄에 모두 왜경에 피검되었다. 이것이 이른바
'후계당사건'(後繼黨事件)이었다.

함경도 일대에 거의 각군에 농민운동이 성행하고, 농민조직이 기반을
튼튼히 닦고 있었는데, 이는 주로 태평양노동조합, 즉 '太勞'에 지도
되는 太勞 줄로서 1930~1931년의 원산·평양·부산 총파업과 호응해
서 함경도 각군의 農組사건은 혹은 'ML계', '화요계', '상해계' 각파의
연계공작 밑에 진행되었던 것이며, 그 중 金浩盤 같은 자는 화요계의
일례이다.
　그리고 1931~1932년 사이에 박헌영, 金炯善의 '朝共' 재건 커뮤니
스트 사건, 속칭 김형선 사건이 있었다. 이 사건엔 주로 1925년 '朝共'
건설시 인물들의 다수가 동원되었다. 이는 김형선이 상해에서 발행하
는 박헌영 기관지《코뮤니스트》를 전국에 반입해서 등사 반포함으로
써 조직재건의 기초공작을 했던 것으로, 1932년경 모두 피검되었다.

② ML계

ML당은 1928년 8월까지 총괴멸 해소되고 말았으며, 그 만주총국과
일본총국은 그 뒤에도 1, 2년은 더 계속하였고, 일본총국은 박낙종(朴
洛鍾), 성희잉(鄭僖永), 송언필(宋彦弼), 인성식(印貞植), 고경음(高景

欽, 일명 金民友) 등에 의해 지도되고 있었는데, 이 일본총국의 핵심인물이 조선에 건너와서 김포·영등포·대구·부산을 전전 회합하면서 당재건운동을 전개한 것이 1929~1930년의 일로 1929년 11월 3일 광주학생운동(사건)도 이들 지도하에 있었다. 그 주요 멤버는

　　총비서 徐仁植(入蘇), 경기책(?) 權大衡, 경북책 李友狄, 경남책 李相助, 전남책 金相赫이었다. 이 때에 'ML계 오르그'로서 입국한 사람이 李載裕, 朴祥俊, 金桂林 등이었다. 또 太勞줄에 활동하던 金福萬, 姜穆求 등도 모두 ML계였다.

　1931년 9월 18일 만주사변이 터지자 탄압은 본격화해서 조선내에서 지하조직 공작을 진행시키기 어렵게 될 때, 1932~1935년 사이에 주로 경성을 중심으로 지하조직 공작 내지 조선공산당 재건공작이 이재유(李載裕)를 중심으로 진행되었다.

　　이 전후에 金度燁 사건, 權榮台·鄭泰植 사건 등 많았으나 이 사건같이 등장인물이 많고, 조직이 크고, 주인공의 말썽 많은 기록은 없었다.

　이재유는 주로 노동자의 조직을 영등포·용산 방면에 가졌었고 학생 가두층 조직을 갖고 있었다. 그의 주요 오르그는 이관술(李觀述), 이현상(李鉉相), 김삼룡(金三龍), 이순금(李順今), 변홍대(卞洪大), 구종서(具鍾書), 안승낙(安勝樂) … 기타 권영태(權榮台) 줄에 있던 정태식, 미야케(三宅鹿之助·경성제국대학 교수), 김진성(金晋成), 권우성(權又成) 등과도 직접 연계하고 있었다. 경성 서대문서 유치장에서 2차 탈주한 그는 1937년 양주 노해면(蘆海面) 산중에서 피검되기까지 그의 활동이 '소설' 같은 기록을 남기고 있었다.

　　ML계 사건으로 특기할 것은 1930년 5월 30일 간도공산당 오삽(五卅) 폭동사건이다. 물론 이 때의 재만주 朝共운동은 중공서 원칙적으로

지도하는 것이지만 그 운동의 지도층의 인물은 ML계였으며, 이른바 중공 李立三의 노선을 무비판 실행해서 간도폭동 사건의 대유혈사건을 연출했었는데, 그 총책임자는 金槿이었고, 관계된 중요 간부에 文甲松이 있다. 그 당시 직접 행동에 참가한 다수 운동자들은 직접 간도 현장에서, 혹은 서대문감옥에서 倭政에 피살되었던 것이다.

③ 상해파 (上海派)

1930~1931년 사이에 각파들이 맹활동을 하는 사이에 상해파도 활동을 개시하였다.

상해파는 레닌이 준 금괴 40만元을 이동휘, 김립이 받아 가지고 온 것을 1926년 春景園共産黨, 일명 사기공산당의 피검 후라 그 돈을 받을 사람이 없게 되어, 국내에 있던 상해계 장덕수, 최팔용 등이 받아다가 나눠서 소비한 사실이 세상에 알려져서 상해파의 신용이 땅에 떨어졌었는바, 1930년경 상해파의 윤자영, 박윤세, 김철수, 김일수 등의 발기로 만주와 국내에 일대 조직공작을 전개했으니, 이 사건에 관련된 인물로 우리 기억에 남아 있는 인물은 徐重錫, 徐完錫, 金鎔洙, 金光洙, 李重業, 黃舜鳳, 李仁同, 金桂順, 鄭鍾鳴, 元泰喜 등을 들 수가 있다. 이 사건은 원래 '조선공산당 재건공작 준비위원회 사건'이었는데, 보통은 약칭으로 '공작위원회사건'이라고 하며, 가두 인텔리층이 동원된 규모가 가장 컸던 사건 같다.

④ 태노계

태노계(太勞系)는 1930년대부터 함경도 일대에 광범한 기반을 가지고 조직활동을 전개하였다.

ML계 韓士斌, 姜牧永 등 제사건 외에 玄春逢·玄鴻翼사건, 李文弘사건이 있었거니와, 경성에서 李載裕가 掉尾를 고하려 할 때 함남, 특히 원산에는 李舟河가 활동하고 있었다. 이주하는 1930~1931년 원산·평양·제네스트를 지도하고 원산에 돌아와 있으면서 조직사업을 전개, 1937년 원신철도국을 주로 한 사건이 디지자 그들을 지도하다가 진남포로 도피해서 8·15까지 거기 숨어 있었고, 그 밑에 활동하고 있던 사람들이 다수 피검되었는데, 그 당시 피검된 인물은 劉錄 등 대부분이 노동자였으며, 경성으로 압송된 인물로 李康國, 崔容達, 金載甲, 鄭鎭泰, 이중철 등이 있다.

⑤ 경성 콤 그룹

1937년 7월 7일 중일전쟁이 일어나자 일제의 탄압은 일단의 강화를 가하여 이재유, 이주하가 1937년 피포 혹은 도망한 후로는 조선 천지엔 공산주의 편영(片影)도 없을 것이라 생각하였다. 그런데 이재유의 망명 후 곧 망명한 이관술(李觀述), 이순금(李順今) 남매는 1939년 운동재개를 지향하고 출발해서 충주서 김삼룡(金三龍)을 조직자로 초치(招致)하고, 당시 경성에 내집(來集)해 있던 장순명(張順明), 권오직(權五稷), 김섬(金暹), 이현상(李鉉相) 등과 협의한 후 경성 콤 그룹을 조직하는 동시에 기관지를 발행하기 시작하였다. 그리고 당시 출옥한 박헌영을 지도자로 하고 새로 출옥한 권우성(權又成), 정재철(鄭載喆), 정태식(鄭泰植) 등을 모두 운동선상에 동원시켰다.

이 콤 그룹(Communist Group)은 일부 지도층이 1940년 12월 서대문 서에 피검되고, 함경도 방면 책임자들이 1941년 6월 청진·함흥에서 피검되고, 지도자 박헌영은 光州 벽돌공장으로 도망하고, 지도자 없는 이 조직은 일시 金東喆(일명 홍은히), 李鍾甲, 金漢聲 등에게 지도되다가 1941년 10월~12월에 대부분 피검되고 말았던 것이다.
　당시 조직체계를 간단히 서술하면,
　지도자 박헌영, 조직부 김삼룡, 張奎景, 機關紙부 박헌영, 기관지 출판부 李觀述, 金順龍, 인민전선부 金台俊, 鄭泰植, 이현상, 노조부 김삼룡, 가두부 李南來, 金漢聲, 李鍾甲, 학생부 趙載鈺, 金順元, 金榮瀋 등, 일본유학생부 金德淵, 高又道,
　노조내용
　금속노조책 金載丙, 金東喆(용산공작소·吉田공작소·경성 서비스)
　섬유노조책 金應彬, 李胄相(대창직물회사·경방)
　전기노조책 趙重心(전기회사)

출판노조책 金福基, 李仁同(大塚인쇄소·조선인쇄주식회사·각 신
문사 공장)

지방에는 함남책 金暹, 함북책 張順明, 마산책 權又成, 대구책 鄭
載喆, 부산책 이기호, 기타 이 조직관계자는 100을 넘었다.

이 '콤 그룹'은 조선 운동의 퇴조기에 당시 모든 운동자들이 운동선상
에서 이탈해 버리거나 과거를 청산하고 나설 적에 말하자면 운동을 청
산치 않은 사람들을 운동선상에 총궐기시킨 것이며 여기에는 ML계도,
상해계도, 화요계도 혼연일체가 되었던 것이다. 이 콤 그룹을 파별로
본다면 ML계의 이재유, 이관술, 이현상, 이순금, 김삼룡을 위시하여
상해파의 김복기, 이인동, 서중석, 화요파의 박헌영, 권오직, 장순명
등이 총동원되었고, 주로 신진 인텔리 학생층에 많이 파고들어갔던 것이
다. 이 사람들은 1940년 12월에서 1941년 12월까지에 대부분 피검되
었다가 1942~1943년까지에 김삼룡을 제외하고는 모두 불기소, 기소유
예, 보석, 집행유예 등으로 출옥되었다.

김삼룡은 서대문감옥에서 박헌영이 있는 광주의 감옥으로 옮겨서 8
·15 전까지 여기에 있다가 해방과 함께 출옥했다.

이 콤 그룹 멤버들이 출옥해서 모두 자기개인 중심으로 서클운동을 하
고 있었으며, 박헌영의 출옥을 기다리고 있던 것이 8·15 직전의 현
상이었다. 당시 서클들은 정세검토·창씨·공출·징용·징병에 대한
투쟁방침 선전 등을 주로 하였다. 이것이 국내 공산주의자의 최후의
결산적 집결체로, 국내파의 핵심체이며 조선공산당의 기본핵심을 이
룬 것이다.

⑥ 소련파와 연안파

일본이 1931년 9월 18일 만주침략을 수행하자 중공은 1932년 길림탕
원(吉林湯原) 회의를 열고 만주에 있는 조선독립군·조선공산군·마적
·장학량(張學良)군 기타 사병 등을 종합재편해서 만주 항일의용군 12
군으로 편성하고, 총사령 양정우(楊靖宇), 부사령 이홍광(李紅光·한
인), 참모 도상지(陶尙志), 제1군장 사문동(謝文東), 제2군장 이연록

(李延綠), 제3군장 왕덕태(王德太) 등 12군의 편제를 했을 적에 왕덕태 부하의 일사장(一師長)에 김일성(金日成)이 가 있다가 곧 군장(軍長)으로 승진했던 것이다.

이 3군의 활동구역은 간도 화룡현(和龍縣)·훈춘현(琿春縣)·안도현(安圖縣)·왕청현(汪淸縣) 등지였고, 김일성은 갑산 보천보(普天堡) 사건(1937년) 이후 계속 북한에 침입, 늘 신문에 선전되었다.

그는 1941년 당시 만주에서 일제와 싸우다가 도저히 어찌할 수 없는 처지에 빠지자 그 일당과 함께 소련으로 망명했다가 8·15해방 이후 소련에 있는 한교자제(韓僑子弟) 이른바 '얼마우재'들과 함께 귀국한 것인데, 이것을 세칭 소련파라고 하나 파벌적 토대가 전혀 없다.

이에 비하면 연안파(延安派)라고 하는 것은 실로 명실상부한 파벌집단이다. 한인의 재중국 정치활동은 1927∼1928년대 상해 '대한임시정부' 시대를 한 고비로 일시 쇠락하고 있었고, 중간에 김구의 한국독립당, 김원봉(金元鳳)의 의열단과 민족혁명당이 가장 뚜렷한 존재이며, 한인으로서 중국에 간 사람은 누구든지 이 양자 중에 어느 편에 가입하지 않으면 안 되었다. 그러다가 1936년 조선서 망명한 최창익이 김원봉에게 반기를 들고 따로 전위동맹을 만들자 맑스주의자들 허정숙(許貞淑), 윤공흠(尹公欽), 김창만(金昌滿), 채국변(蔡國○) 등 다수는 이에 호응하여 먼저 낙양(洛陽)을 거쳐서 연안(延安)으로 갔었다. 그 후에 중경(重慶)에 있는 해방동맹 김성숙(金星淑), 박건웅(朴建雄) 등을 제외하고는 김원봉의 민족혁명당 속에 있던 한빈(韓斌), 김민산(金民山), 김세일(金世一) 등까지도 민족혁명당을 버리고 연안으로 왔다.

이리하여 연안에는 박일우(朴一禹), 박효삼(朴孝三), 김두봉(金枓奉), 최창익(崔昌益), 한빈(韓斌) 등을 지도자로 하고, 다수한 중견간부가 있고 이들 밑에 훈련받은 조선의용군이 있으며 이들로 조직된 독립동맹이 있었다. 이것이 연안파의 기초였다.

연안에는 梁明, 韓偉健 같은 우수한 조선 간부가 있었으나 모두 전사 혹은 病死했었다(《共産黨派爭史》 참고).

3. 6 · 10 만세 운동

1926년 6월 10일 융희(隆熙) 황제 국장(國葬) 당일 대여(大輿)가 통과할 때 시내 7개소에서 학생들이 삐라를 뿌리고 독립만세를 고창(高唱)한 사건이다. 이 만세 시위운동은 국장시에 참집한 민중을 궐기시켜 3 · 1 운동과 같은 전국적 규모의 민족운동을 전개할 계획이었다. 이 운동은 두 갈래로 추진되었으니, 그 하나는 권오설(權五卨) 등이 당시 안동현(安東縣)에 잠복중인 김태연(金泰淵 : 丹冶)과 연락하여 획책하다가 사전에 발각됨으로써 제 2 차 공산당 검거의 단서가 된 사건이요, 다른 하나는 이선호(李先鎬), 이병립(李炳立) 등이 학생을 조직하여 행동에 옮긴 사건이다.

1) 6 · 10 만세계획

신의주사건(제 1 차 공산당사건) 관련자로 검거를 면한 권오설은 탈출하여 상해로 가서 여운형, 김단야(태연), 김찬, 조봉암 등과 만나고 이해 1926년 초에 국내에 잠입하였다. 그는 4월 26일에 순종황제 훙거(薨去) 후 민심이 동요하는 호기를 포착하여 삐라와 격문을 뿌리는 대규모의 만세시위를 벌여 3 · 1 운동과 같은 민중봉기를 계획하고, 상해에 있는 김단야와 연락하여 그해 5월 1일, 당시 안동현에 잠복중인 김단야의 초전(招電)으로 안동현에 가서 안동역전에서 김단야와 회견하고 운동계획을 모의하여 격문 5종의 내용을 정하고 운동자금으로 금 1천 원(圓)을 김단야로부터 받아 가지고 왔던 것이다. [22]

權五卨이 당초에 상해로부터 입국할 때는 그해 5월 1일 메이데이를 기해서 거사할 계획이었으나, 安東縣에서 김단야와 회견하기 전후에

---

22) 《高等警察要史》, 289쪽.

隆熙皇帝 因山날로 일자를 바꾸었던 것이다. 그들은 3·1운동이 민족주의자에 의하여 계획되었음에 대하여 이번에는 공산주의자 중심으로 先鞭을 쳐서 그 기세를 올려야 한다는 데 의견이 합치되었다(《高等警察要史》, 289쪽). 그러나 운동의 제1단계에서는 민족주의자와 연계를 가져야 한다는 것과, 그 방법으로서는 먼저 천도교계통과 연락할 것과 순전히 민족주의적 입장만 취해서는 민족운동의 왕성만 촉진하고 공산주의운동이 쇠퇴할 우려가 있으므로 다음 단계에서는 적화운동 본연의 방법으로 바꿔야 한다고 결정했던 것이다.

김단야와 권오설 간에 합의된 5종의 격문의 내용이란 것은 곧 이러한 운동계획의 단계에 적응시켜 작성과 내용이었을 것이다. 그러므로 격문 제1호는 순수한 민족독립을 주장하는 것이었고, 그 다음 것은 차츰 공산주의적인 과격한 내용의 것을 준비했던 것이다.23)

권오설은 안동현에서 김단야를 만나고 돌아온 후 5월 3일 고려공산청년회 간부회를 개최하고 이지탁(李智鐸), 박민영(朴珉英)과 협의하였는바 동회의는 모든 것을 권오설에게 일임하기로 하였다. 먼저 격문 살포의 실행자들의 물색에 관하여 그 인선을 고려공청 학생부 간부 이병립(李炳立)에 맡겼으며, 격문인쇄 실행자로 박내원(朴來源)의 승낙만 받고 인쇄직공 민창식(閔昌植·정우회원)을 조력시키기로 하고, 박내원에게 일임하였다.

박내원은 인쇄비용으로 5월 15일에 400圓과 그 뒤 200圓을 받고, 천도교에 장로 權東鎭을 찾아가 그 협조를 쾌락받았던 것이다. 박내원은 明治町 櫻井活版製造所에 가서 水原인쇄소에서 왔다 하고, 소형 인쇄기 두 대를 사 가지고 가마니로 단단히 묶어 안국동 36번지 천도교인 白明天의 집으로 운반했다. 이리하여 5월 23일부터 31일까지 밤낮으로 인쇄가 계속되었다.

이 때 백명천의 집 주위에서는 위조지폐를 찍는다는 소문이 돌아 5월 27일에 感古堂(덕성여대 자리) 閔昌植의 집 마루 밑으로 옮겨 촛

---

23) "반세기의 증언 (9) : 6·10 만세사건," 《조선일보》 1964. 4. 26.

불을 켜놓고 작업을 계속했다. 이 인쇄에 참가한 사람은 민창식, 백명천, 楊在植, 李用宰 등 인쇄직공조합의 간부들이었고, 인쇄된 격문과 삐라는 버들상자와 사과궤짝에 담아 천도교회 안 孫在基 집에 감추어 두었다. 또 박내원은 5월 23, 24일경 백명천에게 의뢰하여 대한임시정부 印(二寸角)과 대한독립당 印(一寸五分角) 2개를 조각하여 대한독립당 印만 찍은 다음 소각하고, 다른 한 개는 동대문 밖 朴寅浩 (천도교주) 집에 파묻어 두었다.

이 6·10 만세운동 계획이 사전에 발각되어 총검거된 경위는 다음과 같다. 일경이 최초의 단서를 잡은 것은 6월 4일 당시 경북 경찰부는 일본 오사카(大阪)에서 대량으로 중국지폐를 위조한 범인 3명이 경성에 잠입하고 있다는 정보를 접하고 종로경찰서의 응원을 얻어 6월 5일 도염동(都染洞) 50번지 이동규(李東圭)의 가택을 수색한 끝에 사랑방 재떨이 속에서 조그맣게 구기어서 버린 '대한독립당' 명의로 된 격문을 발견하고 출처를 추궁한 결과 그 격문을 얻었다는 안정식(安正植)을 평북 선천에서 검거 심문하여 권오설이라는 사람이 독립운동 자금을 요청하면서 그 격문을 주었다는 것을 알게 되었다. 권오설을 체포하기 위한 전국적인 수사를 전개하였으나 그의 행방은 포착되지 않았다.

이 때에 잡지《개벽》6월호 내용이 불온하다 하여 압수당한 사건이 있었다. 경찰은 이 격문들이 개벽사에서 인쇄된 것이나 아닌가 하고 6월 6일 개벽사를 수색하였으나 허탕을 치고 돌아서는데, 製本部의 부녀직공 4, 5명이 "무슨 일이 일어나려는가 봐요", "저 상자 속에 무엇이 가득 들어 있는걸요"하고 속삭이는 것을 조선인 형사 한 사람이 엿듣고 종로서에 보고하여 그 동안 감춰뒀던 격문이 압수되고, 박인호를 비롯한 천도교 간부 전원과 조선노동총동맹 간부 박내원, 박내홍을 아울러 검거하였다. 이어서 중국 상해의 여운형, 김단야, 김찬 등이 권오설 앞으로 보낸 격문(전기 격문과는 다름)이 託送됐다는 새로운 정보를 얻은 경찰은 경성역에서 현물을 압수하고, 6월 7일 짐을 받을 사람의 주소지인 長沙洞 112번지에서 막 외출하려던 권오설을 체포하였던 것이다. 8일에는 경성 시내의 각 사상단체와 조선학생회를 수색하였고, 이 수색에서 전기한 격문과 다른 4, 5종의 격문을 또 압수하였다.

이 격문과 삐라의 살포계획은 국장(國葬) 당일 지방에서 다수의 참배자가 입경한 때를 타서 이병립이 선정한 학생들과 인쇄직공 조합원 기타 결사적 청년으로 하여금 6월 8일 종로 야시(夜市)와 9일, 10일에 걸쳐 군중에 살포하는 외에 5만 매는 조선일보사, 개벽지사, 소작조합, 천도교 교구 등을 통해 58개 조직망에 특사를 통해 배포할 예정이었으나, 다시 더 보내기로 된 김단야로부터의 자금이 오지 않아 뜻대로 되지 않았던 것이다. 치안유지법과 출판법 위반으로 송치된 이 사건의 관계자는 다음과 같다.

權五卨, 朴來源, 閔昌植, 楊在植, 李用宰, 白明天, 孫在基, 金在燁 (孫의 부인), 李祥宇, 高宇燮(李의 부인), 安正植, 李東圭, 金泰淵 (미체포), 李智鐸, 朴珉英, 金恒俊, 姜延天, 洪悳裕, 姜達永(미체포), 金必成(미체포)

2) 6 · 10 학생만세

이선호(李先鎬), 이병립(李炳立), 박두종(朴斗鍾), 이천진(李天鎭) 등 당시 민족운동 또는 사회운동에 참여했던 학생들은 융희황제가 훙거(薨去)해도 일반공기가 적극적 행동으로 나올 기색이 없음을 분개하여 천재일우의 호기를 놓칠 수 없다고 생각하고 일대시위를 전개하여 3·1운동의 항쟁을 본받으면 비록 목적을 관철하지 못한다고 하더라도 민족정신의 환기에 큰 효과가 있으리라고 생각하여 오던바, 6월 6일 이선호와 이병립은 견지동(堅志洞) 97번지 '조선학생과학연구회'(朝鮮學生科學研究會)에서 국장시에 무슨 일을 거사하기 위하여 동지들과 협의하기로 하고 그 이튿날 7일에 죽첨정(竹添町) 1정목 36의 16 박하균(朴河鈞)

집에서 박하균, 박두종, 이천진 등 5명이 회합하여 모의한 끝에 국장 당일 중등 이상 학생이 연도에 도열하는 호기를 이용하여 군중이 읽기 쉬운 삐라를 뿌리고 전학생이 결속하여 태극기를 흔들며 독립만세를 부르기로 하였다.

격문 원고는 이병립이 미리 작성한 것을 보여서 찬동을 얻었고, 박두 종, 이병립의 지인인 金洛煥의 주선으로 동지 張奎晶의 名刺 인쇄기를 얻어 오고, 金圭鳳을 시켜 백지와 布帛을 求得하여 이병립, 박두종은 사직동 뒷산에서 8, 9 양일 오전에 걸쳐 태극기를 만들고, 9일 오후에 평동 12번지의 3, 李錫薰의 숙소에서 삐라 6,000여 매를 인쇄하였으며, 박두종이 이의 분배를 개시하였던 것이다.

6월 10일은 이 나라 마지막 황제인 순종의 인산을 보기 위해서 지방으로부터 몰려든 30여만 명의 봉도객(奉悼客)으로 하여 서울 장안은 인파로 뒤덮였다. 사전에 이번 운동의 핵심체를 적발함으로써 3·1운동 이래의 대규모의 민족항쟁이 일어날 기미를 알아차린 왜총독부는 전경찰을 동원하는 것은 물론 용산에 주둔하고 있는 조선군 사령부 휘하의 보병·포병·기병 등 5,000여 군력을 동원하여 이 날의 경비에 당하게 되었다.

이 삼엄한 공기 속에 오전 7시 조금 지나 국장 대여(大輿)가 창덕궁을 떠나게 되었다. 오전 8시 30분 행렬이 종로3가 단성사 앞을 지나가자 중앙고보학생 약 3, 40명이 조선독립만세를 고창하며 격문 1,000여 장을 뿌리고, 태극기를 군중에 나누어 주다가 현장에서 체포되었고, 같은 시각에 관수교(觀水橋) 부근에서 연희전문학생 50여 명이 격문을 뿌리며 독립만세를 불렀다. 오전 9시경에는 경성사범학교 앞에서 학생 아닌 청년 2명이 격문 1,000여 장을 뿌렸으며, 오후 1시경에는 훈련원 재전(齋殿) 부근에서 학생 1명이, 1시 15분경에는 동대문 부인병원 앞에서 청년 세 사람이, 창신동 채석장 입구에서 노인 한 사람이 독립만세를 불렀고, 1시 45분경 신설동에서 학생 한 명이 격문을 뿌렸고, 2시

10분쯤 동대문 밖 동묘(東廟) 앞에서 학생 4명이 격문 약 700여 장을 뿌렸다. 이밖에 지방에서도 한 두서너 곳에서 태극기를 세운 사람이 있었고, 고창고보(高敞高普) 학생 약 50명은 요배식(遙拜式)에서 돌아가는 길에 조선독립만세를 불렀다.

이로 해서 약 200명이 구속되어 취조를 받은 끝에 78명이 제령(制令) 위반으로 6월 14일 검찰에 송치되고 결국 11명이 공판에서 실형을 선고받게 되었다.

이 사건의 관계자는 다음과 같다.

李先鎬, 朴河鈞, 李炳立, 李天鎭, 李錫薰, 朴斗鍾, 柳冕熙, 金世鎭, 權五尙, 金洛煥, 張奎唱, 劉瑗植, 金奎鳳, 金仁梧, 朴漢福, 元鍾雷, 洪明植, 李鉉相, 林鍾業, 金貞子, 崔濟民, 劉慶尙, 咸昌來, 朴炳哲, 金榮植, 宋運淳, 金允根, 張洪植, 李光俊, 金潤根, 崔昌鎰, 安泰熙, 張熙昌, 金洛基, 李恩澤, 金泳照, 朴安根, 李觀熙, 金榮基, 金根培, 李金山, 朴福來, 趙大闢, 尹致鍊, 金鳴鎭, 李錫永, 朴英駿, 蔡祐炳, 金特三, 金永夏, 韓一淸, 崔鉉準, 朴榮奎, 權泰晟 (《高等警察要史》, 289~298쪽).

6·10 만세사건은 3·1 운동이 高宗황제 國葬을 계기로 거사했던 것과 마찬가지로 純宗황제 因山날을 기하여 민족감정을 자극한 거사였으나, 그 주도자가 공산주의자 중심이었다는 것과, 그 때문에 전민족적 연합궐기의 조직적 동원이 성숙하지 못하였고, 따라서 일부 학생과 좌익조직이 동원된 데 그쳤던 것이 그 규모에 있어 3·1 운동을 따르지 못한 주요원인이 되었다. 사전에 발각된 6·10 만세운동의 본계획과 소규모나마 실행에 옮긴 학생중심의 만세사건은 전자의 학생동원 책임자 이병립이 후자의 首謀에 참여한 이외에는 이 양자 사이에 완전한 동일조직의 연계가 없었던 듯하다. 격문 내용과 삐라 인쇄 경로가 별도로 병행되었음이 그 증거이다.

또 3·1 운동 때는 비밀이 완전 보지되었고, 그 기미를 알아차린 조선인 형사마저 비밀을 지켰는 데 비해서, 이 6·10 만세를 결정적으로 꺾은 것은 개벽사 수색 당시 여직공의 밀어를 엿들은 조선인 형사였던 것이 통분한 일이다.

　그러나 6·10만세는 마지막 임금의 국장을 보내는 민족의 울분을 표현한 점에서, 또 사회주의자들의 민족적 감정을 승인한 대중조직운동에 새로운 기원을 劃한 것은 틀림없는 사실이다. 이 전통은 광주학생 만세운동에 계승된다. 이는 곧 일제의 식민지 아래서 전민족적 대중운동은 대일감정, 곧 민족감정을 표방하지 않고는 성취되지 않았다는 것을 뜻하는 것이 아닐 수 없는 것이다.

4. 민족주의의 모색과 단일당 운동

1) 합법적 민족운동문제

1923년 가을부터 신석우(申錫雨)는 김성수, 송진우 및 최린과 김성수 집에서 회합하여 유력한 민족단체의 조직에 대해 협의를 거듭해 왔다. 이듬해 1월 2일부터 5회에 걸쳐 《동아일보》지상에 "민족적 경륜(經綸)" 이라 제한 논설을 게재하여 민족운동의 귀추를 논함으로써 이러한 움직임에 대한 기구(氣球)를 올려 봤으나, 당시는 사회주의운동이 대두할 무렵이어서 아무도 귀를 기울이려 하지 않았고, 또 사회주의자와 동경 유학생 일파 및 급진파 민족주의자의 공격을 받아 그 논설의 집필자 이광수(李光洙)는 퇴사함에 이르렀다.

이광수는 "民族的 經綸"이란 논설에서
"현금의 조선민족에는 일정한 방침이 없고, 甲乙區區한 방향을 잡고 있어 마치 발산하는 雲霧와 다름이 없다. 이를 응집함에는 일대단결이 있을 뿐이라 하고, 민족백년의 대계로서는 정치·산업·교육의 3대 결사를 조직하여 서로 협력해서 널리 회원을 얻어 활동의 바탕을 만드는 데 있다 하였다. 특히 정치결사에 대해서 조선인에게 그 동경하는 정치적 생활이 없는 것은 일본이 한국을 병합한 이래 모든 조선인의 정치운동을 금한 것이 그 하나요, 병합 이래 조선인은 일본의 통치권을 승인하는 조건 아래 諸種의 정치적 활동 즉 일본정부를 상대한 독립운동은 물론 참정권·자치권 획득조차 원하지 않는 강렬한 節義心이 第2因이다. 이 두 가지 원인 때문에 금일까지 해온 정치적 운동은 일본을 적국시한 운동뿐이었다. 이러한 운동은 해외에서 하든지, 국내에 비밀결사적으로 행하는 수밖에 없는 것이다. 그러나 吾人은 무슨 방법에 의해서든지 조선에 있어서 전민족적 정치운동을 할 수 있도록 新生面을 타개할 필요가 있음으로써 조선내에서 許하는 범위

안에서 일대 정치적 결사를 조직하여 該結社에 의한 당연한 민족적
권리를 옹호하여 민족의 정치적 중심을 만들고, 久遠한 정치적 운동
의 기초로 삼아 그 결사의 생성을 기다려 결사 자신으로 하여금 모든
문제를 스스로 해결하도록 하지 않으면 안 된다"고 하였다(《동아일
보》1923. 1. 2~6).

이 논설의 주장은 결국 일본의 주권하에 법률이 許하는 범위 안에서
모든 문제를 해결해야 한다는 것으로, 말하자면 합법적·타협적 민족
운동, 곧 자치운동에의 전환을 제시한 것이었다. 이는 일부 온건론자
의 시인한 바 되었으나 강경한 민족주의자와 사회주의석 경향을 띤 청
년학생의 맹렬한 반감을 사게 되었다. 특히 '조선내에서 許하는 범위
에서'라는 구절에 대해서는 '우리는 3·1운동 이래 무엇 때문에 와신
상담하고 있느냐'는 부르짖음이 일어났고, 사회주의자들은 또 그 입장
에서 이를 조소하여 양자 합세로 《동아일보》非買동맹을 형성하고 각
지에 성토문을 발송하는 등 맹렬한 공격에 봉착하게 된 것이다.

이광수의 이러한 논조의 배경은 安昌浩에 있었다. 안창호는 독립운
동 노선의 지도자로서 그는 조선민족이 독립하자면 문화적 향상과 실
력양성을 먼저 해야 한다는 修養人格, 務實力行의 이론이었고, 이것
이 그의 興士團 및 修養同友會의 지도이념이었다. 3·1운동 당시 그
가 미주에서 독립 시기상조론을 반포한 것도 이와 같은 신념에서였던
것이다. 독립을 민족 전체의 자질 개조와 향상으로서, 영원한 장래에
期한 그의 이러한 신념은 究竟 정치이론적으로는 자치운동의 단계를
인정하지 않을 수 없게 된다. 이광수의 논설에 참정권과 자치권의 획
득조차 원하지 않는 節義心에 언급한 것이 그 증좌의 편린이다.

이광수는 변절하여 만년에 극도의 親日로 전향하면서도 민족을 위
하여 친일한다고 揚言했던 것이다. 무력이나 항쟁으로 조선독립을 바
라는 것은 도저히 불가능하므로 조선독립은 일본에 의해서 이를 수행
해야 한다는 것이니, 이는 안창호가 1921년경 李鐸 등의 친근자에게
비친 술회였다는 것이다. 최남선의 변절이나 최린이 만년에 '伯夷叔齊
는 나도 될 수 있다. 그러면 민족은 누가 구하느냐' 하는 말이 모두 이
합법적 투쟁이론의 발단에서 시작된 것이다.

이 문제에 대하여 일제 《高等警察要史》는 이광수가 1923년 10월경

북경에 밀행하여 안창호와 회견하고 온 사실이 있으므로 당시 申錫雨 등이 기도한 민족단체 조직은 안창호 등과도 연락이 있었고, 이광수의 該논설은 안창호의 양해를 얻어 집필한 것이라고 상상하기에 어렵지 않다 하여, 이광수의 북경행은 주로 민족단체 조직에 관한 협의였던 것 같다고 말하고 있다. 인도와 愛蘭(아일랜드)의 자치운동에서 보는 바와 같은 단계적 독립운동에의 관심의 시도라 할 수 있다.

1924년 1월 중순경 최린, 김성수, 송진우, 최원순, 이종린, 신석우, 안재홍, 박승빈, 이승훈, 서상일, 조만식 등 16, 7명이 회합하여 '연정회'(研政會)란 단체의 조직을 협의했으나 전기《동아일보》소재 논설에 대한 반향이 의외로 강렬하여 아무도 그 공격의 전면에 서서 회(會)조직을 무릅쓸 용기가 없어 이 운동은 유야무야중에 소멸되었다.

2) 민족주의운동의 대두

공산주의운동의 전성으로 말미암아 위축된 민족주의자들의 외국의 제도·문물·학설을 무비판적으로 그대로 채택하여 조선에 통용 실시하려고 하는 과격한 주장은, 고유의 역사가 있고 독특한 민족성이 있는 조선민족을 자멸로 이끄는 것이기 때문에 그 가부를 연구하여 장소(長所)를 취함으로써 민족정신의 옹호보지에 노력하지 않으면 안 된다는 움직임이 일어나게 되었다.

1925년 9월 15일에 백남훈(白南薰), 백남운(白南雲), 박찬희(朴瓚熙), 백관수(白寬洙), 홍성하(洪性夏), 김기전(金起纏), 박승빈(朴勝彬), 김준연(金俊淵), 안재홍(安在鴻), 최원순(崔元淳), 선우전(鮮于全), 한위건(韓偉健), 조정환(曺正煥), 김수학(金秀學), 최두선(崔斗善), 이긍종(李肯鍾), 홍명희(洪命憙), 유억겸(兪億兼), 이재간(李載侃) 등은 경성 돈의동(敦義洞) 명월관(明月館)에서 회합하여 '조선사정연구회'(朝鮮事情研究會)의 조직을 협의하였다. 이 회를 조직하려는 진의는 연래의 요망인 민족운동의 기관을 삼자는 것이었다. 그후 송진우, 최원순, 안재

홍, 이종린 등은 강연회를 개최하여 민족주의를 고취하였고, 허헌(許
憲), 이인(李仁) 등으로 더불어 당시 3파로 분열된 천도교(天道敎)를
통일하여 민족운동의 일대 세력을 형성하고 '물산장려회'에 자금을 대는
활동을 계획하였다.

　　또 1925년 11월 28일에는 YMCA 총무 申興雨의 주최로 李商在, 尹
　　致昊, 趙炳玉, 李灌鎔, 安在鴻, 兪億兼 등의 유지 20여 명이 회합하
　　여 '태평양문제연구회'를 조직하여 종교·경제·이민 및 외교문제를
　　연구하고 하와이 범태평양회의에 상주위원을 파견할 것을 결의하였
　　다. 또 具滋玉, 申興雨, 李肯鍾 등의 발기로 미국 유학생의 모임을
　　가지고 재미한인과 연락을 계획하였다.

　이러한 동향은 모두 민족주의의 새로운 대두 경향이었으나 시기(時
期) 미숙하여 대단한 표현운동을 보이지 못하고 말았다.
　송진우, 최린, 김성수, 최남선, 이종린 등은 1925년 이래 누차 회합
하고, 현하의 상태에서 독립운동은 불가능하므로 차라리 안창호 일파가
포회(抱懷)한 자치운동으로 방향을 전환하는 문제에 대한 연구를 거듭
하는 한편 민족운동기관의 합법적 결사운동을 준비해 오던바, 이해 10
월 초순경 박희도, 김준연, 조병옥, 김여식(金麗植), 최원순, 한위건,
심우섭(沈友燮), 최남선, 이광수, 변영로, 김찬영(金鑽永), 홍명희, 박
승철(朴勝喆), 백관수, 민태원(閔泰瑗), 홍병선(洪秉璇), 김필수(金弼秀)
등은 동소문 밖 모지(某地)에서 수차 회합하여 그 소견을 교환하였다.

　　안재홍, 김준연 등은 이 계획에 반대하여 '民興會'에 그 내용을 密報
　　한바, 민흥회 간부 등은 겨우 갓 조직을 본 自會의 성립에 지대한 영
　　향이 있다고 보고, 그 위원 明濟世는 최린에 대하여 억지로 조직한다
　　면 극력 방해할 것을 협박하였다. 이 때문에 10월 13일 밤 '時事懇談
　　會'란 이름으로 명월관에서 준비위원회를 개최하고 발기계획을 발표할
　　예정이었던 것을 중지하고, 회합을 이튿날로 미루었던바 민흥회의 明
　　濟世, 許一 외 수명은 ㄱ 관계단체원인 '前進會' 李英 외 10여 명과

270

회합하여 대항책을 협의한 끝에 우리 민족의 자치운동에 일본인 阿部充家輩를 개입시킨다는 것[24]은 이미 그 근본이 그릇된 불순한 운동이므로 묵과할 수 없다 하여 그 회합처를 찾아 폭력을 가하기로 하였다. 同夜 명월관 지점에 회합한 사람은 안재홍, 김준연, 유억겸, 김여식, 조병옥의 5명에 불과했으므로 안재홍이 집회자 소수로 유회되었다고 말하여 민흥회원은 철수하였던 것이다. 그후 이 단체 조직은 경비와 요충에 당할 인물이 없어 보류하기로 하고 만 것이다.

3) 신간회의 창립

민족운동 대표기관의 설립이라는 연래의 염원과 모색은 드디어 결실할 날이 왔다. 1927년 1월 돌연히 민족단일당 민족협동전선이라는 표어 아래 '신간회'(新幹會) 조직계획이 발표되고, 동년 2월 15일 그 창립을 보게 된 것이다. 그것은 민족주의를 표방하고, 민족·사회 양주의자가 제휴한 공동전선이었고, 합법적인 결사운동으로 비타협적 투쟁을 감행하는 민족운동의 대표적 단체였다.

이 신간회를 성립시키는 데는 세 가지 직접적인 요인이 있다.
그 첫째 것은 전항에서 논급한 바 민족운동 대표기관이 무슨 형태로든지 있어야 된다는 국내의 동향, 곧 민족주의운동 지도자들의 모색이었다. 합법적 투쟁이란 불가피한 정세는 일시 자치운동론까지 대두했으나 이는 여론의 공격으로 좌절되고 사회주의와 제휴로써 비타협투쟁을 채택하게 된 것이다.
신간회 창립의 주도권은 당시 《조선일보》 간부이던 신석우 등에 의한 것으로, 신석우는 전술한 바와 같이 최린, 송진우 등으로 더불어 민족운동단체 창립에 능동적 위치에 있었던 사람이었으나 그러한 온건론, 또는 자치운동적 방향에 대하여 여론이 비등하는 것을 보고,

---

24) 당시 일본 낭인 阿部充家가 관계하고 있는 것과 최린이 동경에 가서 일본 조야의 명사에게 양해운동을 했다는 풍설이 있었기 때문이다. 이 자치운동은 그후 최린 일파가 獨擔하게 되었다.

화요·북풍·서울계 등과 손잡는 한편, 최린 등 천도교 신파의 자치운동에 불만을 느끼는 천도교의 구파 권동진, 이종린 등과 제휴하여 민족주의 좌파적 성격으로 창립 초의 牛耳를 잡은 것이다.

신석우가 이러한 민족운동단체 결성에 先鞭을 친 것은 동아일보계 주도의 研政會 운동에서 이탈함으로써《동아일보》에 대항하는 동시에 영남·호남지방의 재벌을 회원으로 망라하여 자금을 얻어 당시 재정난에 허덕이는《조선일보》의 경영책에 이용하려는 정략도 있었다고 전한다.

그 둘째의 것은 국외에서의 공산주의운동자들이 국내의 특수 사정을 인식하여 종래와 같은 신흥세력만으로는 도저히 운동을 성공적으로 전개하기 어렵다는 것을 간파하고 고유의 잠재세력과의 결합을 인정하게 되어 국제공산당이 이를 승인하게 된 것이다. 이러한 국외 동지의 견해를 듣고 이 방향의 운동을 전개한 것은 서울청년회계가 중심이 되어 표면 민족주의를 표방한 朝鮮民興會이다.

그 셋째의 것은 일제의 고등경찰정책이었다. 신간회와 같은 방대한 단일단체의 조직을 허가한 것은 세 가지 중요한 책략이 있었다. 결사 자유를 주는 듯이 가장한 이른바 문화정치의 회유책과 이미 허가한 단체들의 탄압은 비밀결사를 조장할 뿐이므로 합법투쟁의 표면화를 유도하여 사건취체의 단일체계의 구성과 전성기의 공산주의운동을 민족주의의 조장으로서 꺾고 민족주의의 융성을 공산주의로 꺾으려는 苦肉計가 그것이었다.

어쨌든 이와 같은 국내외의 정세를 바탕으로 일어난 신간회 창립운동은 당시 좌익운동이 제1차 공산당 검거 직후로 극도의 혼란에 빠지고, 일반은 종래의 파쟁에 염증이 나서 신국면의 타개를 바라고 있었다. 1926년 8월 여름방학에 귀국한 재동경 일월회의 일파인 안광천(安光泉), 하필원(河弼源) 등은 이러한 상황을 간취하고 이른바 파벌청산을 표방하여 정우회에 가입한 다음 그 주도권을 잡는 동시에 일본의 후쿠모토(福本)이즘의 이론투쟁을 모방하여 종래의 국한된 경제투쟁의 형태에서 대중적·의식적인 정치형태로 비약 진전함으로써 조선민족의 역사적 사명에 대하여 스스로 선구가 되고 통일된 단일 징치 진야(戰野)를 구체적으로 조직하지 않으면 안 된다고 주장하여 사회운동의 방향전환에 대한 정우회(正友會) 선언서를 발표하고, 이어서 사상단체의 해체, 민족단일당의 결성 등을 제창하여 인심의 수람(收攬)에 힘썼으나 사회주의자 단체간에 일대물의를 일으켜 서울파는 이에 대한 강력한 반대에 나섰다. 그러나 서울파 내의 신진청년층은 도리어 정우회의 주장에 공명하는 자가 많아 동파는 신구 양파로 분열의 경향을 초래함에 이르렀던 것이다.

위와 같은 취의와 경위를 가지고 비밀리에 촉진된 신간회 창립운동은 준비를 끝내자 1927년 1월 20일에 창립 발기인을 선출하고 선언강령을 발표하기에 이르렀다.

會名 '新幹會'는 처음 '新韓會'라 지었으나 신석우가 총독부에 등록하러 갔다가 韓자를 거절당하여 옛날에는 韓자와 幹자가 같은 뜻으로 쓰였고, 또 古木新幹이란 말도 있고 해서 韓을 幹으로 고쳤다 한다 (李寬求, "回顧談," 《조선일보》 1964. 5. 3).

발기인은 李曾馥의 新幹會小史(《한국일보》 1958. 8. 7)에는 27인으로 되어 있고, 《高等警察要史》(49쪽)에는 34인으로 되어 있다. 후자가 나중에 추가한 정식 발표인 듯하다.

權東鎭, 金明東, 金俊淵, 金鐸, 文一平, 朴東完, 朴來弘, 白寬洙, 申錫雨, 申采浩, 安在鴻, 兪億兼, 李甲成, 李灌鎔, 李商在, 李順鐸, 李昇馥, 李昇薰, 李淨, 李晶燮, 李鍾麟, 李鍾穆, 張吉相, 張志暎, 鄭在龍, 鄭泰奭, 曺晩植, 崔善益, 崔元淳, 韓基岳, 韓龍雲, 韓偉健, 洪命熹, 洪性熹.

전자에는 이관용, 이상재, 이순탁, 이정섭, 유억겸, 이종린, 이종목, 장길상 등이 빠졌고, 그 대신 후자에는 없는 河載華가 더 들어 있다.

선언서는 왜경에 압수되어 지금 남아 있지 않고 강령은 다음과 같다.

　　1. 우리는 정치적 경제적 각성을 촉진함.
　　1. 우리는 단결을 공고히 함.
　　1. 우리는 기회주의를 일체 不認함.

이 발기인과 선언강령이 발표되자 앞서 신간회와 비슷한 목적으로 창립된 民興會와 합동을 제의하여 동년 2월 11일 민흥회측 대표 金恒圭, 明濟世, 宋乃浩, 權泰錫, 金弘鎭과 신간회측 대표 권동진, 홍명희, 신석우가 합동하여 의견의 일치를 보아 민흥회원 전부를 포섭한다는 조건으로 합동하기로 했던 것이다.

1927년 2월 15일 오후 7시 중앙기독청년회관에서 창립총회가 열리니 침석한 회원은 300여 명이었으나 입추의 여지 없는 방청객과 왜경들의 감시 아래 긴장과 흥분 속에 진행되었다. 의장에 신석우가 선출되고 회원을 점명(點名)한 뒤에 간부선거에 들어가 회장에 이상재, 부회장에 권동진이 당선되고, 간사 35인을 선정한 후 토의사항에 약간 갑론을박이 있은 후 원만한 분위기 아래 진행되어 11시경 만세삼창으로 이 역사적 대회를 마쳤던 것이다.

　　부회장에는 처음 홍명희가 당선되었으나 개인사정과 회세(會勢)의 미묘한 사정도 있어 사임하고 다시 전형하였다.
　　신간회 회관은 지금 觀水洞(현 국일관 부근) 李甲洙 저택 사랑채를 얻어 회무를 집행하였고, 그 후에는 종로 3가 현파출소 후측으로 옮기었다가 許憲이 위원장이 된 후로는 종로 2가 덕원빌딩 2층으로 이전하였다.

창립총회에서 선출된 간사 35인으로 간사회를 소집하고 총무부 안재홍, 재무부 이승복, 조사연구부 송내호, 조직부 홍명희, 선전부 박내홍을 각부 총무간사로 선임하였다.

　　임원은 각부에 총무간사·상무간사 각 1인을 두니 총무간사는 부장격, 상무간사는 차장격이다. 그 아래 각부원 약간명이 있었다.

창립 당시 중앙본부의 간사진은 민족주의자들이 강대한 포진을 하고 있어 좌익도 이 때는 아직 고개를 들지 못했던 것이다. 특히 창립 초에 재무부 총무간사 이승복은 운동자금 조달과 기획에 수완을 떨쳐 공헌하였고 모사(謀士)로서의 이름을 얻은 바 있었다.

4) 민족단일당의 투쟁

신간회 초창기의 활동을 그 제 2 회 중앙집행위원회 회록(會錄)을 통하여 보면 다음과 같다(중요 회무보고만 略抄함).

서무부 보고 (1929년 7월 5일~11월 22일)・서기장 黃尙奎
1. 각 지회 임시대회 지령
1. 회관 건축 결의
1. 회보 발행 결의
1. 회관 이전
1. 인사이동(別表)
1. 지방순회 결의 및 실행
1. 甲山 화전민사건 대책결의
1. 태평양연구회에 대한 태도결정
1. 갑산 화전민사건 그 상태조사보고 연설회(금지)
1. 광주지회 처벌
1. 목포・함평・구례지회 사건 처리
1. 언론압박 규탄 연설회(금지)
1. 언론・출판・집회・결사 자유 획득 동맹에 관한 건(동경유학생회 제의)
1. 禮山지회 사건 처리
1. 도지회 연합조직에 대한 지도
1. 지회 임시대회 주의사항 지시
1. 매월 말 본부 경과사업 통지
1. 밀러 박사 환영(8월 27일 3신문사・경성지회・근우회 합동 주최)
1. 밀러 씨 연설회 개최
1. 갑산 화전민사건 항의
1. 재만 동포 피살사건 대책 결의

1. 동경시 조선인 노동자 송환 항의(9월 17일 濱口 首相, 安達 內相, 堀井 동경시장에게)
1. 집회 탄압 대책결의
1. 동경지회에 노동자 송환 조사보고 지령
1. 위원장 휴업선언(許憲 변호사 휴업. *지회의 반대에 의함 — 필자 주)
1. 北平 살인사건 대책결의
1. 천도교 청년당 입회에 관한 건
1. 광주학생사건 조사위원 특파(許憲, 黃尙奎, 金炳魯)

재정부 보고 (1929년 7월 1일~1930년 2월 말일)·재정부장 金炳魯
수입지부 일금 7,000圓
　　회비 3,500圓, 차입금 3,400圓, 잡수입 100圓
지출지부 일금 7,000圓(세목 생략)

조직부 보고·조직부장 金恒圭
1. 지회수 138지회
1. 승인 미설립 지회 10지회
1. 회원 진퇴
　ㄱ. 가입회원 1,073명 (7월 4일 이후)
　ㄴ. 탈퇴회원 216명 (사망 10명, 제명 113명, 퇴회 93명)
1. 지회 조직 상황

도 별	지회 설립 府郡數	지회 미설립 郡島數
경 북	1부 17군(18)	1도 5군(6)
경 남	2부 15군(17)	4군(4)
전 북	1부 7군(8)	7군(7)
전 남	1부 13군(14)	1도 8군(9)
충 북	5군(5)	5군(5)
충 남	6군(6)	8군(8)
경 기	2부 7군(22)	13군(13)
황 해	7군(7)	10구(10)

강　원	7군(7)	14군(14)
평　북	1부 6군(7)	13군(13)
평　남	2부 1군(3)	13군(13)
함　북	1부 8군(9)	3군(3)
함　남	1부 10군(11)	6군(6)
일　본	4시(東京・大阪・京都・各古屋)	(4)

1. 회원총수 37,309인
1. 회원직업별 (略)

조사부 보고・조사부장 金炳魯
1. 국제정세 보고 (別送)
1. 국내정세 보고 (別送)
1. 會內정세 보고 (別錄)
1. 기타 사건 보고 (略)

　신간회의 각 지회가 어떤 활동을 했는가를 살피는 것은 신간회의 투쟁 성격과 방향을 엿보는 데 많은 시사를 줄 것이다. 이에 대하여 일제《고등경찰요사》는 다음과 같이 말하고 있다.

　　지방에서의 排日鮮人주의자 중 상당히 저명한 인물은 거의 여기에 가입하였고, 또 집회, 회원 권유시 등의 언동을 종합할 때 운동의 도달점은 조선의 독립에 있다는 것을 용이하게 了得할 수 있을 뿐 아니라 지방행정・시사문제 등에 대해서는 극력 容喙하여 반항적 기세를 선동하며 사안의 분규 확대에 힘쓰고 기회를 포착하여 민족적 반감의 囚을 만들고 있어 지방인심을 毒하는 것은 한심하기 짝없다.

　무산(無産) 아동의 수업료 면제, 조선어 교수 요구, 조선인 착취 기관의 철폐와 이민정책 반대, 타협적 정치운동 배격, 1919년 제령 및 조선인에 대한 특수취체법규 철폐, 각 군농회 반대, 조선인 본위 교육제 실시, 과학사상연구의 자유권 획득, 교수용어 조선어 사용, 제국주의의 식민지 교육정책 반대, 향교철폐와 그 재산처리권 획득, 이런 것이 거의 대동소이하게 각 지방대회의 토의사항에 올랐던 것이다.

신간회 창립 초의 동향을 엿보기에 가장 시사하는 바가 많은 현존한 최고(最古) 자료인 1927년 12월 18일의 〈신간회 동경지회의 제 2 회 대회 보고 및 제출의안〉을 인용하면 다음과 같다.

목 차

제 1 장 일반정세 보고

① 세계 일반정세 ② 일본정세 ③ 국내정세 ④ 국내 우리 정세

제 2 장 본지회 활동 보고

① 友誼단체와 공동투쟁 ② 본지회의 주요투쟁 ③ 간부 및 회원변동

제 3 장 결 론

附 결산 보고

제 2 부 제출 의안

① 운동방침에 관한 의견서 ② 강령 개정에 관한 건 ③ 규약 개정에 관한 건 ④ 중심 슬로건에 관한 건 ⑤ 언론 출판 집회 결사 자유 획득의 건 ⑥ 재만 조선인 驅逐대책 건 ⑦ 渡日노동자 渡航자유 획득에 관한 건 ⑧ 기관지에 관한 건 ⑨ 東拓 및 기타 이민 반대에 관한 건 ⑩ 학생 盟休사건에 관한 건 ⑪ 검열제도 개정 기성동맹 촉진의 건 ⑫ 일본노동농민당과 제휴에 관한 것

특히 동경지회 활동보고를 보면 반동단체 '民衆會' 박멸운동, 東京震災 당시 학살동포 추도회, 조선총독 폭압정치 반대운동(강연 격문 삐라로 폭로), 조선공산당사건 암흑공판 반대운동, 자코 반제티 사형 처분 반대운동, 중국시찰단 조선대표 파견운동, 국치일 기념운동, 러시아혁명 기념운동, 조선인 대회소집(해산), 西神田署 고문사건 항의 등이 열거되어 있다.

그리고 주목할 것은 〈운동방침에 관한 의견서〉에서 신간회의 당면의 역사적 사명이라 하여 '민족적 비타협적 단일당의 결성'이란 한마디로 신간회의 목적과 성격을 규정한 일이다. 모든 분열주의를 배격하고 민족적이라고 고조하지 않으면 안 되고, 현 단계에서 이른바 민족문제의 헌법 문세와 운동의 반동성을 규탄하여 자치운동을 배격하고

억압과 착취에 대하여 투쟁함에는 전선의 통일, 단일당의 결성이 절대적 전제조건이라 하였다. 이것은 곧 신간회 창립 취지와 정통정신의 진면목을 강력하게 표현한 것이라 아니할 수 없는 것이다.

이 민족단일당의 정강정책으로 그들은 종래의 강령의 미온(微溫) 평범성을 지적하여 강령을

1. 우리는 조선민족의 정치적 경제적 해방의 실현을 기함.
2. 우리는 전민족의 총역량을 집중하여 민족적 대표기관이 되기를 기함.
3. 우리는 일체 개량주의운동을 배척하여 전민족의 현실적 공동이익을 위하여 투쟁하기를 기함.

이라고 개정할 것으로 제안한 다음, 다음과 같은 정책을 아울러 제안하였다.

1. 언론 집회 출판 결사의 자유
2. 조선민족을 억압하는 일체 법령의 철폐
3. 고문제 폐지 및 재판의 절대공개
4. 일본이민 반대
5. 부당납세 반대
6. 산업정책의 조선인 본위
7. 東拓 폐지
8. 단결권, 파업권, 단체계약권의 확립
9. 경작권의 확립
10. 최고 소작료의 公定
11. 소작인의 노예적 賦役 폐지
12. 소년 및 부인의 夜業노동 갱내노동 및 위험작업의 금지
13. 8시간 노동 실시
14. 최저賃銀 최저봉급제의 실시
15. 공장법, 광업법, 海員法의 개정
16. 민간 교육기관에 대한 허가제 폐지
17. 일체 학교교육의 조선인 본위
18. 일체 학교교육 용어의 조선어 사용
19. 학생 생도의 연구자유 및 자치권의 확립

20. 여자의 법률상 및 사회상의 차별 철폐

21. 여자 인신매매의 금지

22. 여자 교육 및 직업의 일체 제한의 철폐

23. 형평(衡平) 사원 및 노복(奴僕)에 대한 일체 차별 반대

24. 형무소에서의 대우 개선, 독서 통신의 자유

이상으로써 보면 신간회는 민족 공동전선으로 당시의 현실을 파악한 민족사회주의 정당으로서 면목과 의욕이 약여(躍如)한 바 있다. 그리고 그것이 합법운동이면서도 매우 비타협적이요 투쟁적이며 급진적인 정책이었음을 알 수 있게 된다.

5. 임시정부의 분규와 분열

임시정부는 정식 수립 이전에 노령(露領)·한성(漢城)·상해(上海)에서 각기 정부조각의 발표가 있어 그 통합과 법통문제에 이미 약간의 시비가 있었거니와 이 시비가 상해 임시정부의 정통 성립으로 일단락을 본 뒤에도 대소의 분규는 계속되어 끝내는 분열 해산되고, 2차 대전의 발발로 재통합이 성립될 때까지는 간판만의 법통이 지켜질 따름인 침체상을 노정하였다.

대한민국 임시정부가 최초로 부닥친 분쟁은 초대 대통령 이승만(李承晚)을 반대하는 운동이었다.

1) 대통령 반대와 탄핵 결의

초대 대통령 이승만의 반대운동은 이승만이 임시정부의 최고지도자요 정부수반인 국무총리에 선출될 때부터 시작되었다.[25] 그 반대 이유는 이승만이 미주에서 3·1운동 전에 파리 강화회의에 〈국제연맹 위임통치 청원서〉를 제출하였다는 사실이었다. 이러한 경력의 소유자를 임시정부의 초대수반에 추대할 수 없다는 반대론의 선봉에 선 사람은 신채호(申采浩)를 비롯한 민족주의계의 절의파(節義派)의 인사였다.

그 뒤 노령(露領)으로부터 상해에 도착한 이동휘(李東輝)는 국무총리 취임을 승낙하지 않고, 이 문제를 들어 이승만을 '썩은 대가리'라고 공격함으로써 이 분규는 확대되었던 것이다.

---

25) 신채호의 주장이 어떻게 과격했던지 정부조직안을 심의할 때는 청년들이 그를 옆방에 붙잡아두고 심의를 진행했다 한다. 정부개조안으로 이승만을 대통령에 선임할 때도 반대하다가 뜻대로 안 된 그는 《新大韓》이란 주간신문을 발행하여 이승만을 계속 공격하고, 나중에는 임시정부를 부인하는 논조로 나와 물의를 일으켰다(주요한, 《安島山全書》, 227쪽).

이 분규의 발단은 절대독립을 주장하는 이동휘의 열렬한 성격의 소치로서 그의 배경으로서의 露領의 親共的 분위기와 한성정부의 첫 조각이 이동휘를 執政官 總裁로 뽑은 것을 상해정부가 이승만으로 바꾸고, 그 아래 국무총리로 이동휘를 둔 데 대한 감정도 작용하였을 것이다.

어쨌든 이 문제는 안창호의 조정으로 일단 멈추게 되었다. 안창호는 이 위임통치 청원서가 정식으로 제출되지도 못했고, 3월 1일 독립선언 이후로는 이승만도 절대독립을 주장하는 청원서를 제출한 이상, 우리의 국무총리로서 절대독립을 청원한 이 때 그를 배척하는 것은 불리하다고 역설하였던 것이다.

이 점에서는 안창호도 3·1운동 전에는 독립불가능론을 미주에서 반포한 것을 참작할 것이다. 이승만을 국무총리로 앉힌 것도 그의 성격을 잘 아는 안창호의 의견이 통과된 것이다.

또 이승만의 대통령 자칭(自稱)이 문제가 되었다. 애초에 상해 임시정부는 이승만을 국무총리로 선임하였는데, 워싱턴에 있는 이승만은 스스로 대통령이라고 국제간에 행세하고 있다는 데 대한 규탄이다. 이로 인하여 임시정부와 이승만 간에 전보 왕복이 여러 차례 있었으나 해결되지 못하였고, 이 사건이 이승만 반대여론을 더욱 부채질하였다.

1919년 8월 25일 상해발 전보
워싱턴 한국 구미위원부 이승만 각하, 처음의 임시정부는 국무총리 제도이고, 한성정부는 집정관 총재 제도이며, 어느 정부에나 대통령 직명이 없으므로 각하가 대통령이 아닙니다. 지금은 각하의 집정관 총재 직명을 가지고 정부를 대표하실 것이요, 헌법을 개정하지 않고, 대통령 행세를 하시면 헌법 위반이며, 정부를 통일하던 신조를 배반하는 것이니 대통령 행세를 하지 마시오. 대한민국 임시정부 국무총리 대리 안창호

1919년 8월 26일 워싱턴발 전보

상해 대한민국 임시정부 안창호 씨, 우리가 정부 승인을 얻으려고 전력하는데 내가 대통령 명의로 한국 사정을 발표한 까닭에 지금 대통령 명칭을 변경하지 못하겠소. 만일 우리끼리 떠들어서 행동 일치하지 못한 소문이 세상에 전파되면 독립운동에 큰 방해가 있을 것이며, 그 책임이 당신들에게 돌아갈 것이니 떠들지 마시오. 美京 워싱턴 리승만 (주요한, 《安島山全書》, 218쪽)

이 이승만의 대통령 자칭은 그 自尊의 성격을 여실히 드러낸 것으로서, 1919년 5월에 그가 한성정부의 조각명단 발표를 듣고 워싱턴에 대통령(집정관 총재) 사무소를 둘 때 집정관 총재를 프레지던트(대통령)로 번역하여 이미 국제간에 행세했으므로 고치기 어렵다는 內情도 있었을 것이다. 違憲은 명백한 위헌이지만 이것이 분규를 일으킨 더 큰 원인은 그의 방약무인한 獨善·獨斷에 대한 감정적 반발의 면이 컸던 성싶다.

이 대통령 칭호 문제는 1919년 9월에 임시헌법 개정안이 대통령제를 통과함으로써 일단락되었으나 이승만이 조직한 구미위원부의 권한 문제와 공채발행 문제가 또 일어나 심각한 대립을 보게 되고 종내 타협이 성립되지 못하여 마침내 1925년 이승만 대통령 탄핵결의에 이르렀던 것이다.

歐美委員部는 1919년 5월 이승만이 워싱턴에 '대통령 사무소'를 두었다가 8월에 '한국위원회'를 조직하였고, 9월에 이를 '임시정부 구미위원부'로 고친 것이다.

대한민국 집정관 총재 이승만은 총재의 직권으로 구미위원부를 조직하고 그 직무와 권한을 아래와 같이 발표하였다.

1. 집정관 총재는 적임자 3인 이상을 자벽하여서 구미위원부를 조직함.
2. 구미위원부의 직무는 구미 각지에서 실행할 정부 행정을 대행함.
3. 구미위원부는 미주에서 출납되는 정부의 재정을 관리함.

4. 구미위원부는 필요할 때마다 예산안을 정부에 제출하며, 미주에서 정부에 바치는 의연금, 공채금 기타의 세납들의 일체 재정을 수합하여 위원부의 명의로 은행에 임치함.

5. 재정 출납의 일체 행사는 반드시 집정관 총재의 승낙을 얻어서 이행함.

6. 구미위원부 위원장과 위원의 선택은 위원부의 공천을 받아서 집정관 총재가 임명함.

7. 구미위원부 위원의 임기와 출척은 집정관 총재가 자의 처단함.

8. 집정관 총재는 직권상 책임으로 위원부 사업을 지도함.

《재미한인 50년사》, 376쪽 참조)

‘公債表’ 발행문제는 임시정부 조직 직후 이승만이 국무원에 대하여 이를 제안한 것인데, 당시 대통령 칭호 문제로 승인되지 아니하므로 9월에 이승만은 구미위원부를 조직, 발표와 동시에 집정관 총재 이승만과 구미위원부 위원장 김규식 연서로써 공채표를 발행하기 시작하였고, 상해 임시의정원은 처음에는 이를 반대하다가 이승만이 외국인의 동정금을 모집하는 데는 공채표를 팔아야 된다 하므로 이를 승인하였다. 그 규정 내용을 보면 총액수 500만 달러 중에서 제1차로 50만 달러를 발행하고 상환은 미국이 한국정부를 승인한 후 1년 안에 한국 서울에서 재무총장이 지불하고, 이자는 연 6푼이라 하였다.

그러나 구미위원부는 이를 외국인에게 팔지 않고, 한국 교포들에게 의무적으로 사게 하는 동시에 종래에 임시정부에 바치던 ‘愛國金’을 폐지한다고 하였으므로 분쟁이 된 것이다. 이 애국금 공채표 분쟁은 정부 내부뿐 아니라 미주와 하와이 교포들 간에 충돌을 일으키게 하였다. 정부는 1920년 2월 재무총장 이시영 명의로 애국금 제도를 폐지하였던 것이다.

임시의정원은 1925년 3월 18일 임시대통령 이승만 탄핵안을 통과시켰고, 동 23일 임시대통령 이승만 심판위원회는 이승만 면직안을 통과시켰다. 그 탄핵심판 회부의 제안이유는 다음과 같다.

1. 임시헌법 제14조에 부기한 서약 및 동 제39조 위반.

1924년 12월 22일자 진 재무총장 이시영에게 보낸 대통령 公牒에

의하면 "布哇교민의 인구세 징수 중지는 본 統領의 지휘에 의하여 행한 것이므로 위원 또는 단장을 힐책할 것이 아니다"라 했고, 또 "본 통령은 布哇民 단장 및 부인회장에 대하여 상해에 납송할 공금을 전부 정지하고 다시 훈령을 기다리라고 명했다" 하였음.

2. 헌법 제 11 조를 범함.

전기 공첩에는 "태평양 동서로 구역을 나누어 극동 각지는 상해에서 관리하고, 북미 각지는 워싱턴에서 관리하여 현상유지책 아래 각각 분담 진행하되, 중대사항은 상호 협의하여 실행할 것"이라 하였고, 또 "내지에서는 數十萬元의 재정이 상해에 유입되어도 정부에서는 외교사무를 위해서는 一元도 사용하지 않고, 극동에 산재한 수백만 동포에 대해서는 銀 一元씩도 징수하지 못하면서 美領 교민에 대해서는 공납을 바치지 않는 것은 국법의 위반이라는 논조로써 논책하는 것은 부당하다" 하였음.

3. 대통령을 産出한 헌법 및 임시의정원을 부인한 것.

1924년 12월 21일자 국무원 각위에게 보낸 회람공문에 의하면 "議政院에서 어떠한 법률로써 어떠한 의안을 통과시키더라도 우리는 모두 다 임시적 편의로서 방임할 것이지만, 13도 대표가 국민대회로서 한성에 모여 선포한 約法 제 6 조에 '본 約法은 정식 국회를 소집하여 헌법을 반포하기까지는 이를 적용함'이라고 한 법문에 위반되는 행위를 하여 한성조직의 계통을 보유할 수 없을 경우에는 결코 이를 준수할 수 없다"고 했고, 동 공문에는 "국민 전체를 대표하는 입법부가 완성될 때까지는 의정원은 比等 법안을 통과시킬 수 없다"라고 되어 있다. [26]

이 면직 결의에 의하여 임시의정원은 동년 3월 23일 임시대통령으로 박은식(朴殷植)을 선출하여 다음날 취임선서하였다. 그러나 동년 5월 31일 재북경 이천민(李天民), 연병호(延秉昊), 박숭병(朴崇秉) 3명 연서로써 교정서(矯正書)를 발포하고, "반도(反徒) 박은식, 최창식 등이 구결조출(勾結造出)한 변란을 규탄하고, 난당(亂黨) 박은식 등을 포나

---

26) 《朝鮮民族運動年鑑》, 196쪽.

(捕拿) 엄징하여 국법을 신(伸)하고 국강을 바로잡으라"고 이를 성토하였다.

2) 법통론 재연과 임시의정원 부인

임시정부가 처음 수립될 때 노령과 국내와 상해에서 서로 연결없이 따로 발족한 세 개의 정부를 통일하는 문제는 상해정부를 개조하여 한성정부와 일치시킴으로써 일단락이 된 듯하였으나 이 문제는 임시정부의 그 뒤의 대소분규에 근본적 원인으로 계속되었다.

임시정부의 수립이 3·1 독립선언에 근거하는 만큼 그 운동의 주체가 된 한성정부(漢城政府)의 정통성이 압도적일 수밖에 없었다. 그러나 그 첫 조각을 한성정부와 일치시킨다는 형식적 절차밖에 한성정부의 실질적 발언권은 소멸되지 않을 수 없었으니, 그 이유는 임시정부의 위치를 서울에 둘 수 없었다는 사실이었다. 다시 말하면, 세 개의 임시정부 중 어느 것을 정통으로 삼느냐 하는 문제는 임시정부를 어디에 두어야 하느냐는 문제로 바뀌게 되었고, 또 그것은 어느 곳의 의회가 정통이냐 하는 문제로 귀결되었던 것이다. 결국 상해(上海)의 임시의정원(臨時議政院)이 서울의 경성독립본부와 국민대회를 계승하여 노령(露領)의 국민의회를 흡수 합동하고, 상해정부를 한성정부와 일치하게 개조함으로써 정통 임시정부로 삼았던 것이다.

그러나 이 문제에 대해서는 이론이 있었고, 이 이론은 법통론과 임시의정원 부인론으로 재연되었던 것이다. 法統論은 상해정부를 개조할 것이 아니라 한성정부를 승인하여야 한다는 것이다. 국내의 조각은 2차 있었는데 그 1차 조각을 승인하면 이동휘를 집정관 총재로 한 조각을 승인하는 것이고, 2차 조각을 승인한다면 이승만을 집정관 총재로 한 조각을 승인하는 것이다. 상해 임시의정원이 받아들여서 그와 일치하도록 개각한 것은 한성정부의 1차 조각이다. 이 제2차 내각도 국내의 국민대회에서 선출한 것이므로 그 법통에서는 1차 내각 명단은 소멸된 것이다.

　　바로 말하면 순수한 법통론은 정부를 조직한 모체인 의회의 법통문제에 돌아가는 것이고, 한성정부의 개조를 반대하는 법통론은 서울의 의회권한을 정통으로 삼는 점에서 상해의 임시의정원을 부인하는 결과에 이르게 된다. 그러나 상해의 임시의정원에게 이를 승인할 권한을 준다면 그 권한을 가진 의회가 개조한 정부가 법통을 잃을 까닭이 없으므로 의정원을 부정하지 않는 법통승인론은 자가당착에 빠지는 것이요, 상해 의정원을 부인하는 법통론은 개각, 개헌 등 일체 의회권한을 국내의 의회에 승인받아야 되므로 망명정부 불가능론에 빠지게 된다.

　　상해 임시의정원을 부인하는 이론은 노령에서 생긴 '국민의회'(國民議會)가 제기한 것이다. 당시 상해의 임시의정원이란 망명정객들을 지방별로 서로 지명하여 구성한 것으로 국민선거에 의하여 된 것이 아니요, 그 때 형편으로 그럴 수밖에 없었던 것이다(국내의 국민대회란 것도 13도 대표의 형식을 취했으나 선거한 것은 아니었다). 그러나 노령에서 생긴 국민의회는 어느 정도 시베리아와 만주에 거주하는 교포들이 선거한 대표들로 구성된 것이었다. 상해 임시정부 특파원이 해삼위(海參威)에 가서 한성정부를 추대한다는 약속으로 이동휘를 상해로 모셔 올 때 해삼위의 국민의회는 해산결의를 했는데, 그 때 상해정부 대표가 상해 임시의정원도 함께 해체한다는 약속을 했다고 그들은 주장하였다.[27]

　　그러나 상해 의정원을 해체하지 않을 뿐 아니라 그 법통을 그대로 두어서 임시헌법 개정, 각원(閣員) 선임 등의 절차를 밟았으니 이는 위약이요, 아무리 실질적으로는 한성정부와 같이 되었다고 하나 형식상으로는 어디까지나 상해정부의 연장이므로 이를 부인한다는 것이다. 국민의회와 임시의정원을 다 취소하고 백지로 돌아가 한성정부를 승인하는 것만이 대동단결의 방법이라고 주장을 세우게 되어 해삼위에서는 해산하

---

27) 이 때 특파된 玄楯과 金聖謙은 이런 말을 한 일이 없고, 그 때 조건은 국민의회의 의원 5분지 4를 상해 임시의정원이 받아들인다는 것이었다 한다("李剛回顧談,"《속편 도산 안창호》, 194쪽).

였던 국민의회를 부활시키기에 이른 것이다.

이 법통론과 임시의정원 부인론은 같은 뿌리에서 나온 이론으로, 결국 상해정부의 비법통성을 지적하고, 한성정부의 형식적 계승을 주장함으로써 상해정부를 부인하려는 데 그 진의가 있었던 것이다. 이와 같이 臨政의 분규는 법통문제, 정부소재지 문제로 발단되어 끝내 이 문제가 暗流로 흐르게 되었으니, 전술한 이승만 반대운동에 대한 이승만의 반격도 결국 한성정부의 변동을 용인할 수 없었다는 법통론과 상해 임시의정원 불신 또는 부인을 내세움으로써 임시정부를 미주로 옮길 것을 획책하였고, 전기한 노령의 국민의회파도 같은 이론으로 임시정부를 노령으로 옮기려 했던 것이다.

그러나 이 양파가 내세우는 한성정부의 법통이란 것도 이름만 같았지 속판은 달랐던 것 같다. 즉 이승만은 1919년 4월 23일, 13도 대표의 국민대회에서 조각한 이승만을 집정관 총재로 한 한성정부 제 2 차 내각을 말하는 것이고(이 책 2편 5장 참조), 노령이 주장하는 법통은 4월 초 경성독립본부가 조각한 이동휘를 집정관 총재로 한 한성정부의 제 1 차 내각을 말하는 것일 것이다(2편 5장 참조).

노령파는 만주파와 연락하여 지역적으로 국내에 가깝고, 교포의 수가 많을 뿐 아니라 직접적인 무력항쟁의 지반이었기 때문에 강점이 있었고, 미주파는 독립운동자금 조달에 강점이 있었으나 상해파는 미주처럼 본국에서 遠隔하지도 않고 노령 만주처럼 일군의 직접적 위협 아래 있지 않다는 정치활동 중심으로서의 지리적 장점밖에는 항상 노령·미주·만주·국내의 민족운동자의 집산지로서 그 단합이 없이는 자립이 불가능한 것이 약점이었다. 임시정부의 존치에 가장 유리하던 제조건은 이러한 약점을 동시에 지니고 있어 노령과 미주의 이탈로 자연 무력화할 운명에 놓여 있었던 것이다.

3) 레닌 정부 원조금 분규

이 문제는 제 3 편 제 2 장 "사회주의·무정부주의·공산주의"에서 이미 자세히 언급하였거니와, 그것이 임시정부에 던진 파문이 컸기 때문에 여기서 그 관계부분을 약술하기로 한다.

　이동휘가 노령으로부터 와서 국무총리에 취임한 다음해인 1920년 1월, 소련으로 외교단을 파견하기로 하였다. 1월 22일 임정 국무회의에서는 그 대표로 여운형과 안공근(安恭根)을 파견하기로 결정하였던바, 국무총리인 이동휘는 여운형을 보내면 노령의 인심을 수습하기 곤란하므로 한형권(韓馨權)만을 밀파하겠다 하고, 안창호는 국무원의 기결(旣決)사항을 단독으로 정지시킴은 불가하다 하여 여러 날 논의하던 중 이동휘는 국무회의 결의를 무시하고 자기 심복인 한형권만을 모스크바로 파송함으로써 이 분규는 시작되었다.

　　당시에는 이미 고려공산당이 上海派와 伊市派로 대립되어 이동휘는 전자의 영수로, 여운형은 후자의 영수로 반목하고 있을 때여서 이동휘는 여운형 파견을 극력 반대하고, 여운형은 이 때문에 의정원 代議士를 비롯한 각 단체의 직위를 전부 사면하고 자유행동할 뜻을 밝혔던 것이다. 이에 앞서 여운형이 1919년 가을에 일본정부 고관의 초청으로 신변의 보호를 받고 장덕수, 崔謹愚, 申尙玩을 대동하고 11월 15일 동경에 도착하여 국빈 대우로 당시 일본의 육군대신 田中義一 이하 고관을 만나고, 제국 호텔에서 한국독립을 주장하는 연설을 하고 돌아온 일이 있었다. 이는 일본국회에서 정부공격의 자료가 되었을 뿐 아니라 상해 임정 안에서도 일본의 회유정책에 넘어간 것이라 하여 국무원 포고 제1호로 그 부당행위를 규탄하였다가 12월 29일 포고 제2호로 여운형 일행의 渡日이 우리 독립운동에 위반된 행위가 없다고 밝힌 적이 있거니와, 이 때에도 이동휘는 공개석상에서 여운형을 "호박을 쓰고 돼지우리에 들어가는 것이라"고 공박 성토하였다.

　그 뒤 한형권이 레닌과 회견하여 얻어 온 돈은 제5장에서 논급한 바와 같이 임시정부 명의로 얻어 온 돈을 공산당으로 온 자금이라 하여 임시정부에는 한 푼도 들여놓지 않고, 상해파 및 국내 공산당 조직비용으로 썼기 때문에 문제는 심각한 분쟁을 초래하게 되었던 것이다.

4) 국민대표대회

임정이 분열되자 상해에 모였던 인사들은 흩어지기 시작했다. 임정에 대한 환멸과 할 일이 없는 상해에 대한 실제 운동자들의 염증이 아울러 작용한 것이다. 상해정부 인물들의 과오를 규탄한 일군의 인사들이 북경에 모이게 되었으니, 박용만, 신채호, 신숙 등은 만주의 무력항쟁을 일원화하려고 1920년 9월 초에 "군사통일촉성회"(軍事統一促成會)를 발기하고, 배달무(裵達武)를 남만(南滿)으로, 남공선(南公善)을 북만으로 파견하여 군사당국자들의 일당회합을 준비하였다. [28] 당시 만주에 있는 각 독립단체의 총수는 22개소요, 각국의 무장군인 수는 약 2천명이었다.

1차 대전 당시 연합군에 가담하여 시베리아에 출병하였던 일본군은 전국(戰局)이 끝남에 따라 철퇴하였고, 국내에 주둔한 일본군은 국경 대안(對岸)의 독립군 형세가 점차 확대됨을 우려하여 대거 진공을 개시하였다. '봉오동 전투'와 '청산리 전투'에서 독립군은 큰 전과를 거두었으나 중과부적으로 할 수 없이 퇴각하여 노령까지 철거하게 되니, 군사통일문제와 통일 후 진공(進攻) 계획은 좌절되었던 것이다.

이듬해 1921년 4월에 이르러 노령·남북 만주·미령(美領) 하와이·국내 등지의 8개 단체의 대표가 북경 서도문(西道門) 밖 삼패자 화원(三牌子 花園)에 모여 개회하고, 통일당 대표 신숙(申肅)이 의장이 되어 회의를 진행하였다. 의제는 주로 군사문제로서 노령에 집결한 부대는 후일 대거진공을 준비하고, 만주 각지의 부대는 유격전술로 국경에 출몰 파괴한다는 방침을 정한 다음, 이를 지휘 실행하는 데는 상해정부 군무부(軍務部) 하에 편입하느냐, 따로 군사기관을 신설하느냐의 문제가 연일 토의의 초점이 되었다.

이 토의중에 하와이 '독립단' 대표 권성근(權聖根)이 이승만의 위임통치 청원서에 대한 폭로증언과, 이같은 사람을 추대한다는 것은 운동전

---

28) 신숙, 《나의 일생》, 61쪽.

선의 수치라는 발언이 있어, 마침내 상해정부를 부인하는 안이 만장일
치로 가결되고 동 결의문이 채택되어 상해에 통전(通電)하고 이승만 성
토문을 발(發)하여 각지에 배부했으며, 신성모(申性模)를 대표로 상해
에 파견하여 정부의 해산을 요구하는 최후통첩을 냈다. 상해정부는 의
정원(議政院) 회의를 긴급소집하여 대통령의 파면을 결의하게 되었
다.[29]

　　이 위임통치 청원 문제는 이미 정부 수립 초에 야기되었던 것인데, 이
　　때 뒤늦게 처음 들은 것처럼 騷然해진 것은 한갓 구실을 삼은 것이요,
　　이 회의의 소집취의가 본래 상해정부에 대한 反立 계획이었음을 말한
　　다. 신채호, 박용만, 신숙 등 상해정부 이탈인사들이 이 회의를 발기
　　한 것이 그것을 증명한다.

　군사통일운동도 이러한 파문을 던진 것 외에는 자금문제로 아무 실행
이 없었고, 국민대표회의를 소집, 해결하기로 하여 그 준비위원으로 신
숙, 박용만, 박건병(朴健秉), 배달무(裵達武), 김세준(金世俊) 등 5인
을 선출한 다음 무기 정회하고 말았다.
　군사통일회의로부터 국민대표회의 소집의 선언서가 발표되자 정부를
절대 옹호하며 적극 유지를 주장 노력해 오던 안창호도 돌연 퇴직하여
상해인사를 일당(一堂)에 모아 국민대표회 소집의 필요를 역설하여 '국
민대표회 상해기성회'(國民代表會 上海期成會)를 조직했다. 그러나 북경
에서 주창하는 국민대표회는 상해정부를 부인하여 연호부터 건국기원을
쓴 데 대하여 상해의 국민대표회는 정부를 인정하므로 대한민국 연호를
쓰게 되어 국민대표회는 주비(籌備)부터 분열될 것 같았다. 이를 타합
(妥合)하기 위해 북경과 상해 간에 대표가 수차 왕래하여 절충한 결과
공동 주비의 위치는 상해로 하고 연호는 두 가지를 함께 쓰기로 하였
다. 상해에서 신숙, 남형우(南亨佑), 원세훈(元世勳), 김철(金澈), 서
병호(徐丙浩) 등이 정식 주비위원회를 성립시킨 것은 1922년 봄이었다.

29) 신숙, 《나의 일생》, 62~63쪽.

국민대표회의는 경비문제로 실현이 지연되다가 한형권이 가지고 온 레닌 정부 원조자금 중 20만 원(圓)을 충용(充用)하기로 되어 동년 11월경 각지로부터 70여 명이 참집하여 예비회의를 개최하고 다음해인 1923년 1월 3일에 내외 각 지방 및 단체 대표 140여 명으로 정식 회의가 개막되었다.

> 의장에 金東三, 부의장에 尹海, 安昌浩, 비서장에 裵達武, 비서에 吳昌煥, 李忠模를 선거하고 각 분과위원회가 성립되었다.

의정(議程) 중 시국문제에 대하여 각 대표의 정견연설이 있은 후 윤자영(尹滋英) 등 40여 대표의 연서로 돌연 상해임시정부 개조안(改造案)이 제출되었다. 상해임정을 문제시도 하지 않던 북경파는 이 문제의 상정을 반대하여 회의는 개조파, 창조파로 양분 대립되어 갑론을박하느라고 4, 5개월을 허송하였고, 타협도 보지 못해 마침내 5월 말에 이르러 40여 명의 개조파는 탈퇴를 성명하기에 이르렀다.[30]

> 改造派는 임시정부를 개조하여 지속하자는 파이니, 안창호 등 임정옹호계 참가인사와 제안자 윤자영 등 고려공산당 상해파가 이에 속한다.
> 創造派는 임정을 무시하고 새로운 정부를 세우자는 파이니, 임정 개조문제를 덮어 두고 의사일정 순서대로 진행하자는 파로서, 신숙 등 임정 부인의 북경파와 윤해 등 고려공산당 伊市派가 이에 속한다.
> 이밖에 임시정부를 현상대로 유지하자는 정부측의 김구, 이시영, 孫貞道 등과 미주의 이승만 지지자들로 된 유지파가 있었다.

회의가 이와 같이 분열되어 교착상태에 빠지자 타협과 수습에 노력하던 의장 김동삼은 자기를 파견한 서로군정서(西露軍政署)에 서신을 통하여 귀환한다고 의장을 사임하고, 부의장 안창호는 개조파에 서명하여 탈퇴함으로써 부의장의 직을 상실하였다. 80여 명의 잔존 대표들은 창

---

30) 신숙, 《나의 일생》, 76쪽.

조파만으로써 회의를 진행하기로 하고 윤해를 의장으로 승석(昇席)시키고 신숙을 부의장으로 선임하여 헌법초안을 통과시킨 후 그 헌법에 의해 국민위원 30인을 선출하였으며, 조선공화국(朝鮮共和國) 정부를 수립하고, 국무위원 5인을 선발한 다음 6월 2일에 폐막하였다.

국무위원은 내무에 신숙, 외무에 김규식, 군무에 이청천, 재무에 尹德甫, 경제에 金應燮이었다.

상해 임시정부는 개조파의 탈퇴를 계기로 내무총장의 명의로 국민대표회의의 해산명령을 내렸으나 이는 공문(空文)이 되었고, 또 하나의 정부는 생겨나고 말았던 것이다.

5) 조선공화국안의 실패

국민대표회의가 종국을 고한 후 거기서 선출된 국무위원들은 기정한 방침을 실행코자 하였으나 재정문제로 진로가 암담했다. 동 국무위원회는 국민위원의 1인으로 공산당과 관계를 가진 오창환(吳昌煥)을 적로(赤露)에 파견하여 국제공산당의 혁명방략을 타진한 결과, 조선혁명에 대해서는 사회혁명보다 민족혁명을 촉성하려는 견지에서 국민대표회의로 조직된 기관을 환영한다 하고, 직접 의견을 교환하여 대차(大差)가 없으면 적극 원조하겠다는 회보를 접하였다. 그리하여 50여 명이 일행이 되어 동년 8월 20일 노르웨이 상선을 타고 상해를 출발, 동 30일에 해삼위에 도착하여 적로 관헌의 안내와 재류(在留) 교포의 환영을 받으면서 상륙하여 신한촌(新韓村) 여사(旅舍)에 들어갔다. 9월 10일경 신숙, 김규식, 이청천, 윤해, 원세훈 등 5인은 국제공산당의 동양부장 대리 파인블크(유대인)와 한명세, 이동휘 등 고려공산당의 취소로 새로운 정식당 조직을 준비하는 간부와 만나 의견을 교환한 끝에 정식회담에 들어가 한국독립당안이 성립되어 선언·강령 및 세밀한 방략을 구체적으로 협정하고 쌍방의 일치점을 얻어 조인을 완료하였다.

제1회 국민위원회를 소집하여 동 협정안을 통과시킨 다음 국제당의 회담을 기다리던 중 1924년 1월 중순에 이르러 소비에트의 정치 국면과 정략적 방향이 전환하게 되어 동 2월 15일경 국제공산당은 한국 혁명에 관해서는 아직 정안(定案)이 없은즉 후일을 기다리기로 하고, 국민위원회 제인(諸人)은 국경을 퇴출(退出)하여 달라는 통고를 받게 되었다.

당시는 국제공산당이 주력해 오던 독일혁명이 마침내 실패되고, 국제당을 지배하던 레닌이 사망하여 외국혁명운동 원조문제보다도 내부수습에 급급할 때였다.

거의 실현도정에 이르러 하루아침에 실패를 본 국민위원회는 국제공산당의 무신의(無信義)와 역량부족을 체험하고 헛되이 돌아오고 말았다.[31] 이것이 조선공화국의 노령정부 획책의 깨어진 꿈이었다.

6) 임시정부의 파국

1924년 6월에는 대통령 이승만의 직무 광결(曠缺)을 이유로 국무총리 이동녕으로 하여금 대통령 대리를 보게 하자, 이승만은 미주 방면의 재정차단으로써 응수하여 시국은 마침내 이동녕 일파의 사직을 초래하였고, 동년 12년 이승만의 탄핵 파면결의 후 박은식이 대통령이 되어 후계내각을 조각했으나, 1925년 3월 30일 헌법을 개정하여 대통령을 국무령(國務領)으로 개칭, 국무원의 부서 명칭을 변경함으로써 국무령 박은식이 퇴직하고, 만주 정의부(正義府)계 이상용(李相龍)이 취임하였으나, 각원(閣員)의 결정을 보지 못하고 사임하였다. 1926년 5월 안창호가 미국으로부터 돌아왔으므로 안(安)을 후임으로 추거했으나 기호파(畿湖派)의 반대로 취임하지 않고, 남경으로 갔던 것이다. 동년 7월 홍면희〔洪冕憙(震)〕를 기용하여 8월 19일 국무원 김응섭(金應燮), 이유필(李裕弼), 조상하(趙尙夏), 조소앙(趙素昻), 최창식(崔昌植) 등을 임명

---

31) 신숙, 《나의 일생》, 80~82쪽.

하였으나 재정궁핍이 현저하게 무위한 채로 동년 12월 드디어 총사직하고 말았다.

　　이상용이 국무령 사임 후 1926년 2월에 양기탁, 최창식(임시)이, 동 5월에 안창호가 국무령이 되었으나 모두 다 수습불능으로 직을 떠나거나 사퇴하였고 취임하지 않았다. 1926년 5월 여운형, 吳永善 등의 발기로 安泰國을 회장으로 독립운동촉진회를 조직하여 독립운동자의 대동단결을 꾀하고, 안창호는 7월에 '臨時政府 經濟後援會'를 조직하여 임시정부 재정확립을 고창하였으나 아무 보람도 얻지 못하였다 (《高等警察要史》, 90쪽).

　　1926년 12월 24일 후임 국무령으로 김구(金九)를 선출하고, 국무원 윤기섭(尹琦燮·내무), 이규홍(李奎洪·외무), 김갑(金甲·재무), 오영선(吳永善·군무), 김철(金澈·법무)을 임하였으나, 1927년 2월 25일 헌법을 개정하여 정체를 위원제로 고쳤기 때문에 국무령 김구 외 각원은 동 헌법에 의하여 자연 소멸되고 동년 4월 11일 새로 이동녕 외 6명의 국무원을 선거하였으나 서북파의 반감으로 취임하지 못했다.

　　이 때 洪震 등은 일찍이 계획중이던 '韓國獨立唯一黨 促成會'를 조직하였으니(4월 11일) 집행위원으로 홍진 외 25명을 선출하였으나 尹琦燮, 趙琬九가 각 단체를 포섭하기 위하여 공산당원 여운형을 통했다 해서 기호파의 물의가 일어나고 기호파의 영수 이동녕은 의정원장을 인책 사임하였다.

　　1927년 6월 26일에 의정원(議政院)은 4월 11일 이래의 무정부상태를 방치할 수 없다 하여 약헌(約憲) 제22조에 의하여 임시정무위원회 잠행(暫行) 조례를 제정하고 이동녕, 김붕준(金朋濬), 조완(趙完)의 3명을 정무위원으로 선정하여 국무위원회 성립까지 임시정부 사무 일체를 대행하게 하였다. 8월 19일 의정원 회의의 결과 이동녕을 주석(主席) 국무위원으로 한 김구(내무), 오영선(외무), 김철(군무), 이동녕(법무),

김갑(재무) 등 국무위원의 취임으로 조각에 성공하였다.

　　1928년 이후 임시정부는 재정궁핍으로 월 35달러의 家賃이 6개월이나 밀리어 離散의 危境에 빠졌다. 안창호의 노력으로 재미 이승만이 약 200달러를 송금하여 일시 모면했으나, 동년 11월에는 중국 국민정부의 보호를 받고자 남경 이전을 계획하기에 이르렀다. 이 때 이승만은 안창호와 의견이 합치되지 않았고, 미국에서 징수하는 人口稅의 임시정부 송금을 끊고, 구미위원부와 동지회를 규합하여 임시정부의 하와이 이전을 계획한 바 있었다. 1924년 말 이래로는 임시정부는 만주의 참의부·신민부 등의 송금(월 30 내지 50달러 내외)에 의하여 간신히 유지되었고, 안창호가 마닐라에 가서 동지 교포의 자금송부운동을 전개하기도 하였다(《高等警察要史》, 91쪽).

6. 학생만세와 민중대회 사건

한국의 근대화운동이 1884년의 갑신정변으로 발단되어 만 10년 만인 1894년에 갑오경장으로 구체화되었듯이, 한국의 민족운동의 전국적 시위는 1919년 3·1운동으로 시작되어 만 10년 뒤인 1929년에 이르러 학생만세운동으로 다시 전국에 파급되었다. 3·1운동의 선구가 동경 유학생의 2·8독립선언이요, 그 선봉이 학생으로서 민족대표의 독립선언 두 시간 전에 이미 학생들에 의해서 탑골공원에서 공개되었듯이, 학생만세는 광주의 한·일 학생 충돌에서 발단되어 전국학생에 파급되었고, 민중대회사건을 유발했던 것이다. 3·1운동은 민족자결주의 풍조라는 외부적인 영향을 받았지만, 이 학생만세운동은 순전히 현실적인 상황에서 폭발된 민족감정의 일대 항쟁이었던 것이다.

1) 광주학생 사건

1929년 10월 30일 하오 5시 반경 전남 광주·나주 간의 통학생을 실은 열차가 하학하는 학생들을 태우고 나주역에 도착했을 때였다. 광주여자고등보통학교 3년생인 박기옥(朴己玉), 장매성(張梅性), 이광춘(李光春) 등의 우리 여학생을 일인(日人) 중학교인 광주중학교 4년생 후쿠다(福田修三), 스에요시(末吉克己), 다나카(田中某) 등 수명이 댕기를 낚아채면서 희롱하였다. 이를 옆에서 목도한 박기옥의 동생 광주고보 2년생 박준채(朴準彩)는 분을 참지 못하여 일인 중학생에 대들어 서로 주먹다짐이 벌어짐으로써 이 사건은 터지게 된 것이다.

이 싸움은 나주역 밖에 나와 계속되었고, 역전파출소의 日순사 森田이 불문곡직하고 박준채를 때리면서 일인 중학생의 편역을 들자 다른 光州高普 학생들은 대들어 항의하였고, 이 날의 시비는 이 이상 더 확대되지는 않았었다.

　이튿날 31일 아침 박준채가 열차에 오르자 전날의 일인 중학생을 포함한 다수의 일인 학생들이 박준채 등을 포위하고 다시 시비를 걸어 광주고보 학생들과 같은 기차로 통학하던 광주농고 학생들이 달려와서 열차 속에서 싸움이 벌어졌고, 이 날 오후 5시경 광주와 松汀里 사이 기차 안에서 또 우연히 일인 학생들과 가까운 자리에 앉게 된 광주고보생 4명을 일인 중학생들이 저희들 틈에 고의로 침입하였다고 시비를 걸어 쌍방의 생도들은 편싸움을 하게 되었다. 차장은 광주학생 福田 외 1명과 光高학생 박준채 등 3명을 이등실로 데리고 가서 취조한 다음 승차권을 압수하고 내일 아침에 와서 찾아가라 하여 쌍방을 돌려보냈다. 이 때 그 방에 있던 일본인 광주일보 기자가 福田에게만 동정적 언사로 위로하고 박준채 등에 대해서는 위협적 언사를 弄하였을 뿐 아니라, 내용도 잘 모르는 일인 승객들이 박준채 등만 욕했기 때문에 젊은 혈기와 민족감정에 극심한 자극을 받았던 광주고보와 광주농고의 학생들은 어디 두고 보자는 복수의 일념에 불타고 있었다.

　이와 같은 한·일 양 중학교의 학생간의 공기가 험악해지자 양교생은 서로 위험을 피하기 위해 수명 내지 수십명이 집단을 만들어 가지고 다녔고, 한두 사람만으로써는 외출을 삼가지 않을 수 없는 긴장된 공기가 계속되었다.

　1929년 11월 3일 이 날은 당시 음력으로 시행하던 10월 3일의 개천절이었고, 한국침략의 최고 원흉인 일왕 메이지(明治)의 생일날인 이른바 명치절(明治節)이었다. 뿐만 아니라, 이 날은 일요일이요, 광주신사(光州神社 : 현 광주공원) 앞에서 '전남 산견(産繭) 600만 석 돌파 축하회'가 열리어 전남 각지에서 잠견(蠶繭) 관계자들이 모인 날이었다.

　이 날은 당시의 강요된 풍습에 따라 각 학교에서는 기념식을 거행하게 되었다. 그러나 그들의 국경일은 그들의 멸망의 장래를 알리는 액운의 날이었다. 이 날 오전 명치절(明治節)의 식을 마친 광주고보 학생들은 교외에 집결하여 편대를 가르고, 그 한 편대는 그 10월 31일의 기차속에서 박준채 등에게 위협적 언사를 쓰며 한국인 학생이 잘못한 듯이 대서특필하여 보도한 일인 신문사 광주일보사를 포위하여 편협한 기사를 항의하는 일방, 공장에 들어가 윤전기에 모래를 뿌렸고, 다른 일대는 광주시내 수기옥정(須奇屋町) 우편소 앞에서 신사참배를 하고 오는 일인 중학생과 충돌하였다.

> 光高生 鄭相烈, 任漢吉. 高光信, 具龍祐, 黃南玉 외 3명은 이 날 오전 12시경 須奇屋町 우편소 앞을 지나던 중 齋藤俊夫, 松永良雄 등 10여 명과 부딪쳤는데 金毅源, 崔相乙이 가세하여 구타, 도주하는 그들을 추격하여 광주역에 당도하였던 것이다. 이 충돌에서 崔雙鉉이 일인들의 단도에 코를 찍혔다(양주동, 《抗日學生史》, 108~109쪽).

이 때 광주역전 광장은 유도교사를 선두로 야구방망이를 든 일인 학생 100여 명이 고보생 전원타도를 부르짖으면서 쇄도해 왔고, 이 광경을 본 광고생들은 기숙사로 연락하여 사생 전원이 축구화를 신고 몽둥이, 야구방망이를 둘러메고 역으로 모였다. 또 이 소식을 접한 광주고보, 농고의 학생 수백 명도 조수(潮水)와 같이 몰려와서 역광장은 인산인해를 이룬 속에 살기를 띤 일대 난투전이 벌어졌었다.

이렇게 되자 경관, 소방서원, 이른바 재향군인들이라는 것이 모조리 동원되었다. 그리고는 호스의 물을 일방적으로 우리 학생들에게만 뿜고, 행동 제지의 만행은 무조건 우리 학생들에게만 가해 왔다. 우리 학생들은 이에 항거하면서 밀고 나가자 더욱 늘어가는 우리 학생들 앞에 일인 학생들은 도망을 치기 시작했고, 우리 학생은 추격전을 전개하였다. 임한길(任漢吉), 구용유(具龍裕), 김의원(金毅源), 최상을(崔相乙) 등을 선두로 한 일대는 동역(東驛)으로부터 남방 약 2정(二町)에 있는 일본 중학생들 통학로인 성정리(城庭里)를 막으니 도망하던 중학생들과 이 급보를 듣고 달려온 일본 중학생 백수십 명과 토교(土橋)를 사이에 두고 대치하게 되었다. 양교 직원의 필사의 노력으로 일인 중학생은 저의 학교쪽으로 퇴각하고, 우리 학생들은 역광장에 집결하여 대오를 정제(整齊)하여 노병주(盧炳柱)의 구령으로 학교에 돌아와 강당으로 집합하였다.

양교가 土橋를 사이에 두고 대치하고 있을 때 金明基, 廉潤錫은 먼저 학교로 돌아가 농구실 자물쇠를 부수고 괭이자루·도끼자루·몽둥이 들을 끄집어내어 준비해 두었고, 대칼을 모아 놓았던 것이다. 일부 학생들은 劍刀具·죽검·장작 들을 꺼내 놓았다.

강당에 집합하자 부상학생 2학년의 최쌍현(崔雙鉉), 정상열(鄭相烈), 오갑석(吳甲錫)의 순차로 등단, 경과를 보고하였고, 금후의 투쟁방책을 토의하였다. 이 때 광농고생 최태주(崔泰柱)가 대표로 파견되어 공동투쟁에 적극 참가할 것을 언명하였다.

이리하여 학생들은 큰 학생을 앞장세우고, 어린 학생들은 가운데 넣은 다음 괭이자루·장작·죽검 들을 휴대하고 대오를 편성하여 오후 1시경 다시 시가로 진출하였다. 김향남(金向南), 김보섭(金普燮), 김상환(金相奐), 김철근(金哲根), 강윤석(康潤錫), 김무삼(金戊三) 등을 선두로 광농생이 후미에 따라 만세를 고창하며 운동가(歌)로 항일의 격정을 터뜨리며 충장로(忠壯路)로, 광주역전으로 성정리(城庭里) 가도를 따라 일인 중학교 습격의 길에 올랐다.

재판소 기록에 보이는 11월 3일 순사 野村中澤과 入田驛員 外山을 두드리고 중학생 近藤 등 12명에게 부상시켰다는 것은 이 때의 일이다 (양주동, 《抗日學生史》, 112~113쪽).

이 때 도청 옆 상품진열관 앞에서 광주사범학생 100명(2학급)이 기다리고 있다가 박수로 환영하였다. 광주여고생들과 須彼亞여고생들은 명치절 식이 끝나고 해산한 뒤여서 단체로 참가할 기회는 없었으나 수십 명씩 모여들어 행동을 같이하였으며, 음료수의 제공과 부상학생의 간호를 맡아서 완연한 전투부대의 형상을 지니게 되었다. 더구나 産繭 600만 석 돌파 축하행사에 동원되어 시가에 범람한 대다수의 군중은 학생시위에 합류하여 전세를 돋우었던 것이다.

학생시위대는 광주시를 누비고 도립병원 앞 광장에까지 와서 경찰의 완강한 저지로 중학교쪽 길이 막히고, 錦洞으로 돌아 不動橋를 건너 光州川岸으로 내려가 光高에 돌아가 집결하였다(이 때 농교생들과 사범교생들은 해산). 김향남, 오택일, 정명섭 등이 발설하여 각 방면 대표자의 선출로 불시 연락에 대비할 것과 부상자 입원가료를 결의하고, 소대를 지어 퇴교했다.

이에 놀란 적치(敵治) 기관은 9일까지 임시휴교를 명하고, 일방 회유, 일방 공갈로 주동학생이라 하여 40여 명의 광고·농고·사범여고생을 검거하였다. 그러나 폭발한 감정은 눌리면 눌릴수록 강해졌던 것이다. 11월 10일경 김홍남(金鴻南)의 거소(居所)인 금동 임석기(林錫紀) 집에서 오택일(吳澤一·고보), 이신현(李信衒·사범), 제길룡(齊吉龍·농고) 등이 모여 학생검거에 대항하는 2차 시위를 모의하고 선전 삐라를 인쇄하여 여고생까지 참가시키기로 합의한 다음, 그날 밤 김안진(金安鎭) 집에 모여 김향남(金向南)을 시위운동의 최초 발의자로 약속하고 11월 12일(광주 장날) 첫 시간을 기하여 단행하기로 하였다.

미리 연락이 통한 광주시내 전학생들은 12일 아침 만세를 부르며 일제히 거리로 뛰어나오고 도처에 삐라가 살포되었다. '청년대중아 죽음을 초월하여 투쟁하자', '被檢者를 탈환하자', '경계망을 즉시 철퇴하라', '소방대 청년단을 즉시 해산하라', '만행한 光中을 즉시 폐쇄하라', '집회 결사 출판의 자유를 획득하자', '교내 경찰권 침입을 절대 반대한다', '조선인 본위의 교육제도를 확립하라', '민족문화와 사회과학 연구의 자유를 획득하자', '전국학생대표회의를 개최하라' 등이었다.
선전삐라의 등사는 吳澤一이 錦洞 자기 집에서 4종의 인쇄물 약 1천 매를 인쇄, 12일 오전 8시경까지 김안진에게 500매, 姜昊燮에게 200매, 曺吉龍에게 300매가 교부되었다. 김안진은 金三錫, 金鴻南, 宋萬洙에게 주어 교내 교외와 시가에서 배포케 하였다. 農校에서는 조길룡을 통하여 韓文玉, 金南哲, 朴鍾柱에 의해서 배포되었다. 이 날 시위에 400여 명이 검거되어 武德殿에 수용되었고, 각 학교에서는 참가자 전원을 무기정학시키고, 학교도 무기휴교에 들어가게 되었다.

이 소문은 마침내 신문보도를 통하여 전국적으로 퍼져 나갔다. 11월 19일 목포상업학교와 정명(貞明) 학교 학생들이 삐라를 뿌리면서 시위한 것을 비롯해서, 27일에는 나주고보의 시위와 30일의 맹휴, 12월 8일에는 함평의 양잠보습학교(養蠶補習學校) 학생 400명과 보통학교 아동 100여 명까지 합세한 시위가 있었다. 이리하여 이 항일투쟁의 학도전선은 드디어 수도 서울을 엄습하였다. 12월 3일에는 경성제대를 비롯한 각급학교에 광주에서 뿌려진 내용과 동일한 삐라가 뿌려졌고, 5일의 제 2 고보의 맹휴(盟休)를 필두로 9일까지 전(全) 경성 중등 이상 학교의 거의 전부가 시위에 돌입하였다. 1월 12일에는 평양에서 숭실전문을 중심으로 각 중고등학교에서 1,600여 명이 만세시위에 들어갔고, 이와 전후하여 인천·개성·함흥·원산·진주·부산·정주·대구·재령 등지에서 시위와 맹휴가 연달아 일어났던 것이다. 그 규모의 방대하였음은 12월 9일 하루의 경성 학생시위에서 1,200명의 검거를 본 것만으로도 짐작할 수 있다.

이리하여 이 운동은 다음해 1930년 3월까지 계속되었고, 그 동안 동원된 학교 수는 보통학교에서 대학에 이르기까지 194개교, 참가학생 수 5만 4천 명에 달했고, 580여 명이 퇴학처분과 함께 형무소로 가는 몸이 되어 최고 5년의 체형을 받았고, 2,330여 명이 무기정학 처분을 받기에 이르렀던 것이다. [32]

2) 민중대회 사건

1929년 11월 3일 광주에서 한·일 학생간의 대충돌이 있은 후 신간회를 비롯한 재경 각 민족운동단체에서는 조사위원을 광주에 파견하여 진상을 파악하였다. 광주학생사건은 일제 당국이 이 운동의 타지방 파급을 두려워한 나머지 최초의 1회만 보도되었을 뿐 신문 게재를 금지당하여 구전으로만 전달하게 되니 그 진상을 알 수가 없었던 것이다. 전

---

32) "반세기의 증언(11) : 광주학생사건,"《조선일보》1964. 5. 10.

민족적인 운동으로 확대시키기 위하여 광주에서 한국학생이 다수 살해되었다는 선동적 풍설만이 유포되어 인심이 흉흉하였다. 이 보도금지는 10여 일이 지난 후 당시 동아일보 사장 송진우가 일본 총독부의 정무총감 고다마(兒玉)와 담판한 뒤에 비로소 해제되었다.33)

광주학생사건 돌발 3일 후 서울에서는 김병로(金炳魯)를 비롯한 법조계 인사를 중심으로 한 민족운동자 3, 4명의 조사단이 광주에 내려와 전남지사, 경찰국장, 고등과장과 시라이(白井) 광주고보 교장, 사토(佐藤) 광주중학 교장과 만나고 조사한 결과 일인 학생이나 일인 기관에서 무리한 행동과 처사가 있었다는 것이 확실히 나타났으므로 항의를 제출하는 동시에 상경 후 청년회관에서 '광주실정 보고대회'를 개최하려고 했으나 불허가로 좌절되었던 것이다.

그로부터 2주일 후 당국의 대회 불법탄압에 대한 성토대회를 겸하여 광주학생운동 진상보고를 위한 '민중대회'를 개최하여 '민중선언서'를 발표하려고, 신간회 간부를 비롯한 민족운동자 20여 명이 극비리에 밤 2시경 이관용(李灌鎔) 집에 회합하여 계획과 대회일자를 의논하고 산회하였다.

당시 신간회는 민족운동사상 처음으로 좌우 합작의 민족단일당이었기 때문에 학생들이 앞장을 서서 터뜨린 항쟁을 의리와 체면으로도 좌시할 수 없었을 뿐 아니라 격동하는 민심을 포착함으로써 대민족봉기(大民族蜂起)의 호기를 놓칠 까닭이 없었다. 그러므로 전국 각지에 파견된 조사단은 말이 조사이지 실상은 격려와 선동을 위함이었다. 권동진, 한용운, 조병옥, 허헌, 주요한 등 간부들은 관수동(觀水洞) 본부에 모여 12월 13일 하오 2시 안국동 로터리에서 독립운동을 지향한 민족대회를 열기로 결정했던 것이다.

12월 13일 민중대회 거사 8시간 전의 일이다. 호각소리와 함께 일대(一隊)의 왜경은 신간회 본부를 2중 3중으로 포위하고 들어와 때마침

---

33) 양주동, 《抗日學生史》, 122쪽(이 책에는 전남 청년연맹위원 張錫天이 상경하여 각 방면에 광주학생운동의 실정을 보고하여다고 밝혀 있다).

연설지휘를 도맡고 연사들과 같이 숙의(熟議)하고 있던 조병옥 이하 연
사를 검거하고 계속하여 신간회 대검거사건의 선풍을 일으켰던 것이다.
이로써 권동진, 홍명희, 김병로, 조병옥, 이관용, 이원혁 등 44명의 신
간회원과 신간회의 자매단체인 여성단체 근우회(槿友會)와 청총(靑總)
·노총(勞總) 관계인사 47명, 도합 91명이 검거되었다.

김무삼(金武森)은 당일 한편에서 검거가 시작된 때에 인사동 조선극
장(현 종로구청)에서 삐라를 뿌리다가 잡혔고, 이관구(李寬求)는 영등포
·동대문으로 다니며 포스트마다 한 묶음씩의 격문을 넣어 지방으로 분
산 우송하였다.

이 검거에서 체포를 면한 이는 김병로와 이관구로서, 꺾어진 신간회
의 밑동을 붙잡고 잡혀간 회원의 옥중투쟁의 뒷바라지를 하고 있었다.
조병옥, 허헌, 홍명희, 이관용, 김무삼, 이원혁 등은 3년 안팎의 형을
받았으며, 이 민중대회사건은 신간회의 뿌리를 흔들어 놓고 끝이 난 것
이다.

7. 신간회의 해소와 민족전선의 붕괴

1) 신간회의 분열

신간회는 최초의 좌우 연합전선으로 결성되었으나 좌우 연합전선이 사실상 불가능하다는 것을 최초로 증명한 연합전선이기도 하였다. 다시 말하면, 신간회가 결성되기까지에는 두 가지 불가피한 시대적 배경이 이유가 되어 민족단일당을 촉성한 것이었다. 첫째, 합법적 민족운동 전개의 필요라는 명제요, 둘째, 화요회와 2차 공산당 검거사건을 겪음으로써 당시 한국의 사회주의운동은 한풀 꺾여 있었기 때문에 그 재기의 모색으로 항일운동을 일의(一義)로 하는 민족전선에 참여하기에 이른 것이다. 여기에 일제의 고등경찰정책이 왕성한 사회주의를 견제하는 방편으로 민족주의를 두둔하는 양하여 민족주의로써 사회주의의 예봉을 꺾으려는 책략으로 이 민족단일전선을 허가했던 것이다.

> 신간회에 참여한 당시의 사회주의 단체는 김준연 등의 ML당, 허정숙 등의 서울청년회, 홍명희 등의 화요회, 김약수 등의 북풍회였다("반세기의 증언(10),"《조선일보》1964. 5. 3).

신간회는 창립 월여(月餘)에 초대회장 이상재가 별세한 후 이 임시 미봉의 연합전선은 이미 분열의 싹을 노정했던 것이다. 동회는 창립대회를 지낸 후로는 집회금지로 말미암아 연 1차의 전체대회는 한 번도 열지 못했기 때문에 양적으로는 굉장한 약진상을 보이면서도 내면적으로는 침체를 면하지 못했던 것이다. 궁여지책으로 왜경과 절충한 끝에 전체복대표대회(全體複代表大會)를 소집하여 이것을 전체대회에 대행하게 되었다.

전체대회는 지방 각지부 대표의원으로 구성해야 하지만, 각도에 몇 사람씩 몇 개 지회가 한 사람을 합작선출하여 그들 複代表로써 구성하는 약식 전체대회이다.

1929년 7월 1일 전국복대표 전체대행대회를 중앙기독교 청년회관에서 개최하였으니, 이 대회의 중요사항은 직제개정과 임원개선이었다. 직제는 종래의 간사제를 폐기하고, 중앙집권제인 집행위원제를 채택하기로 규약을 개정하였고, 다음 위원선거에서는 중앙집행위원장에 許憲이 당선되었고, 중앙집행위원 45명과 중앙검사위원 10여 명의 거개가 좌익으로 지목받는 인물이 선출되었던 것이다. 무엇보다도 이 위원장 및 위원의 改選결과가 구본부측 간부들의 예기치 않은 실망이었고, 그 의도와는 아주 배치되는 것이었다.

새 간부의 진용은 중앙집행위원장 허헌, 서기장 황상규, 회계 김병로, 조직부장 김항규, 조사부장 김병로(겸임), 선전부장 이종린, 교육부장 조병옥 등이요, 상임위원과 부원은 신임 기예의 인물들이었다.

구간부파인 민족주의자측 견해는 첫째, 위원장은 여러 가지 점으로 봐서 전(前) 부회장으로 3년 간 재임한 권동진(權東鎭)이 승석(昇席)해야 한다고 믿었고, 둘째, 사상상으로 민족주의자라 할 인물이 축소되어 구간부진이 여지없이 밀려난 결과가 불만이었던 것이다. 34)

이리하여 신간회는 그 연합전선에 금이 갔고, 사실 허헌을 옹립하고 허헌이 끌고 들어온 새 간부세력인 좌파가 뒤에 신간회 해소론의 배경이 되었던 것이다.

중앙검사위원장이라는 실권 없는 자리에 선출된 권동진은 온후한 성격과 포용력이 있는 사람으로, 자기가 중앙집행위원장의 자리에 선출되지 않은 데 대해서 조금도 불만하지 않고, 중앙검사위원장에 취임하였으나 구간부측의 반대 기세는 차츰 노골화되어 경성지회 대회에서 지회위원장으로 조병옥을 선출하고, 이관용, 이원혁, 이승복 등 구간부파를 위원으로 주입시켜 허헌의 위원장 반대운동을 획책하였으니, 이 투쟁의

---

34) 李曾馥, "新幹會小史(3)," 《한국일보》 1958. 8. 9.

첫 봉화가 전남 광주·목포지회에서 폭발되었던 것이다.

> 허헌의 배척이유는 그가 공산주의자라서 배척한다기보다도 현재 準公職이라 할 변호사직에 있는 자로서 중앙위원장은 부당하다는 것이었다. 본부에서는 趙憲泳을 광주·목포지회에 파견하여 조사하게 하였고, 8월 28일 제11회 中央常執에서 그 조사보고를 청취하고, 9월 30일 제15회 중앙상위회에서 광주지회를 처벌하였다가 그 뒤에 停權을 해제하였다(〈신간회 제3회 중앙집행위원회록〉, 8쪽).

이 때부터 본부와 경성지부 사이의 반목은 신간회가 해소되는 날까지 계속되었다. 이러한 지회의 본부에 대한 항쟁은 허헌의 위원장 거부운동인 만큼 이러한 분쟁으로 신간회의 힘찬 활동이 암영(暗影)에 직면한 이상 허헌이 대세에 순응하여 자진사퇴하는 것이 회세(會勢) 만회의 첩경이었으나, 그는 자기의 변호사직을 휴업한다는 고식책(姑息策)으로 사태를 수습하려 하였다.

1929년 12월 9일의 민중대회사건으로 말미암아 신간회는 최고간부가 수감되었고, 중요간부들은 지방에 가서 금족을 당하였거나 다른 사건으로 검거되어 거의 공허한 상태에 놓였을 뿐 아니라 그 여파가 각 지회로 파급되어 신간회는 전반적으로 침체에 빠지게 되었다.

> 이 때 회계의 任에 있던 김병로가 신간회의 中軸을 잡고, 분투하여 퇴세를 만회하기에 노력하였으니 수감된 허헌을 대신하여 회의 운명을 雙肩에 지고 서기장의 대리로서 각부를 거의 겸무하리만큼 당시는 간부 기근이 심하였다. 이 시기는 신간회 전역사를 통하여 가장 악전고투의 시대였으니, 대외활동보다도 대내결속이 더 급하던 때였다. 이러한 때를 당하여 다행히 오랫동안 반목해 오던 경성지회와 본부는 융화의 서광을 보게 되었다. 오랫동안 분규중에 있던 광주·목포지회 사건도 해결이 되었고, 남아 있는 간부의 誠力으로 會務는 한때 다시 발전을 보아 전체대회 대행인 제3회 중앙위원회 보고에 의하면 회원 수가 39,257명의 증가를 보았고, 사회사건의 대책과 실행의 업적은

회의 명분과 위신을 세우게 되었다.

1930년 11월 5일에 신간회 본부에서 제3회 중앙위원회를 소집하였다. 이 중앙위는 곧 제3회 전체대회를 대행한 회의로서 집회 금지중의 비상편법을 적용한 것이었다. 이 중앙위는 간부진의 대량검거로 인하여 거대한 기관을 운영하기에는 너무 사람이 부족되었고, 또 위원장의 임기는 아직도 요원한데 투옥으로 회무를 광결(曠缺)하게 되니 책임자 없이 회를 유지할 수 없다고 주장하여, 각 지회의 동의를 얻어 회를 소집하고 전체대회의 권한을 대행하여 중앙간부를 개선하기 위함이었다.

이러한 이유는 회의 주력을 잡고 있던 좌익계열의 인사들이 대부분 투옥 또는 금족 분산되어 있던 당시에 구간부파가 회의 실권을 다시 잡을 수 있는 좋은 기회와 구실을 주었던 것이다. 그러므로 본부측에서는 어떠한 무리를 해서라도 중앙간부를 개선(改選)하지 않을 수 없었다. 개선 결과 민족주의계 인사들의 사전공작이 주효하여 중앙집행위원장에는 오랫동안 성의껏 회무를 이끌어 온 김병로가 당선되고, 이어 중앙집행위원 40명과 동후보 5명, 중앙검사위원 5명의 선출을 보게 되었던 것이다.

그러나 이 대행위원회는 또다시 경성지부와 본부 사이의 분규를 재연시키는 원인이 되었다. 경기지회의 이번의 반발도 중앙간부의 개선에 대한 불만이 그 바탕이 되어 있었다. 경성지회가 본부를 공격한 내용은 다음의 3개 조항이었다. 첫째, 신위원장은 전위원장 허헌이 반대당한 이유와 같은 변호사직의 소유자라는 것과, 둘째, 전 중앙위원으로 재선된 박문희(朴文熺)의 문제와, 셋째는 편법운용에 과오가 있다는 것이었다. 이번에는 그 반목의 정도가 아주 극단화되어 정면으로 충돌까지 한 불상사를 일으켰던 것이다.

당시에 일부 전락한 사회주의자와 '時中會'의 최린 일파가 합작하여 자치운동을 일으킨다는 설이 세상에 전해졌는데, 신간회 중앙위원 박문희가 이에 가담했다는 것이다. 이 문제에 대해서 본부에서는 최선을 다하여 진상을 조사하는 한편, 박문희로 하여금 공개석상에서 그 과오를 청산하게 했는데도 불구하고 이 문제를 끝내 추궁하여 마지않았다.

그 결과로 通議文이란 것이 전국 각지 지회에 뿌려지고 본부측은 경성지회에 회적을 가진 사람을 제명처분한 사건까지 일어나, 마치 자치운동을 옹호한 것처럼 되었던 것이다(李曾馥, "新幹會小史(6), 《한국일보》1958. 8. 12).

2) 신간회의 해소

이러한 추세 속에 1931년에 들어서자 좌익계열은 돌연히 '신간회 해소론'을 제기하고 말았다. 제4회 중앙집행위원회에서 신간회 해소문제는 큰 파란을 일으켰고, 본부 경성지회 대 지방지회와의 사이에 이로 인한 알력과 혼선이 증대되어 갔다.

이 해소운동의 배경과 이론적 근거는 코민테른이 다년간 지켜 오던 정책을 변동하여, 식민지 또는 반(半)식민지에서의 투쟁은 토착민족주의자와의 공동투쟁을 포기한다는 정책의 변화로서 당시 좌익운동의 유행적 사조였던 것이다. 이 무렵의 전세계는 이른바 1929년의 대경제공황에 허덕일 때였고, 세계 공산화운동 총본영인 코민테른이 이 공황을 이용하여 공산화를 서두르고자 이런 정책을 선언하고, 민족주의자와의 연합전선인 모든 합법단체는 해산한다는 원칙을 세웠기 때문이었다. 일본 노동당에서는 가와카미(河上肇) 등에 의하여 해소론이 제창되었고, 신간회내의 좌익분자도 이 지상원칙에 좇아 해산운동을 일으키는 것을 자긍했던 것이다. 신간회의 중앙간부 진용은 전에 비하여 민족주의적 색채를 농후하게 띤 까닭에 성급한 공산주의자들은 중국 국민당을 실례로 들어 신간회가 장차 중국 국민당 같은 태도를 취하리라는 지나친 염려를 하기까지 했던 것이다.

이 해소문제가 한국에서 처음 제기된 것은 부산지회로부터였다. 당시 부산지회는 가장 침체한 지회의 하나로, 두세 명밖에 남지 않은 간부의 손을 거쳐 이 해소론은 중앙에 전달되었으니, 진보적 사조에 순응해야 한다고 해서 좌익계열이 선봉이 되어 경성지회를 움직여 본부의 코밑을 치밀게 되었다. 본부에서는 한국의 특수 정세에 비추어 이를 무마하려 했으나 이미 대세는 기울기 시작했던 것이다. 또 이 때는 민족주의계의 중요 간부들이 각종 사건에 관계되어 왜경에 피검됨으로써 해소운동 방지에 더욱 지장이 있었다.

예정하였던 전체대회의 집회허가가 나오게 되어 1931년 5월 16일 YMCA 회관에서 대의원 77명의 참석으로 전체대회가 열렸는바, 개회 벽두 해소파의 선봉인 부산·인천·동경지회 대표들은 신간회 해소 긴급동의안을 제출하여 별반 토의의 전개도 없이 가결 통과시키고 말았던 것이다.

1931년 5월 16일은 신간회가 창립된 지 5년째 되는 해였고, 창립대회 이래 첫 전체대회로서 마지막 대회가 되고 말았던 것이다. 신간회는 결국 5년 동안에 창립과 해소의 두 번 대회를 가지는 것으로 막을 닫고 말았다.

이 날 대회는 가부 거수(擧手)의 결과 해소(解消)로 결정되었는바, 이어 해소중앙위원회를 선정하였다. 해소중앙위원장에 강기덕(康基德)이 당선되고, 위원 31인, 동 후보 3인, 동 검사위원 5인의 선거를 마친 후 긴장과 흥분과 노호 가운데 신간회는 종언을 고하고, 처음이요 마지막인 민족단일전선은 붕괴되고 말았던 것이다.

일경이 전례 없는 전체대회를 허가한 것은 좌익의 해소결의를 가능하게 하는 기회를 줌으로써 신간회의 자진해산이라는 어부지리를 얻으려는 술책이었다. 신간회 창립 당시는 민족주의를 밀어 공산주의를 꺾고, 신간회 말기에는 공산주의를 이용하여 민족전선을 붕괴시킨 것이다.

8. 마지막 항거의 자세

1935년을 넘어서면서부터 한국의 민족운동은 모든 면에서 암흑기에 들게 되었다. 1931년 이유 없는 전화(戰火)를 일으켜 만주를 점령하고 만주국이란 괴뢰정부를 세운 일본은 1937년 7월 드디어 중국 본토 침략을 개시하여 중국 동북부와 양자강(揚子江) 하류의 넓은 지역을 점령하였고, 1941년에는 미·영에 선전을 포고함으로써 중국은 2차 대전의 주전장(主戰場)의 하나가 되고, 조선에는 일본의 군수공업을 본격적으로 이식하는 한편, 군수자원의 개발, 특히 군수자재 수입의 대외지불용으로 산금(産金)을 적극 강행하기 시작했으며, 또 한인을 강제징용하여 공장·광산 등에서 사역하였으니, 40년 현재 그 수는 국내에서 260여 만, 일본과 그 점령지역에 보낸 것이 72만을 헤아리게 된다.

한편 조선총독부는 이른바 황민화(皇民化) 운동이란 강력 동화정책을 시행하여 민족문화의 말살에 광분하였다.

1937년에는 일본 왕에게 충성을 맹세하는 구호, 이른바 황국신민서사(皇國臣民誓詞)를 만들어 집회마다 제창하게 하고 1938년에는 한어(韓語) 교육의 폐지와 일어 상용을 강요하였으며, 1940년에는 한인의 성씨를 일본식으로 강제 개작하게 하는 이른바 창씨(創氏) 제도를 실시하였고, 일본 신사(神社)의 참배를 강요하였으며, 한국어문 출판물을 폐간시켜 민족운동에 지대한 공적이 있는 《동아》,《조선》의 민간지를 없애고 말았던 것이다.

또 전시를 이유로 사상통제와 감시를 강화하여 항거는커녕 뜻을 바꾸지 않고 은거 칩복(蟄伏)하는 사람까지 강제로 끌어내어 투옥하였다. 조선에만 적용되는 법령으로 1936년에는 '조선사상범 보호관찰령'을 만들어 반일운동자 이른바 요시찰인을 상시 감시하고, 1938년에는 사상운동 전력자의 단체로 '조선사상보국연맹'을 만들어 집단 감시하고, 1940년에는 '사상범 예비구금령'을 내려 반일운동 혐의자를 예비구금할

수 있게 하였고, '국민총력연맹'과 '임전보국단'(臨戰報國團)을 만들어
한인 지도층의 인사를 친일여론 환기와 전쟁협력에 강제동원하였으며,
전문학교 이상의 한인 학생은 병역연령 초과자라도 강제로 군대에 편입
하는 이른바 학병제도(學兵制度)를 실시하였다.

　이와 같은 처절한 탄압책으로 말미암아 민족문화는 질식하여 비타협
의 소극적 반항조차 힘들게 되었으니, 모든 운동은 지하로 들어가 은신
함으로써 체포를 면하는 길을 찾는 수밖에 없게 되었다.

　이와 같은 암흑기에 국내에서 민족의 정기를 지킨 사람은 친일 여론
환기 강제동원을 거부한 소수의 지도자와 국어학·역사학을 연구하는
소수의 학자들과 일어문학과 전쟁협력 예술에의 참가를 거부한 소수의
문인·예술인들과 신사참배를 거부한 소수의 기독교도, 창씨를 거부한
소수의 인사들이 있을 따름이었다.

1) 일장기 말소사건

　1936년 8월 베를린 올림픽대회의 일본팀의 마라톤 선수로 손기정(孫
基禎), 남승룡(南昇龍) 양 선수가 출전하여 손기정이 1위, 남승룡이 3
위로 입상하여 마라톤을 제패하였는바, 그것을 소개 보도할 때 《동아일
보》가 손 선수의 실황사진을 게재하면서 그 유니폼의 가슴에 달린 일본
국기 표지(標識)를 가필하여 말소함으로써 동지(同紙)는 무기정간이 되
고(1937년 6월 해소), 그 사진을 직접 수정한 화가 이상범(李象範)을 비
롯하여 운동부 기자 이길용(李吉用), 사진부 기자 백운선(白雲善), 편
집기자 임병철(林炳哲)과 사장 송진우, 주필 김준연, 편집국장 설의식
(薛義植), 사회부장 현진건(玄鎭健), 사진부장 신낙균(申樂均), 신동아
책임자 최승만(崔承萬) 등 11명이 경찰에 체포되어 40여 일 간의 준열
한 문초 끝에 주모자 5명(이길용, 현진건, 최승만, 신낙균, 서영호)은 다
시 언론기관에 참여하지 않겠다는 서약을 하고 석방된 사건이다. 이 사
건의 책임을 지고 송진우, 김준연, 설의식이 사임하게 되고, 도미중이
던 부사장 장덕수도 정간중인 1936년 말에 귀국하여 곧 사임하였다.

《동아일보》운동부 기자 이길용이 편집국에서 일보는 화가 이상범 앞에 와서 사진 한 장을 내밀며 "이거 손기정 선수가 마라톤에 우승하여 월계관을 쓴 사진인데 암만해도 가슴에 달린 일장기가 눈에 거슬리고 안타까운데!" 하였다. 사진을 받아 든 이상범도 동감이었고, 그 말 뜻을 알아차린 이상범은 "네, 알았소이다" 하고 그 사진을 받아, 흰 색깔로 일장기를 간단히 지우고 만 것이다. 1936년 8월 25일 석간《동아일보》를 받아 든 총독부는 온통 뒤집히고 전기 11명을 검거했으나 일제의 형법을 샅샅이 뒤져도 해당 조문이 없었다. 형법으로 다스릴 수 없게 되자 8월 27일자로《동아일보》를 제4차 정간처분하고 만 것이다. 심한 문초를 받은 사람은 11명이지만 불려 다닌 사람은 使童까지 50여 명이었다.

이 일장기 말소사건이 터지자 당시의 민간지의 하나이던《조선중앙일보》는 자진휴간을 했다. 이 근신 조치는 동지의 운동부 기자 유해붕(柳海鵬)이 앞서 손기정 선수 사진의 일장기를 역시 말소하여 게재했던 것이다. 당국이 몰라서 그대로 넘어갔으나《동아일보》가 적발되자 사전에 자수하는 것이 정간을 당해도 가벼울 것이라고 생각하여 유 기자를 당국에 자수하게 하고, 9월 5일 석간에 자진휴간의 사고(社告)를 냈던 것이다.

이와 같이 손기정의 마라톤 제패는 경술국치 이래 짓밟히고, 터질 길 없는 울분을 세계에 터뜨려서 2천만 민중을 환성의 소용돌이 속에 몰아넣었고, 그 자랑 그 기쁨을 우리 민족의 이름으로 버젓이 내세우지 못하는 안타까움과 설움을 사람마다 느꼈기 때문에 이러한 자연발생적인 의식이 일장기 말소란 행동으로 동시에 표현된 것이었다.

당시 신문보도에 우승한 손 선수를 국제전화를 통하여 불러냈을 때 손 선수가 울고 있었다는 기사는 민족의 가슴에 울렸다. 일장기를 가슴에 달고 테이프를 끊고, 〈기미가요〉의 일본 국가가 연주되는 속에 월계관을 쓰게 되어 마구 눈물이 나왔다고 귀국한 손 선수는 말하였다.
"어서 오너라 너 조선의 두 아들아… 너를 맞기에 故土는 용솟음친다"라고 당시의 신문은 이런 제목을 붙이고 있었다. 올림픽 기록과 일본의 공식문서에는 손기정은 아직도 일본대표로 기록되어 있다. 어쨌든 일장기 말소사건은 암흑기의 이 민족의 마지막 항거의 자세였다.

2) 수양동우회 사건

수양동우회 (修養同友會) 는 안창호가 창립하고 주재해 온 흥사단(興士團)의 국내조직으로서 나중에 동우회라고 개칭한 단체이다. 일제가 중국 본토를 침략하기 한 달 전인 1937년 6월 6일을 기하여 서울 종로경찰서가 주요한을 비롯한 동우회 간부들의 가택을 수색하고 이광수, 김윤경(金允經), 박현환(朴賢煥), 신윤국(申允局) 등 10여 명을 검거하고 압수된 회원명부에 의하여 전국적으로 약 150명을 체포한 사건이다.

서울에서 먼저 검거하고 지방검거를 차례로 하였기 때문에, 평양에 있던 회원들은 안창호와 함께 6월 28일 체포되어 안창호는 즉시 서울로 압송되어 경기도 경찰부에 유치되고, 다른 회원들은 평양경찰서에 두었다가 1개월 후에 서울로 압송되었다.

이 동우회는 비밀단체도 아니요 인격수양을 목적으로 하는 친목단체였으나, 말기에 든 일제의 강력 동화정책은 한국인의 단체면 그 목적과 대소를 가릴 것 없이 탄압하여 자진해산을 종용하였고, 이에 순응하지 않는 것은 모두 다 독립운동단체라 하여 검거함으로써 자연 폐쇄하게 하였다.

이에 앞서 4월 어느 날 종로경찰서 형사가 동우회 이사장 주요한을 찾아와 동우회는 해산해 버리는 것이 어떠냐고 넌지시 귀띔을 했으나, 당시 총독부의 탄압정책이 어느 정도인지 정확한 판단이 없었으므로 해산할 이유도 없고, 이사회를 열어야 될 것이 아니냐고 대답했다. 이사회를 열려면 회의진행은 일본말로 해야 한다는 것이다. 주요한은 비로소 사태가 긴박한 것을 알고, 이광수에게 상의하였고, 이광수는

당시 대전 감옥에서 假出한 뒤 송태 山莊에 가 있는 안창호에게 내려
가서 해체를 하느냐 일본말을 사용하면서라도 유지해 갈 것이냐를 물
었다. 안창호는 단안을 내리지 않고 5월 20일경 자기가 상경할 테니
그 때 이사회를 소집하라고 지시하였다. 이 동안에 아무런 행동을 취
하지 않는 것은 일본어 사용이란 조건을 반항하는 것이라 해석하고 그
대로 총검거에 착수하였던 것이다.

경찰은 피의자들에게 혹독한 고문으로 동우회가 독립운동단체라는
자백서에 강제로 도장을 찍게 하고, 또 미국 여행자에게서 압수한 흥사
단 약법(約法)을 증거물로 하여 동우회는 흥사단과 이신동체(異身同體)
라는 자백을 강요하였다. 흥사단 약법 조문 중에 "우리 민족 전도대업
(前途大業)의 기초를 준비함"이라 있는 것과, 입단가(入團歌) 중에 "조
상나라 빛내려고"라든지 "부모국아 걱정 마라" 등이 한국 독립을 말한
것이라 하여, 치안유지법 위반으로 입건 기소하였다.
고문을 혹독하게 받은 이 중에 최윤호(崔允浩), 이기윤(李基潤)은 발
병하여 사명하였고, 김성업(金性業)은 불구가 되었다.

전국에서 검거된 150명 중에서 42명을 세 차례에 걸쳐서 검사국에 송
치한 것은 이듬해 1월이었고, 예심이 끝난 것은 1938년 8월 15일이
요, 그 동안 안창호는 이미 별세하였으므로 41명이 공판에 회부되었
다. 1939년 12월 8일에 서울지방법원 판사 釜屋은 전원에게 무죄를
선언하였고, 검사의 공소로 경성 복심 법원은 1940년 8월 20, 21일 다
음과 같이 체형을 언도하였다.
　　징역 5년　李光洙
　　징역 4년　金鍾惪, 朴賢煥, 金允經, 朱耀翰
　　징역 3년　金東元, 金性業, 金炳淵, 趙明埴
　　징역 2년 6월　趙炳玉
　　징역 2년　吳鳳彬, 宋昌根, 崔能鎭, 白永燁, 조종완, 金贊種, 김
　　　　　　　봉성
　　징역 2년, 3년 간 집행유예
　　　　　　　鄭仁果, 張利郁, 李容卨, 유기준, 李英學, 金善亮, 申

允局, 이원규, 김하현, 李允宰, 김용장, 韓昇寅, 허용
성, 金恒福, 오정은, 오익은, 주현측, 吳槙洙, 백응현,
석봉련, 오경숙, 韓承坤, 김배혁, 문명훤
　1941년 11월 17일 경성고등법원 상고심에서 전원 무죄판결로 끝나
니 전후 4년 5개월이 걸리었던 것이다.

　동우회 사건은 차종(此種) 단체 탄압의 첫 계기를 지은 것으로서, 이
사건이 검사국에 넘어간 후 서대문경찰서는 청구구락부(靑丘俱樂部) 회
원을 총검거하니 관련자는 윤치호, 신흥우, 유억겸, 장덕수, 구자옥 등
주로 기독교 청년회를 중심으로 한 민족주의자들이었다. 이들은 단체해
산서를 쓰고 석방되었다.
　또한 1938년의 흥업구락부(興業俱樂部) 사건, 1940년의 기독교 반전
공작(反戰工作) 사건이라는 것이 모두 이와 대동소이한 사건들이다.

3) 조선어학회 사건

　민족문화 말살정책에 광분하던 일제는 국어의 교육과 국문출판물을
일체 금지하더니 마침내 국어연구의 학술단체에도 탄압을 가하였다.
1941년 12월 진주만을 습격하여 제2차 대전에 뛰어든 일본은 전국이
가열해지자 내부의 반항을 염려하여 일체의 민족단체를 해산시키기 시
작했던 것이다.
　1942년 10월 마침내 '조선어학회'에도 총검거의 손을 대었으니, '조선
어학회'는 당시 《큰사전》을 편찬중에 있어 표면으로는 당국의 정책에
순응하여 자진해체를 하지 않고, 소기의 목적인 《큰사전》 편찬사업을
계속하여 거의 완성의 경(境)에 이르렀던 것이다.

　이 검거사건의 발단은 동회의 丁泰鎭이 함흥에 갔다가 전에 교편을
잡았던 永生高女 학생의 편지와 일기로 말미암은 사건에 증인으로 관
련되었는데, 이것을 구실로 조선어학회는 독립운동단체라 하여 탄압
을 시작한 것이다(동회 회원은 사실 강렬한 민족주의자들이어서 大倧敎

徒가 많았고, 또 李允宰, 李克魯 등은 상해에 갔다 온 일이 있어서 주목을 받아 왔다).

　동년 10월 1일에 함흥경찰서는 종로경찰서의 응원을 얻어 서울 花洞 동회관을 수색하고 李允宰, 李克魯, 崔鉉培, 金允經, 李熙昇, 長志暎, 韓澄, 李重華, 鄭寅承, 權承昱, 李錫麟을 검거하고, 21일에는 李康來, 李秉岐, 金善琪, 李萬珪, 鄭烈模, 金法麟, 李佑植을, 23일에는 尹炳浩, 徐承孝, 金良洙, 張鉉植, 李仁, 李殷相, 鄭寅燮, 安在鴻 등을 검거하였다. 이듬해 3월 초에는 金度演, 徐珉濠를, 그 달 말부터 4월 1일까지는 申允局, 김종철이 불구속으로 심문을 받았고 權悳奎, 安浩相은 병중이어서 잡히지 않았다. 이들은 洪原경찰서로 끌려가 1년 동안 경찰서 유치장에서 갖은 야만적인 고문을 받은 끝에 치안유지법 위반으로 기소되어 함흥검사국으로 넘어가게 되었다.

　이밖에도 혐의자 증언으로 심문받은 사람은 50여 명에 달하였고, 피고들에게 불리한 증언을 하지 않는다고 곽상훈(郭尙勳), 김두백(金枓白)을 유치장에 구금한 일도 있었다. 이들 증인은 어학회 사업에 협조하던 사람들로서 저명한 문화인이 많았다. 함흥검사국에서는 상부의 범위축소 지시에 의함이었는지 다시 조사하여 대부분은 석방하고 이윤재, 한징, 최현배, 이희승, 정태진, 이극로, 이중화, 김양수, 김도연, 김법린, 이인, 장현식 등 13명만 공판에 부치었다. 1943년 12월에 이윤재가, 이듬해 2월에 한징이 각각 심한 고문과 기한(飢寒)에 못 이겨 옥사하였고, 나머지 11명은 각각 6년에서 2년까지 징역 판결을 받게 되었다. 그 중 정태진만은 복역(2년)하는 것이 빠르겠다 하여 복역을 마쳤고, 장현식은 무죄로 석방되었다. 나머지 인사는 공소(控訴)하였으나 8·15 해방을 이틀 앞두고 공소가 기각되었다. 이 사건으로 말미암아 조선어학회는 해산되고《큰사전》원고는 홍원(洪原)과 함흥으로 끌려다니다가 여러 부분의 원고가 분실되었다.

　이 사건에 체형을 받은 인사는 8·15 해방과 함께 출옥하였고,《큰사전》원고는 증거물로 왜경이 경성고등법원에 부쳤던 것이 해방 후 서울역 창고에서 발견되어 도로 찾게 되었다.

4) 기독교도 순교사건

일제는 한국 민족의식의 뿌리를 뽑기 위하여 강한 민족의식의 전통을 지닌 기독교를 탄압하기 시작하였다. 그 첫 착수는 교인들에게 신사참배를 강요하는 일이었다. 그들의 강압에 굴복하고, 그들의 권력을 배경으로 교회의 영도권을 탐내는 배교자(背敎者)들은 이른바 가미다나(神棚)를 교회 안에 차려 놓기도 하였고, 노회(老會)의 친일 총대(總代)들은 왜경의 사주를 받아 불법적으로 신사참배를 강요하였다. 이를 거부하고 반대하는 교역자와 교인은 경찰이 구속하고 석방을 되풀이하는 등 박해를 가하였다. 주기철(朱基澈), 손양원(孫良源) 등은 이의 부당성을 극력 규탄하다가 마침내 피검되고, 주기철은 여러 차례의 피검 끝에 평양형무소에서 순교하였던 것이다.

1938년 2월 8일, 평양 山亭峴 교회 새 예배당 헌당식 날 주기철 목사는 경찰에 구속되었다가 얼마 뒤에 석방된 일이 있었다. 이 때는 벌써 '평양 기독교 친목회'와 '서울혁신교단'이라는 친일단체가 생겨서 기독교 내부에서 행패를 부리고 있었고, 이 산정현 교회는 조만식, 金東元, 吳胤善 세 장로가 있어 민족사상의 총본산격인 느낌이 있었던 것이다. 서울혁신교단은 첫째, 구약성경은 유대인의 성경이며 예수교의 성경은 아니다. 둘째, 일본의 가미다나를 예배당에 모시는 것이 정당하다고 주장하였고, 평양의 '기독교 친목회'는 교리와 믿음을 지키려는 교직자를 밀고하여 감옥으로 보내기도 하였으니, 주기철도 그 희생이 된 것이다. 주기철은 친일 기독교가 가장 미워하는 목사였다.

석방된 주기철은 그 해 7월 金化湜, 李裕澤 두 목사와 함께 묘향산 檀君窟에 들어가 기도하다가 이도 경찰의 간섭으로 쫓겨났고, 大成山에서 1주일 동안 단식기도를 하고, 평양으로 돌아왔을 때는 산정현 교회에는 日人 목사 富田滿이 와서 신사참배는 성경적으로 죄가 되지 않는다는 것을 말하고 있었다. 이에 주기철 등 세 목사는 준렬한 반박

318

을 했던 것이다. 이로부터 그들의 신앙은 그들의 목숨을 요구하게 되었다.

그해 9월에 열린 조선 예수교 장로회 제28회 총회는 단 두 사람의 찬성으로 신사참배를 결의하였고, '국민정신 총동원 조선 예수교 장로회 연맹'을 결성하고 말았다.

신사참배를 거부하는 교인을 무참히 박해하기 시작한 것은 1939년 7월부터였다. 유재기는 農友會사건에 관련되어 義城에서 구속되어 기소되었고, 주기철, 이유택, 송영길은 의성으로 압송되었다. 이에 앞서 전도사 권중하가 의성경찰서에서 고문 끝에 순교하였고, 주기철이 석방되어 평양에 돌아왔을 때 평양장로회는 주기철의 파면을 강행하였고, 주기철이 다시 잡혀간 후 산정현교회는 문에 못을 박고 말았던 것이다. 이해 9월, 총회를 앞두고 6월에는 孫良源이 檢束되고, 뒤이어 한상동, 주남선 등 수십 명의 목사가 검속되었다. 주기철은 1944년 4월 22일 새벽 2시 마침내 순교하고 말았다. 이어서 崔鳳奭(목사), 朴寬俊(장로), 朴義欽(전도사)도 순교했다.[35]

5) 부민관 폭탄사건

반세기 간의 항일투쟁사에 마지막 종지부를 찍은 통쾌한 사건은 1945년 7월 24일에 터진 '부민관(府民館) 폭탄사건'이다. 이 날은 해방되기 20일 전, 기울어져 가는 제국주의 일본에 조포(弔砲)를 올림으로써 친일파·민족반역자의 간담을 서늘하게 하였고, 숨막히는 탄압에 질식하면서도 멸(滅)할 수 없었던 민족의 의기(意氣)를 보여 다가오는 해방의 축포(祝砲)를 삼았던 것이다.

조문기(趙文紀), 유만수(柳萬秀), 강윤국(康潤國) 등은 당시 20을 갓 넘은 열혈청년으로 누를 수 없는 민족의 의분을 함께 터뜨리기로 맹세

35) 金京鈺,《黎明 80年》5, 336~362쪽 참조.

하고, 기회를 기다리던 중 이 날 7월 24일 부민관에서 조선총독, 조선
군 사령관, 그리고 친일파 정객 박춘금(朴春琴) 등이 참석한 가운데 이
른바 '아세아민족 분격대회'를 개최한다는 사실이 보도되자, 이 기회에
폭탄을 터뜨려 고관들을 폭사시키고 대회장을 파괴하기로 하였다.

  유만수, 강윤국, 조문기 등은 당시 일본 동경에서 '大韓革命靑年團'을
  조직하고 행동에 착수하려던 참이었다. 박춘금 일당이 새로 '大義黨'
  이라는 친일 폭력단체를 만들고, '아세아민족 분격대회'를 연다는 소
  식을 듣고, 그 사이 입국한 조문기 등은 비밀회합을 갖고, 이들 친일
  주구 일당을 한꺼번에 치워버릴 계획을 세우고, 유만수가 군수공장에
  있던 경험을 이용하여 폭탄 두 개를 만들어 대회전야 자정이 넘은 뒤
  부민관 뒷담을 넘어 잠입하여 무대에서 변소로 통하는 길에 폭탄을 장
  치해 두었던 것이다.
  7월 24일 저녁 삼엄한 경비 아래 대회가 열리고, 여러 사람의 강연
  끝에 박춘금이 등단하여 매국적 열변을 토하는 그 때 이 두 개의 폭탄
  은 연달아 터졌다. 이른바 大義黨員 한 사람이 이것을 건드려서 폭발
  시킴으로써 피투성이가 되어 즉사하고, 대회장은 수라장이 되었다.
  경비하던 경관과 헌병들이 달려오고, 현관문을 닫고 범인을 찾았으나
  그 때는 이미 이 세 사람의 청년 義士들은 거기에서 사라졌을 때였다.
  그들은 끝내 종적을 감췄고, 그로부터 20일 뒤에 8·15 해방을 맞았던
  것이다.
  '아세아민족 분격대회'는 박춘금이 주동한 모임으로, 중국측의 丁元
  幹과 鄭維芬, 만주측의 唐春田, 일본측의 高山虎雄, 박춘금이 강연
  을 했다.

  이리하여 '아세아민족 분격대회'라는 친일의 관제 민중대회는 세 사람
의 젊은 의사에 의하여 한민족의 분격의 폭발로 완전 파쇄(破碎)되었던
것이다. 단말마적 군국주의의 폭위(暴威) 앞에 이 어려운 일을 거사 성
공한 그들의 공은 항일투쟁의 도미(掉尾)를 장식하는 것으로 특기할 일
이다.

結 篇 민족운동의 단락

1. 일본의 고립과 한국 독립운동

1932년 1월 18일에 상해를 침략하여 이른바 상해사변을 일으키고, 1937년 7월 7일에 북경 교외의 노구교(蘆溝橋)에서 중·일 양군의 소충돌을 발생시키고, 이것을 핑계로 하여 북경을 점령한 이른바 노구교 사건을 터뜨림으로써 중·일 전쟁은 전면적으로 확대되었다.

1932년 5월에는 군인의 발호로 중신(重臣)급을 살해하는 5·15 사건이 생기고 1933년 2월에는 국제연맹 임시총회에서 일본에 대한 만주사변 권고안을 채택하게 되니 일본이 국제연맹에서 탈퇴하였다. 동년 12월에는 미국과 러시아의 국교가 부활되었고, 1934년 12월에는 일본이 워싱턴 해군조약 폐기를 미국에 통고하고, 1935년 8월에는 중국공산당이 '항일구국선언'을 발표하였으며, 1936년 3월에는 동경에서 군대가 반란하여 이른바 2·26 사건이 일어났다.

1937년 10월에는 국제연맹 이사회에서 일본을 침략국으로 인정하고 중국에 대하여 도의적으로 원조할 것을 약속하였다. 동년 11월에는 왜군이 상해를 점령하고, 1938년 7월 10일에는 한·소 국경 장고봉(張鼓峰)에서 소련군과의 충돌이 일어나고, 1939년 5월에는 만·몽(滿蒙) 국경에서 노몬한 사건이 발생하였으며, 동년 7월에는 미국이 일본에 대하여 미·일 통상조약 폐기를 통고하였고, 동년 9월 3일에는 독일의 폴란드에 대한 침략으로 영·독이 개전하여 제2차 세계대전이 발발하였고, 1942년 12월 8일에는 일본제국주의의 최후의 발악으로 미국 하와이의 진주만을 잠습(潛襲)하고 태평양전쟁을 감행하매, 이에 세계역사의 추세는 일본의 포위 주멸(誅滅)에로 기울어지게 되었다.

1932년 1월에 일본이 상해에 출병하여 중국을 침략한 후에, 남경에 집중하였던 한인 혁명단체의 공동발기로 '대일전선통일동맹'(對日戰線統一同盟)을 결성하였다. 참가단체는 한국독립당(대표 조소앙, 김두봉, 김홍서 등), 조선혁명당(대표 유동열, 최동오, 김학규 등), 신한독립당(新韓獨立黨 : 대표 윤기섭, 이청천, 조경한 등), 의열단(義烈團 : 대표 김원봉, 윤세주, 이영준 등), 대한인독립단(大韓人獨立團 : 촉탁대표 신익희)의 5단체로서 대표들이 모여 주로 선전공작에 주력하더니, 단일당 창립에 합의하여 참가 각 단체는 해소를 성명하고, 1935년 7월에 '민족혁명당'을 결성하였다가 오래지 않아 김원봉 일파가 적색운동을 목표로 헤게모니 장악투쟁을 노골화하매 당내 숙청과 이산 분립으로 다시 깨어지고 말았던 것이다.

1935년 9월에는 前 한국독립당계의 조소앙, 文一民 등은 洪震, 金思集 등과 합하여 抗州에서 한국독립당 재건을 성명하고, 다음해 10월에는 하와이의 前 한인독립단 계열의 金乎 등이 이탈하여 原組織 형태로 돌아갔으며, 동 12월에는 前 조선혁명당이 재만주 간부로부터 원조직 재수립의 통고가 있고, 그 대표 金學奎, 崔東旿를 소환하였다. 1937년 2월에는 前 신한독립당의 金昌煥, 黃學秀, 이청천, 趙擎韓 등과 前 조선혁명당의 玄益哲, 柳東說, 金學奎, 崔東旿 등과 前 한국독립당의 양기탁, 辛公濟, 姜昌濟 등과 前 의열단의 李復源 등의 합의로 전당 비상대표대회를 열고, 김원봉 등 좌익분자를 제명하는 淸黨運動을 일으켜 '韓國民族革命黨'이라 칭하고, 김원봉 등은 '朝鮮民族革命黨'이라 칭하여 대립하게 되었던 것이다. 한국민족혁명당은 미구에 '朝鮮革命黨'이라 개칭하였다.

1936년에는 전 한국독립당의 간부로 신당운동을 거부하던 이동녕, 이시영, 김구, 조성환, 조완구, 송병조, 차이석(車利錫), 엄항섭(嚴恒燮), 김붕준(金朋濬), 양우조(楊宇朝) 등이 '한국국민당'(韓國國民黨)을 새로 창립하였다. 1937년에는 신익희, 김인철(金仁喆) 등의 '조선민족투쟁동맹'을 창립하고, 현정경(玄正卿), 김성숙(金星淑), 박건웅(朴建雄) 등은 '조선민족해방동맹'을 결성하였으며, 유자명(柳子明), 정화암(鄭華岩) 등은 '조선혁명자연맹'(朝鮮革命者聯盟)을 조직하였던 것이다.

동년 7월 노구교 사건이 발생되어 중·일 전쟁이 터지자 우익진영인 한국독립당, 조선혁명당, 한국국민당은 미국 하와이, 가와(哥哇), 멕시코의 '대한독립단', '동지회', '국민회', '부인애국단', '단합회', '애국단'과 연합하여 '한국광복진선'(韓國光復陣線)을 결성하였고, 좌익진영인 '조선민족혁명당', '조선민족투쟁동맹', '조선혁명자연맹'은 연결되어 '조선민족전선'(朝鮮民族戰線)을 형성하였다. 1938년에는 이 '광복진선'과 '민족전선'의 각 단체가 통일결성을 획책하다가 실패하였고, 광복진선의 9개 단체만이 결합하여 '한국독립당'을 창립하고, 임정을 도와 광복군을 세웠으며 민족전선의 4단체는 따로 '조선민족의용대'(朝鮮民族義勇隊)를 조직하였던 것이다.

1941년 12월 8일 미·일 개전으로 광복운동의 일전기(一轉機)를 맞아 이 좌우 양진영은 비로소 임시정부를 중심으로 합작하게 되니, 임정 분열 이후 20년 만의 성사였다. 이리하여 조선민족의용대는 광복군 지대로 편입되고, 민족전선의 간부들은 임시정부와 의정원에 들어와 광복진선 간부들과 합류하였던 것이다.

2. 연립정부와 대일 宣戰

중·일 전쟁의 말기인 1940년 9월 임시정부는 중국 국민정부를 따라 중경(重慶)으로 이전하고 동 9월 17일에 광복군 총사령부를 세웠다. 동년 10월에는 헌법을 개정하고, 부주석제를 신설하여 김규식을 맞아들이고 국무위원을 개편하였으며, 1941년 8월 29일에는 루스벨트·처칠 선언에 대한 성명서를 발표하였다.

이 성명은, 중국과 미·영·소 諸國은 반침략 국가의 주요 세력임을 확신하여, 우리 한국민족이 遠東 항일陣線에서 경시치 못할 중요 지위를 점한 것을 강조하고, 빨리 제휴하여 공동의 적을 무찌르고 동서와 세계를 개조하자 하고, 미국 대통령에 대하여 ① 한국정부를 승인할 것, ② 외교관계를 개시할 것, ③ 중국과 한국의 항일 군수품을 加强 원조할 것, ④ 군수품 기술가 및 경제를 공급할 것, ⑤ 평화회의 개회시에 한국정부 대표를 참가시킬 것, ⑥ 국제 영구기구 성립시에 한국을 참가시킬 것이라는 6조를 요청한 것이다.

1941년 12월 8일의 일본의 진주만 기습으로 미·일이 개전하여 세계의 전운이 긴박한 중에 중국 국민정부는 외교부장 곽태기(郭泰祺)를 통하여 우리 임시정부에 대한 사실상 승인을 통고하여 왔다. 동년 11월 구미 외교위원회를 미국 워싱턴에 설치하고, 이승만을 위원장으로 임명하여 임정의 대(對) 구미(歐美) 외교를 담당케 하였고, 1942년 7월에는 중국정부와의 사이에 광복군(光復軍)에 대한 협정이 성립되었다.

동년 10월에는 의정원 의원을 확충 보선하였다.

의　　　장	洪　震	부 의 장	崔東旿
내무위원장	崔錫淳	외무위원장	嚴恒燮
법제위원장	崔東旿	군무위원장	成周寔

학무위원장	金尙德	노농위원장	柳 林
예결산위원장	楊宇朝	징계심사위원장	趙擎韓

1943년에는 미·중·일 3국 거두가 카이로에서 회담한다 하므로 중국정부에 긴청(緊請)하였던바, 회담 진행중 장개석(蔣介石)의 제의로 전후 한국독립안이 가결되었다는 중국정부의 통전(通電)이 왔으므로, 루스벨트, 처칠에게 감사의 뜻을 타전하고, 장개석에게는 대표를 보내어 사례하였다.

　　카이로 선언의 말미에는 "전기 3대국은 조선인민의 노예상태에 유의하여, 멀지 않아 조선을 자주독립시킬 결의를 가졌다"고 표시되었다.

1944년 2월에는 개정된 헌법에 의하여 국무원(國務院)을 개조하니, 김약산(원봉) 등 좌익계 민족전선 간부를 맞아들여 연립내각이 성립됨으로써 임정 수립 초를 회상케 한 바 있다.

주 석 金 九		부 주 석 金奎植	
국무위원	趙琬九(재무부장)	趙素昻(외무부장)	金若山(군무부장)
	申翼熙(내무부장)	崔東旿(법무부장)	崔錫淳(문화부장)
	嚴恒燮(선전부장)	李象萬(검사원장)	柳東說(참모총장)
	車利錫(비 서 장)	李始榮 曹成煥	黃學秀 張健相
	趙擎韓 柳 林	成周寔 金朋濬	金星淑 朴贊翊

이 중 최석순 후임으로 金尙德이 문화부장이 되고, 차이석 沒後 조경한이 비서장이 되었고, 이 내각이 해방후 환국한 임정요인들이다. 박찬익은 임정 환국후 駐華 대표단장으로 2년 간 중국에 주재하였다.

1944년 4월에는 정부기관지 《독립신문》을 속간하였고, 동년 6월에는 프랑스와 폴란드 양국 정부로부터 임시정부의 사실 승인을 통고하여 왔었다. 1945년 2월에는 일본과 독일에 대한 선전(宣戰)을 포고하여 정식 참전(參戰)을 했던 것이다.

對日宣戰 성명서

우리들은 삼천만 한인 및 정부를 대표하여 중·영·미·소·加·濠 및 기타 제국의 대일선전을 삼가 축하하나이다. 일본을 격파하고 東亞를 再造하는 가장 유효수단인 까닭이다. 玆에 특히 下와 如히 성명하노라.

1. 한국 전체 인민은 이미 반침략 陣線에 참가하여 1개 전투단위가 되어 軸心國에 대하여 宣戰한다.

2. 1910년 합방조약 및 일체 불평등조약의 무효와 동시에 반침략 국가의 한국에서의 합리적 기득권익을 존중함을 거듭 선포한다.

3. 倭寇를 한국과 중국 및 태평양에서 완전 驅逐키 위하여 최후 승리까지 血戰한다.

4. 일본의 卵翼에서 조성된 長春과 南京 정권을 절대로 승인치 않는다.

5. 루·처 선언의 각항은 緊決히 주장하여 한국독립 실현에 적용하며 특히 民主陣線의 최후승리를 豫祝한다.

대한민국 23년 2월 9일

대한민국 임시정부

광복군(光復軍)은 임시정부의 유일한 여당인 한국독립당이 각처의 독립단을 합쳐서 설립한 당군(黨軍)이던바, 1940년 8월 장개석(蔣介石)으로부터 광복군의 중국내 활동을 공적으로 승인받아 이를 국군(國軍)으로 변경하고, 임정에 이관하였던 것이다. 동년 9월 정부가 중경에 이전한 직후인 9월 17일에 거행한 광복군 총사령부 성립식은 많은 외빈의 참석리에 성대히 거행되었고, 당시의 계획은 광복군의 경비·기재·장비는 외국의 원조를 받고 군사간부의 단기 대량 양성과 각지에서 늘 동포사병을 초모(招募)하여 1년 후엔 최소 3개 사단을 중·영·미 등 연합군에 참가시켜 전투를 전개하고, 선전전을 실시하여 과거의 투쟁역사와 현재의 분전 상황의 소개와 적후방 동포의 고무와 궐기 폭동을 촉진한다는 것이다.

광복군의 총사령은 이청천을 임명하고, 당분간 민국(民國) 4년에 제정한 사령부 편제법에 의하여 조직하였다.

    總司令 李靑天,   參謀長 李範奭
    副官長 黃學秀,   主計長 趙擎韓
    參 謀 李復源, 金學奎, 公震遠, 兪海濬, 趙仁濟, 李俊植
    副 官 趙時元, 盧福善, 高一鳴
    主 計 金毅漢(不就), 閔泳玖, 羅泰燮
    1940년 11월에 陝西省 서안에 이주하여 부서도 중국의 現行式을 依
倣하여 사령하에 各處 科長制를 두어 編練處長에 宋虎, 선전과장 高
永喜(金光)를 새로 임명하고, 신구 인사 배속에 변경이 있었다. 동년
10월에는 大元帥府를 창건하고, 대원수의 막료로서 참모총장 柳東說,
군무부장 曺成煥, 내무부장 趙琬九를 선임하였다.

1941년에는 군의 장래 발전에 따라 사단 또는 군단화할 계획으로 각
지대(支隊)를 분설하였다.

제 1 지대는 이준식을 대장으로 하여 山西省 大同에 두고, 제 2 지대는
공진원을 대장으로 하여 綏遠省 包頭에 두고, 제 3 지대는 金學奎를
대장으로 하여 安徽省 阜陽에 두고, 제 5 지대는 羅日煥을 대장으로
하여 陝西省 西安에 두었으며, 제 6 지대는 당분간 徵募處로 하여 주
임 金文鎬로 江西省 上饒에 근거를 두고, 사병 징모와 훈련, 敵情 심
찰, 선전활동, 적시설 파괴와 필요에 따라 빨치산 전투를 감행케 하였
다. 본부에서는 군사행정사무 외에 간부훈련, 軍學편찬, 선전공작에
전력을 기울었다.

1942년 7월에 중국정부와 광복군에 관한 협정이 성립되어 임시의회
의 인준을 거쳐 곧 실시하였다. 협정 내용은 대략 다음과 같다.

⑴ 본군의 금차전쟁(今次戰爭) 중 중국 국경내에서 작전상 최고통할
  권은 중국전구(中國戰區 : 세계민주진선의 중국전구) 통수(장개석)에
  게 있다.

⑵ 군의 수요 중 자재무장 급양은 중국정부 군사위원회에서 부책(負責) 원조한다.

⑶ 군의 기관에 중국인 기술자를 채용하여 연락상 편의를 도(圖)한다.

⑷ 군은 중국의 영토를 임의로 점유, 행정관리 임용 등 행위를 못한다.

⑸ 군은 민국(民國) 국경에 이를 때까지 중국군과 합작을 계속한다.

이 협정에 따라 총사령부의 부서를 개혁 긴축하고, 부사령제를 두어 부사령에 金若山(元鳳), 참모장에 金弘一, 총무처장 崔用德, 참모처장 蔡衡世, 군수처장에 중국인을 임명하고, 각 지대도 개편하였으니 제1지대는 김약산을 대장에 겸임하여 민족전선 의용대를 배속시키고, 제2지대는 이범석을 대장으로 하여 前 제5지대 전원과 제1·2지대의 일부로 편성하였으며, 제3지대는 김학규를 仍任하고, 其餘 각 지대는 혁파 소환하여 본부 직속으로 두고, 사령부를 西安에서 다시 중경으로 옮겨 왔다.

1943년 5월에는 버마 전구(戰區) 영군(英軍) 총지휘부와 협정을 체결하고, 1지대 별동대를 파견 참전하였는바, 대장 최석용(崔錫鏞), 한지성(韓志成), 송철(宋哲), 문형섭(文炯燮), 최철(崔徹), 나동규(羅東奎) 등 간부가 인솔하였다. 특히 그 기술부대는 영군의 일익으로 용명을 날린 바 있었다.

1944년 3월에는 '국내공작특파위원회'(國內工作特派委員會)를 설치하여 위원장 김구, 위원 조성환(曺成煥), 조경한(趙擎韓), 성주식(成周寔), 김약산을 선임하였고, 군사·외교단을 두어 단장 이청천을 임명하여 중국 군사당국과 광복군에 관한 일체 사무, 군원(軍援) 물자에 대한 접수 인도를 장리(掌理)하게 하고, 김약산의 부사령과 제1지대장의 임(任)을 해면(解免)하여 송호(宋虎)를 제1지대장에 임명하였다.

동년 5월에는 미(美) 주중(駐中) 공군사령관 웨드마이어 중장의 원조로 제2, 제3지대에 낙하산 훈련을 대량으로 실시하였다. 이 낙하산 훈련의 실시는 군의 징모(徵募) 공작이 증가하긴 해도 최초 계획인 2사단 병력의 관철이 여의치 못하기 때문에 소수 병력으로 후방 교란에 공을 올리려던 것이다.

募兵이 이렇게 여의치 못한 것은 일본이 만주와 남북支那 3개 국경을 신설함으로써 동포가 가장 많이 사는 만주침투 연락과 흡수가 極難하였던 때문이다. 응모율은 본국과 만주가 제일 낮고, 대개 중국군에 포로된 韓籍 사병을 중국군 당국에 교섭하여 인수한 수가 가장 많고, 왜적에 강제 징발된 학병과 志願兵이 도망하여 來投한 것이 그 다음이었다.

1943년 이래 연합군에 참가하여 대륙 각 전구에서 참가한 한국군은 5,000명 이상이었고, 특히 재미교포로 조직된 의용병 600명은 육해공군에 골고루 참가하여 한국 군인의 능력을 발휘하였던 것이다. 특히 호주군에 배속된 일대는 사이판·필리핀 작전에서 제1선을 담당하여 왜적군측의 학병징병의 호응을 얻어 왜군 격파에 큰 공을 세웠던 것이다.

의병 봉기 이래 반세기 간의 대일 무력항쟁은 노령·남북만주·중화·미주 등 교포가 사는 곳에서는 이르는 곳마다 군사교육이 병행되어 독립군이 양성되어 수많은 전투에 희생으로 공을 세웠고, 義俠之士의 단독의거로 도처에 원수를 찾아 복수의 일념으로 불타던 한민족이 그렇게 얻으려도 주는 이 없던 군사원조를 쉽게 얻고, 싸울 자리를 얻었다는 것은 큰 감격이었으나, 필요한 다수의 병력을 모을 길이 없었던 것이다. 그러나 장개석의 中央軍과 연안 모택동의 八路軍 아래 편입되어 항일전에 참가해 온 수많은 한국인 병력은 그 정신에서 한국 광복군이요, 조선 독립군이었으며, 실제로도 일본 항복 후 이 두 병력은 한국군에 흡수되어 재건한국의 국군으로 출발할 것을 목표삼아 개편 훈련하였던 것이다.

그러나 1945년 7월 광복군의 낙하산 부대가 훈련을 끝마치고 이를 선두로 국내 진공할 만반의 준비를 갖추어 오던 중 미군의 원자탄 투하로 전국은 급전직하하여 8월 15일 일제가 항복함으로써 빼었던 칼을 한 번 쓰지 못하고, 혈전으로써 국토를 수복하려던 독립군 36년의 꿈이 깨어지고 만 것이다.

　　누구의 힘이었든지 倭帝가 패망된 것은 민족해방을 성취시킴으로써 감격을 가져왔지만, 희생을 덜 내고 소기의 목적을 이룬 것을 다행이라 하겠지만, 그러나 결말이 이렇게 됨으로 독립의 주동적 과업에 外力의 제한과 장애를 불가피하게 받게 되었던 것이다.

3. 일제의 패망과 민족해방

인도차이나(支那) 사변이 진행중인 1938년 4월에는 '조선총독부 육군 병지원자 훈련소 생도채용규칙'을 공포하여, 우리의 젊은 학생과 청년들을 지원병이란 이름으로 징발하여 전선으로 끌어갔으며, 또 이른바 공출(供出)이라 하여 농민의 양곡을 강제 수집하여 민중이 기아선상에 방황하게 하였고, 1940년에는 이른바 내선일체(內鮮一體)라는 강력한 동화정책으로 한국민족의 성을 일본의 씨제도(氏制度)로 바꾼다 하여, 말은 자유의사라 하면서 실제는 강제로 창씨를 강요하여 전국민 9할 이상의 성명을 왜식으로 변경하게 하였는데, 그 중에는 왜경찰리(吏)와 면직원의 독재행위로 본인에게는 의사도 물어보지 않고, 호적을 펼쳐 놓고, 차례차례 자의로 창씨를 하였으므로, 당자는 성을 고치는 줄도 모르고 혹은 무엇이라고 창씨되었는지도 몰라서 행정·사법 등에 관하여 상당한 혼란까지 일으켰다.

이 창씨제도의 강행은 눈물겨운 희화를 많이 남겼다. 아주 왜식 이름으로 지은 사람은 극소수고, 대개는 제 貫鄕으로 창씨를 했으며, 더러는 '山川草木', '青山白水' 따위의 장난으로 짓는 사람도 있었다. '에하라 놓아라'라는 노래의 음을 따서 '江原野原'이라는 이름이 있었고, 심지어는 성 가는 놈은 개자식이라 해서 '犬子'라는 창씨를 한 사람도 있었다.

1943년 8월에는 한국에 징병령을 실시하여 적령의 청년을 전부 전선으로 몰아냈으며, 이른바 징용이라 하여 일반 청년을 모두 전선 또는 공장·광산 등지로 몰아가고, 勤勞報國이라 하여 각급 학생을 전부 총동원하여 신사 신설, 비행장 축조, 중요 농장 등에서 노무에 종사하게 하였으며, 또 금속공출이라 하여 금·은·鍮·철제의 각종 기구와 심지어 식기·세면기·匙·箸·돌쩌귀 등속들을 강제로 모조리 쓸어가 버렸다.

또 조선재료라 하여 공사유를 막론하고 각처의 재목을 닥치는 대로
斫伐하였고, 가솔린 대용이라 하여 松根油를 煮取하고, 관솔을 공납
하게 하여 국민들은 각양각종의 부역공출로 인하여 직업에 종사할 여
력까지 없었고, 산야는 황폐되고 민중은 굶주리고 헐벗어 비참한 곤
경에 빠지고 말았던 것이다.

이리하여 일본은 전쟁의 승산을 잃자 최후의 발악으로 한국내의 독립
사상자(思想者)를 살진(殺盡)할 흉계를 세우고 각지의 헌병대, 경찰서
에 밀령(密令)하여 요시찰 인물 등을 체포 암살할 설비를 갖추고, 지명
(知名) 인사부터 검거하기 시작하였다. 이 아슬아슬한 위기를 득면한
것은 그의 항복이 의외로 급전되어 하수(下手)할 여가가 없었던 것이
다. 일본의 패망이 박두됨과 함께 국내의 광복전선은 크게 활기를 더하
여, 비밀공작운동이 경향에 족생(簇生)하였고, 1945년 7월에는 미국대
통령 트루먼, 영국수상 처칠, 중국주석 장개석이 독일의 포츠담에서 회
담하고 동월 26일 〈포츠담 선언〉[1]으로 일본에 대하여 무조건 항복의
최후 통고를 발하였다.

2월 ○일에는 얄타 밀약[2]이 체결되었고, 동년 8월 6일, 9일에는 몽
상도 못했던 원자탄이 히로시마(廣島)・나가사키(長崎)에 투하되었다.

8월 8일에는 소련이 포츠담 선언에 가입하여 대일선전을 포고하고,
9일에는 한국 및 만주국의 국경에서 대일작전을 개시하니, 이에 왜적은
이 이상 더 전투를 계속할 실력이 없어 마침내 8월 14일 미・영・중・
소 4국에 대하여 포츠담 선언을 준승(遵承)할 것을 통고하고, 그 다음
날인 1945년 8월 15일 정오에 연합국에 대하여 무조건 항복한다는 뜻을
일왕 히로히토(裕仁)가 라디오를 통하여 방송하니, 7년을 끌어오던 제

---

1) 〈포츠담 선언〉에 한국과 관계된 조항은 제8의 "카이로 선언의 조항을 이행할
   것이며, 일본국의 주권은 本州・北海島・九州四國과 我等이 결정할 諸島에
   국한될 것이다"라는 조항이다.
2) 이 밀약은 공개되지 않았으나 한국을 북위 38도선을 分界로 남북으로 분단하
   여 美蘇가 점령한다는 밀약이 여기서 성립되었다는 것도 주지의 사실이다.

2차 세계대전은 이에 종국을 맺고 우린 민족의 만세 소리는 강산을 뒤흔들었다.

연합국과 일본과의 정전협정 조인식은 9월 2일 오전 9시부터 요코하마(橫濱) 근해 14킬로 되는 곳에 투묘(投錨)한 미함 미주리호 상에서 연합국 군최고사령관 맥아더 원수, 미군대표 니미츠 원수, 영군대표 프레사 대장, 소련대표 제레비양코 중장, 중국대표 서영창(徐永昌) 군령부장, 호주대표 브레미 대장, 네덜란드대표 헬프릿츠히 제독, 프랑스대표 루크레쿠스 대장 기타 각국 대표와 일본대표 시게미쓰(重光) 외상, 우메즈(梅津) 참모총장 양 전권(全權)과의 사이에 거행된 바 그 문서내용은 아래와 같다.

항복 문서

下名은 이에 합중국 중화민국 및 大브리튼국 정부의 수반이 1945년 7월 26일 포츠담에서 發하고, 그 후 소비에트 사회주의 공화국 연방이 참가한 선언의 조항을 일본국왕 일본정부 및 일본제국 대본영의 명에 따라 또 이에 代하여 수락함. 위 4국은 이하 이를 연합국이라 함.

下名은 이에 일본제국 대본영과 어떤 위치에 있음을 불문하고, 일체의 일본국 군대와 일본국 지배하에 있는 일체의 군대의 연합국에 대한 무조건 항복을 포고함.

下名은 이에 어떠한 위치에 있음을 불문하고, 일체의 일본국 군대와 일본국 신민에 대하여 적대행위를 곧 終止할 것. 일체의 선박·항공기와 군용 및 비군용 재산을 보존하여 그 훼손을 방지할 것과 연합국 군최고사령관 또는 그 지시에 基하여 일본국 정부의 제기관에 課할 일체의 요구에 응할 것을 명함.

下名은 이에 일본제국 대본영이, 어떤 위치에 있음을 불문하고, 일체의 일본국 군대와 일본국 지배하에 있는 일체 군대지휘관에게 대하여 자신과 그 지배하에 있는 일체 군대는 무조건으로 항복하라는 명령을 곧 發할 것을 명함.

下名은 이에 일체의 관청, 육군 및 해군의 직원에게 대하여 연합국 최고사령관이 항복을 실시키 위하여 적당하다고 인정하여 자신이 발하거나, 또는 그 위임에 따라 발해질 일체의 포고명령 및 지시를 준수하고, 또 이것을 시행할 것을 명하며, 그 직원은 연합국 최고사령관에 의하여, 또는 그 위임에 따라 특히 임무가 해제되지 않는 한 각자의 지위에 머무르고, 또 계속하여 각자의 비전투적 임무를 수행할 것을 명함.

下名은 이에 포츠담 선언의 조항을 성실히 이행할 것과 위 선언을 실시하기 위하여 연합국 최고사령관 또는 기타 특정의 연합국 대표가 요구할 일이 있을 일체의 명령을 發하고, 또 이같은 일체의 조치를 취할 것을 일본국 천황 및 그 후계자를 위하여 約함.

下名은 이에 일본국 정부 및 일본국 대본영에 대하여 현재 일본국 지배하에 있는 일체의 연합국 俘虜와 피억류자를 곧 해산할 것과 그 보호 수당 급양 및 지시된 장소까지 즉시 수송하기 위한 처치를 취할 것을 명함.

일왕 및 일본국 정부 국가통치권한은 이 항복조항을 실시키 위하여 적당하다고 인정되는 處置를 취하는 연합국 최고사령관의 제한하에 置할 것으로 함.

1945년 9월 2일 9시 4분

일본 동경만에서 서명함.

대일본제국 천황폐하 및 일본국 정부의 명에 따라 또 그 이름으로 重光 葵

대일본제국 대본영의 명에 따라 또 그 이름으로 梅津美治郎

1945년 9월 2일 9시 8분 일본 동경만에서 합중국 중화민국 영연합왕국 및 소비에트 사회주의 공화국 연방을 위하여 동시에 일본국과 전쟁상태에 있는 다른 연합국가에 이익을 위하여 수락함.

연합군 최고사령관	더글러스 맥아더
합중국 대표자	G. W. 니미츠
중화민국 대표자	徐 永 昌
연합왕국 대표자	브루스 프레사
소비에트사회주의공화국연방 대표자	구스마엔 제레비양코
호주연방 대표자	T. U. 브레미
캐나다 자치령 대표자	코스 그레이브

프랑스공화국 임시정부 대표자　　　자크 루크레쿠스
네덜란드왕국 대표자　　　　　　　셸포 헬프릿츠히
뉴질랜드 자치령 대표자　　　　　　S. M. 이지트

　9월 8일 미군이 서울에 진주하고, 9월 9일 일본 총독 阿部信行 이하가 항복문서에 조인하였다.

　1945년 8월 9일 왜적이 항기(降旗)를 들자 임시정부는 국무위원회의 요청으로 임시의회를 소집하고, 귀국 준비문제를 토의했다. 동회의에서는 공산계열로부터 정부 및 의정원은 자진 해소해야 한다는 논과, 일부 지절파(志節派)로부터 미·소 양군이 분할통치하는 국토에 들어갈 수 없다는 주장이 있어 격론이 일어났으나, 마침내 입국을 준비하기로 결의하였다.

　　귀국준비의 지연으로 인해 국내에서는 공산계열의 책략으로 이른바 ‘인민공화국’이 조각을 발표하여 민심을 현혹하므로 민족진영 영수들의 귀국을 催促하는 公函이 국내로부터 重慶에 답지했다.

　동년 10월 국무회의는 입국 실시할 14조문 시책(施策)을 작성하고, 교포의 입국사무 처리는 국무위원 박찬익과 주석 판공(辦公)실장 민필호(閔弼鎬)에게 맡기고, 광복군의 확대개편과 신수병(新修兵) 훈련을 마친 후 군대의 입국할 공작은 총사령 이청천에게 일임하여 준비를 완료한 후, 정부 및 의정원 중요간부 일동만 선발로 중·미 양국의 항공 협조를 얻어 동년 11월 29일에 입국하였다. 그러나 정부의 공식 환국은 미군정(美軍政)의 거부로 말미암아 좌절되고, 각자 개인의 자격으로 환국하게 된 것은 한사(恨事)가 아닐 수 없다.

　　광복군의 본국 진주도 웨드마이어 중장의 알선으로 이범석이 선발 귀국하여 교섭하였으나 여의치 않아 되돌아갔던 것이다.

336

이리하여 임시정부는 1919년 상해에서 수립된지 만 26년에 국외 독립운동에 종지부를 찍고, 해방된 조국에 국민의 감격적인 환영을 받으며 입국하였던 것이다. 그 동안 임시정부는 한국의 망명정부로서 안으로는 민족혼(民族魂)의 상징이 되었고, 밖으로 세계만방에 대하여 무력항쟁과 외교와 선전으로 한국이 일본의 통치에 복종하지 않는다는 대의와 투지를 밝혀 전후처리에 독립의 보장을 받게 된 원동력이 되었던 것이니, 임정이 밟아온 중로(中路)의 분열과 침체와 이산을 들어 이를 폄(貶)한다는 것은 그 형극의 길에서 끝까지 '대한민국 임시정부'의 간판을 지켜 온 그 피눈물 어린 지조와 드높은 신념에 침을 뱉는 것에 지나지 않는 것이다.

극언한다면 이 3·1 독립선언의 구현(具現)인 임시정부의 이름을 허물어 버리지 않고 지켜 왔다는 것만으로 족하다고 할 수 있다. 이것으로써 우리 민족사가 적의 발굽 아래 아주 끊어진 적이 없었다는 정신을 세울 수가 있기 때문이다.

1932년 5월 임시정부는 상해를 떠나 浙江省 杭州로 옮겼다. 윤봉길 의사의 홍구공원 폭발사건이 왜적의 간담을 서늘하게 하고 세계에 큰 충격을 준 뒤 일제의 발악적인 수색을 피하기 위함이었다. 당시의 국무위원은 梁起鐸, 柳東說, 金奎植, 趙素昻, 崔東旿, 車利錫, 宋秉祚였다. 金九, 朴贊翊, 安恭根, 李東寧, 嚴恒燮, 金毅漢 등은 중국인 殷鑄夫, 褚輔成, 朱慶瀾의 주선으로 江蘇省 嘉興 秀綸紗廠으로 피신하였다.

1937년에는 江蘇省 鎭江市로 정부를 이전하였다. 북경 교외 蘆溝橋 사변으로 인한 중일전쟁에 대처하기 위하여 '韓國光復陣線'을 결성하였다. '한국독립당'(조소앙 등), '한국국민당'(이동녕 등), '조선혁명당'(양기탁 등)과 미주의 '대한독립단'(金乎 등), '동지회'(이승만 등), '국민회'(玄楯 등), '부인애국회'(朴信愛 등), '단합회'(田耕武 등), '애국단'(韓始大 등) 단체를 연합한 것으로 본부를 南京에 두었었다.

동년 11월에 정부를 湖南省 長沙로 옮겼다. 이 때 중국정부는 重慶으로 천도하였다. 여기서 '군사학 편수위원회'를 설치했다.

1938년 7월 임정은 다시 廣東省 廣東으로 이주했고, 동년 10월에는 廣西省 柳州로, 1939년 3월에는 四川省 綦江으로 이전했다. 여기서 國務院 개선과 선전위원회의 別設이 있었고, 동 11월에 군사특파단을 陝西省 西安에 파견했다. 당시의 정부 경비는 주로 미주 하와이 멕시코 교포의 애국성금으로 충당했다.

1940년 3월 '建國綱領'을 반포하였고, 동 5월에 '한국독립당'이 새로 창립되었으며, 9월에는 임시정부를 중경으로 이전하였다. 여기서 광복군을 설립하고 헌법을 수정하고 정부를 개조하였으니, 이 閣員이 해방후 환국한 정부이다 (《韓國獨立運動史》, 348~353쪽 참고).

이로써 민족 자위항쟁(自衛抗爭), 민족 해방투쟁(解放鬪爭), 민족 사회운동(社會運動)의 3단계로 이루어진 한국 근대 민족운동사는 일단락을 고하고 유종의 미를 거두었던 것이다.

민족해방 후의 반탁(反託)운동, 반공(反共)운동, 반독재운동사(反獨裁運動史)는 앞으로 다시 정리될 것이다.

芝薰 趙東卓 先生 年譜

1920. 12. 3. 경북 영양군(英陽郡) 일월면(日月面) 주곡동(注谷洞)에서 부 조헌영(趙憲泳, 제헌 및 2대 국회의원, 6·25 때 납북됨) 모 유노미(柳魯尾)의 3남 1녀 가운데 차남으로 출생.

1925.~1928. 조부 조인석(趙寅錫)으로부터 한문 수학(修學), 영양보통학교에 다님.

1929. 처음 동요를 지음. 메테를링크의 〈파랑새〉, 배리의 〈피터팬〉, 와일드의 〈행복한 왕자〉 등을 읽음.

1931. 형 세림(世林 ; 東振)과 '꽃탑'회 조직. 마을 소년 중심의 문집 〈꽃탑〉 꾸며냄.

1934. 와세다대학 통신강의록 공부함.

1935. 시 습작에 손을 댐.

1936. 첫 상경(上京), 오일도(吳一島)의 시원사(詩苑社)에서 머무름. 인사동에서 고서점(古書店) '일월서방'(日月書房)을 열다. 조선어학회에 관계함. 보들레르·와일드·도스토예프스키·플로베르 읽음. 〈살로메〉를 번역함. 초기 작품 〈춘일〉(春日)·〈부시〉(浮屍) 등을 씀. "된소리에 대한 일 고찰" 발표함.

1938. 한용운(韓龍雲)·홍로작(洪露雀) 선생 찾아봄.

1939. 《문장》(文章) 3호에 〈고풍의상〉(古風衣裳) 추천받음. 동인지 《백지》(白紙) 발간함〔그 1집에 〈계산표〉(計算表), 〈귀곡지〉(鬼哭誌) 발표함〕. 〈승무〉(僧舞) 추천받음(12월).

1940. 〈봉황수〉(鳳凰愁) 추천받음(2월). 김위남(金渭男 ; 蘭姬)과 결혼함.

1941. 혜화전문학교 졸업(3월). 오대산 월정사(月精寺) 불교강원(佛敎講院) 외전강사(外典講師) 취임(4월). 상경(12월).

1942. 조선어학회 〈큰사전〉 편찬원(3월). 조선어학회 사건으로 검거되어
심문받음(10월). 경주를 다녀옴. 목월(木月)과 처음 교유.

1943. 낙향함(9월).

1945. 조선문화건설협의회 회원(8월). 한글학회 〈국어교본〉 편찬원(10월).
명륜전문학교 강사(10월). 진단학회 〈국사교본〉 편찬원(11월).

1946. 경기여고 교사(2월). 전국문필가협회 중앙위원(3월). 청년문학가협
회 고전문학부장(4월). 박두진(朴斗鎭)·박목월(朴木月)과의 3인 공
저 《청록집》(靑鹿集) 간행. 서울 여자의전(女子醫專) 교수(9월).

1947. 전국문화단체총연합회 창립위원(2월). 동국대 강사(4월).

1948. 고려대학교 문과대학 교수(10월).

1949. 한국문학가협회 창립위원(10월).

1950. 문총구국대(文總救國隊) 기획위원장(7월). 종군(從軍)하여 평양에
다녀옴(10월).

1951. 종군문인단(從軍文人團) 부단장(5월).

1952. 제 2 시집 《풀잎 단장(斷章)》 간행.

1953. 시론집 《시의 원리》 간행.

1956. 제 3 시집 《조지훈 시선》 간행. 자유문학상 수상.

1958. 한용운(韓龍雲) 전집 간행위원회를 만해(萬海)의 지기 및 후학들과
함께 구성함. 수상집(隨想集) 《창에 기대어》 간행.

1959. 민권수호국민총연맹 중앙위원. 공명선거 전국위원회 중앙위원. 시론
집 《시의 원리》 개정판 간행. 제 4 시집 《역사 앞에서》 간행. 수상집
《시와 인생》 간행. 번역서 《채근담》(菜根譚) 간행.

1960. 한국교수협회 중앙위원. 세종대왕 기념사업회 이사. 3·1 독립선언
기념비건립위원회 이사. 고려대아세아문제연구소 평의원.

1961. 세계문화 자유회의 한국본부 창립위원. 벨기에의 크노케에서 열린
국제시인회의에 한국대표로 참가. 한국 휴머니스트회 평의원.

1962. 고려대 한국고전국역위원장. 《지조론》(志操論) 간행.

1963. 고려대 민족문화연구소 초대 소장. 《한국문화사대계》(韓國文化史大系) 제 6 권 기획. 《한국민족운동사》 집필.

1964. 동국대 동국역경원 위원. 수상집 《돌의 미학》 간행. 《한국문화사대계》 제 1 권 〈민족·국가사〉 간행. 제 5 시집 《여운》(餘韻) 간행. 《한국문화사서설》(韓國文化史序說) 간행.

1965. 성균관대 대동문화연구원(大東文化研究院) 편찬위원.

1966. 민족문화추진위원회 편집위원.

1967. 한국시인협회 회장. 한국 신시 60년 기념사업회 회장.

1968. 5월 17일 새벽 5시 40분 기관지 확장으로 영면(永眠). 경기도 양주군 마석리(磨石里) 송라산(松羅山)에 묻힘.

1972. 남산에 '조지훈 시비'가 세워짐.

1973. 《조지훈 전집》(全 7권)을 일지사(一志社)에서 펴냄.

1978. 《조지훈 연구》(金宗吉 등)가 고려대학교 출판부에서 나옴.

1982. 향리(鄕里)에 '지훈 조동탁 시비'를 세움.

가 족 사 항

미망인 김위남(金渭男) 여사 (73세)

장남 광열 (光烈, 미국 체류, 51세)　　자부 고부숙 (高富淑, 51세)

차남 학열 (學烈, 성산양행 상무이사, 48세)　　자부 이명선 (李明善, 44세)

장녀 혜경 (惠璟, 44세)　　사위 김승교 (金承敎, 48세)

삼남 태열 (兌烈, 외무부 통상2과장, 41세)　　자부 김혜경 (金惠卿, 39세)

趙芝薰 전집 6

한국민족운동사

1996년 10월 15일 발행
2010년 4월 5일 2쇄

著　者：趙　芝　薰

發行人：趙　相　浩

發行處 : (주) 나 남

4 1 3 - 7 5 6 　　　경기도 파주시 교하읍 출판도시 518-4

전화 : (031) 955-4600 (代),　FAX : (031) 955-4555

등록 : 제 1-71호 (79. 5. 12)

http://www.nanam.net

post@nanam.net

ISBN 978-89-300-3446-3　　　책값은 뒤표지에 있습니다.